중금

중금(中禁)

고려의 7대 왕 목종 때 처음 역사에 기록되었고, 『고려사』, 『세종실록』 등의 사서를 통해 그 실체를 추정할 수 있다. 고려 때 중금은 주로 국왕과 왕실 주요 인사의 호위를 담당한 것으로 나타나고 병력은 24~40명이었던 것으로 보인다. 『세종실록』에 이르면 중금에 대해 어전에서 왕의 음성(어성)을 대신한 것으로 기록하고 있으며, 특별히 용모가 단정하고 목소리가 좋은 자를 선발했다고 자격 기준을 명시하고 있다. 그리고 조선의 법전인 『경국대전』에는 궁궐의 관리와 안내, 왕명 전달을 담당한 기관인 액정서의 하급 관리로 기록되어 있다. 이상의 기록으로 추정하건대 중금은 국왕의 측근에서 근무하며 어성과 왕명을 전달하고 호위하는 임무를 겸했을 것으로 보인다.

한국콘텐츠진흥원
KOREA CREATIVE CONTENT AGENCY

본 작품은 한국콘텐츠진흥원의 2019 스토리움 매칭 콘텐츠 제작지원작입니다.

임정원 장편소설

상궁

왕의 목소리

1

비욘드
오리진

중금
황보름 장편소설

역사 속의 이야기를 읽고 상상하는 일은 낯선 도시를 탐험하는 일과 같다. 지도를 들고 다니지만 어느 모퉁이를 돌아서면 상상도 하지 못했던 신비로운 풍경과 마주칠 때가 있다. '중금'이라는 존재를 만난 날이 그랬다. 도서관에서 무심코 빼든 책에서 나는 잠시 중금을 만났다. 그 강렬한 순간을 기억 속 한편에 묻어두었다.

다시 중금이라는 단어가 떠오른 것은 작가를 그만두어야겠다는 비장한 결심을 한 순간이었다. 중금이라는 소재를 마지막으로 다른 인생을 살겠다고 다짐했다. 컴퓨터 화면에 중금이라는 두 글자의 커서가 움직이고 있었다.

한 달 동안의 중금 원안 작업을 마치고, 짝사랑만 해왔다고 생각했던 작가 생활을 정리할 때쯤 공모전 당선 소식을 들었다. 그 일을 계기로 중금을 소설화하는 작업이 결정되었다.

　미생으로 태어난 중금이라는 스토리에 대사를 입히고 인물을 만들고 다시 그 인물들이 움직일 공간을 만드는 소설을 집필하는 작업은 나에게 구사일생의 기회였지만, 다시 한 번 내가 가진 능력의 한계를 절감하는 일이기도 했다. 소설을 쓰는 일뿐만 아니라 그 밖의 해결해야 할 일들이 내 마음처럼 되어주질 않았다. 모든 면에서 부족함을 확인하는 실패의 연속이었다. 소설『중금』은 그 무수한 실패를 딛고 일어선 나에게 주어진 선물이었다.

　소설 집필을 끝내고 드라마 작업에 들어갔다. 조금 더 가볍고 경쾌하며 스피드 있는 전개를 위해 원안에 비해 소설의 내용과 주인공들이 모습을 바꾸었다. 소설을 드라마로 옮기는 과정에서 다시 많은 부분에서 이야기가 수정되었다. 소설은 철저히 나 혼자만의 싸움이었지만, 드라마는 많은 사람의 눈과 다양한 요구를 만족시켜야 하는 지난하고도 고통스러운 작업이었다. 그리고 이 소설이 출간되는 시점에도 나는 여전히 드라마 속의 주인공들과 함께 얘기 속에서 분투 중이다.

　나는 늘 아직 오지 않은 날들을 기다려왔다. 성과가 나타나지 않은 것들은 실패라고 여겼고, 언젠가 나를 밝혀줄 빛을 만나는 순간이 있을 것이라고 생각했다.

이룰할 수 없는 꿈을 꾸고
이루어질 수 없는 사랑을 하고
싸워 이길 수 없는 적과 싸움을 하고
견딜 수 없는 고통을 견디며
잡을 수 없는 저 하늘의 별을 잡자.
_400년 전의 소설 『돈키호테』에서

인간은 욕망과 권태의 중간에 있다고 생각한다. 욕망이 가득해도 괴롭고, 욕망을 채우고 권태로워도 괴롭다. 어느 것이 덜 괴롭고, 더 괴롭지 않다. 그리고 보니 소설 속 돈키호테는 바보가 아니라 천재였다. 권태라는 괴로움을 버렸고, 욕망을 추진력으로 바꾸어 살아왔으니……. 이룰 수 없는 꿈, 이룰 수 없는 사랑, 잡을 수 없는 저 하늘의 별은 오래전부터 내게 작가라는 단어 한 가지였다.

지난 오 년 동안 중금이라는 소재와 매일매일 함께했다. 그리고 어느새 그들과 함께 성장해 있는 나를 발견한다. 괴롭고 처절했던 그 모든 순간들이 내가 숨 쉴 수 있게 해준 한 줄기 바람이었음을, 그 시간들이 나를 부드럽게 등 떠밀기도 했고 내 어깨를 토닥여주기도 했음을…… 이제는 안다.

내가 가는 그 먼 길에는 찬란한 빛을 내며 달려오는 내가 아니라 지친 몸이라도 건강하게 돌아오길 기다리는 소중한 사람들이 있다는 것을, 그리고 그들이 내게 빛이라는 사실을 잊지 않을 것이다.

_ 2022년 9월 어느 날, 작가의 방에서

차례

序. 휘령전의 두 남자

_ 1762년 7월 4~12일

한낮 휘령전 마당에 놓인 뒤주에서는 지린내가 진동했다. 화를 당할까 두려워서인지 뒤주 근처에는 어느 누구도 얼씬하지 않았다. 역한 냄새에 꼬여든 파리들만 윙윙거렸다. 밤이면 가끔 뒤주 근처를 어슬렁거리는 금군조차도 낮에는 보이지 않았다.

뒤주에 갇힌 사내는 한낮의 열기와 자신이 지린 소변의 악취 속에서 사투를 벌였다. 정신이 가물가물했다. 며칠이 지났는지도 알 수 없었다. 뒤주에 갇힌 뒤 한동안 사내는 피가 쏠리고 팔다리가 결릴 때마다 이리저리 몸을 뒤척였다. 하지만 이제는 그마저도 잊었다. 삶을 향한 희망을 완전히 놓은 뒤, 사내는 자궁 속의 태아처럼 잔뜩 웅크린 채 미동조차 하지 않았다. 가끔 내시나 금군이 다가와 코를 감싼 채 사내의 생사를 가늠하고 돌아가고는 했다. 누군가 다가올 때마다 뒤주에 물이라도 부어달라던 하소연도 이제 더는 새어 나오지 않았다.

"자결하라!"

휘령전을 쩌렁쩌렁 울리던 부왕의 노기 찬 음성이 불현듯 사내의 가물거리는 정신을 깨웠다. 윤 5월 13일(양력 7월 4일)의 일이었다. 사내는 선전관들에게 끌려와 휘령전 돌바닥에 무릎이 꿇렸다. 얼굴에는 몽두가 씌워져 있었다. 사내는 왕의 명이 떨어지자 자신의 옷을 찢어 스스로 목을 조이려 했다. 하지만 강관들이 뛰쳐나와 그의 팔을 붙들었다. 그러자 사내는 돌바닥에 머리를 찧어댔다. 이 역시 강관들이 저지했다. 왕은 자결하라고 소리쳤지만, 사내의 자해를 저지하는 강관들의 행동을 막지 않았다. 조선의 왕위를 이었어야 할 인물이었다. 차마 신료들 앞에서 세자의 죽음을 방치할 수는 없다는 생각이 들었던 듯 분노한 왕이 다시 소리쳤다.

"뒤주를 가져오라!"

금군들이 가져온 뒤주가 휘령전 마당에 놓이는 것을 보면서도 주위를 둘러싼 신료들은 세자가 그렇게 죽음을 맞으리라고는 추호도 생각지 않았다. 세자가 기행을 일삼을 때마다 이미 여러 번 되풀이되어온 일이었다. 예전처럼 이렇게 한바탕 살풀이를 하고 나면 한동안 궁은 태풍이 지나간 강산처럼 평온함에 잠길 터였다.

"뒤주에 나무를 덧대라."

세자가 뒤주에 들어가 웅크린 뒤 왕이 말했다. 그제야 신료들은 왕의 얼굴에서 어떤 결기를 느꼈다. 늘 보아오던 노기가 아니었다. 왕의 하명 또한 엄포가 아니었다.

"전하!"

그제야 몇몇 신료가 왕 앞에 엎어지며 감형을 읍소했다. 하지만 왕의 눈빛은 조금도 흔들리지 않았다. 한 편의 살벌한 마당놀이를 구경하는 기분으로 주변에 서 있던 신료들도 얼어붙었다. 왕의 말이 이어졌다.

"명을 받들라. 죄인의 숨소리조차 듣기 싫으니 나무를 덧대라."

신료들은 왕의 분노가 젖은 먼지처럼 켜켜이 쌓여왔음을 알고 있었지만, 이런 식의 결말을 기대하지는 않았다. 그들은 휘청거리는 걸음으로 휘령전을 빠져나가는 왕의 뒷모습을 두려운 눈길로 지켜보았다. 아들의 숨소리조차 듣기 싫다는 말이 그 순간만큼은 탄언(誕言)이라 여겨졌다.

하지만 그날로부터 벌써 일주일 가까이 세자는 뒤주에 갇혀 있었다. 누군가 뒤주 틈으로 죽과 물을 넣어준 사실이 드러나자 왕이 유약을 발라 틈새를 메우라고 했다는 소리도 들려왔다. 돌아가는 상황을 지켜보며 신료들은 속이 바짝 타들어갔다. 전혀 뜻밖이었다. 왕이 이렇게까지 나오리라고는 어느 누구도 예상하지 못했다.

∞

누군가 근처를 기웃거리는 낌새를 알아차린 뒤주 속의 사내가 온 힘을 끌어모아 말했다.

"며칠이 지났는가?"

"이레이옵니다."

굵은 목소리로 보아 금군인 듯했다. 무관은 폐위된 세자에게 마지막 예를 다하겠다는 듯 정중하게 대답했다.

"이레로구나."

사내는 혼잣말을 하고는 다시 까무룩 정신을 잃었다.

얼마나 시간이 지났을까. 피부에 이슬이 내려와 앉았다. 늦은 밤인가 보았다. 눈을 떠도 감아도 온통 어둠뿐이다. 몽두 쓴 사내는 낮밤을 기온으로 감지했다.

'끼이익.'

휘령전의 나무 대문이 삐걱거리는 소리를 내며 열렸다. 두 명의 남자가 낮게 소곤거리며 뒤주 쪽으로 다가오고 있었다. 뒤주 속의 사내는 기다리던 순간이 찾아왔다고 생각했다. 그들은 사내를 데리고 갈 저승사자일 것이다. 드디어 이 고통이 끝나는 것인가…….

"선아."

뒤주 속의 사내는 숨이 멎는 듯했다. 구천을 떠도는 영혼이 되어서도 잊을 수 없을 바로 그 음성이었다.

선(愃). 백성들이 함부로 지을 수도 없고, 부를 수도 없는 왕가의 이름. 조선 백성 중에 같은 글자를 이름에 쓴 이는 아무도 없었다. 백성 중 어느 누구도 그 글자를 이름에 쓸 수 없게 했다는 것은 함부로 부를 수도 없음을 의미했다. 그런데 뒤주로 다가온 남자는 그 이름을 부르는 데 아무런 주저함이 없었다. 한때 세자였던 뒤주 속 사내의 이름을 이토록 당당하고 다정하게 부를 수 있는 이는, 이 세상에 단 한 사람뿐이었다.

"선아."

뒤주 속의 사내는 반사적으로 몸을 움직였다. 몸을 최대한 펴서 소리 나는 쪽으로 귀를 가져가려 했다.

"어제 네가 했다는 말을 듣고 기쁜 마음에 달려왔다."

"어리석은 자인지라……."

몽두를 쓴 사내의 음성에 울음이 섞였다. 부끄러움 때문인지, 슬픔 때문인지, 기쁨 때문인지 알 수 없었다.

"살려달라고 하였다지?"

"예, 죽을 짓이지요. 죽어 마땅한 일입니다."

그제야 뒤주 속의 사내는 전날 비몽사몽 중에 했던 행동이 현실이었음을 깨달았다. 무슨 말을 했더라? 어젯밤 내가 무슨 짓을 했더라? 그 생각을 하자 사내의 귀에 전날 자신이 외쳤던 말이 날아와 꽂혔다.

"삭정(削正)! 삭정!"

뒤주의 나무판을 사이에 둔 두 사람이 동궁전에서 책을 읽으며 내뱉고는 했던 말이었다. 그때 읽던 서책에는 남길 것보다 지울 것이 더 많았다. "삭정."이라고 소리치면서 뒤주 밖의 남자는 현실과 동떨어진 책 속의 문장에 사정없이 먹칠을 했더랬다.

그때를 떠올리며 뒤주 속의 사내는 자신의 사지를 삭정하고 싶었다. 팔과 다리를 잘라내고, 자신의 삶 전체를 지우고 싶었다. 있는 힘을 다해 팔을 물어뜯고 있을 때 잡귀가 뒤주로 다가와 속삭였다.

"살려달라고 말해. 살려달라고 하면 살 수 있어. 그 순간 이 고통은 끝나는 거야."

잡귀의 유혹에 사내는 소리 내어 웃었다. 웃음으로 잡귀를 떨쳐버리고 싶었다. 하지만 잡귀의 목소리는 달콤했다.

"아바마마라 부르지 말고, '전하, 살려주시옵소서' 하고 말해."

사내는 발악하듯 소리쳤다.

"아바마마! 아바마마! 살려주시옵소서. 살려주시옵소서. 아바마마의 말이 다 맞습니다. 소자가 미쳐서 역모를 저질렀사옵니다!"

잡귀는 '아바마마'라는 말이 마음에 들지 않는 듯 얼굴을 찌푸렸지만, 이내 사내의 귓가에 속삭였다.

"계속해. 그러면 살 수 있어."

"소자가 왕손의 어미 또한 죽이려 했다 하셨지요? 그렇습니다. 제가 한 것이 맞습니다. 또 뭐가 있을까요?"

"또 있지 않느냐."

잡귀가 왕의 음성을 흉내 냈다.

"지금은 제정신이 아니라 생각이 나지 않습니다. 그러니 알려주십시오. 그 또한 제가 한 것이라 하겠습니다."

"한 것이라 하겠다고?"

잡귀가 못마땅한 듯 말했다.

"아니, 했습니다. 제가 했습니다. 그러니 입술을 적실 물이라도 주라 하십시오."

사내는 미친 듯이 소리치며 뒤주를 손톱으로 긁어댔다. 손톱 사이로 나뭇조각이 파고들어도 아픈지 몰랐다.

"악! 으아아악!"

그러다 뒤주 속의 사내는 번뜩 정신을 차렸다.

"잡귀야, 물렀거라! 잡귀야, 물렀거라!"

온 힘을 다해 사투하듯이 몸을 버둥거렸다. 그러자 거짓말처럼 잡귀가 사라졌다.

∞

한바탕의 푸닥거리가 꿈만 같았지만 꿈이 아니었다. 뒤주를 감시하던 이들의 입을 통해 뒤주 속의 세자가 미친 듯이 살려달라고 하더라는 소문이 퍼진 모양이었다.

"살려달라고 하였으니, 진정 죽어야겠습니다."

뒤주 속의 사내는 몽두를 쓰고도 부끄러워서 얼굴을 가리고 싶었다. 마음이 약해져서는 안 되었다. 그러면 지금까지 진행해온 모든 계획이 수포로 돌아간다.

"살려달라고 하였다는 말을 듣고 기뻐서 달려왔다. 이제 그만 뒤주에서 나오너라."

뒤주 밖의 남자도, 뒤주 속의 사내도 그리할 수 없다는 걸, 그리해서는 안 된다는 걸 잘 알고 있었다. 그래서 더욱 슬프고 안타까웠다.

"왜 얼굴이 상하셨습니까?"

"어찌 아느냐? 내 얼굴이 보이느냐?"

"목소리에 힘이 없고 갈라지시니 그렇습니다. 성량이 미세하게 줄어든 것을 듣고 알았습니다."

그 말을 듣고 밖의 남자가 울컥했다. 굳은 정적 사이로 낮게 흐느끼는 소리가 틈을 만들고 있었다.

"내 너를 이 안에 두고 눕지도 자지도 먹지도 못하였다. 살아도 산 것이 아니다. 살려달라고 소리쳐라. 내가 너를 당장 살려줄 것이다."

내가 너였고, 네가 나였던 사람. 그가 지금 흐느끼고 있었다. 몽두 쓴 사내는 더욱 결심을 굳혔다. 이제는 죽어도 여한이 없으리라 생각했다.

"내가 죽어야 네가 살겠지요."

"그 말은 내가 죽으면 너는 살 수 있다는 뜻이지."

"둘 중 하나라면 저여야 합니다."

"네가 죽으면 모든 것이 끝날까?"

"진실은 무겁고 거짓은 가볍다고 하셨지요? 때론 진실은 가볍고 거짓은 무겁습니다. 거짓으로라도 사셔야지요. 그리하여 거룩한 뜻을 전하셔야지요."

뒤주 밖의 남자는 더 이상 사내를 설득할 수 없다는 사실을 깨달았다. 몽두를 쓴 사내의 목소리는 힘과 기개가 있었지만 숨소리는 달랐다. 숨이 올라와서 입 위에 걸려 있었다. 생이 얼마 남지 않았다는 신호였다. 어쩌면 몽두를 쓴 사내는 생의 마지막 힘을 목소리를 짜내는 데 쓰고 있는지도 몰랐다.

뒤주 밖의 남자가 뒤주에 등을 기대어 앉았다. 흐느낌에 불규칙하던 숨소리가 조금씩 잦아들었다. 뒤주 속의 사내는 이제야 마음 편히 이야기를 할 수 있겠다 싶었다.

"얼마 전에 꿩 한 마리가 다녀갔습니다."

뒤주 속 사내의 음성이 달라졌다. 그제야 뒤주 밖의 남자는 이 힘든 상황에서도 뒤주 속의 사내가 그동안 자신의 목소리를 흉내 내고 있었음을 깨달았다.

"꿩이 어찌 우는지 아십니까?"

"알지. 흉내 내볼까?"

몽두 쓴 사내의 얼굴에 희미한 미소가 번졌다. 뒤주 밖의 남자는 그런 농담이라도 하고 있으니 살 것 같았다.

"하지 마십시오. 그런 것까지 배우셨습니까?"

"네가 하는 것을 그리 보지 않았느냐. 내 딱 한 번만 해볼까? 제법 비슷하면 웃어도 좋다."

"웃는다고요? 감히 웃다가 목이 달아나려고요?"

두 사람은 미소를 지었다가 이내 웃음기를 거두었다. 목숨이 경각에 달린 상황에서 할 농담이 아니었다. 자꾸만 가라앉으려는 분위기를 되살리려 뒤주 밖의 남자가 말했다.

"자, 한다. 잘 들어야 한다. 딱 한 번만 할 것이다."

밖의 남자는 목청을 가다듬더니 기어이 소리를 냈다.

"꿩꿩. 꿩꿩."

몽두 쓴 사내의 희미한 웃음소리가 뒤주 밖으로 새어 나왔다.

"그렇지요. 꿩은 '꿩꿩' 하면서 울지요."

"까투리 흉내도 내주랴?"

뒤주 안에서는 대꾸가 없었다.

"그런데 갑자기 웬 꿩이냐?"

"꿩이 알을 낳았습니다."

그제야 뒤주 밖의 남자는 그 말뜻을 알아차렸다. 또다시 가슴이 무너졌다.

"꿩이 어떤 새인지 아시지요?"

밖의 남자는 대답할 수 없었다.

"명당을 잘 찾아내는 새이지요. 꿩이 알을 낳는 곳에 가보면 명당인 경우가 많다 하더이다. 그 새가 휘령전에 알을 낳았습니다. 제가 명당에서 죽으려나 봅니다."

그 말에 다시금 뒤주 밖 사내의 눈물샘이 터졌다. 그는 행여 몽두 사내가 울음소리를 들을세라 자신의 입을 틀어막았다.

"죽을 것 같습니다. 숨이 깔딱깔딱 넘어가려다 다시 돌아오지요. 그러나 이리 죽게 해주셔서 고맙습니다. 그리하여 반드시 죽고 싶습니다."

휘령전 초소에서 금군들에게 술을 먹이고 있던 내시가 급히 뒤주 쪽으로 다가왔다. 새벽이 가까워지고 있었다. 어둠에 실금이라도 생기면 사람을 알아볼 수 있다. 내시는 뒤주 곁의 사내에게 급히 떠나야 한다는 신호를 보냈다.

뒤주를 찾았던 남자가 일어나 뒤주에 절을 했다. 두 번을 하려다가 세 번을 했다. 발걸음이 떨어지지 않았다. 멀리서 금군들이 절을 하는 남자를 쳐다보았다. 그들은 세자를 모시던 이들 중 하나일 거라고 지레짐작했다. 내시가 남자의 손을 끌었다. 내시의 손에 이끌린 남자가 터덜터덜 어둠 속으로 사라졌다.

뒤주 속 사내는 멀어지는 발걸음 소리의 끝을 잡기 위해 귀를 세웠다. 휘령전 문이 닫히고 더 이상 아무것도 들려오지 않았다. 사내는 그 어느 때보다도 마음이 편안했다. 육신마저 벗어버린 듯 가벼웠다.

몽두 쓴 사내는 저고리의 솔기 부분에 두드러진 바느질 자국을 손가락 끝으로 매만졌다. 이 옷을 짓기 위해 한 땀 한 땀 박음질을 했을 그녀의 모습을 떠올리자 사내의 입가에는 저도 모르게 미소가 걸렸다. 품에서 댕기를 꺼냈다. 댕기의 까끌까끌한 촉감이 좋았다. 한 치 앞도 구분할 수 없는 완전한 어둠 속에서도 사내는 댕기의 연두색을 선명하게 볼 수 있었다. 지난 일주일 동안의 모든 고통이 저물고 나른한 피로가 홑이불처럼 온몸을 감쌌다. 날이 밝아올 무렵 뒤주 안 사내의 사지가 툭 떨어졌다.

∞

　날이 밝았다. 금군 하나가 뒤주에 다가가 귀를 기울였다. 어제만 해도 희미하게 들려오던 숨소리가 더 이상 새어 나오지 않았다. 뒤주를 툭툭 쳐보았으나 아무런 기척이 없었다.

　'뒤주에서 훙서하셨다.'

　어의는 그렇게 전했다. 죄인이라 세자 저하라는 말은 붙이지 못했다. 왕은 그 소식을 듣고 잠시 눈을 감았다가 뜨고는 허망한 눈빛으로 말했다.

　"성복(成服) 발인만 하라. 허나 반우(返虞) 연상(練祥)에는 백관이 담복(禫服)으로 예를 행하라."

　장례를 신속히 치르라 하면서도 제사에는 예를 갖추라 하니 그 뜻이 상이해 신료들은 고개를 갸웃했다. 그뿐만 아니라 왕은 자신이 명을 내려 죽음으로 내몬 아들에게 시호를 내렸다.

　생각할 사(思), 슬퍼할 도(悼). 사도.

　노론 대신들 사이에는 아무리 세자라 하지만 역모로 폐세자되고 처형된 죄인에게 시호를 내리는 것은 옳지 않다는 의견이 돌았으나, 감히 나서는 이가 없었다. 친자식의 목숨까지 거둔 독한 왕에게 주청했다가 역풍을 맞을 수도 있었다. 임오년(1762년)의 일이었다.

1

국금이 되지 못한 국금

1. 효명과 재운

잿빛 하늘이 회색으로 물들기 시작했다. 가느다란 초승달만이 미처 어둠을 따라가지 못하고 남겨진 아이처럼 덩그마니 회색 하늘에 떠 있었다.

내시들이 머무르는 궐내 각사인 내반원에 딸린 중금의 처소에서 그림자 하나가 분주하게 움직였다. 그림자의 주인공은 신효명이었다.

"일어나게. 전하께서 기침하셨다면 큰일 아닌가?"

효명은 호롱에 불을 붙여서 자고 있는 이재운의 얼굴 가까이 가져갔다. 재운이 일어나 앉았지만 눈꺼풀이 집채보다 무거운 듯 여전히 눈을 감고 있었다.

"몇 시인가? 북소리를 듣지 못한 것 같은데."

재운은 통금 해제를 알리는 파루의 북소리를 놓친 것이 이상했다.

"전하께서 파루의 북소리가 울리기 전에 기침하고 싶으시다 하지 않았나. 잊었는가?"

재운은 못마땅하다는 듯 볼멘소리를 했다.

"아니, 왜 우리 중금한테 전하의 아침잠을 깨우라 하는 건가? 전하의 기침을 돕는 것은 원래 입직(入直) 내시의 책임 아닌가?"

효명은 조금이라도 시간을 아끼기 위해 재운을 부축하여 일으키며 말했다.

"아침부터 내시들의 간드러진 목소리를 듣고 싶지 않으시다 하지 않았는가?"

"그 소리 듣기 싫다고 애먼 우리를 괴롭히시나? 니기미."

효명이 급히 재운의 입을 막고는 주위를 살폈다.

"중금이네. 주상 전하의 입을 대신할 중금! 상스러운 소리는 물론 불경한 소리도 금하고 있지 않은가. 누가 들었다면 경을 치를 일이네."

안절부절못하는 효명과 달리 재운은 늘어지게 하품을 하고는 기지개를 켰다.

"니기미가 왜 욕인가? 네 에미를 줄여서 부르는 경상 좌도의 방언일세."

"어허, 그것이 왜 욕이 아닌가? 놀음하다가 돈 잃고 나오면서 아재들이 니기……."

효명은 화들짝 놀라 입을 다물었다. 재운이 얄궂은 표정을 지었다.

"지금 자네, 뭐라고 했나?"

"아무 말도 하지 않았네."

"했지 않나? 이왕 입에 담은 거 속 시원하게 한번 하게."

"나는 하지 않았네."

"에이, 그러지 말고 하래도. 보는 사람도 없지 않나."

"내가 듣지 않는가. 내가 보지 않는가. 나는 사람이 아닌가?"

역시나 효명은 곧이곧대로였다. 재운은 그런 효명이 때로는 지루하고 답답했지만 바로 그렇기에 믿을 수 있는 사람이라고 생각했다. 처음 만난 그 순간부터 지금까지 효명은 참으로 한결같았다.

"빨리 가세. 전하께서 먼저 기침하셨다면 곤란하지 않겠는가."

"한두 살 먹은 애도 아니고 우리가 꼭 깨워줘야 일어난단 말이야."

"시끄럽네. 서두르기나 하게."

재운은 물 적신 헝겊으로 얼굴을 닦고는 의관을 갖추었다. 효명은 재운의 행동이 워낙 더뎌서 조바심이 났지만, 더 이상 재촉하지 않았다.

방을 나설 때 효명이 재운에게 수건을 내밀었다.

"이게 뭔가?"

"내가 뭐라 했나? 새벽에는 목에 수건 두르는 걸 잊지 말래도. 우리 한테는 목이 생명 아닌가?"

재운과 효명은 함께 뛰기 시작했다. 두 사람의 입에서 연신 뜨거운 입김이 새어 나와 공중으로 흩어졌다. 중금 동료인 최헌직이 자신 쪽으로 달려오는 두 사람을 발견하고는 눈인사를 건넸다. 최헌직은 떠오르는 새벽 기운을 받으며 목소리를 가다듬는 중이었다. 재운이 그를 지나친 뒤에 말했다.

"참 독한 친구야."

"부지런하고 성실한 거지."

효명과 재운이 어둠 속으로 사라진 뒤 최헌직은 두 사람이 사라진 쪽을 부드러운 눈길로 바라보았다. 매사에 신중하고 진지한 최헌직은 자신과 달리 이재운의 활달한 면이 보기 좋았다. 최헌직이 판단하기에 재운은 하늘이 내린 중금이었다. 타고난 재능을 따라갈 자가 없었다. 그런데도 재운이 거들먹거리거나 뻐기는 것을 본 적이 없었다. 그 곁에서 함께 달려가는 신효명 역시 성품이 곧고 선해서 최헌직은 호감을 품고 있었다. 한 가지 아쉬운 점이 있다면 두 사람이 워낙 붙어 다녀서 그가 끼어들 틈이 없다는 점이었다. 온갖 협잡이 난무하는 궁에서 저토록 짙은 우정을 유지하고 있는 두 사람이 부러웠다.

∞

왕의 침전이 있는 희정당이 가까워지자 효명과 재운은 걸음을 늦추었다. 이미 내시와 궁녀, 금군들이 희정당 마당에 진을 치고 있었다. 효명과 재운은 조심스럽게 다가가 침전의 문 앞에 무릎을 꿇었다. 얼어붙은 돌바닥에 무릎을 대자 날카로운 한기가 온몸을 훑고 지나갔다.

문 밖의 내시들은 발을 동동 구르고 있었다. 대신들과 조강이 있는 날인데 임금이 아직 기침한 기색이 없다며 걱정이었다.

"어젯밤 늦게까지 잠을 이루지 못하셨소. 지금 일어나셔야 할 텐데……. 아뢰어주시오."

밤새 입직을 선 내시의 말에 효명이 낮고 부드러운 목소리로 말했다.

"전하, 기침하시옵소서."

하지만 침전에서는 아무런 반응이 없었다.

"전하, 조강이 있어 서두르셔야 하옵니다."

여전히 묵묵부답.

"전하."

효명이 계속해서 임금을 불렀지만, 안에서는 아무런 기척이 없었다. 재운은 잠시 달아났던 잠기운이 다시 닥쳤는지 효명 곁에서 꾸벅꾸벅 졸기 시작했다. 내시들에게 그 모습을 보였다가 나중에 훈도중금의 귀에 들어가기라도 하면 큰일이었다. 효명은 팔꿈치로 재운의 옆구리를 살짝 찔렀다.

"아야!"

재운이 저도 모르게 소리를 질렀다. 순간, 희정당 앞에 대기 중이던 무리의 시선이 일제히 재운에게로 쏠렸다. 문 앞에서 내내 동동거리던 입직 내시의 눈이 커졌다. 상선내시 서승은 재운을 쏘아보았다. 곁에 서 있던 정중금 홍정택과 승전중금들은 아예 눈을 감아버렸다.

"무엇이냐?"

안에서 왕의 음성이 들려왔다. 입직 내시는 왕이 일어났다는 사실이 기쁜 나머지 재운을 탓할 새도 없었다. 문을 열자 보료에 누워 있는 왕의 모습이 보였다. 왕의 눈은 천장을 응시하고 있었다. 재운의 비명에 잠을 깬 것 같지는 않았다.

입직 내시가 침소의 문을 활짝 열어젖히자 방 안의 뜨거운 공기가 효명과 재운의 얼굴에 잠시 머물다가 흩어졌다. 궁녀들이 방 안으로 들어섰다. 왕을 일으키지는 못하고 손과 발부터 따뜻한 물로 정성스럽게 닦아냈다. 그래도 왕은 일어날 생각이 없는 모양이었다.

"전하, 기침하시옵소서."

입직 내시가 바짝 엎드린 채 말했다. 왕은 몸을 모로 돌려서 바깥을 내다보았다.

"진즉에 기침하였다."

상선내시 서승이 문 앞에서 허리를 숙인 채 물었다.

"기척이 없으셔서 걱정하였사옵니다. 전하, 어디 불편한 곳이라도 있으시옵니까?"

"일어나도 내 낙이 없다. 눈을 뜬다는 것이 괴로워서 대답하지 않았다. 그래도 아까 그 비명은 신선했다."

왕의 말에 재운은 효명을 향해 눈을 찡긋해 보였다. 그러고는 고개를 들어 침전 안으로 자신의 음성을 들이밀었다.

"전하, 그러면 어떤 것이 전하를 깨울 수 있사옵니까?"

문 앞에 서 있던 서승이 그 자리에서 얼어붙었다. 감히 중금 따위가 왕에게 질문을 하다니! 상선내시 서승은 조금 전 재운이 비명을 질렀을 때와는 비교도 할 수 없을 정도로 얼굴에 노기를 띠었다. 서승은 서른을 갓 넘긴 나이에 내시의 수장이 된 자로, 조정의 대신들도 그 앞에서는 기를 펴지 못할 만큼 단단한 인물이었다. 좀처럼 속을 드러내지 않는 그였건만 재운의 행동에 숨겨진 노기를 드러내고 만 것이었다.

"감히, 어느 안전이라고!"

효명은 눈을 찔끔 감아버렸다. 이렇게까지 막 나가는 친구가 아닌데, 오늘따라 왜 이럴까……? 재운도 금세 분위기를 파악했는지 얼른 고개를 숙였다. 그때 침전의 어둠 속에서 다정다감한 목소리가 흘러나왔다.

"그냥 두게. 그 아이가 나를 깨웠지 않는가."

서승은 왕의 말에도 노기 띤 눈빛을 거두지 않고 재운을 매섭게 쏘아보았다.

왕이 상체를 일으켜 앉았다. 재운은 다시금 겁도 없이 고개를 살짝 들어 왕의 용안을 훔쳐보았다. 침전이 어두워서 그렇게 보인 것인지 몰라도 왕의 얼굴은 깊은 수심에 잠겨 있었다. 서른 중반의 젊은 왕은 표정이 어두울 뿐만 아니라 얼굴이 매우 수척했다. 왕이 병을 앓고 있다는 궁궐 내의 소문이 헛된 것만은 아닌 모양이었다.

왕은 병색이 완연한 낯빛에도 당돌한 질문을 던진 재운이 재미있는 듯 엷은 미소를 띤 채 말했다.

"사는 게 좀 재미있어지면 아침 일찍 일어나고 싶을 테지. 그게 아니라면 누가 나의 기분을 바꾸어줄 재미있는 이야기라도 들려주던지."

왕의 말에 재운은 효명을 돌아보며 다시 한 번 눈을 찡긋해 보였다. 효명은 그 모습을 보고 재운이 또 무슨 당돌한 짓을 할까 싶어 덜컥 겁이 났다. 아니나 다를까…….

"전하, 만약 제 얘기가 재미있다면, 제게는 어떤 상이 내려지는 것이옵니까?"

상선내시의 매서운 눈빛이 더욱 뜨겁게 재운에게로 향했다. 하지만 재운은 아랑곳하지 않고 넉살을 부리며 말을 이었다.

"중금들은 이야기책을 많이 읽사옵니다. 그중에 어떤 여인이 천 일 동안 왕에게 재미있는 이야기를 들려주어서 큰 상을 받는 이야기가 있습니다."

왕은 상체를 앞으로 당겨 재운의 얼굴을 들여다보았다. 메마르다 못해 쩍쩍 갈라진 땅에 내리는 이슬비처럼 풋풋한 재운의 행동이 흥미로웠다. 당돌하면서도 상대의 기분을 상하게 하지 않는 묘한 매력을 갖춘 젊은이였다.

"매일매일 네 얘기가 듣고 싶어 아침이 기다려진다면야 어떤 상인들 못 내리겠느냐."

거기까지였다. 재운도 왕도 그 이상의 선을 넘지는 않았다. 하지만 이 일은 내명부와 내시들, 중금들, 궁녀들, 금군들 그리고 궁을 출입하는 신료들 사이에 엄청난 화제가 되고도 남을 사건이었다. 효명은 재운에게 어떤 벌이 내려질지 두려워 노심초사했으나, 정작 당사자인 재운의 표정은 천하태평이었다.

임금이 완전히 잠을 물리치자 놋대야에 각각 다른 물을 담은 궁녀들이 침전으로 들어섰다. 대야 안에는 따뜻한 물, 하얀 쌀을 갈아 넣은 물, 꽃잎을 달인 물이 담겨 있었다. 궁녀들은 면을 물에 적셔 임금의 용안을 정성 들여 닦았다. 이어서 타락죽이 담긴 조반이 들어왔다. 의관을 갖춘 임금은 조반을 물렸다.

"우선 대비전으로 가서 아침 문안을 여쭙겠다."

내시들은 임금이 물린 조반상을 들고 동동거리며 뒤를 따랐다.

"전하, 오늘 일정이 많으신지라 조반을 드시는 것이……. 아직 시간이 좀 있사옵니다."

"조반은 연잉군과 먹으려 한다."

임금이 침전 밖으로 나섰다. 무관들이 앞장서고 그 뒤에 정중금 홍정택이 섰다. 효명과 재운은 행렬의 끄트머리에 가서 섰다. 대열이 갖추어지자 홍정택이 주위를 살피고는 목을 가다듬은 뒤 낮고 깊게 외쳤다.

"행차(行次)."

정중금의 음성이 새벽녘 안개처럼 부드럽게 퍼져 나갔다.

상선내시가 내시들의 우두머리이듯 중금들의 수장은 정중금이다. 그 자리는 모든 중금이 선망했으나 아무나 오를 수 없는 자리였다. 효명은 언젠가는 기필코 정중금이 되리라 마음먹었다. 그래서 정중금의 음성을 들을 수 있는 기회가 생기면 열 일 제쳐두고 자원했다. 왕의 잠을 깨우는 성가신 일에 나선 것도 그런 이유였다. 효명은 많은 사람 앞에서 당당히 왕의 목소리를 대신할 그날을 꿈꾸며 오늘도 이른 아침을 가르는 정중금의 목소리에 귀를 세웠다.

생각에 빠져 있을 때 재운이 효명의 옆구리를 찔렀다. 효명이 눈길을 주자 재운이 입 모양으로 말했다.

[나는 간다. 이따 봐.]

일부러 걸음을 늦추어 대열에서 슬금슬금 이탈한 재운은 그대로 뒤돌아서 냅다 뛰어갔다.

효명은 궁궐 내에서 가장 속 편한 인물이 재운일 거라고 생각했다. 출세욕도 없었고, 중금으로서 일가를 이루고자 하는 의지도 보이지 않았다. 그냥저냥 하루하루 무탈하게 지내고 세끼 밥을 먹는 것으로 만족하는 것만 같았다. 모든 중금이 탐낼 만큼 뛰어난 재능을 지녔음에도 재운은 자신의 재능을 제대로 써먹을 생각조차 하지 않았다. 그런데 요즘 들어 재운의 한량 기질이 점점 더 심해지는 것 같았다. 효명은 모두가 잠든 시각에 재운이 처소를 벗어나 새벽이슬을 맞으며 돌아다니는 것을 여러 번 목격했다.

효명 역시 아무도 몰래 서책 보관소를 다녀오는 길이었다. 한번은 재운의 뒤를 밟았는데, 그의 발길이 궁궐 내 의복을 담당하는 궁녀들의 처소로 향하는 것을 알아차리고는 미행을 그만두었다. 궁궐 내에 정인(情人)이라도 생긴 걸까……?

연잉군이 머무는 처소가 가까워지자 글 읽는 소리가 아련히 들려왔다. 임금이 입에 손을 갖다 댔다. 그러자 홍정택의 음성이 흘러나왔다.

　"감음(減音)."

　대열이 일제히 멈추었다. 임금은 글 읽는 소리를 음미하며 미소를 지었다. 세상 살아갈 재미가 없다던 왕에게 연잉군의 글 읽는 소리가 몇 안 되는 즐거움 가운데 하나인 듯했다. 잠시 소리를 음미하던 왕이 다시 걸음을 내디뎠다.

　"진보(進步)."

　음색이 높으면서도 귀에 거슬리지 않는 동시에 먼 곳까지 가 닿을 만큼 명쾌한 음성이었다. 효명은 배에 힘을 주고 속으로 홍정택의 목소리를 흉내 내보았다.

∞

　'탁, 휘익 탁!'

　하얀 종아리에 회초리질이 가해졌다. 중금을 교육하는 훈도중금이 재운을 혼내는 중이었다. 효명은 재운의 종아리에 붉은 핏줄이 새겨질 때마다 흠칫흠칫 놀라며 몸을 떨었다. 훈도중금 중에서도 젊은 축에 드는 장경은 힘이 좋고 다혈질이었다.

　"네 이놈, 감히 전하께 말을 걸었더냐?"

　중금들은 불경하고 상스러운 말을 입에 올리는 것이 엄격하게 금지

되었으나 훈도중금만큼은 '놈'이나 '녀석'같이 정도가 지나치지 않은 욕설을 입에 담아도 된다는 묵계가 있었다.

"그것은 일부러 그런 것이 아니라……."

"백성은 전하의 용안을 쳐다보는 것만으로도 죄가 된다. 네가 전하를 가까이 모시다 보니 쉽게 느껴진 것이냐?"

"본다고 닳습니까? 용안을 뵙는다고 죄를 묻는 것이 잘못된 일이지 않습니까?"

재운이 물건이라는 사실은 훈도중금들, 아니 중금군 전체에서도 이미 정평이 나 있었다. 하지만 왕을 상대로 궁궐의 법도를 어기고도 이리 당당하니, 장경은 기함할 노릇이었다.

"닳느냐고 했느냐? 이런 미친놈을 보았나! 오늘 내가 네 종아리가 닳아 없어질 때까지 실컷 때려줄 것이다!"

"저는 그저 궁금하여 여쭌 것뿐입니다. 스승님께서 그 연유를 알려주시면 앞으로 잘 이행하겠습니다."

"그런 건 설명이 필요 없는 일이다, 이놈아! 내가 불알도 없는 입직 내시한테 타박을 당하면서 얼마나 얼굴이 화끈거렸는지 아느냐? 그 내시 새끼가 교육 똑바로 하라고 큰소리를 치더라. 네놈 때문에 정중금 어른께서는 또 얼마나 처지가 난처하셨겠느냐?"

재운이 눈을 가늘게 뜨고 훈도중금을 돌아보았다. 효명은 재운의 얼굴에 나타난 그 표정을 발견하고는 일이 더 커질까 싶어 식은땀이 날 지경이었다. 재운이 눈을 가늘게 뜨고 상대를 바라본다는 것은 장난기가 발동했다는 뜻이었다.

"방금 '새끼'라고 하셨습니다. 그런 말은 쓰지 말라 하셨지요?"

"살다 살다 너처럼 간 크고 미친 인간은 처음 본다. 미친놈에게는 몽둥이가 약이다."

단단히 작정했다는 듯 장경이 팔을 걷어붙였다. 훈도중금 장경이 엄하기는 해도 정이 많은 사람이어서 매질이 도를 넘는 경우는 없었다. 하지만 아무래도 이번에는 그냥 넘어갈 것 같지가 않았다. 효명이 앞으로 나섰다.

"스승님, 저도 함께 있었습니다. 같이 벌해주십시오."

"참으로 눈물겨운 우정이다. 오냐, 너도 종아리 걷어라."

효명은 자리에서 일어나 훌렁 종아리를 걷었다. 재운은 효명의 행동이 마음에 들지 않아 인상을 찌푸렸다.

"신효명 중금은 잘못이 없습니다. 제가 졸다가 그만 깜짝 놀라서…… 그래서 상황을 좀 수습해보려다가……."

"뭐? 전하 앞에서 졸기까지 했다는 것이냐? 내가 졸도를 할 지경이로다!"

장경은 문득 자신이 감당할 인물이 아니라는 생각이 들었다. 사실 장경은 재운이 소중금일 때부터 눈여겨보았다. 제멋대로이면서도 잇속을 따질 줄 모르는 재운의 행동거지를 볼 때마다 알 수 없는 청량감이 느껴지고는 했다. 마음껏 숨을 내쉬는 것조차 힘들 만큼 법도를 중히 여기는 궁궐에서 재운은 어디에도 속하지 않고 얽매이지도 않는 자유로운 존재로서 다른 세상을 살아가는 것만 같았다. 재능은 또 얼마나 뛰어난가! 장경은 재운이 자신의 재능을 마음껏 발휘하여 귀하게 쓰이기를 바랐으나, 그것 역시 부질없는 일이었다. 재운은 그저 재운인 채로, 앞으로도 계속 그렇게 살아주기를 바라는 마음이 점점 커졌다.

장경은 회초리를 바닥에 떨어뜨렸다. 그 소리를 듣고 재운이 뒤를 힐끔거리다가 웃음을 지었다. 장경은 참으로 미워할 수 없는 녀석이라고 생각했다.

∞

효명이 재운의 종아리에 약을 문지르며 물었다.

"도대체 무슨 생각으로 그런 건가?"

"뭘?"

재운의 표정은 심드렁했다. 그렇게 큰 사고를 치고도 전혀 개의치 않다니…….

"전하께 말을 여쭌 일 말이네."

효명이 약을 바를 때마다 조금 과장되게 끙끙거리며 엄살을 부리던 재운이 상체를 일으켰다. 조금 전까지만 해도 눈앞에 있던 개구쟁이는 사라지고 눈빛이 깊고 진중한 청년이 그 자리를 대신했다. 이 역시 낯선 모습이 아니었다. 재운은 어디 장난거리가 없나 싶어 사방팔방으로 호기심 가득한 눈길을 던지는 아이 같다가도 돌연 속 깊은 선비로 돌변하고는 했다.

"자네는 느끼지 못했는가?"

재운의 물음에 효명은 아무런 답을 하지 못했다. 재운의 말이 이어
졌다.

"오늘 아침 전하의 음성에서 진한 외로움과 깊은 절망이 느껴지지 않
던가? 세상에 홀로 남겨진 것 같은 무섭도록 짙은 고독 말일세."

재운이 타고난 재능 가운데 하나가 바로 이것이었다. 상대의 목소리
에서 감정을 읽어내고 진의를 간파하는 것. 그래서 중금들 가운데 어느
누구도 재운 앞에서는 거짓을 말할 수 없었다. 그런 점 때문에 중금들
사이에 재운은 불편한 존재이기도 했다.

"원래 가장 높은 곳에 있는 사람은 외로운 법 아닌가."

효명의 말에 재운은 고개를 저었다.

"그 정도가 아니었네. 당장 이승의 끈을 놓아버린다 해도 이상할 것
이 없을 만큼 삶의 의지가 느껴지지 않았어. 그래서 전하를 조금이라도
즐겁게 해드리려 괜한 객기를 부렸던 거네."

효명은 그제야 아침에 보였던 재운의 지나친 행동이 이해되었다. 그
는 다시 한 번 감탄하지 않을 수 없었다. 왕의 심기에 따라서 목이 달아
날 수도 있었다. 그처럼 위험한 상황에서 왕에게 작은 즐거움을 주고자
그렇게 행동할 수 있는 사람이 이 세상에 몇이나 있을까? 아니, 어쩌면
재운은 왕이 자신의 무례함을 받아들일 것이라는 사실마저 이미 간파
하고 있었는지도 몰랐다. 왕의 목소리를 통해서……

2. 비밀

재운은 그날 아침의 일로 근신 처분을 받아 궁궐 내의 잡다한 일을 도맡아 하는 처지가 되었다. 효명은 여전히 아침에 왕의 기침을 여쭙는 일로 하루를 시작했다. 그 일로 한동안 효명은 내반원을 떠날 수 없었고, 재운은 벌을 받느라 궁을 떠날 수 없었다. 온종일 같은 궁궐에 있으면서도 서로 다른 곳에서 바빴다. 궁궐에 들어온 뒤로 늘 붙어 다니던 두 사람이 떨어져 지낸 것은 이때가 처음이었다. 저녁나절에 중금의 숙소에서 만나면 재운은 검게 그을린 얼굴에 허연 이를 드러낸 채 효명을 맞았다.

재운은 궐 안을 돌아다니며 겪은 여러 가지 일을 주저리주저리 이야기해주었다. 어쩌면 중금보다는 잡일을 하는 것이 재운의 성격에 더 맞는 것처럼 보였다. 그중에서도 사냥에 쓸 매를 사육하는 북악산의 응방과 그곳을 지키는 늙은 내시에 대해서 이야기할 때 재운은 가장 신이 나 보였다.

"보통 늙은이가 아냐. 사람 속을 들여다보는 것 같다니까."

그렇게 한 달여를 지내고 재운의 근신이 풀렸다. 그런데 이 무렵부터 재운은 눈에 띄게 풀이 죽어 지냈다. 상선내시 서승의 매서운 눈초리에도 눈 하나 깜짝 않던 재운이었건만, 말수가 줄어든 것은 물론이고 때때로 생각에 잠긴 채 허공을 응시하며 시간을 보내는 일이 많아졌다. 훈도중금 장경이 어디 아픈 것이냐고 물었지만, 재운은 대답 없이 고개를 저을 뿐이었다.

재운에 대해서라면 어느 누구보다도 잘 알고 있는 효명으로서도 재운의 변화가 낯설었다. 가끔 재운은 깊은 심연에 빠진 듯 한없이 가라앉아 지낼 때가 있었다. 그럴 때의 재운은 다른 세상에 있는 사람 같았다. 효명은 그런 재운을 볼 때마다 어느 날 그가 정말로 다른 세상으로 떠나버리는 것은 아닐까 두려웠다. 고치 속의 누에처럼 웅크리고 있던 그가 어느 날 갑자기 나비가 되어 훨훨 날아가버리지는 않을까……. 하지만 다행히도 며칠이 지나면 언제 그랬냐는 듯 재운은 장난거리를 찾아다니는 개구쟁이로 돌아와 있었다.

그러나 이번에는 달랐다. 한 달간의 근신이 풀린 뒤 벌써 보름이 가깝도록 재운은 자신만의 세계에 머물러 있었다. 이유는 알 수 없지만, 그 심연에서 재운을 건져 올릴 수 있는 사람은 재운 자신뿐이라는 걸 알기에 효명은 그저 지켜볼 수밖에 없었다.

∞

　유난히 달이 밝은 밤이었다. 효명은 순찰을 도는 금군들의 눈에 띄지 않기 위해 나무 그늘에 몸을 숨기며 조심스럽게 움직였다. 며칠 전에도 서책 보관소에서 새벽까지 머물다가 숙소로 돌아가는 길에 내금위 군교에게 걸린 적이 있었다. 다행히 그날 불침번을 선 그 내금위 군교는 평소 낯이 익은 이로, 효명이 늦게까지 책을 읽느라 새벽이슬을 맞는 일이 많다는 사실을 이미 알고 있었다. 그렇다고 매번 그렇게 눈감아주기를 바랄 수는 없는 노릇이었다. 서로 난처한 일이 있어서는 안 되었다. 그래서 효명은 새벽까지 서책 보관소에 있다가 돌아가는 날이면 이렇게 어쩔 수 없이 밤도둑 행세를 해야 했다.

　규칙을 어기는 것을 몹시도 싫어하는 효명이 딱 한 가지 지키지 못하는 것이 취침 시간이었다. 남다른 학구열 때문이었다. 훈도중금의 강학을 듣고 중금과 내시들에게 개방된 서가에서 책을 읽는 것만으로는 앎을 향한 허기를 채울 수가 없었다. 그러던 중 알게 된 곳이 곧 폐기될 낡고 오래된 책들을 보관하는 서고였다. 그곳은 액정서에서 멀지 않은 대숲 깊은 곳에 숨은 듯 자리하고 있어서 궁 안의 사람들도 아는 이가 많지 않았다. 모두가 잠든 시각에 밤늦도록 그곳에서 책을 들여다보는 것이 효명의 낙이었다.

　내반원 건물에 거의 다다랐을 때였다. 검은 그림자 하나가 효명보다 앞서 내반원 쪽으로 움직이고 있었다. 다른 사람의 눈에 띄어도 거리낄 것이 없다는 듯한 몸놀림으로 보아 밤손님은 아니었다. 자세히 보니 풍채가 낯익었다. 효명은 곧 새벽 어스름 속의 그 검은 그림자가 재운임을 알아보았다.

"이보게, 재운."

재운은 놀란 기색도 없이 뒤를 돌아보고는 말했다.

"이제 오는 건가?"

그리고 나서 재운은 곁에 서 있는 회화나무 아래에 자리를 잡았다. 효명도 재운 곁에 앉았다.

"내가 나올 때 자는 걸 확인했는데, 언제 나왔는가?"

효명의 물음에 재운은 엷은 미소를 지었다.

"잠든 척했지. 자네가 나서는 걸 보고 나도 곧바로 나왔어."

"이 시각에 어딜 다녀오는 건가?"

"……."

재운은 아무런 대답 없이 긴 한숨을 내쉬었다.

"우리 사이에 비밀이 있다니, 조금 서운한걸."

농담처럼 던졌지만 농담만은 아니었다. 효명은 이 세상 어느 누구보다도 재운을 믿고 의지했다. 형제나 다름없었다. 그런 일이 일어나지야 않겠지만, 만약 재운을 위해 목숨을 버려야 할 일이 생긴다면 그럴 수도 있을 거라고 생각했다. 그런데 지난번에 근신 처분을 받은 뒤로 재운은 달라져 있었다. 같은 방을 쓰기에 함께 있는 시간이 많았지만, 재운의 정신은 항상 다른 곳에 가 있었다. 못내 서운했지만, 효명으로서는 하루빨리 예전의 그 활달하고 엉뚱한 개구쟁이 이재운으로 돌아오기를 기다릴 수밖에 없었다.

　두 사람이 말없이 회화나무 아래에서 새벽하늘을 올려다보고 있을 때였다. 눈을 밟는 발걸음 소리가 어둠 속에서 다가왔다. 효명은 놀라 몸을 일으켰고, 재운은 그저 소리가 나는 쪽으로 힐끗 눈길을 주었다. 새벽에 자주 부딪히는 바로 그 내금위 군교였다. 그는 효명과 재운을 보고도 크게 티를 내지 않고 고개를 끄덕여 보이고는 다시 어둠 속으로 사라졌다.

　효명이 말했다.

　"유독 저 사람과 자주 마주치는 것 같군."

　재운도 마찬가지였다.

　"과묵하면서도 눈빛이 선해."

　효명이 고개를 끄덕였다. 다른 내금위 무관이나 금군과는 느낌이 다른 사람이었다.

　"사실 자네한테 털어놓을 일이 하나 있네."

　잠깐의 침묵 끝에 효명이 말을 꺼냈다. 재운이 돌아보았다.

　"나 혼자 알고 있기에는 좀 무거운 일이라 자네하고 나누고 싶네."

　"그럼 같이 무거워지자는 말인데, 나는 듣지 않겠네."

　효명은 재운의 그 말에 눈이 커졌다. 순간적으로 너무 서운해서 왈칵 눈물이 쏟아질 것만 같았다. 하지만 재운의 입가에 엷은 미소가 걸려 있는 것을 보고는 안도했다. 아니, 장난을 좋아하는 재운이 비로소 돌아온 것 같아 기뻤다. 재운은 효명의 그런 마음을 아는지 모르는지 짐짓 거만한 표정을 지은 채 턱을 세웠다.

효명은 중금 중에서도 유난히 여리고 고왔다. 유약에서 방금 건져낸 도자기 같았다. 거세를 한 내시라 해도 누구나 고개를 끄덕일 정도였다. 행동거지 또한 마찬가지였다. 품행이 곧고 바랐다. 누가 모진 말이라도 하면 금세 울음을 터뜨릴 것처럼 유약해 보이기도 했다. 그런 효명의 마음을 무겁게 만든 일이라는 게 도대체 뭘까? 재운은 약간 얕보는 심정으로 귀를 기울였다. 그런데 뜻밖의 단어가 효명의 입에서 튀어나와 재운의 귓등을 세게 때렸다.

"자네, 혹시 '국금'이라고 들어보았는가?"

'국금!'

재운의 눈이 커졌다. 왜 이런 때에 효명의 입에서 저 말이 튀어나온단 말인가! 재운은 순식간에 얼어붙고 말았다. 그러거나 말거나 효명은 이야기를 이어갔다.

"자네도 내가 밤이슬을 맞으며 궐내를 돌아다니는 건 알 테지? 서가에서 밤늦도록 책을 읽고 있는데, 젊은 내시 한 사람이 액정서 뒤쪽에 낡은 책을 모아놓은 서고가 있다는 사실을 알려주더군. 액정서 뒤편 대숲에 정말로 오래된 건물이 하나 있고 그곳에는 출처가 불분명하거나 곧 폐기할 책들이 쌓여 있었네."

재운은 가슴을 졸이며 효명의 다음 말을 기다렸다. 재운의 속도 모른 채 효명은 재운이 자신의 이야기에 관심을 두는 것이 신이 나서 계속 말을 이었다.

"그런데 거기서 이상한 책 한 권을 발견했네. 그 서책의 겉면에는 여송국(필리핀) 글씨가 쓰여 있었어. 변방의 작은 나라에서 온 책이어서 귀한 것이 아니라 여겨 폐기하려고 서고에 갖다 놓았을 것이네. 나 역시 여송국 말은 알 수가 없으니 그냥 던져놓으려 했네. 그런데 책 속에 서찰 한 편이 끼워져 있더군. 그리고 그 서찰에 우리 중금에 관한 이야기가 있더란 말일세."

재운은 기진맥진했다. 온몸에 힘이 들어가고 가슴이 두근거려 견디기 힘들었다. 지난 보름 동안 내내 자신을 괴롭혀온 그 단어를 저토록 천진난만한 표정으로 내뱉고 있는 효명의 얼굴을 보고 있자니 눈물이 쏟아질 것 같았다. 효명의 태도로 보아 그가 무언가를 알고서 하는 이야기는 아닌 듯했다. 하지만 재운의 가슴에는 어쩐지 효명이 이 위험한 일에 휘말릴지도 모른다는 두려움이 엄습해왔다.

"거기에서 국금이라는 단어를 보았네. 나라 국(國), 금할 금(禁). 그러니까 차마 책에는 기록할 수 없는 중요한 기록을 중금을 통해 남긴다는 것이야."

"……."

"왕께서 인간의 머릿속에 기록한 비밀문서라고 하면 적당한 비유가 될까? 절대 비밀을 지켜야 하고, 해제를 정한 때가 오면 중금이 그 사실을 밝힌다고 하네."

"국금이 되면……."

효명이 이야기하는 동안 숨죽이고 있던 재운이 비로소 조심스럽게 입을 열었다.

"……궁을 떠나야 하겠지?"

"아무래도 그렇겠지. 궐내에 있으면서 비밀을 유지하기란 힘들 테니 말일세."

재운이 무거운 표정으로 침묵에 잠겼다. 중금에 관한 무거운 비밀이라고는 하나, 재운이 이토록 심각해지는 것을 효명으로서는 이해할 수 없었다.

"내가 괜한 이야기를 해서 자네 마음을 무겁게 했나 보군. 하지만 너무 신경 쓰지 말게나. 누가 지어낸 이야기를 그냥 옮겨놓은 것일 수도 있으니까."

효명의 말에 재운은 쓸쓸한 미소를 지었다.

"그런데 혹시라도 말이야, 자네나 내가 국금이 된다면 우린 서로에게 이야기해주도록 하세. 둘 중 한 사람이 갑자기 사라진다면 최소한 그 이유라도 알아야 하지 않겠는가?"

그렇게 말해놓고 효명은 해맑은 웃음을 지었다. 재운은 효명의 얼굴을 바라보기 힘들어서 일부러 시선을 먼 곳으로 돌렸다.

"국금이 되어라."

보름 전 그날 임금이 나지막이 전하던 음성이 환청처럼 재운의 귓가를 맴돌았다.

∞

근신 처분이 풀리는 마지막 날이었다. 벌을 받는 중이었지만, 재운으로서는 근신 기간을 더 늘릴 방법이 없을까 궁리할 만큼 행복한 시간이었다. 멀리서나마 궁녀 향안을 자주 볼 수 있었기 때문이다.

밤에 금군의 눈을 피해 상의원 소속의 궁녀들이 머무는 숙소 부근을 어슬렁거리고는 했지만, 담을 사이에 두고 어둠 속에서나마 향안의 얼굴을 볼 수 있는 날은 손에 꼽을 정도였다. 내시 이외에는 어떤 남자와도 접촉이 금지된 나인의 운명은 그토록 가혹했고, 그들 중 한 여인을 마음에 품어버린 사내의 가슴은 타들어갔다. 향안을 만나지 못한 채 새벽이슬을 맞으며 중금의 처소로 향할 때면 참으로 처량하고 처연했다. 재운이 가장 견디기 힘든 일은 향안과 자신 사이에 어떠한 미래도 있을 수 없다는 사실이었다.

궁녀와 중금……. 결코 맺어질 수 없는 운명이었다. 왜 나는 중금인가? 왜 향안은 궁녀여야 했는가? 왜 우리는 궁녀와 중금으로 만나야 했는가?

'목을 상하게 하여 중금으로 쓸모가 없어진다면 궁에서 퇴출당하지 않을까?'

하지만 그것은 짧은 생각이었다. 남자인 중금에게는 가능할지 모르나, 궁녀는 궁에 들어온 순간 왕의 여자로 살아야 했다. 평생 수절해야 했고, 중병이 들지 않는 한 궁을 떠날 수 없었다. 만약 재운과 향안의 관계가 드러난다면 둘 다 죽음을 피할 수 없으리라. 하지만 죽음의 공포도 서로를 향한 두 젊은 남녀의 뜨거운 마음을 지울 수는 없었다.

한 달의 근신 기간 동안 재운은 기회가 있을 때마다 향안이 머무는 처소 부근에서 일할 수 있도록 꾀를 내었다. 운이 좋은 날에는 가까운 거리에서 눈길이 마주치기도 했다. 그 짧은 순간에도 두 사람 사이에는 수많은 것이 오갔다. 하지만 찰나의 희열이 지나고 나면 다시금 길고도 긴 절망의 시간이 시작되었다. 그리고 그나마 궐내를 자유롭게 돌아다닐 수 있었던 근신의 마지막 날이 오고야 말았다.

"그동안 고생했다. 내일부터 중금으로 복귀하게."

훈도중금 장경이 재운의 등을 두드려주었다. 하지만 재운에게 장경의 그 말은 유형(流刑)의 시작을 알리는 판관의 선고나 다름없었다.

재운은 허탈한 심정으로 응방으로 향했다. 응방은 왕과 왕실의 가솔들이 사냥에 나설 때 쓰는 매를 기르는 궐내의 관청이다. 매를 사육하는 응방내시 고우익은 성격이 괴팍하고 까다로워서 가까이하는 사람이 거의 없었다. 하지만 재운은 고우익이 예사롭지 않은 인물임을 알아보았고, 근신하는 동안 틈이 날 때면 응방을 찾아가 쓸데없이 그에게 농을 걸고는 했다. 그때마다 고우익은 재운에게 눈길조차 주지 않았지만, 어쩌다 한 번 툭툭 던지듯 내뱉는 그의 말속에는 항상 날카로운 칼이 숨겨져 있었다. 마치 세상만사에 도통한 것만 같았다.

근신이 시작되고 일주일이 지난 어느 날이었다. 다른 나인들과 함께 열을 지어 걸어가는 향안을 멀리서 바라보고는 시름이 깊어져 응방 늙은이 고우익에게 시비나 걸려고 찾아갔을 때였다. 이래저래 딴죽을 걸어도 도통 반응이 없어 일어서려던 순간에 고우익이 지나가는 투로 던졌다.

"왜 그렇게 위험한 일을 시작했누?"

처음에는 무슨 소린지 알아듣지 못했다. 그러다가 향안과 자신의 위태로운 사랑을 언급한 것임을 깨닫고 재운은 소스라치듯 놀랐다.

"어떻게 아시었소? 다른 사람도 알고 있습니까?"

고우익은 백발이었지만 허리가 꼿꼿하고 눈빛이 형형하여 나이를 가늠하기 힘들었다. 그는 사람을 꿰뚫어 보는 듯한 눈길로 재운을 한 번 쏘아보고는 다시 침묵에 잠겼다. 그 눈빛은 많은 뜻을 담고 있었다. 내가 궐내의 소문이나 옮기고 다니는 사람으로밖에 안 보이느냐는 질책과 보지 않아도, 듣지 않아도 모든 것을 알 수 있다는 자신감이 묻어 있었다. 고우익이 비범한 인물임을 다시 한 번 확인한 순간이었다.

근신이 풀린 마지막 날, 근신 해제를 알리는 훈도중금 장경과 헤어져 중금 처소로 향하기 전에 들른 곳이 응방이었다. 그루터기에 앉아 매를 살피던 고우익이 재운을 발견하고는 먼저 말을 걸었다. 전에 없던 일이었다.

"온 김에 사육장의 똥이나 치워라."

그러고는 팔뚝에 앉은 매를 공중으로 날려 보냈다.

재운은 방에 처박혀 끙끙 앓느니 몸이라도 혹사하면서 시름을 잊자는 생각으로 대비를 들고 사육장으로 향했다. 평소에 고우익이 관리를 철저히 한 듯 매 사육장에는 일거리가 많지 않았다. 일을 마무리하고 사육장을 나서려는데, 고우익이 매 먹이가 담긴 통을 가지고 다가와서는 바닥에 내려놓고 돌아섰다. 이 또한 전에 없던 일이었다. 재운은 고우익이 자신을 이곳에 붙잡아두려 한다는 사실을 알아차렸다.

'무슨 꿍꿍이인지 두고 보자.'

재운은 부화한 지 오래지 않은 새끼 매들이 있는 조롱으로 다가가 손으로 먹이를 주었다. 어린놈들인데도 매는 매였다. 눈매가 다부지고 먹이를 낚아채는 솜씨도 좋았다. 몸집에 비해 먹성도 뛰어났다. 언젠가 큼지막한 날개를 펴고 왕과 함께 사냥터를 누빌 놈들이었다.

"너희들이 사람인 나보다 낫다."

곤두박질치려는 마음을 다잡기 위해 재운은 매에게 먹이 주는 일에 더욱 정성을 기울였다. 새끼 매들 다음에는 성조(成鳥)들의 차례였다. 그렇게 먹이 주는 일에 몰두하는 동안 주위가 어둑어둑해졌다. 재운은 사육장 입구에 서 있는 호롱에 불을 밝혔다. 그러고 나서 돌아서는데 고우익이 사육장으로 들어왔다. 고우익은 들어서자마자 호롱불을 입으로 불어서 껐다.

"어둡지 않소?"

재운의 말에 고우익은 아무런 대꾸 없이 한쪽으로 비켜났다. 그러자 한 사람의 검은 형체가 어둠 속으로 들어섰다.

"중금 이재운, 내가 누군지 아는가?"

재운은 그 자리에서 얼어붙었다. 한 달 전 새벽에 접했던 바로 그 목소리였다.

"전하!"

재운이 바닥에 엎드려 고개를 조아렸다.

"소리를 낮추게."

고우익이 일렀다. 내금위 장교나 나인을 대동하지 않고 왕이 홀로 행차했다는 사실은 많은 것을 암시하고 있었다. 재운은 이 비밀스러운 자리에 왜 자신이 소환되었는지 영문을 알 수 없었다.

"국금이라고 들어보았느냐?"

'나라에서 금하는 일'을 두고 묻는 것은 아닐 것이었다. 재운이 뭐라 대답하기 전에 왕이 먼저 입을 열었다.

"왕이 남긴 비밀을 목숨을 걸고 지키는 자를 일컫는다."

재운은 놀란 눈으로 어둠 속에서 용안을 올려다보았다.

"이재운 중금, 국금이 되어라."

3. 인정전의 봄

　입춘이 다가오자 인정전은 연회 준비로 분주했다. 매년 입춘이면 왕은 각 지방의 관리들을 대궐로 초청하여 연회를 베풀었는데, 대한이 지나면서 풀리기 시작한 날씨가 입춘이 다가오면서 다시 쌀쌀해지기 시작했다. '입춘 추위는 꿔다 해도 한다'는 옛말처럼 해마다 어김없이 반복되는 일이어서 연회 일을 다른 날로 잡자는 의견이 여러 차례 나왔으나, 봄이 시작된다는 상징적인 절기를 포기할 수는 없는 노릇이었다. 상황이 이러하니 연회를 준비하는 인정전 소속의 나인들로서는 매년 곤욕을 치르지 않을 수 없었다.

　연회 전날 나인들은 국왕의 좌석을 인정전 건물 정면에서 남쪽을 향하도록 마련했다. 또 화로와 수로(手爐)를 어좌 주위에 세우고 그 옆에 탁자를 놓았다. 왕세자의 좌석은 어좌의 동남쪽에서 서쪽을 바라보도록 배치했다. 왕은 후손이 없어 왕세자의 좌석이 필요치 않았으나, 임금은 그 자리에 자신의 배다른 동생인 연잉군을 앉히도록 했다.

왕이 대중 앞에 나설 때면 내금위 무사들뿐만 아니라 중금부에도 비상이 걸렸다. 중금의 가장 주요한 역할은 어성(御聲)을 대신하고 왕명을 통갈(通喝)하는 것이었으나, 왕을 가까이 모시는 자로서 비상시에는 호위 무사 역할까지 해야 했다. 중금이 되기 위해서는 필수적으로 무예를 익혀야 하는 이유였고, 중금을 일러 중금군(中禁軍)이라고 부르는 이유이기도 했다. 연회처럼 왕이 많은 사람 앞에 나서는 자리에서 내금위 무관들은 지척에서 왕을 호위하고 중금들은 연회장의 곳곳에 배치되어 주변 상황을 살폈다.

드디어 입춘이 왔고 연회가 열렸다. 조선 팔도에서 선발된 관원들이 속속 인정전 마당으로 들어섰다. 보안을 위해 인정전으로 통하는 다른 문은 걸어 잠갔다. 오로지 남쪽 문을 통해서만 입장할 수 있었다. 그리고 인정전 주위는 금군들이 둘러싸고 있었다.

내빈들의 출입을 관장하는 내금위 군교들이 연회장에 들어서는 사람들의 호패와 초대장을 일일이 확인했다. 이때 내금위 군교들은 일부러 질문을 던져 사람들의 답변을 유도했다. 그 이유는 중금들이 그들의 목소리를 기억하고 음성에 담겨 있는 특이한 점들을 머릿속에 새기도록 하기 위함이었다. 대대로 중금들 중에는 사람의 목소리만 듣고도 숨은 의중을 파악하는 능력을 지닌 자가 더러 있었다. 현 정중금인 홍정택이 그런 사람들 중 하나였고, 그 방면으로 가장 출중한 재능을 지닌 이가 바로 이재운이었다. 그리고 실과 바늘처럼 재운과 붙어 다니는 신효명 역시 재운을 통해 어느 정도 훈련이 되어 있었다. 차이가 있다면 홍정택과 효명이 오랜 수련을 통해 그런 능력을 얻게 된 반면 재운은 선천적으로 타고났다는 점이었다.

재운과 효명은 미리 지시를 받은 대로 남쪽 출입문 근처에서 인정전으로 들어서는 사람들의 얼굴과 목소리를 머릿속에 새겼다. 그 일은 상당한 집중력이 필요했고, 내빈이 많은 날에는 체력 소모가 컸다. 손시(巽時, 오전 9시경) 초입부터 시작된 내빈 입장이 정오 가까워서야 마무리되었고, 그제야 효명과 재운은 인정전에 들어서는 사람들을 살피는 업무에서 벗어날 수 있었다. 하지만 그것이 끝이 아니었다. 중금들은 내빈 사이를 오가며 혹시라도 발생할지 모를 불의의 사태에 대비해야 했다. 약속된 대로 재운은 비교적 어좌와 가까운, 악공들이 자리 잡은 위치로 이동했고 효명은 내빈 사이를 어슬렁거렸다.

효명은 사람들의 말소리에 귀를 기울였다.

"아침엔 추위 때문에 걱정했는데, 이제야 날이 좀 풀리는구먼."

"그렇죠. 괜히 옷을 껴입고 왔나 봅니다."

"그런데 궁궐 연회에서는 어떤 음식이 나온대요?"

"설마 저 앞자리 높으신 분들하고 차별하지는 않겠지요?"

"그나저나 주상 전하를 뵈러 먼 길을 왔는데, 여기서는 용안이 보이지도 않을 것 같구려."

연회장의 말석에 앉은 하급 관리들의 대화였다. 그들의 말대로 인정전으로부터 멀리 떨어진 그 자리에서는 임금의 용안을 보기가 쉽지 않을 것 같았다. 그들은 아마도 임금을 흐릿한 형체와 목소리로만 기억할 것이다. 효명은 주상 전하의 음성을 대신하고 용안을 가까이서 대할 수 있는 자신의 위치가 새삼 무겁게 느껴져서 어깨가 으쓱했다.

효명은 말석에서 상석 쪽으로 천천히 걸음을 옮겼다. 말석과 상석의 중간에는 주로 지방 관아의 수령들이 자리를 잡고 있었다. 인정전 마당에 세워진 품계석의 위치로 치자면 정4품부터 종6품에 해당하는 참상관의 자리였다. 그쪽으로 옮기자 관리들의 대화 내용이 달라졌다.

"한양에 올라온 김에 이이명 대감께 눈도장이라도 찍었으면 하는데, 다리 좀 놔줄 수 없소이까?"

"어허, 대감께서 낯가림이 심하여 가까운 이가 아니면 뵙기가 어렵다고 하더이다. 나도 기회를 엿보는 중이오."

"허 참, 이러다 평생 지방 벼슬아치를 못 벗어나겠구먼."

이이명이라면 임금과는 정적 관계에 놓인 노론의 중심인물이었다.

소론의 대신들이 왕의 측근을 형성하고 있으나 권력은 세력이 강한 노론이 쥐고 있었다. 어느 정도의 위치에 이르면 더 높은 곳에 오르고 싶은 것이 관리의 속성인 듯했다. 그리고 보니 효명 자신도 그들과 다를 바 없다는 생각이 들었다. 소중금 시절에는 정식 중금이 되는 것이 꿈이었으나, 중금이 되고 왕을 알현하는 자리에 이른 뒤로는 어성을 대신하는 승전중금이 되겠다는 것도 모자라 정중금을 꿈꾸었다. 그것이 욕심이 아닐까 하는 생각에 효명은 부끄러움을 느꼈다.

그때였다. 낯선 음성 한 줄기가 효명의 귀에 걸렸다. 내빈이 출입할 때 듣지 못한 목소리였다. 뇌에 새겨진 음성들이 서로 어우러져 일렁이는 잔잔한 물결에 그 낯선 음색이 작은 파문을 일으켰다. 효명은 귀를 세우고 음성의 출처를 찾아보려 했으나, 그 소리는 내빈들의 웅성거림 속에 묻혀 사라지고 난 뒤였다. 효명은 멈추어 서서 재운을 향해 눈길을 보냈다. 악공들 주변에서 주위를 살피던 재운과 곧 눈길이 마주쳤다. 재운은 효명의 표정이 심상치 않은 것을 알아차리고는 입 모양을 크게 해서 구화로 말했다.

[그리로 가겠네.]

재운이 다가오자 효명이 낮은 소리로 말했다.

"내빈들이 입장할 때는 듣지 못했던 낯선 음성을 들었네."

"위치는?"

"바로 이 자리에서. 하지만 출처를 놓치고 말았네."

"사람들이 이렇게나 많은데 용케도 낯선 음성을 감지했구먼. 참으로 대단하네."

"자네만 하겠는가? 자네라면 곧바로 음성의 주인을 찾아 바로 지목했을 것이네."

그뿐만이 아니었다. 재운이었다면 그 음색의 주인공이 불순한 의도를 품었는지 아닌지도 간파했을 것이라고 효명은 생각했다.

두 사람은 훈도중금 장경을 찾아가 사실을 고했다. 장경은 재운뿐만 아니라 효명 역시 재주가 뛰어나다는 사실을 알기에 상황을 신중히 받아들였다. 장경이 말했다.

"아직 확실하지 않으니, 정중금 어른께는 알리지 않겠다. 곧 치사(致詞)를 낭독하셔야 하는데 다른 일에 마음을 쓰시지 않으셨으면 한다. 나는 이 사실을 다른 중금들에게 알릴 테니, 신효명 중금과 이재운 중금은 계속 목소리를 추적하시게."

세 사람은 빠르게 움직였다. 연회장 곳곳에 배치되어 있는 스물다섯 명의 중금들은 소식을 전해 듣고 눈빛이 달라졌다. 그동안 효명과 재운은 내빈들 사이를 돌아다니며 목소리를 찾았다. 하지만 좀처럼 낯선 음성의 끝자락을 잡을 수가 없었다. 훈도중금 장경이 효명과 재운에게 다가왔다.

"어떤가? 그 음성을 다시 들었는가?"

효명이 답했다.

"아직 찾지 못했습니다."

"자네가 잘못 들은 것은 아니고?"

장경의 물음에 재운이 대신 답했다.

"신효명 중금이 틀릴 리 없습니다."

"그야 그럴 테지……. 하지만 그 음성이 다시 들려오지 않으니 말일세."

장경의 말을 다시 재운이 받았다.

"그게 더 이상합니다. 그 음성이 다시 들려오지 않는다는 건 그 작자가 지금 입을 다물고 있다는 뜻인데, 잔치를 즐기러 온 사람이라면 침묵을 지킬 이유가 없지 않겠습니까?"

"이재운 중금의 말이 옳다. 계속 살펴보시게."

효명은 인정전과 가까운 상석으로 다가갔다. 인정전 안에서는 정중금 홍정택이 국왕의 성덕을 칭송하는 글이 담긴 치사를 들여다보고 있었다. 보통 때라면 효명은 정중금이 하는 행동 하나하나에 온 신경을 집중했을 것이다. 하지만 지금은 그럴 여유가 없었다. 어서 빨리 그 낯선 음성의 주인공을 찾아야 했다.

인정전 마당을 둘러보는 효명의 눈에 남쪽 출입문을 드나들며 물건을 옮기는 이들이 들어왔다. 효명은 재빨리 훈도중금 장경에게 다가갔다. 그리고 출입문 쪽에서 벌어지고 있는 광경을 가리키며 물었다.

"스승님, 저것이 무엇입니까?"

출입문 쪽으로 눈길을 던진 장경의 표정이 다소 풀렸다.

"연폐(宴幣)이네. 오늘 연회를 찾은 관리들에게 전하께서 하사하는 선물이야. 올해는 도자기 잔으로 준비하라 이르셨다더군."

그렇게 말하고 나서 장경은 효명을 돌아보고 말을 이었다.

"자네가 들은 것이 연폐를 옮기는 도공 중 하나의 목소리가 아니었을까?"

"제가 확인해보겠습니다."

효명은 출입문 쪽으로 움직였다. 연폐를 날랐던 도공들이 빠져나가고 있었다. 효명은 급히 다가가 내금위 군교에게 물었다.

"저 도공들은 초대장을 확인하지 않습니까?"

"전하께서 입장하시기 전에 연폐만 옮기고 갈 것이어서 들어오고 나가는 인원의 숫자만 확인하고 있소."

그래도 효명은 확인을 해야 했다. 도공들 중에 자신이 들은 낯선 음성의 주인이 있다면 모든 문제가 해결되는 것이었다.

"저 도공들을 잠시 잡아주십시오."

그때, 장악원의 악공들이 연주를 시작했다. 왕이 인정전으로 입장한다는 신호였다. 순간적으로 효명은 갈팡질팡했다. 도공들의 음성을 확인하는 것이 먼저인가, 왕을 호위하는 일이 우선인가……? 효명의 몸은 반사적으로 인정전 쪽으로 움직였다. 평소에는 귀를 즐겁게 하던 악공들의 연주가 귀에 거슬렸다. 조금 전에 들었던 낯선 음성을 추적하는데 방해가 될 뿐이었다. 조금씩 가락이 잦아들고 정중금 홍정택의 낭랑한 목소리가 인정전 마당에 울려 퍼졌다.

"기립!"

연회에 참석한 모든 관료가 몸을 일으켰다. 혹시라도 임금의 용안을 볼 수 있을까 싶어 고개를 빼들고 뒤꿈치를 세우는 사람, 슬금슬금 앞으로 나아가는 사람들로 좌중은 다소 혼잡한 상태였다.

"상감마마 납시오!"

드디어 인정전으로 왕이 들어섰다. 인정전 안쪽에 마련된 어좌에 앉기 전에 왕은 자신을 알현하려는 신료들에게 용체를 보이고자 건물에서 마당으로 이어지는 돌계단에 나와 섰다. 그때였다. 인정전 쪽으로 다가서는 효명의 눈에 악공들 중 한 사람이 앞으로 뛰쳐나오려는 움직임이 포착되었다.

'자객이다!'

효명은 앞뒤 가릴 것 없이 본능적으로 소리쳤다.

"천세, 천세, 천천세!"

그러자 인정전 마당을 가득 채운 관료들이 일제히 효명을 따라 '천세'를 외치며 손을 높이 쳐들었다. 그것이 신호가 되어 왕 주위에 있던 내금위 무관들과 중금들이 일제히 왕 쪽으로 몰려들었다. 자객은 관료들의 갑작스러운 움직임에 목표물인 왕을 한순간 놓쳤다가 될 대로 되라는 식으로 단도를 날렸다. 쉬시시시식! 날아간 단도는 왕을 호위하기 위해 돌계단에 오른 내금위 무관의 허벅지에 박혔다. 왕은 중금들의 호위 속에 은신처로 물러났고, 자객은 곧 내금위 무관들에게 제압당했다. 연회장은 아수라장이 되었다. 금군 병사들은 문을 걸어 잠그고 일제히 칼을 뽑아 연회장의 내빈들을 겨누었다. 효명은 팽팽했던 긴장감이 일시에 풀리면서 풀썩 주저앉고 말았다.

4. 연잉군의 역모라…

　인정전 오른편에 왕의 처소인 희정당이 있고, 인정전과 희정당 사이에 한때 편전으로 쓰였던 선정전이 있다. 왕의 소집 명령을 받은 신료들이 그곳에 모여 전날 연회가 있던 날의 시해 기도 사건에 대하여 논의하는 중이었다. 이 자리에 모인 신료들은 내금위 위장 홍병춘과 사헌부 대사헌 이거원, 이제 막 형조판서에 오른 이홍술을 비롯하여 판의금부사와 포도대장 등이었다.

　"상감마마 납시오!"

　문 밖에서 정중금 홍정택의 음성이 들려오자 신료들은 일제히 일어나 예를 갖추었다. 왕은 영의정 김창집, 좌의정 최석항, 정중금 홍정택 등과 동행했다. 그리고 이례적으로 중금 신효명이 함께 배석했다. 먼저 와 있던 신료들의 시선이 일제히 신효명에게로 모였다. 낌새를 알아차린 왕이 말했다.

"중금 신효명이오. 어제의 일을 막는 데 공이 있다 하여 이 자리에 불렀소. 중금의 입은 바위처럼 무거우니 말을 아낄 필요가 없소."

내금위 위장 홍병춘이 사건 경위를 설명했다.

"어제 일어난 흉사는 장악원 악공 한배하와 여러 모리배들이 전하를 시해할 목적으로 일으킨 일이었습니다. 현재 현장에서 체포한 한배하와 그의 입을 통해 나온 관련자들을 모두 추포하였나이다."

왕의 표정은 떨떠름했다. 부왕 숙종의 뒤를 이어 왕위에 오른 뒤로 비슷한 일을 겪은 것이 이미 여러 차례였다. 그때마다 진범을 색출하는 일은 지지부진했고, 결국 사주를 받은 살수와 죄인인지 아닌지 확실치 않은 애꿎은 하급 관원들의 목이 달아나는 것으로 흐지부지되었다. 이번이라고 해서 다를 것이 없을 것 같았다.

"전하, 아직 배후를 캐지는 못했으나 추국을 통해 반드시 밝힐 것이옵니다."

홍병춘의 말에 왕이 물었다.

"그 한배하라는 악공은 무어라 하던가?"

"가족이 인질로 붙잡혀 살해 위협을 당한 처지라 어쩔 수 없이 흉사를 실행하였노라고 고하였습니다만, 그 역시 자신에게 일을 시킨 배후는 알지 못한다고 하옵니다."

형조판서 이홍술이 끼어들었다.

"그렇다면 그 작자의 가족은 지금 어찌 되었소?"

이홍술의 물음에는 판의금부사가 답했다.

"의금부 도사와 나장들이 죄인의 집을 찾았으나 가족은 행방이 묘연하다고 합니다."

왕이 혼잣말하듯 내뱉었다.

"협박을 당해 어쩔 수 없이 나를 시해하려 했다……. 어째 이야기가 지난번과 똑같이 흘러가는 것 같군."

효명이 기억하는 일도 여러 번이었다. 한 해 전인 경자년(1720년) 6월에 숙종이 승하하고 새롭게 왕위에 오르자마자 왕의 주변에는 불길한 일들이 끊이지 않았다. 침전 기둥에 화살이 박혀 있는 것이 새벽에 발견되었는가 하면, 수라상의 음식을 먼저 먹었던 기미상궁이 중독 증상을 일으키기도 했다. 그때마다 가혹한 추국이 이루어졌으나, 배후는 밝혀지지 않았고 금군과 나인들만 줄초상을 치렀다. 반드시 몇 사람이 목숨을 내놓아야만 추국이 일단락된다는 사실에는 변함이 없었다. 효명은 생각했다. 이번에는 누가 희생양이 될 것인가……?

판의금부사가 올린 명단을 읽던 왕의 입가에 실소가 잡혔다.

"이번에도 연잉군이 연루되어 있는가?"

"예, 전하. 연루되어 있사옵니다."

좌의정 최석항이 힘주어 말했다. 하지만 왕은 여전히 입가의 쓴웃음을 거두지 않았다.

"지난번에도 지지난번 사건 때도 빠짐없이 연잉군의 이름이 올라오더니 이번에도 마찬가지구려. 연잉군이 그 모든 일을 계획하고 사주하려면 몸이 열 개라도 모자라겠어."

최석항이 고개를 조아리며 다시 말했다.

"전하, 부디 이런 조짐들을 흘려보내지 마시옵소서."

왕은 측은한 눈길로 최석항을 바라보았다. 이러한 억지가 자신의 정치적 배경이 되어주는 소론 대신들의 충정에서 비롯된 것임을 알기에 그들을 나무랄 수도 없는 노릇이었다.

왕은 골치가 아파 머리를 감쌌다. 도무지 종잡을 수가 없었다. 이런 흉사를 꾸미는 것이 자신을 겁주려는 노론의 짓인지, 아니면 연잉군을 모함하기 위한 소론의 짓인지…….

"전하, 연잉군이 입궐하기 전 머물렀던 사가를 저들끼리는 잠저라 부른다고 하옵니다."

잠저란 왕이 된 이가 왕이 되기 전에 머물던 집을 일컫는 말이다. 그 말에 노론의 영수인 김창집의 눈썹이 꿈틀했다. 최석항의 피 끓는 듯한 호소가 이어졌다.

"저들은 이미 연잉군이 왕이라 떠들고 다닌다 하옵니다."

"좌상!"

왕의 불호령이 떨어졌다.

"그들이 떠들고 다니는 것이오. 그것은 연잉군이 시킨 것이 아니지 않소이까! 어찌하여 그 불쌍한 아이를 역모 사건에 연루시키지 못해 안달이란 말이오! 그래, 연잉군이 다 했소. 지난번에 음식에 독을 넣었던 일도, 침전의 기둥에 화살을 박은 일도, 그리고 이번에 무예라고는 도통 모르는 악공을 살수로 기용한 것도 연잉군이 다 했소! 연잉군이 아주 다 해쳐먹었소!"

왕이 역정을 내는데도 최석항은 물러서지 않았다.

"전하, 만약 그렇다 할지라도 전하를 음해하고 시해하려는 자들에게 연잉군의 존재는 명분이 되고 있습니다. 역모의 싹을 없애셔야 합니다."

왕은 골치가 아픈 듯 다시 한 번 머리를 감싸 쥐었다. 그는 허망한 눈길로 판의금부사가 올린 명단에 눈길을 주었다. 사건의 진위와는 상관없는 종이 쪼가리에 불과했다. 그런데 낯익은 이름이 눈에 들어왔다. 왕은 당황하지 않을 수 없었다. 상체를 기울여 명단을 자세히 들여다보았다.

'중금 이재운!'

분명 그 이름이었다. 왕은 반사적으로 영의정 김창집을 쏘아보았다. 김창집은 의중을 알 수 없는 차가운 표정을 짓고 있었다. 왕은 그제야 안개가 걷히고 눈앞의 사물들이 조금씩 선명해지는 것 같았다.

'내가 아니었다. 저들이 노린 것은…… 국금이다!'

∞

선정전에서의 논의가 끝나고 자리에 참석한 신료들이 일어설 때 왕이 홍정택을 머물게 했다. 홍정택은 효명에게 밖에서 기다리라 이르고는 왕과 독대했다. 신효명은 선정문 부근에 서서 꽤 오랫동안 홍정택을 기다렸다. 아직 추위가 완전히 가시지 않아 발이 시렸다. 한참이 지나서야 선정전을 나선 홍정택의 안색이 좋지 않았다. 예순을 넘기고도 정정한 평소의 모습과는 달라도 많이 달랐다. 효명은 궁금증이 일었으나 왕과 정중금 사이의 일을 물을 수는 없었다. 그런데 뜻밖에도 내반원으로 향하는 길에 홍정택이 먼저 입을 열었다.

"중금부에 안 좋은 일이 생겼다."

홍정택은 어느 정도 평정심을 되찾은 표정이었으나 목소리는 거짓말을 하지 않았다. 미세한 떨림이 느껴졌다.

"조금 전의 명단에 중금 이재운의 이름이 있었다. 악공 한배하가 동조자로 지목한 모양이다."

청천벽력 같은 소식에 효명은 우뚝 멈추고 말았다. 하지만 홍정택은 가던 걸음을 멈추지 않았다. 정중금과의 거리가 꽤 멀어진 것을 깨닫고 효명은 종종걸음으로 그의 뒤를 따랐다. 효명이 따라붙은 것을 알고는 홍정택이 말을 이었다.

"아마도 지금쯤 의금부로 압송되었을 것이다. 네가 경거망동할까 봐이곳에 머물게 했다."

"정중금 어르신께서는 언제 아셨습니까?"

효명답지 않은 행동이었다. 하지만 지금은 예의와 법도를 따질 때가 아니었다.

"나도 듣는 귀가 있다. 오늘 아침에 전갈을 받았다."

효명은 그제야 왜 정중금이 신료들이 모이는 자리에 자신을 대동했는지 알 수 있었다. 재운이 의금부 관원들에게 끌려갈 때 효명이 나서서 막다가 다칠까 염려해서였다. 자신을 생각해준 어른의 마음은 고마웠으나, 영문도 모른 채 관원들에게 끌려가 곤욕을 치르고 있을 재운을 떠올리자 견딜 수 없을 만큼 걱정과 분노가 일었다.

"재운이 그럴 리 없습니다, 나리."

"나도 안다. 무언가가 있다. 하지만 알려고 해서도 안 되고, 알아서도 안 된다."

"그럼 이재운 중금은 어떡합니까? 시해에 가담했다는 누명을 썼다면 필시 참형을 당할 것입니다."

홍정택은 더 이상 말이 없었다.

효명이 중금 처소로 들어서자 훈도중금 장경과 최헌직이 달려왔다. 장경이 말했다.

"이게 무슨 일인가? 조금 전에 이재운 중금이 의금부로 끌려갔네. 역모에 가담했다니, 이 무슨 해괴한 일인가!"

역모 근처에는 얼씬도 하지 않는 것이 불문율이었다. 서슬 퍼런 시국에 몸을 사리지 않으면 자신도 모르는 새에 엮이고 말 정도로 역모의 전염성은 강했다. 더군다나 효명은 재운의 단짝이었다. 그래서 다들 궁금하면서도 내반원에 남은 중금들은 방에 틀어박힌 채 귀만 세우고 있었다. 이토록 위험한 상황에서도 자기 일처럼 걱정해주는 장경과 최헌직이 고마워서 효명은 왈칵 눈물을 쏟을 것만 같았다.

효명이 비틀거리자 최헌직이 그를 부축하며 말했다.

"우선은 좀 쉬게나. 기운을 차려야지 이재운 중금을 도울 수 있지 않겠나?"

돕다니. 누가 누굴 도울 수 있단 말인가! 악공 한배하를 사주하여 임금을 시해하도록 만든 이들은 사람 목숨쯤 아무렇게나 다룰 수 있는 존재들이었다. 왕조차 함부로 할 수 없는 거대한 존재! 중금 따위가 어떻게 그들과 맞서 진실을 밝힌단 말인가.

효명은 최헌직의 부축을 받은 채 방으로 향했다. 지난 육 년 동안 재운과 함께 자고 함께 일어났던 그 방이 낯설었다. 최헌직이 요와 이불을 깔고는 효명을 누이고 나서 방을 나섰다. 재운의 이부자리가 주인을 기다리는 개처럼 방 한구석에 웅크리고 있었다. 죽음과도 같은 외로움이 덮쳐왔다. 효명은 이불을 뒤집어쓰고 울음을 토했다.

∞

얼마나 잠에 빠져 있었을까? 사위가 어둑어둑했다. 온몸이 식은땀에 젖어 있었다. 달의 위치로 보아 인시(寅時, 오전 4시경)인 듯했다. 파루의 종이 울리기에는 조금 이른 시각이었으나 그는 의관을 정제했다. 요와 이불을 걷고 재운의 이부자리 곁에 가지런히 놓았다. 효명은 재운의 이부자리를 어루만졌다. 벗의 체취가 묻어 있는 낡은 물건이었다. 옥사에 갇혀 있을 재운이 너무나 멀게 느껴졌다. 효명은 갑자기 그리움이 사무쳐서 재운의 요를 펼쳐 냄새를 맡으려 했다. 그때 무언가 작은 물체가 바닥에 떨어졌다. 헝겊으로 만든 것으로 여자들이 하는 노리개의 장식으로 쓸 만한 물건이었다. 겉이 반들반들한 걸로 보아 유약을 바른 모양이었다.

'왜 재운의 이불 속에 이런 것이……?'

문득 깨달음이 찾아왔다.

'재운이 남긴 것이다! 의금부에 압송되기 전 이부자리 속에 집어넣은 것이다!'

이 물건이 의미하는 바가 무엇인지 알 수 없었으나, 이번 일의 실마리가 이 보잘것없는 물건에 숨겨져 있을지도 모른다는 직감이 찾아왔다. 효명은 그것을 안옷고름의 매듭 사이에 끼워 넣고 방을 나섰다.

효명이 향한 곳은 정중금 홍정택의 처소였다. 안에서는 아무런 기척이 없었다. 효명은 처소 앞에 무릎을 꿇은 채 홍정택이 일어나기를 기다렸다. 평소대로라면 묘시(卯時, 오전 6시경)가 되기 전에 기침하여 왕의 침전으로 향할 것이다.

아니나 다를까, 묘시가 가까워지자 처소 안에서 기척이 들려왔다. 그러기를 한 식경, 정중금 홍정택이 처소를 나섰다. 그는 문 앞에 무릎을 꿇고 있는 효명을 발견하고도 놀란 기색이 없었다.

"따르거라."

효명은 얼른 몸을 일으켜 어둠을 밟으며 왕의 침전으로 향했다.

같은 시각, 왕은 침전에서 연잉군의 이름을 놓고 고심하고 있었다. 이 이름을 먹으로 덮을 것인가, 그대로 둘 것인가. 흉사가 일어났을 때 연잉군의 이름이 빠지지 않고 올라오는 이유를 모르는 바 아니었다. 아직 일어나지도 않은 일의 싹을 자르기 위해 그를 처벌해야 한다면, 연잉군이 죽어야 할 이유가 없는 것은 아니었다. 그러나 왕에게 연잉군은 눈에 넣어도 아프지 않을 아우였다. 비록 어미가 다르다 하나, 왕이 마음을 터놓고 속내를 얘기할 수 있는 사람은 조선 팔도에 연잉군이 유일했다.

"나는 왕이 되지 말았어야 했다……."

넋두리를 내뱉는 왕의 눈길이 처연했다. 생모인 희빈 장씨가 사약을 받고 피를 토하며 죽었을 때 그 역시 미련 없이 떠났어야 했다. 왕이 되지 못한 세자는 살아도 산 것이 아니었지만, 왕이 된 지금이라고 해서 과연 살아 있다고 말할 수 있는가. 그때 연잉군에게 왕위를 양위할 수 있었다면 그렇게 했을 것이다. 하지만 그럴 수 없었다. 왕이 된 것은 그의 뜻이 아니었다.

고심 끝에 왕은 붓을 들었다. 그리고 이번에도 연잉군의 이름을 먹으로 덮었다.

이제 이재운 차례였다. 이번 일을 꾸민 자는 왕이 국금을 내렸음을 아는 것이 분명했다. 그토록 조심했건만…… 정녕 궐내에선 비밀이 있을 수 없단 말인가.

정중금의 말에 따르면 심지가 곧고 바르며 입이 무거운 아이라 했다. 추국을 당하더라도 국금을 발설하기보다는 혀를 깨물고 자결하는 길을 택할 아이라 했다. 그렇지만 인간의 의지에는 한계가 있는 법. 국금의 내용을 캐고자 하는 이들의 가혹한 고문 앞에 결국 무릎을 꿇고 말 것이다. 지금 왕이 할 수 있는 일은 이재운 중금이 더 큰 고통을 당하기 전에 죽음을 맞도록 돕는 것뿐이었다. 허나 바깥에서 이재운 중금을 기다릴 그 향안이라는 아이는 또 어쩐단 말인가.

"이재운 중금, 국금이 되어라."

그때 그 당돌한 아이가 뭐라 했더라? 그래, 그랬지. 궁인 중에 마음에 품은 여인이 있으니 국금이 되는 대가로 그 여인을 상으로 달라 했지. 혼쭐을 내야 했는데, 그러지 못했다. 그 아이의 마음이 어찌나 풋풋하고 아름답던지. 허나 그때 약조를 하지 말아야 했거늘……. 이토록 가슴이 찢어질 줄 알았다면 그때 약조를 하지 말았어야 했거늘…….

왕은 이재운의 이름 옆에 '卽(즉)'이라 표기했다. 즉시 처형하라는 뜻이었다. 왕은 명단에 옥새를 찍고 봉했다. 상대가 누구이든 그들이 국금의 존재를 안 이상 이재운 중금은 피할 수 없는 운명의 길로 들어선 것이었다. 국금의 책무를 다하지 못하는 국금이 가야 할 유일한 곳은 죽음이었다.

왕이 바깥을 지키는 내시에게 말했다.

"정중금 왔느냐?"

내시의 가녀린 목소리가 아니라 굵은 음성이 답했다.

"정중금, 여기 있사옵니다."

"안으로 드시게."

홍정택이 들어서자 왕이 명단을 건네주었다. 많은 사람의 목숨이 달린 살생부였다.

침전에서 물러 나온 홍정택이 걸음을 옮겼다. 효명이 뒤를 따랐다. 효명은 답답한 마음을 가누지 못하고 홍정택의 앞을 막아섰다.

"정중금 어른, 전하께서 아무 말씀 없으셨사옵니까? 전하께선 이재운 중금이 그럴 사람이 아니라는 걸 아실 것입니다."

"신효명 중금, 목숨을 내놓고서라도 지켜야 할 것이 있는 법이다."

효명은 소리치고 싶었다. 목숨보다 소중한 것이 무엇입니까? 짓지도 않은 죄를 뒤집어쓰고 형장의 이슬로 사라지는 것이 도대체 무슨 의미입니까? 하지만 효명은 차마 입 밖으로 말을 꺼낼 수 없었다. 이 모든 일이 기나긴 악몽이기를 바랄 뿐이었다. 하지만 지금 눈앞에 있는 홍정택도, 저 새벽하늘의 달도, 이토록 무겁고 두려운 마음도 모두가 현실이었다.

"정중금 나리, 제발 재운을 살려주십시오……."

홍정택은 대꾸가 없었다. 무거운 표정으로 머리를 조아리는 효명을 내려다보고 있을 뿐이었다.

"나리, 제발……."

생각에 잠겨 있던 홍정택이 품에서 왕으로부터 건네받은 문서를 꺼냈다. 그리고 정중금임을 나타내는 표식을 내밀었다.

"이걸 가지고 내금위 옥사로 가라. 가서 내금위 위장에게 문서를 전하라. 그리고……."

잠시 말을 끊었던 홍정택이 말을 이었다.

"가서 이재운 중금을 만나보아라. 허락지 않거든 정중금을 대신하여 죄인을 문초하려 한다 하여라."

효명은 홍정택이 내민 문서와 표식을 받아들었다. 홍정택은 여전히 무거운 표정으로 효명을 지나쳐 저만치 멀어졌다. 효명은 홍정택의 뒷 모습을 향해 꾸벅 절을 하고는 내금위 옥사를 향해 달려갔다.

5. 주상 전하 납시오!

　궐내는 아직 어둠에 잠겨 있었다. 효명은 발밑이 보이지 않았지만, 중금이 되어 입궐한 뒤로 새벽길을 분주히 오갔던 터라 발을 헛딛는 일은 없었다. 내금위 옥사가 가까워지자 재운을 만날 수 있다는 사실에 가슴이 벅차올랐다. 이제 겨우 한나절을 보지 못했을 뿐인데, 긴 시간을 떨어져 있었던 것처럼 재운과의 기억이 까마득하게 여겨졌다.

　효명은 옥사를 지키는 문지기에게 다가가 정중금 표식을 내밀었다.

　"내금위 위장께 전할 왕명이 있소. 지금 계시오?"

　비상시국이어서 내금위 위장이 퇴청하지는 않았을 테지만, 잠을 깨우기에는 이른 시각이었다. 권한이 없는 내금위 군교는 잠시 기다리라고 하고는 안으로 들어갔다가 당번을 맡고 있던 의금부 나장과 함께 나왔다.

　"내금위 위장께 전할 왕명이오!"

"위장께선 밤새 죄인을 국문하고 두 식경 전에 퇴청하셨소."

일이 잘 풀릴 모양이었다. 역모 죄인을 다스리는 때에 국문을 지휘하는 책임자가 퇴청하다니, 책을 잡혀도 단단히 잡힐 일이었다. 이로써 효명은 의금부 나장과 모종의 거래를 할 수 있게 된 것이다.

"괜찮소. 천천히 입궐하시라 전하시오. 나는 그동안 정중금을 대신하여 죄인 이재운을 문초하려 하니, 협조해주시오."

역모로 잡혀온 죄인을 접촉하기 위해서는 까다로운 절차를 거쳐야 했다. 하지만 왕명을 가지고 온 이를 절차를 따지며 내칠 수는 없었다. 게다가 지금 왕명을 받들어야 할 내금위 위장이 부재중이었다. 일을 어렵게 만들지 않기 위해서는 규칙을 살짝 피해갈 수밖에 없었다.

"따라오시오."

잠시 머리를 굴리던 나장이 앞장섰다. 옥사로 들어서자 여기저기서 신음이 터져 나오고 있었고, 비린내 같은 역한 냄새가 코끝을 스쳤다. 나장은 횃불로 옥사 안의 죄인들을 이리저리 확인하더니 효명에게 손짓했다.

"여기에 죄인 이재운이 있소."

나장은 벽에 횃불을 걸어두고는 밖으로 나갔다.

효명은 떨리는 마음으로 가까이 다가갔다. 옥 안에 만신창이가 된 사람 한 명이 목에 칼을 찬 채 앉아 있었다.

'정녕 이가 재운이란 말인가!'

봉두난발에 눈두덩과 입술은 부어올랐고 얼굴에는 온통 피딱지와 머리칼이 엉켜 있었다. 그 모습을 보자 효명은 저도 모르게 주먹을 불끈 쥐고 이를 악물었다. 피가 거꾸로 솟구치는 것만 같았다.

"이보게, 재운!"

잠이 든 것인지, 정신을 잃은 것인지 알 수 없었으나 재운은 효명의 부름에 눈을 번쩍 떴다. 그리고 지금 자신 앞에 있는 효명이 진정 실체인지를 확인하기 위해 여러 번 눈알을 굴렸다. 효명은 기어이 참았던 눈물을 쏟고 말았다.

"나일세. 이보게, 재운. 효명일세."

재운이 희미하게 미소를 지었다.

"그렇군. 정녕 신효명의 목소리구먼."

"자네가 무슨 잘못을 했다고 사람을 이 지경으로 만든단 말인가! 재운, 도대체 무슨 일인가? 혹시 내가 모르는 일이 있는가?"

재운이 고개를 끄덕였다. 그리고 불어터진 입술을 움직여 구화로 뜻을 전했다.

[얼마 전에 자네가 국금에 대해서 이야기해주었지?]

효명이 고개를 끄덕였다.

[그때 자네는 우리 둘 중 한 사람이 국금이 된다면 서로에게는 알리자 하였지?]

다시 효명이 고개를 끄덕였다.

[미처 말하지 못해 미안하네. 내가 국금의 명을 받았네.]

효명의 눈이 커졌다. 언제였을까? 근신 처분을 받는 동안이었을까?

근신 처분이 끝나고 부쩍 말수가 없어졌던 그때였을까? 효명은 지난 기억 속의 재운을 떠올려보았다. 하지만 이내 효명은 고개를 저었다. 그것은 중요하지 않았다. 어떻게 해야 재운을 구할 수 있을지를 궁리해야 했다.

효명이 재운에게 물었다.

[자네가 국금이 된 것이 이번 일과 관련이 있을까?]

[그것 말고는 생각나는 것이 없네. 나한테서 국금의 내용을 캐고 싶었던 게지.]

"그렇다고 사람을 이렇게 만든단 말인가?"

효명은 자기도 모르게 소리치고 말았다. 좀처럼 흥분하지 않는 그였지만, 분노에 평정심을 완전히 잃고 말았다.

재운이 걱정스러운 눈길로 입술을 움직였다.

[자네가 나를 찾아왔으니, 효명 자네도 위험해질지 모르네. 그러니 얼른 가게.]

[지금 누가 듣는단 말인가.]

[사방에 눈이 있네. 사방에 귀가 있네. 궁중은 그런 곳일세.]

[내가 방법을 찾을 터이니 어떻게든 버티게. 하늘이 무너져도 솟아날 구멍이 있다지 않는가.]

효명의 그 말에 재운은 허탈한 미소를 지었다.

[효명, 잘 듣게나. 국금이 책무를 다하지 못한다면 죽음으로 비밀을 지켜야 한다네. 일이 이리되었으나, 나는 여한이 없네.]

"어허, 재운. 그러지 말래도!"

[그보다는 부탁이 있네.]

효명이 재운의 입술에 눈을 모았다.

[나에게 은애하는 정인이 있네.]

그랬다. 생각이 났다. 재운이 새벽이슬을 맞으며 상의원 궁녀들이 머무는 처소를 기웃거렸던 일…… . 그랬구나. 누군가를 마음에 품고 있었구나. 중금의 몸으로 궁의 여인을 은애했으니 얼마나 가슴이 아팠을까. 효명은 재운이 전하는 구화의 단 한 마디도 놓치지 않기 위해 다시 미간에 힘을 모았다.

∞

효명은 마음이 급해졌다.

살생부를 펼쳐본 내금위 위장 홍병춘은 의아하다는 표정을 지으며 혼잣말을 했다.

"이재운은 즉결이라…… ."

효명이 궁금하여 물었다.

"그게 무슨 말입니까? 즉결이라니요?"

홍병춘은 중금 따위에게 자세히 설명하는 것이 자존심 상하는 일이라는 듯 아무런 대꾸 없이 자리를 떠나버렸다. 새벽에 다시 불려나온 분풀이인 듯도 했다. 그래서 처음 옥사에 도착했을 때 효명을 맞았던 내금위 군교에게 다시 물었다.

"즉결이라니, 그게 무슨 말이오?"

내금위 군교가 연신 하품을 해대며 대답했다.

"말 그대로 '즉시 처결한다' 해서 즉결 아니겠소? 그 이재운이라는 죄인은 오늘이나 내일쯤 참형에 처해질 것이오."

이건 또 무슨 소리인가! 왜 왕은 이재운의 죽음을 앞당기려 하는가? 분명 재운에게 죄가 없음을 알 텐데…….

효명은 생각을 정리했다. 이런 때일수록 마음을 가다듬고 상황을 유심히 살펴야 했다. 그는 조금 전 옥에서 재운이 했던 부탁을 떠올렸다.

[효명, 국금이 되면서 나는 건방지게도 전하와 거래를 했다네. 내가 은애하는 여인을 궁중에서 빼내달라고 청했지. 전하께옵선 껄껄 웃으시고는 그러마고 약조해주셨네. 이름은 향안이네. 향안은 주상 전하와 어의 어른의 도움으로 나병에 걸렸다는 거짓 판정을 받고 궁에서 퇴출되었네. 지금쯤 호남의 고흥으로 향하고 있을 것이네. 그곳에 도착하고 나면 내가 오기를 기다릴 테지. 내가 죽고 나거든 향안에게 전갈할 방법을 찾아주게나. 서둘러야 할 거야. 자네 역시 그들의 사정권에 들었을 테니. 그리고…….]

재운의 구화를 떠올리며 효명은 또 다시 울음을 삼켰다.

[……자네는 부디 이 모든 역경을 이겨내고 전하의 어성을 대신하는 정중금이 되게나.]

지독한 슬픔이 가슴을 채웠다. 효명은 슬픔의 수렁에서 벗어나기 위해 이를 악물었다. 자꾸만 차오르는 눈물을 훔치고 하늘을 보았다. 감정을 추스르고 생각을 모았다.

'전하께서 재운을 국금으로 지명하셨다. 재운이 국금을 지킬 재목이라는 걸 전하께옵선 어떻게 아셨을까? 어쩌면 정중금 어른이 이 일에 관여하고 계실지도 모른다. 그리고 향안 소저가 궁에서 나가도록 도운 어의가 있다. 최소한 정중금 어른과 어의 어른은 비밀을 공유하고 있다. 그리고 두 사람 외에 전하를 돕는 충복들이 있을 것이다…….'

여기까지 생각하고 효명은 마음을 다잡았다. 단지 재운을 살리는 일만이 아니었다. 왕이 내린 국금을 지키는 일이었고, 재운과 향안의 애틋한 사랑을 지키는 일이었다. 그리고 언젠가 스스로 했던 맹세를 지키는 일이기도 했다.

'시간이 없다.'

효명은 잰걸음으로 중금의 처소로 향했다.

∞

내금위 위장 홍병춘은 정중금으로부터 왕명을 하달받고는 고개를 갸우뚱했다.

"왜 죄인에게 몽두를 씌우라는 것입니까?"

"비록 역모를 저지른 죄인이라 하나, 주상 전하의 어성을 대신하던 중금이었소. 그런 이의 낯을 드러내고 목을 치는 것이 전하께는 수치가 됩니다."

홍병춘은 정중금 곁에 서 있는 효명을 힐끗 쳐다보았다. 오늘 새벽 자신의 잠을 깨운 바로 그 중금이었다. 그의 손에는 삼베로 만든 몽두가 들려 있었다. 홍병춘이 효명에게 손을 내밀었다. 몽두를 넘겨달라는 뜻이었다. 홍정택이 나섰다.

"우리가 직접 씌우고 싶소만…… 그래도 우리 식솔이었으니……"

홍병춘이 떨떠름한 표정으로 홍정택을 쳐다보았다. 홍정택은 평온한 표정으로 말했다.

"듣자 하니, 내금위 위장께서 새벽에 퇴청하셨다가 급히 입궐하셨다 하더군요. 죄인을 추국하는 일로 힘드실 테니, 이런 일은 저희에게 맡기십시오."

홍병춘은 뜨끔했다. 이틀 동안 죄인들을 심문하다가 잠깐 퇴청한 사이에 왕명이 하달되다니, 운이 지지리도 없었다. 역모가 일어난 시점에 사건의 전모를 밝혀야 할 책임자가 왕의 윤허도 받지 않고 자리를 비웠으니, 추궁을 당할 일이었다. 하지만 다행히 그 사실이 왕에게까지 들어가지는 않은 모양이었다. 칼자루는 중금들이 쥐고 있었다.

"그래도 몽두는 확인을 해야겠소. 이러 줘보시오."

효명이 내민 몽두를 홍병춘이 이곳저곳 살펴보았다. 그래도 자신이 일은 꼼꼼하게 한다는 점을 정중금 앞에서 내보이고 싶었다.

"죄인의 옥은 저 중금이 알 것이오."

홍정택과 효명은 관사에서 물러나와 옥사로 향했다. 옥사로 들어서기 전 홍정택이 효명의 소매를 잡았다. 그리고 구화로 말했다.

　[신효명 중금, 후회하지 않느냐?]

　[국금을 지키는 일입니다. 중금의 사명을 다할 뿐입니다.]

　홍정택은 아무런 말도 할 수 없었다. 효명은 홍정택에게 고개를 숙여 보이고 옥사 안으로 향했다. 홍정택은 하늘을 올려다보며 긴 한숨을 내쉬었다.

　효명이 다가오자 재운은 반색하면서도, 다시 걱정스럽다는 표정을 지었다.

　"왜 또 왔는가?"

　"벗을 만나러 왔는데, 오자마자 박대하는가?"

　효명의 말에 재운은 주변을 두리번거렸다. 대역죄인의 벗이라면 그역시 대역죄인으로 몰릴 수 있었다. 재운은 조심성 없는 효명을 눈으로 꾸짖었다. 눈이 마주치자 효명이 구화로 말했다.

　[재운, 자네가 있어 참으로 든든하고 행복했네.]

　그 말에 재운이 보일 듯 말 듯 미소를 지었다.

　'그랬구나. 작별 인사를 하러 이 험한 곳을 또 찾아왔구나.'

　옥에 갇힌 죄인은 자신의 운명을 알 수 없었다. 하지만 효명이 인사를 하러 온 것을 보니, 드디어 이 고통의 끝이 찾아온 모양이었다. 그순간, 재운은 향안을 떠올렸다. 가슴이 무너졌다. 죽음은 두렵지 않으나, 향안과의 이별은 견디기 힘든 형벌이었다.

효명이 구화로 말했다.

[나는 정중금을 꿈꾸었네.]

재운이 고개를 끄덕였다.

[꼭 그리되게나.]

[내가 정중금이 되려 했던 이유는 권세나 명예를 얻기 위해서가 아니었네. 옳은 일을 하고 주상 전하의 뜻을 바르게 전하기 위함이었어.]

재운은 다 안다는 듯 미소를 지으며 고개를 끄덕였다. 그때 창살을 통해 효명이 갑자기 손을 뻗었다.

"지금 그 일을 하려 하네."

재운은 무언가 따끔한 것이 목을 찌르는 것 같은 통증을 느꼈다. 하지만 그보다 더 신경이 쓰이는 것은 조금 전 효명의 음성이었다. 무언가를 각오한 사람의 음성, 슬픔과 회한과 비애와 비장함이 무섭게 소용돌이치는 감정의 깊은 골짜기에서 메아리치는 듯한 그 음성…… 재운은 효명을 보려 했으나, 자꾸만 눈이 감겼다. 그리고 아득히 추락하는 의식 속으로 "불이야!" 하는 외침이 들려오다가 툭 끊겼다.

∞

죄인을 실은 달구지가 형장으로 향했다. 말을 탄 의금부 도사가 앞장서고, 칼과 창을 든 나장 네 사람이 달구지를 에워싼 채 천천히 걸음을 옮겼다. 그 뒤로 낯빛이 불쾌한 살수 두 명이 따랐다. 나이 든 쪽은 헝겊으로 싼 칼을 이고, 젊은 쪽은 술통을 메고 있었다.

형장인 새남터에는 벌써 구경꾼들이 모여 있었다. 일찌감치 술판을 벌이고 있는 패거리도 보였다. 그들은 죄인이 몽두를 쓰고 나타나자 김 샜다는 듯 불평을 쏟았다. 역적질을 한 죄인의 낯짝이 공포에 질리는 모습을 보는 것이 가장 큰 구경거리였기 때문이다.

의금부 관원들이 달구지에서 죄인을 끌어내려 무릎 꿇렸다. 도사가 그 앞에 서서 범죄 사실이 적힌 문서를 읽었다.

"대역죄인 이재운! 군주를 시해하고 국사를 어지럽히려 모의한 죄를 물어 참형에 처한다!"

살수 중 하나가 헝겊으로 싸두었던 칼을 꺼내 들었다. 시퍼런 칼날에 햇빛이 닿을 때마다 산산이 부서졌다. 살수는 취기가 덜 오른 듯 술통을 들어 입안으로 털어 넣었다. 벌써 십 년째 죄인들의 목을 베어왔으나, 산 사람의 목을 벤다는 것은 여전히 괴로운 일이었다.

살수는 간밤에 찾아왔던 중인 행색의 남자를 떠올렸다. 두 냥을 쥐어주며 그랬다.

"고통이 덜하도록 단칼에 베어주시게."

그래서 살수는 가장 무겁고 날이 벼른 칼로 골라서 나섰다.

몽두 쓴 죄인을 참하기는 처음이었다. 그는 형장으로 끌려 나온 죄인의 행동거지를 살펴보면서 제 나름 죄를 가늠하는 버릇이 생겼다. 죄가 큰 것 같으면 단칼에 베지 않았다. 두 번 세 번, 목이 너덜거리고 대롱대롱 몸통에 매달려 있을 정도로 칼을 놀렸다. 그러면 구경꾼들 사이에서 환호성이 터졌다. 하지만 몽두 쓴 죄인은 달구지에 실려 형장으로 향하는 동안 미동도 하지 않았다. 몽두에 가려져 얼굴을 볼 수 없으나 표정 역시 평온할 것 같았다.

'저이는 죄가 없다.'

두 냥을 쥐어주지 않았더라도 단칼에 베었을 것이다.

몽두 쓴 죄인은 주위의 웅성거림으로부터 서서히 귀를 닫고 생각에 집중했다. 열여섯에 입궐하여 중금으로 자라는 동안 겪었던 모든 일이 아름다운 꿈으로 다가왔다. 그리고 그 꿈의 모든 장면에 벗이 있었다. 천성이 유약하여 상처받고 무너질 때가 많았다. 그때마다 그 벗은 환한 미소와 농지거리로 웃겨주었다. 늘 곁에 있어주었다.

그리고 주상 전하의 용안이 떠올랐다. 세상에서 가장 외로운 분……. 곁을 지키며 낭랑한 목소리로 그분의 앞길을 열고 싶었다. 전하의 목소리가 되고 싶었다. 그는 터져 나오는 설움과 회한을 목소리에 담아 소리쳤다.

"주상 전하 납시오!"

새벽안개처럼 은은하고 햇살처럼 반짝이면서도 계곡을 타고 흘러내리는 물소리처럼 시원한 음성이었다. 살수는 멈칫했다. 곧 있을 잔혹한 구경거리를 기다리며 눈을 빛내던 구경꾼들도 숨을 멈추었다.

"주상 전하 납시오오!"

그 목소리가 향하는 방향에 서 있던 구경꾼들은 자신도 모르게 뒤로 물러서며 길을 열고 있었다. 그 길을 따라 비범하고 성스러운 어떤 기운이 지나가는 듯하여 그들은 자신도 모르게 몸을 낮추었다.

"주상 전하 납시오오오!"

살수는 손목에 힘을 주었다. 거짓말처럼 술기운이 가시고 정신이 맑아졌다. 보내주어야 할 시간이었다. 살수는 몸에 힘을 빼고 부드러운 동작으로 죄인의 목에 칼을 내리쳤다.

∞

자시(子時, 오전 0시경)에 이르러 훈도중금 장경과 중금 최헌직이 궁을 나섰다. 인경이 울리고 난 야간에 외출해도 좋다는 허가장과 통행증이 있었으나, 두 사람은 궁의 수문장 앞에서 너무 긴장한 나머지 숨조차 제대로 쉬지 못했다. 수문장이 퇴궐해도 좋다며 문을 열어주는데도, 그들은 정말 나가도 되느냐고 수문장에게 눈짓으로 물었다. 궁에서 조금 멀어진 뒤에야 최헌직이 꾹 참았던 숨을 내쉬며 말했다.

"이렇게 쉽게 나올 수 있으리라고는 생각지 못했습니다, 스승님."

"나도 마찬가지네."

정중금 홍정택의 지시대로 궁에서 나와 육의전 대로를 따라 걷는데, 중인 차림의 한 남자가 다가왔다.

"중금들이시오? 정중금 어른께서 보내셨소."

"아, 예."

"저를 따라오십시오."

세 사람은 어둠 속으로 점점 깊이 들어갔다.

홍정택이 퇴궐하는 장경과 최헌직을 자신의 처소로 부른 것은 저녁 나절이었다.

"오늘 낮에 이재운 중금이 참형을 당했다."

죄가 있든 없든 대역죄인이라는 죄목을 쓰고 살아남기란 불가능한 일이었다. 이 같은 불행이 곧 찾아오리라는 불안감을 지울 수 없었으나, 그래도 이재운의 죽음은 참으로 허망하고 갑작스러운 일이었다.

"오늘 밤 두 사람이 이재운 중금의 시신을 수습하여 안장해주게."

대역죄인의 시신을 안장한다? 사리분별이 명확한 정중금 홍정택이 독단적으로 벌이는 일은 아닐 것이다. 분명 든든한 뒷배가 있다!

장경도, 최헌직도 도무지 상황을 파악할 수 없었다. 이재운이 갑작스럽게 역모의 죄를 쓰고 끌려가 처형되었고, 정중금 어른은 그런 이재운의 시신을 수습하라 이른다. 도대체 이 일에 어떤 사람들이 얽혀 있단 말인가!

위험한 일이었지만, 이재운을 아꼈던 두 사람은 기꺼이 정중금의 명을 받들기로 했다. 그것은 억울하게 명을 달리한 재운의 영혼을 달래는 도리이기도 했다. 그리고 자시를 기다려 궁을 나온 것이었다.

새남터에 이르렀지만 밤길이라 사방을 분간할 수 없었다. 중인 행색의 남자가 바랑에서 홰를 꺼내 불을 밝혔다. 황량한 형장의 풍경이 불빛을 따라 조금씩 드러났다.

"이쪽입니다."

남자가 성큼성큼 앞서갔다. 장경과 최헌직은 혹시라도 남자를 놓칠세라 급히 걸음을 옮겼다. 풀무더기가 흩어져 있는 장소에 이르러 남자는 횃불을 높이 쳐들었다. 그곳에 결박된 죄인의 몸통이 버려진 허수아비처럼 아무렇게나 고꾸라져 있었다. 그 모습을 보고 장경이 울음을 터뜨렸다.

"아이고, 재운아! 아이고, 재운아!"

최헌직도 재운의 시신 앞에 무릎을 꿇었다.

두 사람의 비통함에 아랑곳없이 중인 사내는 횃불을 이리저리 움직여 머리를 찾았다. 이윽고 풀숲에 파묻혀 있는 머리를 발견하고는 말했다.

"횃불을 좀 들고 있으시오. 여기에 머리가 있소."

최헌직이 횃불을 받았다. 중인 사내가 두 손으로 머리를 받쳐 들었다. 장경이 두 손을 뻗어 머리를 건네받았다. 마치 신줏단지를 모시듯 조심스럽게 머리를 어루만지다가 몽두의 끈을 풀었다. 그리고 몽두를 벗겼다.

장경과 최헌직은 그 자리에 얼어붙고 말았다. 자신들이 받쳐 들고 있는 머리의 주인은 이재운이 아니었다.

"신효명 중금!"

장경과 최헌직은 서로의 얼굴을 쳐다본 채 말을 잃었다. 슬픔은 나중의 일이었다. 당장은 수수께끼 같은 사건과 마주하고 있다는 놀라움이 너무나 컸다.

6. 혼자 떠나는 유랑

정신이 돌아왔다가 다시 까무룩 흐려지기를 반복했다. 꿈과 현실을 분간할 수 없는 시간이 계속되었다. 재운은 의식을 잃은 동안 향안을 만나고 효명을 만나고 임금을 만나고 자신을 키워준 할멈을 만나고 얼굴을 본 적도 없는 아비와 어미를 만났다. 그러다가 정신이 돌아오면 눈앞은 캄캄한 암흑이었다. 그는 그리운 이들을 다시 만나기 위해 의도적으로 의식의 끈을 놓았다. 지난 며칠 동안 이어진 고문으로 만신창이가 된 몸은 굳이 애쓰지 않아도 재운을 혼수상태로 이끌어주었다. 그동안 누군가 다녀가는 듯했고 말을 거는 듯했고 자신의 입 속으로 미음과 탕약이 흘러들어오는 듯했다. 하지만 그는 외부의 어떤 자극에도 흔들리고 싶지 않았다. 영원히 이 의식과 무의식의 경계에 머물러 있고 싶었다.

하지만 몸이 회복되어감에 따라 의식이 깨어 있는 시간이 점점 길어졌다. 재운이 누워 있는 방은 사방이 검은 천으로 뒤덮여 있어 한 치의 빛도 들어오지 않았다. 가끔 새 우는 소리가 멀리서 들려올 뿐 사람의 기척은 없었다.

그러기를 며칠, 어느 순간부터 정신이 명료해지면서 불현듯 무서운 현실이 들이닥쳤다. 그는 그제야 기억을 더듬었다. 목에 칼을 찬 채 옥 안에 갇혀 있었고, 벗이 찾아왔다. 마지막에 효명이 뭐라 했더라?

"지금 그 일을 하려 하네."

갑자기 효명이 옥 안으로 손을 내밀었고 목덜미가 따끔했다. 그리고 정신을 잃었다. 이후로 가뭇가뭇 떠오르는 기억은 이 캄캄한 방이 전부였다. 지금 재운은 칼을 차고 있지도 않았고 옥 안에 있지도 않았다. 누군가 정성 들여 치료한 덕분에 육신은 회복 중이었다. 그리고 이어지는 생각…….

'나는 죽었어야 했다. 죽었어야 했다. 죽어야 했다…….'

의식이 오락가락하는 동안에도 부지불식간에 불길한 예감이 닥쳐왔다. 그때마다 재운은 그 두려운 현실과 마주할 자신이 없어 일부러 의식의 끈을 놓고 꿈속을 노닐었다. 하지만 더 이상 피할 수 없었다. 며칠 동안의 꿈같던 환상이 걷히고 캄캄한 방에 홀로 앉아 있는 자신에게로 모든 생각이 집중되었다.

바깥에서 인기척이 나더니 방문이 열렸다. 검은 천을 걷고 한 사내가 들어섰다. 사내는 일어나 앉아 있는 재운을 보고는 멈칫하더니 물었다.

"이제 좀 괜찮으시오?"

재운은 대답 없이 고개를 끄덕였다. 사내가 들어서자 방 안은 다시 어둠에 잠겼다. 한참 동안 침묵이 흐른 뒤에 재운이 입을 떼었다.

"내가 왜 살아 있습니까? 어째서 옥에서 벗어났습니까?"

이번에는 사내가 침묵을 지켰다. 방 안은 두 남자의 옅은 숨소리만 점점 차오르고 있었다. 침묵을 깬 쪽은 재운이었다.

"효명입니까?"

이번에도 사내는 대답하지 않았다. 대신 자리에서 일어나 방문을 막고 있던 검은 천을 걷었다. 바깥의 햇빛이 창호지의 반투명 장막을 뚫고 희미하게 방으로 스며들었다.

"나를 알아보시겠소?"

재운은 그 희미한 빛에도 눈이 부셔 눈을 제대로 뜨지 못했다. 조금씩 빛에 익숙해진 뒤에야 그는 앞에 앉은 사내의 면상을 들여다볼 수 있었다. 낯익은 얼굴이었다. 뒤죽박죽되어버린 과거의 기억 속에서도 새벽에 마주치고는 했던 내금위 군교의 얼굴이 용케도 떠올랐다. 향안이 있는 처소를 기웃거리다가 새벽녘 중금 처소로 향하던 중에 자주 부딪힌 적이 있는 그 인물이었다.

"나는 고경찬이라고 하오. 내금위 소속이오. 밀명에 따라 지금은 오래전에 돌아가신 모친의 상을 구실로 관가(官暇)를 얻어 궁 밖에서 일을 보는 중이오."

'밀명⋯⋯?'

재운은 캄캄한 어둠 속에서 빛 한 줄기를 본 듯했다. 이 모든 일이 혹시 임금의 계획이라면, 누군가 자신을 대신하여 죽음을 맞지 않아도 되었을지 모른다. 그렇다면 효명은 살아 있다. 나 대신 죽지 않았다!

고경찬이 말했다.

"대역죄인 이재운은 죽었소. 닷새 전 새남터에서 참형에 처해졌소. 그날 밤 중금 두 사람과 내가 이재운의 시신을 찾아내어 따로 장사지냈소."

한순간의 기대와 희망이 잿빛으로 바랬다. 고경찬의 그 말은 누군가 자신을 대신해 유명을 달리했다는 뜻이었다. 다시 가슴이 무너져 내렸다. 재운은 떨리는 음성으로 물었다.

"신효명 중금이었습니까?"

고경찬이 보일 듯 말 듯 고개를 끄덕였다.

짐작했던 일이다. 의식이 분명치 않은 중에도 내내 불길한 예감으로 다가온 일이었다. 하지만 사실의 무게는 너무도 무거웠다. 재운의 상체가 아무렇게나 세워놓은 지게가 쓰러지듯 옆으로 고꾸라지고 말았다.

∞

그로부터 다시 이틀이 지났다. 고경찬이 옷가지와 패랭이를 챙겨 들고 방으로 들어섰다. 그가 말했다.

"떠나야 하오. 참형을 당한 이재운 중금의 시신이 사라진 것을 두고 저잣거리에 소문이 돌기 시작했소. 그뿐만 아니라 때를 같이하여 신효명 중금이 자취를 감춘 것에 대해서도 의심하는 소리가 궁내에서 높아지고 있소. 이번에 일을 꾸민 작자들이 이 모든 정황을 통해 어떤 낌새를 알아차릴지도 모르오. 검문이 강화되기 전에 도성에서 더욱 멀어져야 하오."

하지만 재운은 고개를 저었다.

"어디로 간단 말입니까? 나는 갈 곳이 없소."

"중금을 기다리고 있을 향안 소저는 생각지 않으시오?"

그제야 재운은 정신이 번쩍 들었다. 효명이 자신을 대신하여 죽음을 맞았다는 사실에 너무 골몰한 나머지 잠시 향안을 잊고 있었다. 향안이라는 이름을 대하자, 다시금 가슴에 슬픔과 두려움이 차올랐다. 세상에 없는 존재로 살아가야 할 자신의 운명이 향안의 삶을 절망의 구렁텅이로 몰아넣을 것만 같은 불길한 생각에 그는 몸을 떨었다. 고경찬이 채근했다.

"이재운 중금이 처형되었다는 소식이 그곳까지 퍼졌을지도 모르오. 하루라도 빨리 향안 소저를 만나야 하지 않겠소?"

하지만 재운은 몸이 말을 듣지 않았다. 자신에게 닥친 모든 일이 천근만근의 무게로 짓누르는 것만 같았다. 이대로 모든 것을 포기하고만 싶어졌다.

"이재운 중금!"

고경찬의 일갈에 재운은 몸을 움찔했다. 그토록 당당하고 태연하던 재운은 사라지고 없었다. 비루 오른 개처럼 잔뜩 웅크린 채 풀이 죽어 있었다.

"신효명 중금의 죽음을 헛되게 할 셈이오? 그리고 잊으시었소? 이재운 중금은 주상 전하의 국금이라는 사실을!"

고경찬의 다그침에 재운은 마지못해 몸을 일으켰다. 그러고는 이레 만에 방을 나섰다. 주변에 인가라고는 없는 첩첩산중이었다. 심마니들이 잠시 비를 피할 용도로 만든 막사인 모양인데, 그마저도 버려진 듯 쓰러지기 일보 직전이었다.

"저쪽에 계곡이 있소. 먹이라도 감으시오."

재운은 고경찬이 가리키는 쪽으로 터덜터덜 걸음을 옮겼다. 걸음을 옮길 때마다 시원한 물소리가 가까워졌다. 걸치고 있는 것이라고는 얇은 삼베로 만든 적삼과 아랫도리뿐이었으나 재운은 추운 줄을 몰랐다.

그러고 보니 나무들 사이로 울긋불긋한 꽃봉오리들이 군데군데 고개를 내밀고 있었다. 연회가 있던 날이 입춘이었으니 지금은 우수 즈음일 터였다. 창덕궁 낙선재 부근에 자란 매화나무에도 꽃망울이 터졌을 것이다. 재운은 궁에서 보낸 모든 시간이 꿈만 같았다. 중금 교육을 받던 동안의 힘겨움, 때로는 경쟁하고 때로는 의기투합했던 중금 동료들과의 수많은 일들, 효명과 함께하고 나누었던 모든 기억, 어둠 속을 헤치며 향안의 처소를 기웃거리던 새벽길의 설렘과 공허……. 그 모든 것이 너무나도 소중하게 다가와 가슴이 아렸다. 이렇게 쉬 끝날 줄 알았더라면 효명을 더 챙겨주고 더 많은 것을 나눌 걸 그랬다는 후회가 차올랐다.

계곡에 이르러 재운은 옷을 입은 채로 몸을 물에 담갔다. 머리까지 물속에 잠그자 모든 소리가 멈추었다. 아니, 수많은 사람이 멀리서 웅성대는 듯한 소리가 새롭게 시작되었다. 물속의 세계와 물 바깥의 세계는 이리도 달랐다. 빠르고 부드럽게 훑고 지나가는 물결이 몸을 간질였다. 그는 그냥 이대로 물결이 되어 떠내려가고만 싶었다. 나이가 들어 궁에서 물러나거든 둘이서 세상을 떠돌며 여생을 보내다가 어느 나무 아래에서 함께 눈을 감자던 효명과의 약속이 떠올랐다.

재운은 꾹꾹 참았던 울음을 터뜨렸다. 감은 두 눈을 타고 흐른 눈물이 물결이 되어 저만치 멀어졌다. 재운의 눈물이 그의 바람을 대신하고 있었다. 재운은 몸을 일으켜 세우고는 산을 향해 소리를 질렀다. 슬픔과 분노와 회한과 그리움을 실은 재운의 오열과 통곡이 온 산에 메아리쳤다. 고경찬은 재운의 절규를 들으며 눈을 감았다.

해가 기울기 시작할 무렵 고경찬과 재운은 산중의 막사를 떠났다. 장사치를 가장한 두 사람 다 등짐을 지고 대나무 지팡이를 들었다. 길을 나선 이후로 둘은 일절 말이 없었다. 길 맞은편에서 인기척이 느껴지면 고경찬은 넋을 놓고 뒤따르는 재운에게 눈짓으로 주의를 주었으나, 재운은 야단맞은 아이처럼 짚신 코만 내려다보며 걸음을 옮겼다. 다행히 두 사람을 의심의 눈초리로 바라보는 이는 없었다. 고경찬이 스물 중반으로, 재운보다는 네 살가량 위였다. 하지만 재운이 워낙 동안이라 두 사람은 그보다 훨씬 나이 차가 있어 보였다. 사연을 모르는 이가 보기에 두 사람은 딱 보부상의 접장과 그 졸개였다.

달이 뜨고 한참이 지난 뒤에도 고경찬은 멈추지 않았다. 다행히 달이 밝아 사방을 훤히 비추었다. 산중의 막사를 떠난 지 세 시진이 지났을 때에야 비로소 고경찬은 걸음을 멈추고 등짐을 내려놓았다.

"견딜 만하오?"

고경찬의 물음에 재운은 고개를 끄덕였다. 고경찬은 내심 재운의 체력에 혀를 내둘렀다. 중금들 사이에서도 무예 수준이 높고 힘이 좋은 편이라더니, 괜한 소리가 아닌 모양이었다. 그렇게 고초를 당하며 몸을 상하고도 내금위 군교인 자신에게 뒤처지지 않는 것이 그저 놀랍고 고마울 따름이었다.

"새벽 어스름이 되면 나는 돌아가야 하오. 그때부터는 이재운 중금 혼자 가시오."

여전히 재운에게서는 아무런 반응이 없었다. 고경찬은 충분히 이해했다. 자신을 대신하여 벗이 죽음을 맞았다면 그도 재운과 마찬가지로 만신창이가 되었을 것이다.

"향안 소저는 고흥의 바닷가에서 물질을 하는 한 여인의 집에 의탁하기로 되어 있었소. 잘 기억해두시오. 독골이라는 마을이오. 일이 뜻대로 되었다면 아마도 이레 전에 그 집에 도착했을 것이오."

고경찬의 말에 재운이 물었다.

"향안 혼자 그 먼 길을 갔습니까?"

고경찬이 대답했다.

"내금위에는 보부상을 가장하여 전국을 떠돌며 민심을 살피고 관리들을 감찰하는 조직이 몇 개 있소. 향안 소저가 출궁하던 무렵에 도성에 들어온 이들이 있어 그들과 동행했소. 내금위에도 파벌이 여럿이나 향안 소저와 동행한 이들은 주상 전하를 향한 충심이 높은 사람들이니 걱정하지 않아도 되오."

재운은 알았다는 듯 고개를 끄덕였다. 고경찬의 말이 이어졌다.

"등짐에 말린 고기와 패물, 옷가지 그리고 약간의 돈이 들어 있소. 가는 동안 여비로 쓰고, 남은 것은 향안 소저와 살림을 차리는 데 보태면 될 것이오. 세상이 험악하여 등짐을 탐내는 도적 무리가 있을지도 모르오. 이재운 중금이 궁중 무예의 성취가 높다 들었기에 큰 걱정은 하지 않소만 그래도 조심하시오. 들고 있는 대나무 지팡이를 세게 뽑으면 칼날이 나올 테니, 그걸 호신용으로 쓰시오. 하지만 무엇보다도 조심할 것은 관아의 무리들이오. 그러니 가급적 낮은 피하고 밤과 새벽을 이용해 이동하시오. 아, 그리고 등짐에 호패가 있소. 호패에는 이용술이라는 이름이 새겨져 있소. 앞으로 이용술로 살아가시오."

재운은 "이용술이라……."라고 낮게 읊조렸다. 이재운을 버리고 이용술로 살아갈 수 있을까? 그렇게 잠시 생각에 잠겨 있던 재운이 고경찬에게 물었다.

"주상 전하께서는 이 일을 알고 계십니까?"

고경찬은 잠시 머뭇거린 뒤에 답했다.

"그건 나도 정확히 모르오. 나에게 이재운 중금을 보살피라 명을 내린 이에 대해서도 나는 말할 수 없소."

"궁중의 눈과 귀가 도처에 있는데, 군교께서는 어찌하여 이처럼 위험한 일을 하는 겁니까? 전하에 대한 충심입니까?"

이번에는 고경찬이 침묵을 지켰다. 그는 한참 동안 생각에 잠겨 있다가 곁에 두었던 등짐을 짊어지었다.

"궁금한 것이 많을 것이오. 하지만 나는 그대의 말에 답할 처지가 아니오. 우선 목숨을 부지하고 국금을 지키는 일에만 마음을 두시오."

고경찬은 재운을 기다리지 않고 성큼성큼 달빛 속으로 걸어 들어갔다. 재운은 고경찬의 뒷모습을 바라보고 있다가 그의 뒤를 따랐다.

그렇게 다시 두 시진쯤 걸었을 때였다. 고경찬이 걸음을 멈추고 돌아섰다. 재운은 이 의문의 사내와 헤어질 때가 온 것이라 생각했다.

"나는 여기까지. 이제부터 혼자 가시오. 아까 내가 한 말 꼭 명심하시오. 이재운 중금을 살리기 위해, 국금을 지키기 위해 많은 사람의 희생이 따랐다는 사실을 잊지 마시오. 그리고……."

고경찬이 말을 끊자 재운이 고개를 들어 그의 얼굴을 들여다보았다.

고경찬은 잠시 갈등하는 듯 보이더니 이내 말을 이었다.

"아까 전하께 대한 충심이냐고 물었지요?"

재운은 대답 없이 가만히 고경찬의 눈을 바라보았다. 고경찬이 다시 입을 열었다.

"그런 것은 잘 모르오. 내 아비가 하던 일을 그 아들이 따르는 것뿐이오. 내 아비는 스스로 고환을 뭉개고 궁의 내시가 되었소. 지금은 매를 기르는 응방을 지키며 주상 전하를 뒤에서 돕고 있소. 물론 그 사람과 내가 부자지간이라는 사실을 아는 사람은 없소."

재운의 눈이 커졌다. 응방을 지키고 있다면…… 응방내시 고우익을 두고 하는 말이었다. 범상치 않은 그 늙은이가 고경찬의 아비였다니! 재운이 근신하는 동안 무료할 때마다 응방을 찾아가고는 했던 그 모든 일이 마치 누군가의 치밀한 계획 속에서 이루어진 듯하여 소름이 돋았다. 아니면 어떤 운명에 끌렸던 것일까……?

"내 아비를 그리 좋아하지는 않으나, 그가 한 말만큼은 믿고 싶소. 이 세상은 권신들의 것이 아니라 백성들의 것이어야 한다는……. 그러한 세상을 만들기 위해 주상 전하의 편에서 싸워야 한다는……."

고경찬은 그렇게 말해놓고 밤하늘을 올려다보았다. 밤새 초롱초롱하던 별들이 하나둘 빛을 잃어가고 있었다.

∞

"수문장들은 무어라 하던가?"

상선내시 서승이 상전내시 정현일에게 물었다. 정현일은 마치 고양이 앞의 쥐처럼 바짝 얼어붙은 채 떨리는 음성으로 대답했다.

"역모 사건에 즈음하여 궐의 출입을 엄중히 다스렸기에 허락 없이 궁을 나간 이는 절대 없었다 하오이다."

"절대 없었다?"

"네, 그렇습니다, 대감."

들으나마나 한 대답이었다. 어차피 누군가 몰래 궁을 빠져나가려 했다면 문을 통하지는 않았을 것이다. 담을 넘든지 궁을 드나드는 물자를 실은 수레에 몸을 숨겼거나 둘 중 하나였다. 아니면 궐문을 지키는 이들 가운데 딴마음을 먹은 자들이 있던가.

"의금부 도사와 나장들은 무어라 하던가? 죄인의 목을 친 것이 확실하다 하던가?"

"네, 대감. 당시 새남터에서 형을 집행한 도사와 나장의 말로는 단칼에 목이 떨어져 나가고 피가 솟는 것을 두 눈으로 확인했다 하옵니다."

모든 것이 분명했다. 하지만 풀리지 않는 수수께끼가 두 가지 있었다. 하나는 죄인의 시신이 사라진 것, 다른 하나는 중금 가운데 이재운과 가까이 지낸 신효명이라는 자가 갑자기 사라진 일이었다.

"자취를 감춘 그 중금에 대해서는 무어라 하는가?"

"네, 대감. 평소 죄인 이재운과 중금 신효명의 사이가 각별했다 하옵니다. 여러 중금의 증언을 종합하건대 두 사람은 형제나 다름없는 관계였던 듯합니다. 훈도중금의 말에 의하면, 이재운 중금이 참형에 처해지자 신효명이 충격을 이기지 못했거나 연좌에 걸려 같은 일을 당할까 두려워 무단으로 이탈한 것 같다 합니다."

"죄인의 시신이 사라진 것을 두고는 무어라 하던가?"

"의금부에서는 신효명이 사라진 일과 죄인의 시신이 사라진 것을 같은 맥락에서 보고 있습니다. 궐을 무단이탈한 신효명이 새남터에서 이재운의 시신을 수습한 것이라고 풀이했습니다."

전혀 불가능한 일은 아니었다. 하지만 이재운의 시신을 자신의 눈으로 확인하지 못한 것은 두고두고 찜찜했다. 그날 내금위의 옥사에서 갑자기 화재가 일어난 일도 마찬가지였다. 무언가 자신의 손아귀에서 벗어난 부분이 분명히 있었다.

서승이 만 서른의 나이에 내시부의 수장인 상선 자리에 오르는 데 있어 가장 큰 역할을 한 것이 그의 촉이었다. 마치 야생 동물이 육감을 발휘하여 재해를 미리 피하듯, 그는 상황 판단이 빨랐고 어느 편에 서야 하는지를 감각적으로 인식했다. 숙종 임금 말년의 풍파 속에서 살아남은 것도 모자라 내시부의 선임 내시들이 모조리 숙청을 당하는 동안에도 그는 한 계단 한 계단 올라서서 정2품 상선내시 자리를 꿰찼다. 지금껏 그 촉이 틀린 적이 없었다. 그런데 지금 서승의 촉은 무언가 일이 어긋났다는 신호를 계속 발하고 있었다.

이재운이 어명에 따라 즉결 처분되었다는 사실은 임금 역시 이번 역모의 목적지가 자신이 아니라 국금이었다는 사실을 인지했음을 말하고 있었다. 노론의 도전이냐, 소론의 소행이냐를 두고 지금쯤 임금의 머릿속이 복잡할 터였다. 완벽히 제 뜻대로 되지는 않았으나 소기의 목적은 달성한 셈이었다. 그런데도 개운치 않은 이 뒤끝은 무어란 말인가.

"신효명에 관하여 올라오는 것이 있거든 곧바로 알리라."

"네, 대감."

상전내시 정현일은 서승의 처소에서 물러나 꽤 멀어진 뒤에야 긴 숨을 내쉬고 혼잣말을 했다.

"이제는 아예 대놓고 종 대하듯 하는구나."

십수 년 전만 해도 서승은 정현일의 한참 발아래였다. 새까맣던 후배가 숙종 말년의 혼란을 틈타 승승장구하더니 이제는 가장 높은 자리에 앉아 있었다. 사실 서승은 소내시일 때부터 눈빛이 유난히 초롱초롱하고 일머리가 좋아서 크게 될 것 같았다. 하지만 이렇게까지 초고속 승진을 할 줄은 꿈에도 몰랐다. 그러더니 이제는 종4품 당하관인 자신을 아주 벌레 보듯 했다. 그 모든 일은 그만큼 조정이 혼탁하다는 증거였다.

하지만 어쩌랴. 선왕인 숙종 임금이 승하한 뒤 궁 안의 모든 힘이 서승에게 집중되고 있다는 느낌은 그 혼자만의 것이 아니었다. 너도 나도 서승 앞에만 가면 모두 비루먹은 개처럼 쪼그라들었다. 내명부의 우두머리여서도 아니고, 품계나 직책 때문만도 아니었다. 그에게서는 이루 말로 표현하기 힘든, 감히 범접할 수 없는 어떤 기운이 느껴졌다. 그 기운을 거역해서는 결코 두 다리 뻗고 누울 수 없다는 까닭 모를 두려움이 서승의 주변을 감싸고 있었다. 아니꼽더라도 그 앞에서는 꼬리를 내릴 수밖에 없었다.

∞

산중의 막사를 떠난 지도 벌써 이레가 지나고 있었다. 그동안 객관에 머무른 적은 한 번도 없었다. 관아의 검문을 피하기 위해서만은 아니었다. 형장의 이슬로 사라진 벗을 따르지는 못할지언정 편안한 잠자리에 몸을 누일 수는 없었다. 자식이 부모를 잃으면 삼년상을 치른다 하는데, 자신을 대신하여 목숨을 던진 벗을 기리는 일은 십년상을 치른다 해도 모자랄 것만 같았다.

그래도 시간은 약이 되었다. 슬픔과 분노의 기운이 서서히 옅어져갔다. 그러자 산이 보이고 계곡이 보이고 나무가 보이고 길가의 꽃이 보이기 시작했다. 절기는 우수를 지나 경칩을 향하고 있었다. 겨울잠에서 깨어난 개구리들이 일제히 울음을 터뜨린다는 계절이었다.

해안을 따라 남하하던 재운은 영광에서 나주 쪽으로 방향을 틀었다. 그곳에서 다시 정남 방향으로 향하던 그는 멀리 기암괴석이 불쑥불쑥 솟아오른 산을 발견하고는 내달렸다. 기다리고 있을 사람을 생각하면 한시라도 빨리 서둘러야 했으나, 재운은 그 산을 놓치고 싶지 않았다. 그 산이 오래전 벗과 했던 약속을 떠올리게 한 탓이었다.

월출산이라고 했다. 재운은 최고봉인 천왕봉에 올라 먼 곳에 시선을 두었다.

"효명, 자네와 함께하기로 했던 유랑을 나 혼자 하고 있네. 자네는 내 눈을 통해서 세상을 보게나. 이토록 아름다운 절경 속에 나 혼자 있다는 사실이 참으로 서럽고 두렵네."

지난 며칠 동안 멈추었던 눈물이 조용히 볼을 타고 흘러내렸다. 벗과 함께했던 시간이 눈앞에 펼쳐졌다. 갓 철이 들고 입궐하여 마음을 나누었던 처음이자 마지막 사람이 효명이었다. 이렇게 일찍 헤어질 줄 알았으면 잠을 아껴서라도 더 많은 이야기를 나누고 밥을 덜 먹어서라도 함께 있는 시간을 더 많이 가질 걸 그랬다는 진한 아쉬움이 가슴을 채웠다. 사위가 어두워지고 있었다. 오늘 밤은 벗과 함께 이 월출산 봉우리에서 잠들고 싶었다. 언젠가 궁궐 마당에 나란히 누워 별을 올려다보던 그때처럼.

다음 날 새벽 산에서 내려온 재운은 걸음을 재게 놀렸다. 곧장 동쪽으로 향하면 보성이었고, 보성에서 바다 쪽으로 남하하면 그곳이 고흥이었다. 효명과 함께 주상 전하의 기침을 여쭙다가 벌을 받아 근신을 했던 마지막 날 멀리서 향안을 본 것이 마지막이었다. 저간의 일들이 어떻게 이루어졌는지 몰랐기에 재운은 향안이 거짓 병으로 궁을 떠나 고흥에 이르기까지 어떤 마음이었는지 알 수가 없었다.

월출산을 떠난 지 사흘이 지났을 때 재운은 보성과 고흥을 잇는 지협에 이르렀다. 이제 사나흘 정도만 더 가면 향안이 있는 곳에 닿을 것이다. 고흥이 가까워질수록 재운의 가슴에는 조금씩 걱정과 두려움이 차올랐다. 혹시 나를 원망하고 있지는 않을까? 궁에 머물고 싶었는데 나 때문에 억지로 떠나게 된 것은 아닐까? 무사히 도착하기는 했을까? 혹시 독골에 향안이 없다면 어떻게 해야 하나? 나를 반기지 않는다면 그

때는 또 어떻게 해야 하나? 혹시 이재운 중금이 역모로 참형을 당했다는 소식을 벌써 접하고 나쁜 마음을 먹지는 않았을까……?

고흥에 들어선 뒤 재운은 부상(負商) 행세를 하며 장을 떠돌았다.

"독골이란 동네를 아시오?"

사람들은 하나같이 고개를 저었다. 고흥 땅덩어리가 작지 않아서 바닷가에 면한 조그만 어촌 마을을 아는 이가 없는 듯했다. 재운은 그저 남쪽으로, 남쪽으로 향하며 장이 선 곳이면 무작정 들렀다.

"독골이란 동네를 아시오?"

흥양이라는 제법 큰 고을의 장에서 대나무 광주리에 생선 몇 마리를 내놓고 앉아 있는 촌로에게 물었을 때였다.

"내가 거기서 왔네만 독골엔 무슨 일로?"

재운은 왈칵 눈물을 쏟을 뻔했다. 향안이 있는 곳에 드디어 가까워진 것이다.

"안사람이 얼마 전에 그곳에 터를 잡았습니다. 저는 보부상 접장을 따라다니다가 다 접고 이제는 아내 곁에 정착할까 하고 내려가는 길입니다."

"그럼 혹시 정읍댁이 처인가?"

정읍댁? 아, 그제야 기억났다. 향안의 고향이 정읍이라고 했다. 생각시로 입궐하여 상의원에서 의복을 짓던 궁녀 향안은 그사이 정읍댁으로 변신해 있었다.

"맞습니다. 어르신이 어찌 아시오?"

"지난달인가, 물질하는 남원댁 집에 질녀가 들어와 살기 시작했다더군. 그 집 아낙이 자네 처였구먼. 여기 이것들만 털고 일어설 참이니, 기다렸다 함께 가세."

고경찬과 헤어져 혼자 걷기 시작한 지 보름이 가까워지고 있었다. 다행히 관원에게 걸리지 않고 목적지에 당도했다. 안도감이 들면서도 한편으로는 걱정이 앞섰다. 앞으로 무엇을 하며 살아야 하나……? 임금은 자신이 승하한 뒤 십 년이 지나거든 때를 보아 국금을 해제하라 했다. 그때가 언제일까? 여기까지 생각이 이르자 재운은 화들짝 놀랐다. 주상 전하의 서거를 재촉하는 생각을 하다니, 불경도 그런 불경이 없었다.

재운은 하릴없이 촌로 곁에 우두커니 앉아 있었다. 장을 찾은 사람들의 말소리에 귀를 기울였다. 흥정하던 남자 둘이 드잡이를 시작하자 두 사람을 사이에 놓고 구경꾼들이 빙 둘러섰다. 독골 촌로는 그런 일에는 흥미가 없다는 듯 멍하니 앞만 쳐다보고 있었다. 어쩌면 촌로의 그 모습이 재운 자신의 앞날이 될지도 모른다는 생각이 들었다.

그나저나 자신이 국금임을 증명할 증표가 아무것도 없었다. 의금부 관원들에게 압송되기 전에 효명이 발견하기를 기대하며 자신의 금구(衾具) 속에 증표가 담긴 장신구를 숨겼으나 효명은 이 세상 사람이 아니었다.

삼베로 만들고 유약을 바른 엄지 크기의 볼품없는 장신구를 주목할 사람은 없을 듯했다. 어쩌면 끝내 자신이 국금의 의무를 다하지 못할지도 모른다는 생각에 재운은 자꾸만 두려워졌다.

독골의 촌로가 장에 내놓은 물고기가 다 팔린 때는 유시(酉時, 오후 6시경) 초입이었다. 자리를 털고 일어선 촌로는 재운에게 가자는 말도 없이 걸음을 내딛기 시작했다. 재운은 서둘러 등짐을 짊어지고 촌로의 뒤를 따르려 했다. 그런데 걸음을 내딛는 순간 날카로운 통증이 찡 하고 울렸다. 헤진 버선이 피로 물들어 있었다. 그동안 슬픔의 무게에 짓눌려 있던 통증이 목적지에 거의 이르러서야 터져 나오기 시작했다. 흥양 고을을 벗어나 산길에 접어들었을 때 촌로가 몸을 돌려 물었다.

"자네 꼴이 말이 아니구먼."

생각해보니, 보름 가깝도록 제대로 씻은 적이 없었다. 옷도 갈아입지 못했다. 등짐 속에 여벌의 의복이 있었으나, 헤진 짚신을 한 번 갈아 신었을 뿐 다른 물건에는 손도 대지 않았다. 의식한 것은 아니지만, 재운은 내심 세상을 떠난 효명의 고통을 같이 짊어지겠다는 생각으로 모든 편의와 안일을 버리고 이곳까지 온 것이었다.

퉁퉁 불은 발로 땅을 짚을 때마다 강렬한 통증이 찾아왔다. 아닌 게 아니라 효명은 절뚝이고 있었다. 그 모습을 보고도 촌로는 나서지 않았다. 그저 이렇게 한마디 거들 뿐이었다.

"지금까지의 업보를 씻는 마지막 길이라 생각하고 끝까지 참으시게나."

도대체 무슨 뜻으로 한 말일까? 촌로의 음성에서 비아냥거리는 느낌은 없었다. 어쩌면 그는 외딴곳에 처를 팽개쳐두고 세상을 떠돌다가 뒤늦게 마음을 잡은 서방을 꾸짖는 것인지도 몰랐다. 의도야 어떻든 재운으로서는 얼마든지 받아들일 수 있는 말이었다. 효명의 죽음과 함께 걸어온 길이었다.

산을 끼고 구불구불한 길을 두 시진 정도 걸은 뒤에 고개를 넘어서자 바다가 펼쳐졌다. 해가 뉘엿뉘엿 넘어가고 있었지만, 바다의 검푸른 색감이 선명했다. 그리고 옹기종기 모여 있는 여염집들이 보였다. 저녁을 준비하는 듯 몇몇 집의 굴뚝에서는 연기가 피어오르고 있었다.

"저기 바닷가 끄트머리에서 산등성 쪽으로 집 한 채가 보이는가? 그곳이네. 같은 마을 사람이 되었으니 또 봄세."

촌로는 오른쪽 길로 터덜터덜 걸어갔다. 재운은 촌로의 등에다 대고 꾸벅 절을 하고는 절뚝절뚝 걸음을 옮겼다. 보름 가까이 걸어왔건만 눈앞에 보이는 집으로 향하는 그 길이 더욱 멀게 느껴졌다. 마당에서 불을 지피던 마을 사람들이 재운을 수상하다는 눈초리로 쳐다보았다. 촌로의 말대로 재운은 그야말로 거지꼴이었다. 패랭이 바깥으로 머리칼이 한 움큼 비어져 나오고 얼굴은 꼬질꼬질 때가 앉아 있었다. 해가 넘어가는 시각에도 눈에 띌 정도로 옷이 더러웠다. 게다가 절뚝이는 걸음걸이란…….

재운은 촌로가 일러준 집 앞에 이르렀다.

"계시오……."

기어드는 목소리로 말했다.

"계시오!"

목청을 끌어올려 제법 큰 소리를 내었다. 그러자 방문이 벌컥 열리며 한 여인이 마루에 올라섰다. 이미 사위가 어두워져 재운은 처마 아래의 여인을 알아볼 수 없었다. 여인이 득달같이 달려 나와 마당에 섰다.

아, 향안이었다. 머리를 올린 향안이 재운 앞에 서 있었다. 댕기 머리만 보아온 재운에게 향안의 그 모습이 낯설었다. 하지만 분명 향안이었다.

"효명이…… 나의 벗 효명이…… 나 대신 죽었어……."

그렇게 내뱉고 재운은 바닥에 풀썩 주저앉았다. 그러고는 아이처럼 울음을 터뜨렸다. 그런 재운을 향안이 가만히 안았다. 재운의 울음소리가 독골 마을 바닷가를 적시고 있었다.

2

아무도 모르는
남자

7. 불인지심

봉분이 거의 없는 야트막한 무덤에 수선화 한 송이가 놓였다. 전날 아침에 놓은 꽃이 아직 싱싱했으나, 이재운과 지견은 매일 새벽 산에 올라 새로운 꽃을 꺾어다가 무덤으로 향했다.

"지견아, 어머니께 문안 여쭈어라."

지견은 어머니 얼굴을 몰랐다. 하지만 제힘으로 땅을 딛고 걷기 시작하면서부터 지견은 매일 산에 올라 어머니의 무덤에 절을 올린 덕분인지, 야트막한 봉분으로 남은 어머니의 흔적이 참으로 친밀했다. 독골 어른들로부터 "네 어미를 쏙 뺐구나."라는 말을 들은 뒤로 시냇물에 비친 자신의 얼굴을 들여다보며 거기에서 어머니의 모습을 찾고는 했다. 재운 역시 자신을 닮았으면서도 향안을 그대로 쏙 빼닮은 지견을 볼 때마다 먼저 떠난 아내의 모습을 떠올리고는 했다. 이제 만 여섯 살이었으나 지견은 어른스럽고 행동거지가 신중했다.

재운이 처음 거지꼴을 하고 독골 마을에 나타났을 때만 해도 동리 사람들은 그를 탐탁지 않게 여겼다. 젊은 사내가 여자 둘만 있는 남원댁 집에 얹혀사는 것도 그랬고, 도통 바깥출입을 하지 않는 것도 그랬다. 안사람 정읍댁이 남원댁을 쫓아다니며 부지런히 물질을 배우고 동리 품앗이에도 빠지지 않는 것과는 정반대였다. 정읍댁에 대한 동리 사람들의 마음이 후해질수록 그 바깥양반에 대한 인심은 갈수록 험악해졌다. 하지만 그럴 때마다 남원댁은 재운을 두둔하고 나섰다. 남원댁은 원래 말이 없는 사람이었지만, 재운을 두둔할 때는 눈에 쌍심지를 돋우었다. 마치 망나니 아들을 감싸는 못난 어미 같았다.

  두문불출하던 재운이 모습을 드러낸 것은 처음 독골에 온 때로부터 딱 한 달 뒤였다. 아무도 재운을 알아보지 못했다. 저녁나절에 바닷가를 어슬렁거리는 풍채 좋고 외모 수려한 사내를 보고 동리 사람들은 저이가 누구냐며 수군거렸다. 그러다가 재운이 남원댁 집으로 향하자 그제야 동리 사람들은 정읍댁 서방임을 알아차렸다. 아낙들 사이에는 기생오라비 뺨치게 생긴 서방을 둔 탓에 정읍댁이 속깨나 썩었을 거라는 말이 삽시간에 나돌았다.

  그다음 날 아침 재운은 등짐을 지고 독골을 나섰다. 동리 사람들은 재운이 제 버릇 개 못 주고 또다시 안사람을 버려둔 채 먼 길을 떠나나 했다. 하지만 저녁나절에 재운은 양손에 먹을거리를 잔뜩 들고 독골로 들어섰다. 그러고는 자신을 독골로 안내했던 촌로의 집을 찾아가 인사를 올리고 소고기를 들이밀었다. 이 일은 다음 날 독골 전체에 쫙 퍼졌다.

재운의 기행은 거기서 그치지 않았다. 마을 촌장 역할을 하는 이의 집을 찾아가 산중에 집을 지을 터이니 장정 넷만 붙여달라 청했다. 그러면서 품삯을 제법 후하게 쳐주었다. 배를 타고 바다에 나가 그물을 던지는 것보다 재운의 집을 짓는 일이 몇 갑절 짭짤했다. 일을 청탁받은 촌장이 가까운 사람들로만 인부를 꾸렸다가 동리 사람들에게 볼멘소리를 듣기도 했다.

　그렇게 모인 장정 넷과 재운까지 다섯 사람은 4월 중순부터 산중에 집을 짓는 일을 시작했다. 그런데 그게 또 의문이었다. 그 정도 품삯이면 차라리 독골 마을 좋은 자리에 있는 빈집을 사들이는 쪽이 나을 텐데 왜 굳이 동리에서 멀리 떨어진, 그것도 산중 깊은 곳에 집을 짓느냐는 것이었다. 동리 사람들이 물었지만 거기에 대해서 정읍댁은 아무런 대꾸를 하지 않았다.

　오래지 않아 진기한 이야기 하나가 독골 마을로 넘어왔다. 그 이야기는 흥양에서 제일가는 부자인 신제창의 집 청지기로부터 흘러나온 것이었다.

　열닷새 전 한 젊은 부상(負商)이 신제창의 집에 찾아와 등짐에 든 패물을 헐값에 통째로 넘기고 갔는데, 알고 보니 그 물건들이 민가에서는 보기 힘든 귀한 물건들이었다. 도성에서 정5품 교리를 지내다가 부정에 연루되어 흥양으로 좌천되어 온 신임 현감이 신제창이 찬 패물을 보고는 "궁중에 연줄이 있으시오?"라고 물었다고 한다. 이 일을 통해 신제창은 등짐장수가 부려놓고 간 그 물건들이 궁중 물건인 것을 알고는 입이 찢어졌다. 본격적으로 거래를 해볼 양으로 신제창이 온 장을 뒤지며 그 젊은 등짐장수를 찾았으나, 행방을 알 길이 없다고 했다.

이 이야기가 독골 마을까지 닿았을 때 동리 사람들은 무의식적으로 재운을 떠올렸다. 단정할 수는 없으나, 모든 정황이 재운을 지목하고 있었다. 더군다나 재운의 말투나 쓰는 말들은 그가 사가(私家)의 가벼운 인물이 아님을 짐작하게 만들었다. 같이 집을 짓는 장정들의 입을 통해 들려오는 재운의 됨됨이도 꽤 괜찮았다. 말이 거의 없고 표정이 굳어 있으나 인정이 박하지 않으며, 거친 일을 해본 적이 없는 듯하지만 허드렛일이라도 도우며 몸을 아끼지 않는다는 것이었다. 꽤 높은 품삯을 주면서도 전혀 사람 부리는 행세를 하지 않는다고도 했다.

재운이 안사람인 정읍댁을 대하는 태도 역시 이야깃거리가 되었다. 두 사람이 살갑게 구는 모습을 목격한 이는 없으나, 서로를 마주 보는 그윽한 눈빛에서 동리 사람들은 두 사람이 서로 깊이 연모하고 있음을 느꼈다. 정읍댁을 대할 때면 딱히 존대하지 않으면서도 하대하는 것도 아닌 재운의 애매한 말씨도 낯설지만 듣기 좋았다. 특히 동리 아낙들은 본 적도 없고 받아본 적도 없는 부부간의 예의에 마음을 빼앗겼다. 어느 날부턴가는 우락부락하고 거칠기만 하던 동리 남정네들의 말투가 재운을 닮아 나긋나긋해지기 시작했다. 재운의 행동거지와 말투가 유행처럼 번졌다. 그렇게 독골 마을 사람들은 점점 재운에게 빠져들었다. 불가사의한 사내 재운은 함부로 가까이하기 힘든 인물이었으나, 그의 존재 자체가 독골에 생기를 가져다준 것만은 분명했다.

지견이 무덤을 향해 절을 올리고 나자, 재운은 엉덩이를 털며 일어섰다. 봄이 깊어지면서 하루가 다르게 잎의 빛깔이 선명해졌다. 봄이 왔으니 부지런히 약초와 버섯을 캐야 했다. 먹을 것은 염려가 없으나, 지견이 읽을 서책을 마련하는 것이 문제였다. 작년에 글을 익힌 뒤로 지견은 나날이 성취가 빨라졌다. 마치 게걸스럽게 음식을 먹어치우는 것처럼 책 속의 지식을 빨아들였다.

　"지견아, 끼니 거르지 말거라."

　부자(父子)는 매일 새벽 무덤에서 헤어졌다. 아비는 깊은 산중으로, 아들은 무덤에서 멀지 않은 집으로 향했다. 온종일 산을 헤매다가 해가 뉘엿뉘엿할 때 집으로 돌아가면 지견은 밥상을 차려놓고 기다리고 있었다. 상을 치우고 나면 지견이 가장 기다리는 시간이 시작되었다. 아버지의 물음에 답하는 것. 서책에서 읽은 내용을 아버지가 물어보면 지견은 초롱초롱 눈을 빛내면서 또박또박 답했다. 지견이 즐거워하는 것과 달리 재운은 그런 아들을 보면서 마음이 아팠다. 이처럼 영특한 아이가 세상에 나갈 수 없는 아비를 만나 산중에 처박혀 살아야 하는 것이 안타까웠고, 어미 없이 온종일 홀로 지내는 것이 쓰라렸고, 이토록 일찍 철이 들어버린 것이 서글펐다.

　재운이 산으로 향하려는데 전에 없이 지견이 떼를 썼다.

　"아버지, 나도 같이 가면 안 돼요?"

"산이 험해서 너한테는 아직 무리다."

지견의 표정이 시무룩해졌다. 재운은 가슴이 시렸으나 일부러 엄하게 굴었다.

"그리고 너는 심마니 일 근처에는 얼씬도 말거라. 글공부가 지겹거든 활쏘기라도 하거라."

지견은 야단이라도 맞은 것처럼 주뼛주뼛 말했다.

"그러면…… 남원 이모님 집에 가서 누렁이랑 놀아도 돼요?"

"마음대로 하거라."

재운은 매몰차게 돌아섰다. 그동안 혼자 잘 지내는 것 같았는데, 그게 아닌가 보았다. 내일 장에 나가거든 똥개라도 한 마리 사다 주어야겠다고 마음먹었다. 그러다 문득 생각난 것이 있어 재운은 지견을 불러 세웠다.

"지견아!"

지견이 돌아섰다. 여전히 뿔이 난 표정이었다. 재운이 말했다.

"내일 장에 남사당패가 온다더라. 아버지랑 같이 나가자."

지견의 눈이 커지고 입이 쩍 벌어졌다. 온 얼굴에 함박웃음을 그리고는 큰 소리로 외쳤다.

"예, 아버지!"

그러고선 다람쥐처럼 재빠르게 집을 향해 뛰어 내려갔다.

지견이 사라진 뒤 재운은 무덤을 향해 서서 혼잣말을 했다.

"부인…… 향안…… 그동안 내 마음이 너무 닫혀 있었나 보오. 저렇게나 좋아하는데…… 내가 얼마나 무심했던지…….”

재운은 무덤 곁에 앉았다. 바다 너머로 나타난 햇빛 한 줄기가 이마를 간질였다. 눈 아래로 보이는 독골 마을도 서서히 깊은 잠에서 깨고 있었다.

∞

재운이 독골 마을로 온 그해(1721년) 7월이었다. 산중에 집을 완성한 뒤 재운과 향안은 남원댁 집에서 동리 사람들을 위해 푸짐한 잔치를 열었다. 돼지를 삶고 전을 부치고 술을 내었다. 모처럼 독골 마을이 화기애애했다. 웃을 일이 별로 없는 촌로들에게는 꿈같은 시간이었다. 하나같이 남루하고 쪼들리는 살림이어서 고기를 먹어본 기억이 가물가물할 정도였다. 하지만 재운은 그때도 동리 사람들과 섞이지 않았다. 태도는 공손했으나 살가운 기운이 조금도 없었다. 일부러 거리를 두었다. 자신의 앞날이 어찌 될지 모르는 상황에서 괜히 동리 사람들에게 불똥이 튈까 염려되어서였다.

잔치가 있었던 다음 날, 재운은 향안을 남원댁 집에 둔 채 홀로 산중의 집으로 향했다. 또다시 동리 사람들이 수군거렸다. 향안이 서방님께서는 안타깝게 잃은 벗을 기리기 위해 머리를 풀고 고행을 자초하는 것이라 설명했으나 독골 사람들은 쉬 납득하지 못했다. 그러거나 말거나 재운은 기껏 틀어 올렸던 상투를 풀고 봉두난발이 되어 산중의 집에서 두문불출했다. 가끔 정읍댁 향안이 산중의 집으로 먹을 것을 들고 올랐으나 오래 머물지 않았다.

그해 8월이었다. 홍양 저자에 나갔던 이들이 연잉군이 세제(世弟)에 책봉되었다는 소식을 물고 왔다. 선대 임금인 숙종이 승하했을 때 세자를 제치고 연잉군을 왕에 봉하려 했던 노론이 뒤늦게나마 절반의 뜻을 이룬 것이다. 이른바 신하가 왕을 선택한다는 '택군(擇君)'이었다.

그로부터 두 달 뒤에는 노론 권신들이 세제의 대리청정을 요구했고, 왕이 이를 수용했다는 소문이 들려왔다. 대리청정이란 왕이 정사를 제대로 돌볼 처지가 아니거나 후계자의 군왕 수업을 위해 세자나 세제, 세손이 왕을 대신하여 정사를 돌보는 것을 말한다. 왕위에 오른 지 이제 갓 일 년을 넘긴 현왕에게 세제의 대리청정을 요구하고 나섰다는 사실은 권세의 추가 노론 쪽으로 많이 기울었음을 의미했다.

하지만 노론의 뜻은 이루어지지 않았다. 소론의 반격이 거셌고, 유생들이 일제히 대리청정을 반대한다는 상소문을 올렸다. 난처해진 노론은 왕에게 대리청정 수용을 거두어달라며 입장을 바꾸었다. 이 일로 노론은 역풍을 맞았다. 나는 새도 떨어뜨린다던 노론의 거두 김창집과 이이명 등 사대신(四大臣)이 유배형에 처해져 위리안치(圍籬安置, 유배에 처해진 죄인이 머무는 집 둘레에 가시울타리를 쳐서 가두어두는 형벌)된 것을 비롯하여 60명에 이르는 노론 신료들이 처벌을 받았다.

일은 거기에서 끝나지 않았다. 이듬해(1722년)에는 노론의 인물이었던 묵호룡이라는 자가 천지개벽할 사실을 털어놓았다. 노론이 현왕을 시해하고 이이명을 왕으로 옹립하려는 역모를 논의했다고 자백한 것이었다. 피바람이 불었다. 유배 갔던 노론 사대신은 임금이 내린 사약을 받고 죽음을 맞았고, 이를 기회로 힘의 균형을 역전시키려는 소론에 의해 또다시 노론 신료들이 대대적으로 숙청되었다. 이로써 오랫동안 숨죽여왔던 소론이 비로소 제 세상을 만난 듯했다.

산중의 집에서 향안을 통해 이 소식을 전해 들은 재운은 마음이 착잡했다. 권력을 둘러싼 조정 권신들의 개싸움에 왕과 연잉군이 결국 적대 관계에 놓이고 만 것 같았다. 효명은 왕께서 배다른 동생 연잉군을 끔찍이 아꼈다고 하지 않았던가. 연잉군이 역모의 주범이라는 소론 신료들의 주청에도 꿈쩍 않았다고 했다. 하지만 신료들 사이에 자기네의 권력을 상징하는 깃발 역할을 할 허수아비 왕을 세우느라 진흙탕 싸움이 이어진 결과, 두 사람은 돌아올 수 없는 강을 건너고 만 것이었다.

'내가 지금 국금인가? 효명, 이럴 땐 어떻게 해야 하는가?'

임금은 자신이 승하하거든 십 년이 지나서 때를 보아 국금을 해제하라 하였다. 하지만 왕위를 승계할 연잉군과 현왕의 관계가 이토록 틀어진 상황에서는 어떻게 해야 하는가? 무조건 임금의 유지를 따라야 하는가, 아니면 시기를 볼 것인가. 한 가지 바라는 일이 있다면 신료들이 노론, 소론 하며 패를 갈라 싸우는 틈바구니에서도 현왕과 연잉군의 옛정이 소멸하지 않아 언젠가 두 사람이 의기투합하는 것이었다. 재운이 기댈 것은 그것밖에 없었다. 아니, 꼭 그리될 것이다.

재운은 임금을 믿었다. 아니, 국금을 전하던 임금의 목소리를 믿었다. 거짓이 하나도 스며들지 않은 진실한 음성이었다.

신축년(1721년)과 임인년(1722년)에 일어난 두 번의 사화가 잠잠해지고 정국은 안정을 찾아가는 듯했다. 재운은 산중에서 두 번의 겨울을 맞았다. 독골 마을의 바닷가에서 산 쪽을 올려다보면 재운이 기거하는 집이 보였다. 동리 사람들은 바닷가에 나갈 때마다 산을 올려다보며 재운을 찾는 것이 버릇이 되었다. 멀리서 보기에 재운은 숫제 도인을 연상케 했다. 머리칼이 허리까지 내려와 있고, 자라는 대로 내버려 둔 수염이 앞섶 아래까지 온통 뒤덮고 있었다.

계묘년(1723년)이 지나고 갑진년(1724년)에 들어서자 동리 어른들이 향안을 만나면 걱정되어 물었다.

"부모가 죽어도 길어야 삼 년인데, 이제는 내려올 때가 되지 않았는가?"

그 말에 향안은 수줍은 듯 미소를 지었다. 아닌 게 아니라, 재운은 산으로 들어가면서 삼 년을 지내고 오겠다고 약조했다. 7월에 산중의 집으로 향했으니, 이제 여름이 다가오면 두 사람은 부부의 삶을 새롭게 시작할 터였다.

약속한 대로 재운은 그해 7월 중순에 하산했다. 새벽녘 재운이 남원댁 집 마당으로 들어섰을 때 향안이 마루에 앉아 있었다. 향안은 7월 들어 매일 새벽마다 동이 트기 전에 툇마루에 나와 앉아 임이 오시기를 기다렸다. 재운은 수염을 말끔하게 밀고 상투를 튼 채였다.

"그동안 심마니가 다 되었어. 이 일이 체질에 맞으니 앞으로 약초를 캐면서 살까 하오."

그 말에 향안은 살포시 웃었다.

그날 이후 재운은 남원댁의 허락을 얻어 울타리를 틔우고 마당을 넓혀서 한구석에 향안과 기거할 별채를 짓기 시작했다. 돈이 바닥난 터라 인부를 구할 수 없어 혼자서 일을 시작했으나, 곧 동리 사람들이 품앗이하듯 합세하여 일이 수월해졌다. 별채 짓는 일은 흙이 마르기를 기다린 시간을 다 합쳐도 스무날이 걸리지 않았다. 그만큼 초라했으나 향안과 재운에게는 여느 대갓집 부럽지 않았다.

처음으로 단둘이 방 안에 마주 앉았을 때 향안이 물었다.

"신효명 중금은 잘 보내드리셨습니까?"

재운이 대답했다.

"내가 붙잡는다고 잡힐 위인이 아니더군. 생각해보니, 효명은 나보다 훨씬 자유로운 사람이었어."

향안은 안도했다. 신효명 중금의 이름을 입에 올리면서도 재운의 표정에 변화가 없었다. 긴 싸움을 치르고 돌아온 재운이 대견했다. 향안은 애정 가득한 눈길로 재운을 바라보더니, 그의 머리를 자신의 가슴에 품었다.

∞

궁중 밖 세상살이가 낯선 재운으로서는 하나부터 열까지 배워야 했

아무도 모르는 남자

다. 다행히 일머리가 빨라서 하나를 배우면 두셋을 깨우쳤다. 정식으로 심마니 노릇을 시작한 지 이레가 된 날에는 그동안 캐서 말려두었던 약초와 버섯 몇 뿌리를 들고 독골 촌로들을 따라 흥양 고을 장에 나갔다. 물건 파는 방법을 배울 참이었다.

장에 도착하자 독골 촌로들이 잔뜩 겁을 주었다.

"여보게, 용술이. 물건 판다는 게 그리 만만치 않아. 값을 후려치려는 작자들이 어디에나 있거든. 아니다 싶으면 당장 우리한테 오게나."

재운은 대꾸가 없었다. 마치 남 이야기를 대하듯 했다.

"용술이, 내 말 안 들리는가?"

재운은 자신의 거짓 이름인 '이용술'을 잊어먹고는 했다. 이용술로 산 지가 벌써 삼 년이 넘었건만, 그 이름으로 무슨 일을 해본 적이 없고 자주 불려보지도 않아서 입과 귀에 붙지 않았다.

중금으로서의 재능이 뛰어난 재운에게는 약초 파는 일이 식은 죽 먹기보다 쉬웠다. 물건을 살피면서 말을 건네는 사람의 음성만 듣고도 의향을 금세 파악해내는 덕분이었다. 누군가 약초와 버섯을 살피며 값을 물어볼 때부터 이미 판가름이 났다. 물건을 정말로 필요로 하는 사람에게는 값을 조금 높였다가 흥정을 하면서 제값에 이르면 틀림없이 팔렸다. 살까 말까 망설이는 사람에게는 먼저 제값을 불렀다가 약간 값을 낮추는 식으로 흥정을 했다. 게다가 재운의 음성이 사람을 끌어당기고 믿음을 주는 힘이 있어 값을 치르는 이들은 당한다는 느낌을 전혀 갖지 않았다. 장에 나온 첫날부터 일찌감치 물건을 정리한 재운은 동리 사람들의 장사를 거들었다. 약초 몇 뿌리 팔고, 물고기 몇 마리 팔아봐야 살림이 윤택해질 리 없지만, 그래도 다들 독골로 돌아가는 발걸음이 가벼웠다.

8월 말경 재운은 두 번째로 장에 나갔다. 심마니 일에 제법 이골이 나서 전보다 약초와 버섯의 양이 많았다. 적으나마 이런 식으로 조금씩 향안과의 살림살이가 늘어날 것을 생각하니 참으로 재미있었다. 궁중에서는 가져보지 못한 즐거움이었다.

그날도 일찌감치 약초와 버섯을 다 팔아치우고 장을 구경할 요량으로 이곳저곳 어슬렁거렸다. 그런데 장터 한구석이 갑자기 소란스러워지고 사람들이 몰리기 시작했다. 사람 많은 곳은 피하는 버릇이 몸에 배어서 발걸음을 돌리려는데 누군가 소리쳤다.

"임금께서 승하하셨다!"

재운은 우뚝 걸음을 멈추었다. 아무 생각이 나지 않고, 갑자기 앞이 보이지 않았다. 마치 물속에 잠긴 듯 귀까지 먹먹해졌다.

"임금께서 승하하셨다!"

여기저기서 곡소리가 터지기 시작했다. 장터는 금세 울음바다가 되었다. 재운은 천천히 몸을 돌려 사람들이 몰려 있는 곳으로 시선을 던졌다. 옷고름으로 눈물을 훔치는 아낙들이 보였다. 짚신을 땅바닥에 팽개치며 오열하는 촌로들이 보였다. 흐릿하던 시선이 점점 또렷해지면서 비로소 흉보(凶報)가 현실로 다가왔다.

그런데 재운은 슬피 우는 이들을 바라보며 이런 생각을 했다. 저들은 어찌하여 한 번도 본 적 없는 임금의 죽음을 슬퍼하는가, 권신들의 세력 다툼에 이리저리 떠밀려 다니는 허울뿐인 왕의 죽음을 왜 안타까워하는가, 왕이 저들을 위해 무엇을 했다고 저리도 애통해하는가…….

재운이 그 이유를 깨달은 것은 먼 훗날의 일이었다. 왕은 도탄에 빠진 백성이 기댈 수 있는 유일한 존재였다. 백성들은 왕의 됨됨이가 어떠한지도 모르면서 왕의 성품이 어질 것이라 기대했다. 불철주야 백성을 생각할 것이라고 믿었다. 백성의 고혈을 빨아대는 부패한 관료들을 척결해주리라 희망했다. 그 같은 막연한 희망조차 없이는 도저히 이 세상을 살아낼 자신이 없었던 것이다. 아닌 게 아니라 그날 장터에 멍하니 서 있던 재운의 눈에서도 눈물이 흘러내렸다. 경자년(1720년) 겨울의 새벽에 왕의 기침을 돕던 그날이 떠올랐다. 그때 왕은 진즉에 눈을 뜨고도 아무런 대꾸 없이 천장만 바라보며 보료 위에 쓸쓸히 누워 있었다. 이 모든 일이 어쩌면 그날로부터 시작된 것인지도 몰랐다.

승하한 선왕의 묘호는 경종(景宗)이라 했다. 국상이 치러지는 동안 흉흉한 소문이 저자에 돌았다. 병중에 있던 왕이 연잉군이 올린 게장과 생감을 먹고는 유명을 달리했다는 괴소문이었다. 임금이 그처럼 허무하게 세상을 등지고 연잉군이 왕위에 오르자 전국 각지에는 선왕이 독살되었다는 벽서가 붙었다. 정말로 연잉군이 왕을 독살한 것일까? 진실은 아무도 몰랐다. 아니, 진실을 밝힐 이유가 없었다. 벽서가 지목한 주인공은 이미 왕위에 올랐고, 진실을 밝히려는 노력에는 역모의 올가미가 씌워질 터였다. 신임사화로 괴멸되다시피 했던 노론은 경종의 갑작스러운 죽음으로 연잉군이 왕위에 오르면서 세력을 회복할 기회를 얻었다. 또 얼마나 많은 목숨이 떨어져 나갈 것인가.

재운은 몇 날 며칠 방에 틀어박힌 채 끙끙 앓았다. 구천을 떠도는 경종의 원귀가 발목을 잡고 늘어지는 것만 같았다.

"이재운 중금, 국금이 되어라."

응방의 어둠 속에서 명을 내리던 경종의 음성이 귓가에서 떠나질 않았다. 어둠이 사위를 잠식하던 시각이었지만, 재운은 음성을 통해 왕의 표정을 뚜렷하게 볼 수 있었다. 결기에 차 있으면서도 당대에는 이룰 수 없는 힘든 과업을 후대에 맡기는 미안함이 묻어나는 음성이었다. 재운은 왕이 전하는 이야기를 들으며 눈물을 흘렸다. 그리고 자신도 모르게 이렇게 물었다.

"전하, 그런 세상이 오겠사옵니까?"

그때 왕이 답했다.

"기다린다고 거저 오겠느냐? 함께 만들어야지."

하지만 함께 좋은 세상을 만들자던 경종 임금은 이 세상 사람이 아니었다. 게다가 경종 임금이 남긴 국금을 받들어야 할 새 임금은 선왕인 경종을 독살했다는 혐의가 짙었다. 국금이 길을 잃은 것이다.

앓아누운 지 나흘이 되어서야 재운은 비로소 몸을 일으켰다. 얼굴이 수척하고 목소리에 힘이 없었다. 향안을 걱정시키고 싶지 않은데, 몸과 마음이 머리를 따라주지 않았다. 향안이 미음을 들고 방으로 들어왔을 때 재운이 말했다.

"도성에 다녀와야겠소. 들려오는 풍문만 가지고는 사태를 판단하기가 어려워……."

"몸이라도 좀 회복되시거든 움직이세요."

향안의 표정에는 동요하는 기색이 없었으나, 목소리는 거짓말을 하지 못했다. 향안의 걱정이 깊다는 걸 모르지 않았으나 재운은 아무 일 없다는 듯 지낼 수 없었다. 한낱 촌부가 되어버린 지금 무엇을 알아낼 수 있겠느냐마는 진실 근처에라도 다가가보아야 후회가 없을 것 같았다.

다음 날 이른 새벽, 재운은 머리에 패랭이를 쓰고 칼날이 숨겨진 대나무 지팡이를 들고서 길을 나섰다. 향안이 독골 어귀까지 배웅했다. 재운이 사라진 어둠 속에서 음울한 노랫소리가 흘러나왔다.

공산에 쌓인 낙엽, 북풍이 불어 걷네. 세월도 덮지 못할 한 맺힌 이야기. 의좋은 형은 아우를 아꼈는데, 아우는 형의 벗이 아니었네. 아우야, 앞 여울물도 건너지 마라, 불인지심(不忍之心). 여울물도 사정을 알아 네 발목을 놓지 않을 것이니, 불인지심. 불인지심…….

독골을 떠나 경기도에 들어서기까지 보름이 넘게 걸렸다. 걸음을 재게 놀렸는데도 관군의 눈을 피해 길을 여러 번 돌아가느라 시간이 많이 지체된 것이었다. 경기 지방에 이르러 뜻하지 않게 안성 땅을 밟게 된 것도 같은 이유였다. 천안을 지나 경기로 향하던 중에 길을 막고 있는 관군을 멀리서 발견하고 동쪽으로 방향을 튼 것이 안성에 이르렀다.

새 왕이 등극한 뒤로 조정에는 또다시 피바람이 불었다. 임인년의 옥사를 부른 묵호룡의 고변이 조작된 것이라며 새 임금을 등에 업은 노론이 반격을 가했다. 김일경을 비롯한 임인옥사의 주모자들이 참형을 당했고, 소론 신료 대부분이 귀양을 가거나 삭탈관직되었다. 정권이 바뀔 때마다 항상 되풀이되어온 일이었다.

재운은 인적이 드문 길을 택해 걷다가 칠장사라는 절에 이르렀다. 신라 때에 지어진 천년 고찰이었다. 사찰의 고즈넉한 분위기에 잠시 몸과 마음을 쉬고 싶었지만, 승려들이 자꾸 힐끔거려 자리를 뜰 수밖에 없었다. 잠시 쉬어 가기 위해 절 뒤편의 야트막한 산 깊은 곳으로 들어가 다리를 뻗었다. 넉넉잡아 사나흘이면 도성에 닿을 것이었다. 하지만 도성이 가까워질수록 마음이 급해졌다. 아무런 계획도 없이 무작정 상경한 길이었다. 육의전을 어슬렁거리다가 관원에게 붙잡히기라도 하는 날에는 재운 자신뿐만 아니라, 자신을 살리려 애를 쓴 많은 사람이 곤욕을 치를 것이었다. 답답한 마음에 독골을 떠나왔으나, 재운은 경기도에 들어서고야 자신의 행동을 후회했다.

나뭇잎을 쓸고 지나가는 바람 소리가 시원했다. 빽빽한 나무들이 방음벽 역할을 한 듯 칠장사의 목탁 소리도 들려오지 않았다. 재운은 독골을 떠나며 불렀던 노래를 나지막이 읊조렸다.

공산에 쌓인 낙엽, 북풍이 불어 걷네. 세월도 덮지 못할 한 맺힌 이야기. 의좋은 형은 아우를 아꼈는데, 아우는 형의 벗이 아니었네. 아우야, 앞 여울물도 건너지 마라, 불인지심. 여울물도 사정을 알아 네 발목을 놓지 않을 것이니, 불인지심. 불인지심…….

"누가 들으면 당장 역모에 걸릴 노래구먼."

재운은 화들짝 놀라 소리가 들려온 쪽으로 몸을 돌렸다. 아뿔싸! 산 깊이 들어와 혼자인 줄 알았건만 도포 차림의 선비 하나가 나무에 등을 기댄 채 앉아 있었다. 그 곁에는 벗어놓은 갓이 놓여 있었다.

어떡해야 하나……. 재운이 갈팡질팡하고 있을 때, 선비가 다시 말했다.

"게다가 내용도 틀렸소."

선비의 음성을 듣고 재운은 마음을 놓았다. 재운이 부른 노래를 트집 잡으려는 뜻은 없는 것 같았다. 선비는 재운보다 연배가 꽤 높아 보였다. 눈빛이 선한 사람이었다.

선비가 물었다.

"저잣거리에 떠도는 노래요?"

재운이 대답했다.

"아닙니다. 소인이 지어 부르는 노래입니다."

"앞으로 그 노래를 부를 참이면 주위에 사람이 있나 없나 잘 살피시오. 어지러운 세상이지 않소이까."

"그런데 조금 전에 내용이 틀렸다는 말씀은 무슨 뜻입니까?"

재운의 그 말에 선비는 쓴웃음을 지었다.

"내가 괜한 소리를 했구먼. 못 들은 것으로 해주시오."

그리고 나서 선비는 몸을 일으키고 벗어놓은 갓을 집었다. 자리를 뜰 모양이었다. 재운은 선비를 이대로 보낼 수 없었다. 조금 전 그 말을 할 때 선비의 음성은 확신에 차 있었다. 무언가를 아는 것이 분명했다.

"남쪽 머나먼 고장에서 소식을 듣고자 예까지 왔습니다. 아시는 것이 있으시면 알려주시기를 청합니다."

그제야 선비는 재운의 얼굴을 유심히 들여다보고 물었다.

"남쪽이면 어디를 말하는 거요?"

"고흥의 흥양이라는 고을에 딸린 독골이라는 작은 어촌입니다."

선비는 놀란 표정을 지었다.

"아니, 벽서의 진위를 알고 싶다고 그 먼 길을 왔단 말이오? 도대체 무엇 하는 사람이오?"

재운이 대답했다.

"말씀드렸다시피 조그마한 어촌 동리의 일개 촌부에 지나지 않습니다."

"조그마한 어촌의 일개 촌부라……."

선비는 혼잣말을 하고는 덧붙였다.

"하도 세상이 어지럽다 보니 고관대작의 처자가 하루아침에 촌부가 되기도 하고, 또 세상이 뒤집히면 일개 촌부가 당상관이 되기도 하거늘……."

그렇게 말하고 나서 선비는 재운의 얼굴을 똑바로 들여다보며 다시 물었다.

"조그마한 어촌의 일개 촌부가 되기 전에는 무엇을 했더랬소?"

재운은 답할 수 없었다. 잠시 사이를 두고 선비는 다 안다는 듯 고개를 끄덕이며 말했다.

"피차 같은 처지인 듯하여 더는 묻지 않겠소. 꼭 알고 싶은 것이 있는 듯하니, 조금 전 그 질문에 답을 해주리다."

선비는 허리를 굽혀 갓을 바닥에 내려놓고는 다시 나무에 등을 기대 앉았다. 재운도 적당한 거리에 자리를 잡고 앉았다. 선비는 멀고 아픈 기억을 떠올리듯 깊은 눈길을 먼 곳으로 던졌다.

"내 나이가 올해 서른넷인데, 작년에 증광문과(增廣文科, 정기적인 과거 시험인 식년시 외에 비정기적으로 치르던 과거 중의 하나)에 늦깎이로 급제하여 관리가 되었소. 재주는 미천하나 선왕의 은덕을 입어 세자시강원에서 설서로 일하며 세제를 가까이서 뫼시었소."

"연잉군 말입니까?"

"그렇지. 조선의 새로운 임금."

세자시강원(世子侍講院)은 왕의 후계를 이을 왕세자와 왕세제, 왕세손의 교육을 담당하던 기관으로, 설서(說書)는 정7품에 해당하는 관직이었다. 선비는 이야기를 하며 곁눈으로 재운을 살폈다. 일개 촌부라면 알아듣지 못할 말이 많을 텐데 사내의 귀는 막힘이 없는 듯했다. 필시 벼슬을 했거나 그 주변에 있다가 낙향한 인물임이 틀림없었다. 그런데 한 가지 의문인 것은 이제 막 약관을 지난 듯 보이는 젊은이가 도대체 어떤 자리에 있었기에 당쟁의 철퇴를 맞았나 하는 점이었다.

선비는 여전히 재운의 반응을 살피며 말을 이었다.

"선왕과 연잉군의 우애는 친형제 못지않았소. 아니, 신료들이 일으키는 권력 다툼에 앞날을 보장할 수 없는 위태로운 처지에 있다 보니, 살기 위해 서로를 의지했다는 것이 맞는 말인 듯하오. 연잉군이 올린 게장과 생감을 드시고 선왕께서 중병을 얻었다는 소문이 있던데, 내 생각에는 그것이 사실이라 할지라도 연잉군에게는 아무런 잘못이 없소. 게장과 생감은 서로 상극이라 원래 같이 취하면 안 되는 음식이오. 연잉군이 그런 사실을 알고도 버젓이 선왕에게 그것들을 올렸다? 그건 연잉군이 대놓고 왕을 해치겠다고 공표한 것이나 다름없지 않소."

재운이 물었다.

"그럼 선왕께서 독살당하신 것이 아닙니까? 연잉군은 이 일에 무관합니까?"

"애석하게도 진상은 끝내 밝혀지지 않을 것이오. 만약 선왕을 시해하고자 하는 이들의 짓이었다면, 연잉군을 공범으로 만들어 족쇄를 채우고자 하는 계략이었을 테지. 내가 해줄 수 있는 이야기는 여기까지가 다요."

재운은 그제야 내내 막혀 있던 가슴이 조금은 뚫리는 느낌이었다. 재운은 선비에게 꾸벅 절을 해 보이고 말했다.

"귀한 말씀을 듣고 의문이 풀렸습니다. 현왕께서 그러실 분이 아님을 알면서도 도성에서 제 귀로 듣고 눈으로 보지 않고는 견딜 수 없을 것 같아 예까지 왔습니다."

"도성으로 간다면서 이곳까지 숨어든 걸 보면 떳떳한 처지는 아닌가 보오. 도성에 가봐야 이 이상의 이야기는 듣지 못할 것이니, 그만 발길을 돌리는 것이 현명할 듯하오."

선비의 말이 옳았다. 도성에 간들 연고도 없는 처지에 여기저기 탐문하고 다니다가 긁어 부스럼만 만들 것이 빤했다.

선비가 말을 이었다.

"나는 세자시강원 설서를 거쳐 병조 정랑을 지내다가 이번 환국에 삭직을 당한 박문수라 하오. 고향인 천안으로 낙향하는 길에 이곳 칠장사에 잠시 머물면서 마음을 삭이는 중이오. 나와는 인연이 깊은 절이거든."

재운이 물었다.

"소론이십니까?"

그 물음에 박문수는 헛웃음을 짓고 나서 답했다.

"이것 아니면 저것 가운데 하나를 택하지 않고서는 아무것도 할 수 없는 세상이지 않소? 그렇소. 소론에 적을 두고 있소. 허나 나라의 녹을 먹는 관리에게 그게 무슨 소용인지는 나도 모르겠소."

재운으로서는 이 외딴곳에서 정랑 박문수를 만난 것이 천운이 아닐 수 없었다. 참으로 감사하고 또 감사할 일이었다. 재운이 말했다.

"소인은 조금 전에 말씀드린 것이 전부입니다. 정랑 어른 말씀대로 의문을 풀었으니, 이제 발길을 돌릴까 합니다. 말씀 고마웠습니다."

재운은 다시 한 번 깊이 고개를 숙여 보이고는 등을 돌렸다. 풀지 못한 수수께끼는 오롯이 박문수의 몫으로 남았다. 나무 사이로 사라져가는 재운의 뒷모습을 보면서 박문수는 생각에 잠겼다.

'저 젊은이는 도대체 누구인가?'

이때가 갑진년(1724년) 9월이었다.

8. 깨어진 맹세

언제나 그랬듯 재운 부자는 집을 나서서 산에 올랐다. 향안의 무덤에 올릴 꽃을 찾기 위해서였다.

"오늘은 네가 골라보아라."

날이 아직 풀리지 않아서 꽃이 귀했다. 지견은 한참을 돌아다닌 끝에 용케도 수선화가 맺힌 줄기 하나를 꺾어서 왔다. 재운은 앞으로 봄이 완연해질 때까지는 건조화를 올려야겠다고 생각했다.

지견이 무덤에 절을 올리고 나서 두 사람은 집으로 향했다. 재운은 마당에 널어놓은 말린 약초와 버섯 등을 조심스럽게 바랑에 담았다. 그동안 지견은 아침을 준비했다.

지견은 밥 한 그릇을 뚝딱 해치우고는 벌떡 일어섰다.

"남원 이모님한테 필요한 것 없나 여쭈러 갈게요."

"그래, 동리 어귀에서 보자."

지견은 문을 박차고 나가서는 마을을 향해 쪼르르 달려갔다. 지견은 남원댁을 마치 할머니 대하듯 했다. 남원댁 역시 지견을 친손자 못지 않게 아꼈다. 항상 감사하는 마음이 넘쳤으나, 이상하게도 재운이 다가갈라 치면 남원댁은 알게 모르게 거리를 두었다. 그뿐만 아니라 신세를 지는 쪽은 항상 재운인데도 남원댁은 지금껏 재운의 눈도 똑바로 쳐다보지 않았다.

　전날 약속한 대로 재운은 흥양 장에 지견과 동행할 계획이었다. 지견이 그리도 좋아하는 남사당패가 찾아오는 날이었다. 한껏 들떠 있던 지견의 모습을 떠올리면서 재운은 저도 모르게 웃음이 났다.

　지견은 참 선한 아이였다. 재운이 장에 가는 날이면 거동이 불편한 남원댁이 필요로 하는 물건을 물어서 대신 사달라고 부탁했다. 아마도 오늘은 아버지와 함께 장에 가서 남사당패 구경을 할 거라고 실컷 자랑을 늘어놓을 게 빤했다.

　"아이 이름을 뭐로 할까?"

　"지견(智見). 지혜롭고 식견이 높은 사람으로 자랐으면 좋겠어요."

　재운이 물었을 때 만삭의 향안은 오랫동안 마음에 품어온 이름인 듯 한 치의 망설임도 없이 말했다.

　재운, 향안 두 사람 다 건강했으나 이상하게 아이가 서지 않았다. 부부는 개의치 않았다. 똥줄이 탄 쪽은 동리 사람들이었다.

　"그 훤한 신수들을 그냥 썩힐 거여?"

　독골 주민들이 재운 부부보다 더 아이를 기다렸다. 자식을 여섯이나 낳은 용이네 아범과 동네 장정들이 비법을 전수하겠다며 재운을 불러낸 일이 한두 번이 아니었다. 동리 사람들이 모여 왁자하게 떠드는 날이면 어김없이 향안의 수태 여부가 화제에 올랐다.

동리 사람들의 안달에 아랑곳없던 재운과 향안도 독골에 정착한 지십 년이 넘어서자 그때부터는 은근히 2세 걱정을 하지 않을 수 없었다. 향안의 가임 기간이 되면 재운은 특별히 몸가짐을 주의했다.

그 무렵 재운에게는 풀어야 할 숙제가 하나 더 있었다. 재운을 국금으로 지정한 경종이 승하한 때가 갑진년(1724년) 8월 25일(양력 10월 11일)이었다. 시간이 쏜살같이 흘러 경종 임금이 국금 해제를 당부한 십년째가 다가오고 있었다. 세상에 나아가 경종이 남긴 유지를 전해야 했다. 하지만 자신이 국금임을 증명할 증표가 없었다. 국금 해제는 고사하고 왕을 알현할 건더기가 아무것도 없었다. 재운이 내세울 만한 것이라고는 응방내시 고우익과 내금위 군교 고경찬의 증언 정도였다. 그들을 본 것이 벌써 십수 년 전이었다. 두 사람이 아직 궁에서 건재한들 그들은 겉으로 드러나서는 안 될 존재들이었다. 섣불리 나섰다가는 이일에 연루된 사람들이 위험해질 수 있었다.

고민이 깊어지던 그 무렵에 향안이 태기를 보였다. 심마니 일을 마치고 돌아온 저녁이었다. 마당에 나와 있던 향안이 우물쭈물했다. 의아해하는 재운 앞에서 향안은 차마 입을 떼지 못하고 얼굴만 붉혔다. 그러자 참다못한 남원댁이 방에서 뛰쳐나와 발설했다. 재운은 그때 그 순간을 제대로 기억하지 못했다. 그저 몸이 공중으로 솟아오르는 듯한 느낌

만이 어렴풋이 남아 있을 뿐이다. 아버지가 된다는 그 황홀경은 이전에
도 이후에도 갖지 못한 특별한 경험이었다. 그 순간 재운은 국금을 잊
었다. 당분간 향안과 아이를 위해서 살겠노라고 다짐했다. 그리고 이듬
해인 을묘년(1735년) 여름에 지견이 세상에 나와 첫울음을 터뜨렸다.

벌써 여섯 해 전의 일이었다. 지견은 자라면서 향안을 점점 닮아갔
다. 재운은 지견을 볼 때마다 향안을 앞에 둔 듯하여 마음이 아렸다.

동리 어귀에는 장에 나갈 주민들과 지견처럼 남사당패를 보러 가려
는 아낙과 아이들이 모여 있었다. 재운이 다가가자 지견이 달려와서
는 손을 끌었다. 어른 십여 명과 아이들 십수 명이 함께 흥양 장터로
향했다.

∞

재운은 장터에 도착하자마자 약재로 쓸 만한 것들을 넘기기 위해 약
전(藥廛)으로 향했다. 부자가 함께 장터에 나온 날에 찬거리가 되는 버
섯과 나물 등을 파는 일은 지견의 몫이었다. 십오 년 넘게 심마니 일을
하는 동안 단골이 생겨서 일이 수월했다.

약전에서 셈을 하고 난 뒤 재운은 책방으로 가서 재운에게 줄 책을
살펴보았다. 지견이 『천자문』과 『동몽선습』을 뗀 때가 작년으로, 다섯
살 때였다. 이후로 중국의 고사가 실린 책을 몇 권 가져다주었으나, 그
마저도 너덜너덜해졌다. 지견에게는 시시할지도 모르나 『소학』과 『사

략』으로 다시 시작하면 적당할 것 같았다.

책을 고르다가 문득 재운은 이런 생각을 했다. 먼 훗날 나이를 먹어 산에 오르기 힘들어지면 독골에 서당을 열면 되겠다고. 훈장질을 하며 아이들을 가르칠 자신의 미래를 떠올리며 재운은 혼자 웃음을 지었다.

점심때는 국밥을 먹었다. 장날에 국밥 한 그릇 먹으며 반주로 막걸리 한잔 걸치는 것이 큰 낙이었다. 어른들끼리 주거니 받거니 하는 동안 아이들은 국밥을 뚝딱 해치우고는 장터를 쏘다녔다. 남사당패가 오는 날에는 으레 장사꾼들도 장터 한가운데를 비워두었는데, 좋은 자리를 선점하려는 이들은 벌써 공터 주변에 자리를 잡기 시작했다. 지견도 그 무리에 섞여 있었다.

중천에 걸렸던 해가 살짝 기울 무렵 흥양 갑부인 신제창의 집 쪽에서 풍악이 울리기 시작했다. 드디어 남사당패의 공연이 열리는 것이었다.

신제창은 경주인(도성에 머물면서 지방 현의 연락 사무를 대행하는 아전)을 지내면서 삼천 석을 모았던 신성읍의 외아들이다. 신성읍은 지독하고 약삭빠르기로는 둘째가라면 서러운 인물이었는데, 사람들은 그 아들이 아비보다 두세 수는 위라며 혀를 찼다. 신제창은 신성읍이 남긴 재산으로 흥양 주변 어촌의 배를 죄다 사들인 뒤 어부들을 아랫것처럼 부리며 인근 수산물을 싹쓸이했다. 선주가 된 그가 어찌나 악랄하게 굴었던지 신제창의 이름을 입에 올릴 때마다 사람들은 침을 뱉었다. 하지만 더러운 대접을 받으면서도 생계를 틀어쥔 그 앞에서 사람들은 굽실거릴 수밖에 없었다. 매점매석은 나라에서 엄격히 금하는 일이었으나, 반도의 남쪽 끄트머리 고장에는 국법이 닿지 않았다.

흥양 고을의 주인을 자처하는 신제창이 주민들에게 유일하게 베푸는 것이 남사당패였다. 아니, 베푼다기보다는 그 자신이 유흥과 쾌락을 즐기면서 생색을 내는 것이었다. 일 년에 두어 번 불러다가 잠이나 재우고 밥이나 먹이면서 몇 날 며칠 덧뵈기(가면극)와 덜미(꼭두각시놀음)를 즐기다가 떠날 때 몇 푼 쥐어주면 그만이었다.

장터 한가운데에 자리를 잡은 남사당패는 춘향전을 공연했다. 진선이라는 이가 춘향 역할을 했는데, 목소리가 간드러졌다. 가면 뒤의 본색이 남자라는 사실을 알면서도 구경꾼들은 남녀 할 것 없이 춘향의 음성과 몸짓에 애간장이 녹았다.

한창 덧뵈기 공연이 무르익었을 때였다. 술이 불콰하게 오른 신제창이 기름기 좔좔 흐르는 검붉은 낯판을 들이밀어 흐름을 끊어놓았다.

"진선이년이 부르는 사랑가가 조선 제일이지. 얘야, 진선아, 사랑가를 다시 한 번 불러보아라. 거 왜 아주 간드러지게 애간장을 녹이는 부분이 있지 않느냐, 그 부분을 불러보아라."

맥이 끊겨 흥을 잃은 고수가 하는 수 없이 북을 두드리기 시작했다.

"굽이굽이 깊은 사랑, 시냇가 수양같이 척 처지고 늘어진 사랑, 화우동산 목단화같이 펑퍼지고 고운 사랑, 포도 다래같이 휘휘친친 감긴 사랑, 연평 바다 그물같이 얽히고 맺힌 사랑아, 은하 직녀 직금같이 올올

이 이룬 사랑……. 네가 모두 사랑이로구나. 어화둥둥 내 사랑아! 어화 내 간간 내 사랑이로구나!"

진선의 사랑가를 들으며 마당에 들어서서 제멋대로 춤사위를 벌이던 신제창이 갑자기 진선의 앞가슴을 콱 움켜쥐었다. 여인 역할을 맡은 이들은 여성을 과장하느라 가슴과 엉덩이에 두툼하게 솜을 채웠는데, 신제창이 진선의 가짜 가슴을 손아귀에 넣은 것이었다. 구경꾼들이 일제히 눈살을 찌푸렸으나, 나서는 이가 없었다.

"네가 사내냐, 여인이냐?"

"왜 이러시오?"

진선이 몸을 빼내며 말했다. 그 몸짓이 자극을 한 듯 신제창은 노골적인 눈빛으로 진선의 몸을 더듬으며 다가섰다.

"여인 같기도 한데, 목소리가 딱 그렇지만도 않은 것 같아서 내 이러지 않느냐?"

신제창이 끌어당기자, 진선이 몸을 돌려 빠져나갔다. 그 광경을 지켜보던 사람들이 웃음을 터뜨렸다. 우스워서 웃는 것이 아니었다. 민망하고 부끄러운 마음을 덮으려는, 자칫 험악해질지도 모를 상황을 풀어보려는 그런 서글픈 웃음이었다.

퍽!

구경꾼들의 노력도 허사였다. 신제창이 사정없이 내지른 발길질에 진선이 나가떨어졌다. 모두 굳어버렸다. 그런 사람들에게 눈을 부라리면서 신제창이 소리쳤다.

"이것들아, 내가 우습냐? 이 거지 같은 것들이 누구 덕분에 광대 구경을 하는데, 웃어? 내가 이런 꼴을 당하는 게 우습더냐?"

그러고 나서 신제창은 쓰러진 진선에게 다가갔다.

"너희들이 누구 덕분에 입에 풀칠을 하는데, 앙탈이냐?"

말이 예인이지, 남사당패는 풍년이면 예인이고 흉년이면 거지 떼가 되었다. 자신들의 목숨줄이 누구한테 달렸는지를 너무도 잘 알았다.

신제창은 몸을 일으키는 진선의 팔을 잡았다. 그러고는 또다시 가슴팍을 두 손으로 움켜쥐었다. 진선은 몸서리를 치면서도 몸을 빼지 못했다.

"이것이 사내냐, 계집이냐?"

그때였다. 지견이 소리쳤다.

"여인인지 남성인지 확인하려거든 가면을 벗겨보면 되죠? 왜 가면부터 벗기지 않는 거예요?"

그러자 구경꾼들이 웅성거리기 시작했다. 창피를 당한 신제창이 지견을 노려보았다.

"이 어린놈이 어른한테 못하는 소리가 없구나. 쓴맛을 봐야 버릇이 들겠구나."

신제창이 지견에게 다가가 머리를 후려칠 양으로 팔을 휘둘렀다. 그러나 그의 팔은 허공에 멈춘 채 대롱거렸다. 어느새 다가온 재운이 무지막지한 힘으로 신제창의 팔을 붙잡은 것이었다. 신제창이 팔을 빼내려 버둥거렸으나, 그럴 수가 없었다.

아무도 모르는 남자

"놔라, 놔!"

신제창 집에서 마름 노릇을 하는 남자 셋이 뛰어왔다. 주인의 세를 믿고 흥양 고을 사람들을 함부로 대하는 못된 인간들이었다. 그중 하나가 재운의 얼굴을 향해 주먹을 뻗었다. 그러나 재운이 몸을 살짝 비켜 다리를 걸자 사내는 그대로 바닥에 나동그라졌다. 나머지 둘이 동시에 달려들었으나 재운은 가벼운 몸놀림만으로 쉽게 제압했다. 자신들이 상대할 인물이 아니라는 사실을 깨달은 마름들은 신제창의 눈치만 살피며 씩씩거렸다. 신제창 역시 어찌할 도리가 없었다.

재운은 지견을 데리고 구경꾼 무리를 빠져나갔다. 그 뒤를 독골 어른과 아이들이 따랐다.

∞

"이틀 전에 저자에서 크게 창피를 당하셨다고?"

그렇게 말해놓고 현감 한칠웅이 껄껄 웃었다. 신제창은 배알이 꼬였으나 내색할 수 없었다. 이럴 때 신제창은 자신이 참으로 처량했다. 재물로 치자면 한양 갑부가 부럽지 않았으나, 벼슬이 없어 관리 앞에서는 꼬리를 내려야 했다. 흥양 땅에서는 고개를 숙여본 적 없는 신제창이었다. 그런데 종6품 현감 따위에게 이렇게 머리를 조아리려니 굴욕이 아닐 수 없었다.

얼마 전 거금을 들인 끝에 궁중 내시로 정3품 통정대부에 오른 정현일에게 연줄이 닿았지만, 이후로 가타부타 기별이 없었다. 아무래도 그 윗선이라는 상선내시 서승에게 직접 줄을 대는 것이 상책인 듯했다. 허나 도성의 큰 집 몇 채 값을 올려야 겨우 일면식 정도나 할 수 있다는 소리에 그만 맥이 풀렸다. 하지만 이럴 때는 대궐 열 채 값을 들여서라도 감투 하나 쓰고 싶다는 마음이 간절해졌다.

"우리 신 부자께서 임자를 단단히 만났구먼."

현감은 한 번 더 비꼬고는 술을 입 안에 털어 넣었다.

"그런 촌것 하나 족치는 거야 일도 아니지요. 그래도 국법이 있으니 내가 이리 현감을 모신 것 아니겠소."

신제창이 현감의 잔에 술을 따르며 말했다. 한칠응은 별 관심 없다는 듯 거드름을 피우며 산적 하나를 손으로 집어 입에 넣고 우적거리다가 입을 열었다.

"그놈들 밥줄을 틀어쥐고 을러대면 간단한 일을 왜 나까지 끌어들이시오?"

뭐라도 내놓으라는 뜻인가? 신제창은 슬슬 화가 치밀었지만 가까스로 눌렀다.

"그게 말이오, 내가 이 홍양 땅 구석구석 힘이 안 미치는 곳이 없는데, 딱 한 군데 벗어난 데가 있소이다. 그게 독골이란 말이오. 거기 촌것들이 하도 고집불통인 데다 워낙 한갓진 동네라 차일피일 미루며 손을 놓고 있었지 뭐요. 그런데 거기서 그런 불충한 싹이 자라고 있을 줄 내 어찌 알았겠소?"

현감 한칠응이 입술 끝을 올리며 말했다.

"이참에 관아의 힘을 빌려 그 독골이라는 데를 아작 내면 신 부자께도 이익이 크겠구려. 그나저나 그놈 무예가 보통 아니라고 하니 우리 쪽도 출혈이 있겠소이다."

신제창은 자꾸만 말려드는 느낌이 들어 상당히 불쾌했다. 아닌 게 아니라 신제창은 그런 잇속도 챙길 요량이었다. 그 버릇없는 촌것들의 주리를 틀고 나면 독골은 저절로 제 수중에 떨어질 것이었다. 그런데 이 교활한 작자가 자신의 심중을 꿰뚫고는 흥정을 걸고 있었다. 한 발 물러서는 수밖에 없었다.

"그리되면 내가 어찌 가만히 있겠습니까?"

"글쎄, 신 부자의 그릇이 얼마나 큰지 한번 보겠소이다."

그러고는 현감이 술잔을 들었다. 신제창도 잔을 들었다. 이로써 거래는 성사된 것이었다. 둘 다 시원하게 술을 들이켠 뒤 신제창이 혼잣말을 하듯 말했다.

"그런데 내 그놈의 낯짝을 어디선가 본 듯한데 당최 기억이 나질 않는단 말이야."

"누구 말이오? 신 부자를 욕보인 그놈 말이오?"

신제창이 고개를 끄덕였다. 그날 이후 계속 기억을 더듬었으나 딱히 떠오르는 것이 없었다. 하지만 분명 어디선가 부딪친 적이 있는 얼굴이었다.

현감이 일어섰다. 거래가 성사되었으니 더 볼일이 없다는 뜻이었다. 현감을 따라 몸을 일으키는 신제창의 눈에 현감의 허리춤에 매달려 있는 장신구가 들어왔다. 궁중에서 나온 귀한 물건으로 현감이 흥양에 부임해 오던 날 인사차 자신이 건넨 것이었다. 바로 그때 머릿속이 번쩍였다.

"생각났다! 그놈이야, 그놈!"

신제창의 행동에 움찔 놀란 현감이 물었다.

"무슨 소리요?"

"현감께서 허리에 차고 있는 그 물건 말이오. 이십여 년 전에 젊은 등짐장수 하나가 찾아와서는 등짐에 든 물건을 통째로 내놓고 간 적이 있소. 물건이 꽤 귀해 보여서 적당히 값을 쳐주었더랬소. 그런데 그 물건들이 죄다 궁중에서 나온 물건이라 하지 않겠소. 하도 오래되어서 기억이 가물가물했는데, 이제야 생각이 났소. 바로 그 등짐장수 그놈이오."

현감 한칠응의 눈썹이 꿈틀거렸다.

"이십여 년 전에 궁중에서 나온 패물을 넘기고 간 작자가 이제야 나타났다?"

현감의 말에 신제창은 제 뒤통수를 때리고 싶은 심정이었다. 직감적으로 독골의 그 사내가 보통 인물이 아님을 알 수 있었다. 이십 년 전 자신에게 넘긴 물건도 그렇거니와 무예나 거동으로 보아 사가의 것이 아닌 법도가 몸에 밴 자였다. 어쩌면 출세에 목을 매는 자신에게 날개를 달아줄 절호인지도 몰랐다. 그런데 이 교활한 현감도 같은 생각을 하는 것 같았다.

한칠웅과 신제창은 속이 드러나는 것을 경계하면서 어색하게 인사를 나누었다. 현감이 총총히 대문을 넘어서자, 신제창은 청지기를 불렀다.

"몸이 날랜 자를 불러라. 가장 좋은 말을 내어줄 터이니 최대한 빨리 한양에 도착해야 한다. 내가 서찰을 준비하는 동안 너는 어서 가서 사람을 수배하라."

청지기가 물러난 뒤 신제창은 방으로 돌아와 종이를 펴고 붓을 들었다. 붓끝이 떨렸다.

∞

현감 한칠웅은 신제창의 집을 나선 뒤 동행한 나졸을 시켜 육방의 구실아치들을 관아로 호출했다. 신제창의 이야기와 앞뒤 사정을 종합해보건대 분명 궁중과 관련이 깊은 거물이었다. 중앙에 연줄이 없어 벌써 팔 년째 지방 관아로만 떠돌고 있는 처지를 역전시켜줄 호재임에 분명했다.

현감이 관아에 도착하고 오래지 않아 이방이 제일 먼저 도착했다. 나머지 구실아치들이 차례로 속속 관아로 들어섰다. 한밤중에 육방이 모이는 데 채 한 식경이 걸리지 않았으나, 마음이 급했던 한칠웅은 고래고래 소리를 질렀다.

"나라의 녹을 먹는 자들이 이렇게 굼떠서야 어찌 백성의 모범이 되겠는가!"

이방은 현감이 제 잇속을 챙기는 일을 벌일 때마다 '백성' 운운한다는 사실을 지난 이 년 동안의 경험으로 간파하고 있었다. 이번에는 또 무슨 일을 벌일 작정인지 마음이 조마조마했다.

"당장 동원할 수 있는 나졸이 몇이나 되는가?"

현감의 물음에 병방이 대꾸했다.

"도적이 출몰했습니까? 고흥 현령 수하의 나졸까지 요청하면 못해도 삼십은 될 것입니다요."

한칠응은 탁상 위에 놓인 빈 장계를 집어 병방에게 던지며 크게 소리쳤다.

"현령 좋은 일 시켜줄 일 있는가?"

육방은 현감이 도대체 무슨 일로 이러나 싶어 종잡을 수 없었다. 이방이 고개를 조아리며 물었다.

"사또, 그러하오면 홍양현으로 범위를 좁힐깝쇼? 그리하면 나졸이 열을 겨우 넘을 것입니다요."

"한 놈 때려잡는데 그 정도면 충분하다. 한 가지 주의할 점은 신제창의 귀에 이 일이 들어가지 않도록 각별히 유념하는 것이다. 다른 무엇보다 비밀이 우선이다."

이방이 다시 물었다.

"무슨 일인지 말씀해주시면 알아서 처리하겠습니다, 사또."

"며칠 전 장터에서 신제창을 욕보인 사내에 대해서 먼저 알아보라. 독골이라는 동네에 산다 한다. 그놈을 잡아다 문초를 할 것이다."

"네, 사또."

육방이 머리를 조아렸다.

같은 시각, 신제창의 집에서는 청지기가 물색해온 장정이 신제창의 명을 받고 있었다.

"내일 아침 동이 트자마자 신속히 한양으로 달려라. 가서 이 서찰을 궁궐의 동문을 지키는 수문장에게 전하라. 너는 동문 주변에 머물며 수문장과 통하다가 군사가 움직이거든 그들을 독골까지 인도하라. 이 일이 잘되면 너에게 큰 상을 내리겠다. 오늘은 예서 머물고 닭이 울기 전에 출발하라."

자객 서넛을 사다가 쥐도 새도 모르게 처리할 수 있는 일이었건만 현감 앞에서 입을 잘못 놀린 대가가 컸다. 한양으로 떠날 심부름꾼이 물러난 뒤 신제창이 청지기에게 일렀다.

"너에게 머슴 몇을 붙여줄 테니, 너는 당분간 현감과 관아의 나졸들이 어떻게 움직이는지 살피면서 수시로 내게 보고하라."

일이 뜻대로 되지 않을 시에는 현감 쪽에 붙어서 공을 나누자고 흥정을 하는 수밖에 없었다. 어쨌든 신제창으로서는 호박이 넝쿨째 굴러 들어온 것이었고, 이래저래 이윤이 남는 장사였다.

∞

　그저께 흥양 저자에서 있었던 일이 내내 머릿속에서 떠나지 않았다. 도저히 잠을 이룰 수 없어 재운은 일어나 앉아 등잔불을 켰다.

　"신제창 그자가 워낙 악랄해서 그냥 넘어가지는 않을 것이네. 하지만 이보게 용술이, 너무 걱정하지 말게나. 그 작자가 무슨 수작을 부리려 든다면 우리도 가만있지 않을 것이네."

　독골 촌로의 말에 같이 장에 나갔던 동리 사람들이 모두 동조했다.

　"우리가 누구여? 흥양 땅에서 그 작자 손아귀에 들지 않은 건 우리 독골뿐이지 않은거? 우리 동리 이름이 왜 독골인디? 독한 것들만 모아 놓았다 해서 그런 이름이 붙은 거 아니여?"

　재운은 동리 사람들의 응원이 눈물겹도록 고마웠다. 벌써 이십 년째 독골 사람으로 살아오면서 그들과는 웬만한 친척보다 가깝게 지냈다. 아니, 피붙이 없이 홀로 자라온 재운에게 독골 사람들은 형제요, 누이요, 삼촌이요, 이모였고, 모든 아이가 조카였다. 만약 자신으로 인해 독골 사람들에게 피해가 닥친다면 그때 어떤 선택을 해야 할지는 자명했다. 특히나 신제창이 재운의 얼굴을 기억해낸다면 교활하고 영리한 자이니만큼 무슨 짓을 벌일지 알 수 없었다.

　재운은 오랜만에 종이를 펼치고 벼루에 먹을 갈아 붓을 찍었다. 이십 년 전 경종 임금께서 자신의 머릿속에 새겨놓은 국금을 끄집어내기 위해서였다. 지난 세월 동안 그 음성과 그 말을 떠올릴 때마다 참으로 가슴이 벅찼다. 정말 그런 세상이 온다면, 지견이 그런 세상을 만날 수 있다면, 아니 언젠가 그런 날이 올 것이라는 희망의 씨앗을 뿌릴 수만 있다면 어찌 목숨을 아끼겠는가.

"지금부터 내가 너에게 전하는 말이 국금이요, 나의 이 말을 후대에 전할 이재운 중금 그대가 곧 국금이다. 오늘의 이 말은 그대의 입을 통하지 않고는 세상에 알려질 수 없는 것이다."

재운은 그때 경종 임금과 맺은 국금의 맹세를 어기려는 중이었다. 그는 펼쳐놓은 종이 위에 붓을 찍었다.

나, 조선의 스무 번째 임금 이윤이 이 말을 남기노라.

이렇게 적고 재운은 잠시 숨을 가누었다. 경종 임금의 생각과 유지를 간직하기에 나는 얼마나 작은 사람이었던가. 만약 임금께서 효명이나 다른 이를 국금으로 택했다면, 일이 이렇게까지는 되지 않았을지도 모른다……. 재운은 모든 것이 자신의 탓으로 여겨졌다.

다시 붓을 세웠다. 경종 임금이 전한 단 한 마디도 놓치지 않고 종이에 써 내려갔다. 자신의 죽음과 함께 묻혀서는 안 될 경종 임금의 유지(遺志)이자, 선왕이 후대의 제왕과 신료와 백성들에게 남기는 교서(敎書)인 동시에 조선의 새로운 미래를 열 밑그림이었다. 재운 자신은 여기서 멈추나 누군가 자신을 이어 국금의 중임을 수행해주기를 기대하며 한 자 한 자 써 내려갔다. 허나 그 무거운 책임이 아들 지견에게 대물림될 수밖에 없는 상황은 안타깝고 아팠다.

국금을 종이에 옮긴 뒤 재운은 종이를 단단히 접어 삼베 천으로 쌌다. 그리고 천을 꼼꼼하게 바느질하여 종이를 감추었다. 송진이나 유약을 발라 밀봉을 하면 꽤 오랫동안 보전이 될 터였다. 경종 임금이 내린 국금의 증표도 그처럼 작고 볼품없는 장신구 모양으로 재운에게 왔더랬다.

동이 터올 무렵 지견이 방에서 나왔다. 마당에서 기다리던 재운은 지견과 함께 향안의 무덤으로 향했다. 아버지의 손에 건조화가 들려 있는 것을 보고 지견이 물었다.

"아버지, 산에 꽃이 피었을 거예요."

"아니다. 오늘부터는 건조화를 올리도록 하자."

지견은 여러모로 아버지가 이상했다. 약초를 캘 때 어깨에 메는 바랑이 보이지 않았다. 지견이 절을 올리고 나자 재운은 지견과 함께 집 쪽으로 향했다.

"오늘은 산에 안 가셔요?"

지견의 물음에 재운이 고개를 끄덕이고 말했다.

"오늘은 너와 함께 온종일 공부를 할 참이다."

지견은 종일 아버지와 함께 있게 된 것이 기뻤지만, 좋아할 수만은 없었다. 아버지의 음성이 예전보다 더 무겁게 가라앉아 있는 데다가 자신을 바라보는 눈길도 처연했다. 아버지의 음성은 뭐라 할까…… 마치 멀고 먼 곳에서 들려오는 메아리 같았다. 지견은 궁중의 훈도중금 장경이 '천하제일의 재능'이라고 일렀던 재운의 아들이었다.

　아침을 먹고 상을 물린 뒤에 지견과 마주 앉은 재운이 말했다.

　"오늘 너에게 두 가지를 일러줄 것이다. 목숨이 다하는 날까지 꼭 기억하여라."

　첫 번째 가르침은 두 사내의 우정에 관한 것이었다. 『열자(列子)』라는 책의 「탕문편(湯問篇)」에 실린 '지음(知音)'의 대목과 비슷한 이야기였다.

　"이재운과 신효명이라는 친구가 있었다. 그들은 왕의 목소리를 대신하여 왕의 뜻을 전하는 중요한 일을 하는 사람들이었지. 그런 일을 하는 사람을 일러 중금이라고 한다."

　재운은 자신의 이름을 이용술로 알고 있는 아들 앞에서 그 옛날 자신과 효명 사이에 있었던 이야기를 있는 그대로 들려주었다. 사람의 신의와 충의가 얼마나 중요한지를 깨우쳐주는 고사 형식을 빌렸다. 지견은 아버지가 들려주는 이야기에 넋을 놓았다. 슬프고 아름다운 이야기였다. 신효명이라는 중금이 이재운을 대신하여 참형을 당하고, 홀로 남은 이재운이 이름 없는 존재로 세상을 떠돌면서 이야기는 끝을 맺었다. 지견은 이야기의 끝에 이르러 눈물을 흘렸다. 재운이 물었다.

　"이야기가 슬프더냐?"

　지견이 울먹이며 대답했다.

　"예, 아버지. 하지만 아버지 목소리가 더 슬펐어요."

　"이야기할 때는 감정을 실어야만 더 실감이 난단다."

재운은 그렇게 얼버무렸다. 지견의 재능을 알기에 일부러 마른 음성을 꾸몄건만 감정을 들키고 만 것이었다.

두 번째 가르침은 제왕학(帝王學)에 관한 것이었다. 경종 임금이 남긴 유지를 지견에게 전하면서 한 나라의 군주가 갖추어야 할 덕목과 정치 철학에 관한 학문으로 가장한 것이었다.

"옛날, 아주 아득한 옛날에 참으로 어진 왕이 있었다. 왕은 어떤 것이 백성을 가장 위하는 정치일까 고민하다가 자신의 생각을 이렇게 정리해서 남겼다……."

그리고 나서 재운은 경종 임금의 국금을 단 한 글자의 왜곡도 없이 고스란히 지견에게 전했다. 이야기를 끝낸 뒤에는 그 어진 왕이 남긴 말을 되풀이하도록 시켰다. 지견은 토씨 하나 틀리지 않고 재운이 들려준 이야기를 완벽히 되풀이했다.

"늘 가슴에 품고 다니면서 새기고 또 새기거라. 사람이 공부를 하는 이유는 입신양명이 목적이 아니라, 세상을 올바로 보고 바르게 이끌기 위한 것이다. 네가 공부를 하는 데 있어 오늘 내가 전해준 이야기가 좋은 길잡이가 될 것이다."

재운은 지견에게 손가락 크기의 장신구를 내밀었다. 새벽에 송진을 채취하여 바르고 가죽끈을 연결해서 목에 걸고 다닐 수 있도록 한 것이었다.

"송진이 덜 말랐으니, 조심하거라. 이 아비가 너에게 주는 증표이니라."

이로써 국금 이재운은 자신이 지고 있던 모든 짐을 내려놓았다. 나는 참으로 나쁜 아비이구나……. 지견의 조그마한 어깨 위에 실린 무형의 짐을 생각하며 자책했다. 지견이 어떤 낌새를 차릴까 싶어 재운은 아무 소리도 낼 수 없었다.

∞

같은 날 낮에 흥양 관아에서 형방 일을 하고 있는 구실아치가 나졸 셋을 거느리고 독골 마을을 찾아왔다. 나졸 둘은 육모방망이를 들고, 나머지 하나는 창을 들고 있었다. 독골 마을 사람들은 이틀 전 장터에서 일어난 소란 때문으로 짐작하고 잔뜩 경계했다. 이쪽에서도 숫자를 맞추어 장정 넷이 형방 무리를 맞았다. 하지만 형방은 대수롭지 않다는 듯 재운의 이름을 묻고 몇 가지 질문을 던질 뿐이었다.

"그 사람 이름이 이용술이라고 했는가?"

"그렇소."

"원래 여기 사람인가?"

형방의 말투가 나긋나긋해서 독골 사람들도 서서히 경계가 풀렸다.

"원래 보부상 접장을 따라다녔는데, 고생만 잔뜩 하다가 딱 스무 해 전에 그 일을 접고 이곳으로 와서 정착했소. 정읍댁이라고, 처가 있었는데 아이를 낳고 며칠 지나지 않아 세상을 뜨고 지금은 아들과 둘이서 살고 있소."

"목격한 사람들 말로는 힘이 장사에다 몸놀림이 무척 재빠르더라고 하던데……."

"심마니 일을 하면서 산을 제집처럼 오르내리니 단련이 되지 않았겠소? 그날 장터에 있던 사람들은 다 알 것이오. 용술이 그 사람은 신가 일당에게 털끝 하나 대지 않았소. 죄다 발에 걸려 넘어진 것이오. 용술이는 신가 그자가 남사당패를 욕보이고 아들을 때리려는 것을 말렸던 것뿐이오. 혹시 그 신가가 용술이를 관아에 고변하기라도 했소?"

형방이 고개를 저었다.

"그런 것 없네. 현감의 지시대로 조사하러 나온 것뿐이네. 그래도 소란이 있었으니, 그냥 넘어갈 수는 없지 않은가?"

독골 사람들이 재운의 집을 알려주었으나 형방은 재운을 보지도 않고 그대로 돌아갔다. 독골의 장정들 중 하나가 재운과 지견이 기거하는 산중의 집으로 달려가 이 소식을 전했다.

"걱정했는데, 별일 없을 것 같으이. 신제창 그자가 고새 개과천선을 했는지, 관아에 고변도 넣지 않았다는구먼."

소식을 전한 이는 마음을 놓은 편한 표정으로 산에서 내려갔으나, 재운은 그렇지 못했다. 차라리 고변이 들어왔더라면 억울하더라도 장 몇 대 맞는 것으로 끝났을 것이다. 모든 일이 재운이 우려하던 대로 돌아가고 있었다.

"지견아, 글공부는 잠시 접고 산에서 활쏘기 연습을 하든지 마을에 가서 아이들하고 놀든지 하여라."

아무도 모르는 남자

지견은 재운의 말을 따랐으나 전에 없던 아비의 행동이 불안한 듯 표정이 밝지 못했다.

지견이 마을로 내려간 뒤 재운은 광에서 대나무 지팡이를 꺼냈다. 오래전 도성을 떠날 때 내금위 군교 고경찬이 호신용으로 쓰라고 준 물건이었다. 재운은 손잡이 부분과 몸통을 서로 당겼다. 둔한 소리를 내며 녹슨 칼날이 드러났다. 재운은 칼날을 숫돌에 갈았다.

9. 다시 나타난 국금

　형방이 전한 이야기를 듣고 현감 한칠응은 고개를 한쪽으로 기울인 채 생각에 잠겼다. 이용술이라는 이름은 기억 속에 없었다. 포도청 등의 중앙 관아에서 하달한 문서에도 없는 이름이었다. 하지만 어차피 이름 따위는 중요하지 않았다. 숨어 사는 자라면 이름을 바꾸고 사는 것이 당연한 일이었다. 따져야 할 일은 그자가 독골에 스며든 시기였다.

　스무 해 전이라면 신축년인데, 신축옥사와 관련이 있나? 신축옥사는 노론 신료들을 대상으로 숙청 작업이 이루어진 사건이었다. 그때 탄압을 받고 달아난 자라면 노론이 득세하고 있는 현 시국에 몸을 숨기고 살 이유가 없었다. 궁중 물건을 빼돌려서 한몫 잡으려 한 장물애비일 뿐인가? 그 정도로는 성에 차지 않았다. 문초해도 죄가 드러나지 않는다면? 그때는 신제창을 핑계로 삼고 덮으면 될 터였다. 어쨌든 일단 잡아들이고 볼 일이었다.

한칠응이 병방을 불렀다.

"나졸을 모조리 이끌고 독골로 가서 그 이용술이라는 자를 잡아들이라."

병방이 대답했다.

"사또, 지금 출발해도 독골에 당도하면 이미 날이 기울어 추포에 어려움이 있을 듯합니다."

맞는 말이었다. 죄인이 어둠을 틈타 산속에 숨어버리면 다음 기회는 없었다. 준비를 단단히 해서 확실히 하는 편이 옳았다.

"내일 날이 밝는 대로 시행하라."

다음 날 아침 일찍 병방과 나졸 아홉 명이 무장을 한 채 독골로 향했다. 독골에 가기 위해서는 점등산과 유주산을 돌아가는 구불구불한 산길을 타야 했다. 장정 걸음으로 서둘러도 두 시진이 걸렸다. 나졸들은 가는 내내 투덜거렸다. 병방이 그들을 구슬렸다.

"죄인을 포박해서 관아 옥사에 처넣고 나면 내가 막걸리 한 잔씩 돌림세."

출발하기 전에 관주(官廚)에서 얻어먹은 국수 한 그릇이 전부여서 독골이 가까워진 오시(午時, 오후 12시경) 무렵에는 다들 기진맥진했다. 이제 고개 하나만 넘으면 독골이었다. 그런데 독골로 들어서는 마을 어귀, 그러니까 고개의 오르막길 저만치 가장 높은 곳에 사내 하나가 가부좌를 튼 채 자리를 잡고 있었다. 그냥 쉬고 있는 모양새가 아니었다. 느낌이 이상해서 병방이 나졸들을 세웠다.

대대로 독골 사람들은 기가 셌다. 흥양을 좌지우지하는 신제창도 어쩌지 못하는 독종들이었다. 그런 인간들이 자기네 동리 사람은 못 잡아간다고 세게 나오면 불상사가 생길 수 있었다. 관아를 등에 업은 관원이라고는 하나 관복만 벗겨놓으면 나졸들은 여염집 촌부나 매한가지였다. 무력에서 절대 우위에 있지 못했다.

병방이 앞으로 나아가서 사내로부터 스무 걸음 정도 거리를 두고 소리쳤다.

"독골 사는가?"

사내는 대답이 없었다. 병방이 다시 말했다.

"사흘 전에 장터에서 소란을 일으킨 이용술이라는 이에게 볼일이 있어 왔네. 순순히 포박에 응하면 아무 일 없을 것이네."

그제야 길목을 지키고 있는 사내가 입을 열었다.

"사람 하나 끌고 가는데 열이나 왔소? 누가 보면 도적 떼가 출몰한 줄 알겠소."

"하나면 어떻고 열이면 어떤가? 그래, 이용술이라는 자는 지금 동리에 있는가?"

"있다마다."

사내가 몸을 일으켰다. 그러고는 대나무 지팡이를 앞으로 짚고서 말했다.

"내가 바로 이용술이오!"

들은 바로는 장터에서 신제창의 마름 셋을 가볍게 제압했다고 했다.

아무도 모르는 남자

숫자를 믿고 섣불리 달려들었다가 낭패를 볼 수 있었다. 나졸 아홉이 하나를 당해내지 못하지는 않겠지만, 행여나 누구 하나 몸이라도 상하면 부상자를 챙겨서 다시 힘겨운 산길을 돌아갈 일이 막막했다.

"그때 다친 사람도 없으니 관아에 가서 자초지종을 잘 설명하면 현감께서도 가볍게 넘어가주실 것이네. 그러니 순순히 우리와 같이 내려감세."

재운은 조금도 자세를 흐트리지 않고 말했다.

"내 발로 갈 생각 없소. 그러니 와서 나를 포박하시오."

병방 뒤에서 상황을 지켜보던 나졸들 가운데 젊은 축에 속하는 세 사람이 발끈해서 앞으로 나섰다.

"보자 보자 하니까, 이 촌놈이 관원 알기를 저자의 똥개로 아나. 흠씬 두들겨 패서 질질 끌고 가겠다!"

병방이 말릴 새도 없이 세 사람이 재운을 향해 다가갔다. 그러고는 제일 앞선 나졸이 육모방망이를 재운의 어깨를 향해 휘둘렀다. 재운이 살짝 몸을 피했다. 나졸의 육모방망이가 허공을 갈랐다. 재운은 나졸의 자세가 흐트러진 틈을 타 들고 있던 대나무 지팡이로 옆구리를 세게 찔렀다. 나졸이 바닥에 나뒹굴었다. 두 번째 나졸도 육모방망이를 휘둘렀으나 재운에게 닿지 않았다. 오히려 대나무 지팡이에 어깨를 얻어맞고는 바닥에 주저앉았다. 창을 든 세 번째 나졸은 덤빌 생각이 없는 모양이었다. 허리를 뒤로 뺀 채 쓰러진 동료들에게 손을 뻗으며 기어드는 목소리로 말했다.

"일어나세, 일어나."

재운에게 당한 두 나졸은 엉금엉금 기어서 재운에게서 멀어져서는 힘겹게 몸을 일으켜 무리에 섞였다. 탈이 난 듯 둘은 신음을 멈추지 못했다.

재운이 성큼성큼 앞으로 걸음을 내디뎠다. 그러자 병방과 나졸들은 호랑이에게 쫓기는 토끼처럼 혼비백산 뒤로 달아났다. 재운과 멀어지자 그제야 멈추어 섰지만 그들은 이러지도 못하고 저러지도 못했다.

"병방, 저거 보통 놈이 아닙니다."

"저 작자가 들고 있는 게 대나무이길 망정이지 칼이었으면 어쩔 뻔했소?"

"아무래도 현령에게 알려서 군사를 모으는 게 좋지 않겠소?"

겁을 집어먹은 나졸들이 한 소리씩 하는데, 병방으로서는 참으로 진퇴양난이었다. 이대로 관아로 돌아갔다가는 현감에게 벌을 받을 것이 빤했다. 병방이 곁에 서 있는 나졸에게 말했다. 조금 전 재운에게 달려들었다가 멀쩡히 돌아온 이였다.

"이보게, 장성."

"왜 그러시오?"

"자네는 지금 당장 관아로 돌아가서 군사를 요청하게. 이미 둘을 잃었으니 우리끼리는 무리야. 돌아가서 현감께 죄인이 달아나지 못하도록 지키고 있다고 전하게."

"에이, 왜 하필 나요?"

"그럼 내가 갈 테니 자네들끼리 여기를 지킬 텐가?"

장성이라는 이는 잠시 머리를 굴리더니 뒤돌아 걷기 시작했다.

형방아전이 남은 나졸들에게 말했다.

"어차피 이대로 관아로 돌아갔다간 다들 치도곤을 피할 수 없네. 그러니 여기를 지킴세."

재운은 관원들을 지켜보고 있다가 뒤돌아서 마을 쪽으로 사라졌다.

독골에서 돌아온 나졸로부터 상황을 듣고도 현감은 고흥 현령에게 군사를 요청하지 않았다. 신제창의 식솔들을 동원하는 편이 가장 손쉬운 방법이었으나, 그와 먹이를 나눌 수는 없었다. 대신 현감은 주먹 좀 쓰고 칼 좀 부린다는 왈짜들을 구해서 오라며 벌교로 이방을 보냈다. 이방이 떠난 뒤 현감은 미간을 찌푸리며 혼잣말을 했다.

"내금위나 겸사복(금군 소속으로 임금을 호위하는 기마 부대) 출신인가? 본전치기는 해야 할 텐데, 이거 영 찜찜하군. 그나저나 신제창 이 작자는 왜 아무것도 안 하는 거지? 이거 괜히 나 혼자 설레발치는 건 아닌지…….."

같은 시각, 신제창은 관아를 염탐했던 청지기가 물어온 소식에 귀를 기울이고 있었다. 독골에 갔던 나졸들이 패퇴했다는 이야기를 듣고 신제창 역시 인상을 찌푸렸다. 현감과 같은 이유였다.

"무관 출신이면 수지가 안 맞는데 말이야."

거병을 했다가 달아난 장수라면 몰라도 일개 무관이 거물일 수는 없었다. 신제창은 자신이 일을 너무 키운 게 아닌가 싶어 슬그머니 걱정되었다. 도성으로 파견한 심부름꾼은 지금쯤 경기 땅을 넘어섰을 것이고, 늦어도 내일 아침이면 창덕궁 동문의 수문장에게 서찰이 전해질 것이었다. 서찰의 최종 종착지는 몇 달 전 연줄이 닿은 상온내시 정현일이었다. 사태의 경중은 오랫동안 궁에 있었던 정현일이 판가름해줄 일이었다. 신제창은 별일 아닌 일로 괜한 청을 넣었다가 나중에 또 정현일에게 재물을 바쳐야 하는 게 아닐지 그게 걱정이었다.

독골 어귀에 널브러져 있는 홍양 관아 병방과 나졸들은 주린 배를 움켜쥐었다. 이른 아침에 먹은 국수 한 그릇이 전부였다. 해가 뉘엿뉘엿 넘어가면서 기온까지 뚝 떨어졌다. 죄인 하나 포박하면 되는 간단한 일인 줄 알고 채비를 하지 않아 불을 피울 도구도 없었다. 모두 따뜻한 아랫목과 국밥 한 그릇이 간절했다.

그때 마을 입구에서 여러 사람이 횃불을 들고 나타났다. 나졸들은 바짝 긴장한 채 무기를 앞으로 내밀고 자세를 잡았다.

"저놈들이 우리를 공격할 참인가?"

하지만 다가온 독골 사람들에게서는 아무런 적대감이 느껴지지 않았다. 그들 중 가장 나이가 많아 보이는 촌로가 말했다.

"한데서 밤을 새울 거요? 우리랑 같이 갑시다. 생선 넣어서 미역국 끓이는 중이오."

그 말에 나졸 하나가 침을 꿀꺽 삼켰다. 그걸 신호로 하나같이 뱃속이 꼬르륵거렸다.

"빈집 아궁이에 불을 넣었으니 몸도 좀 녹이시고."

병방과 나졸들은 영문을 몰라 경계를 풀지 않았다. 눈치 빠른 나졸 하나가 말했다.

"그랬다가 현감한테 들키는 날에는 영락없이 진지를 이탈했다는 죄를 쓸 텐데, 어떻게 감당하라고?"

촌로가 답했다.

"곧 어두워질 텐데, 오긴 누가 와? 배불리 먹고 몸도 녹이다가 해 뜨기 전에 나오면 누가 알아? 게다가 죄는 무슨? 용술이 그 사람은 동리에 있고, 당신네는 동리에 진을 치고 있는 건데 누가 탓을 해?"

병방과 나졸들은 서로 눈치를 살폈다. 틀린 말은 아니었다. 하지만 여전히 걱정이었다.

"그랬다가 용술이 그자가 달아나면 어쩌려고 그러오?"

"달아나려면 벌써 달아났어. 명색이 심마니인데, 산 타는 일이야 식은 죽 먹기지. 우리도 무엇 때문에 용술이 그 사람이 자네들한테 이렇게 나오는지는 모르나, 원래 그런 사람 아니여. 나중에 현감께 잘 좀 말해주시게. 참 선하고 좋은 사람이야."

병방과 나졸들은 못 이기는 척 독골 사람들에게 이끌려 마을로 들어섰다. 아낙들이 따뜻하게 맞아주었다. 그게 다 재운이 낮에 보인 행동으로 책이 잡혀서 벌을 받더라도 죄가 경감되기를 바라는 의도에서 나

온 친절이었다. 나졸들은 마을 사람들이 내어온 미역국에 밥을 말아서
는 게걸스럽게 먹어댔다.

　나졸들이 따뜻한 아랫목에 등을 지지고 있는 그 시각, 재운은 산중
의 집에서 지견과 마주 앉았다. 말린 고기와 약초가 가득 담긴 바랑이
두 사람 사이에 놓여 있었다.

　"지견아, 내일 해가 뜨거든 산을 넘거라."

　"예?"

　"유주산을 넘어서 멀리멀리 가거라. 그리고 궁으로 가거라. 임금이
계신 궁으로 가거라. 어떤 어려움이 있더라도 끝내 궁으로 들어가야
한다."

　"장터에서 있었던 일 때문에 그래요? 혹시 아버지가 관아에 붙잡혀
가더라도 나는 여기 있을게요. 아버지 오실 때까지 혼자 있어도 괜찮아
요. 남원 이모님도 있고 동리 어른들도 계신데 뭐가 걱정이에요."

　재운은 입술을 깨물었다.

　"지견아, 아버지는 오래전에 큰 죄를 지었다. 네가 태어나기 한참 전
의 일이다. 이제 그 일이 발각되어 나는 죽을 수밖에 없다. 아니, 내가
죽어야 여기 독골 사람들이 무사할 것이고, 네가 무사할 것이다. 너는
유주산에 숨었다가 서쪽으로 하산하여 거기서 북쪽으로 향하여라. 고
흥을 벗어난 뒤에는 곧장 한양으로 가야 한다."

　"아버지……."

　이럴 때는 음성을 통해 사람의 진의를 간파하는 능력이 독이 되었다.

아무도 모르는 남자

상대가 뭐라 하든 모르면 떼라도 쓰겠지만, 바위처럼 단단한 아비의 결기를 마주한 지견으로서는 그저 닭똥 같은 눈물을 흘릴 뿐이었다.

"너는 영민하니 앞가림을 하리라 믿는다."

"아버지……."

재운은 매몰차게 일어서서 자기 방으로 건너갔다. 방에 혼자 남겨진 지견은 이불에 얼굴을 묻은 채 눈물을 흘렸다. 아버지의 말을 이해할 수 없었고 받아들이기 힘들었으나, 되돌릴 수 없다는 사실만은 알 수 있었다.

잔인한 해가 떠오르고 있었다. 부스스한 얼굴로 지견이 방에서 나왔다. 재운이 마당에서 기다리고 있었다. 아버지와 아들은 무덤으로 향했다. 건조화를 놓고 두 사람은 절을 올렸다. 재운은 봉분을 어루만졌다. 잠시 멈추었던 지견의 눈물이 다시 터졌다.

"지견아, 나중에 어른이 되어도 독골에 다시 와서는 안 된다. 그러면 너의 신분이 드러나서 곤경에 처한다. 하지만 여기 사람들을 잊어서도 안 된다. 동리 사람들은 너를 키워준 고마운 분들이다. 목에 차고 있는 장신구는 절대 잃어버리지 말거라. 그리고……."

재운은 거기서 말을 끊었다. 가슴에 차오른 설움이 터져 나오려는 것을 안간힘을 써서 삼키고는 말을 이었다.

"이 아버지를 용서해다오. 신하로서, 친구로서, 사람으로서는 부끄럽지 않으나 아버지로서는 부끄럽다. 이제 그만…… 가거라."

재운이 돌아섰다. 지견은 자꾸만 눈물이 앞을 가려서 아버지를 볼 수 없었다. 재운은 대나무 지팡이를 왼손에 들고서 마을을 향해 걸어 갔다.

그러다가 멈추어 돌아섰다. 지견은 얼른 눈물을 훔치고 아버지를 보았다. 아버지의 입가에 따뜻한 미소가 걸려 있었다.

"내 아들 지견아, 너와 나의 인연은 여기까지다. 부디 살아다오."

슬픈 눈길로 아들을 바라보던 재운은 손을 들어 보이고는 다시 돌아섰다. 지견은 아버지가 떠난 뒤에도 한참 동안 어머니 무덤가에 머물러 있다가 눈물을 훔치며 산을 올랐다.

같은 시각, 신제창이 보낸 심부름꾼이 창덕궁 동문에 도착했다. 그는 수문장에게 신제창의 서찰을 전달했다.

"상온내시 정현일 어른께 전해주시오."

"어디서 왔소?"

"고흥 흥양의 신제창이 보내는 것이오."

수문장은 몇 달 전 정현일의 수하인 상문내시 중 하나가 자신에게 소개해주었던 신제창의 기름진 얼굴을 어렵지 않게 떠올렸다.

"흥양의 신제창이라는 사람입니다. 이 이로부터 상온 어른께 전갈이 오거든 지체 말고 연결해주시오."

당시 상문내시가 소개한 신제창은 수문장에게 열 냥이라는 적지 않은 돈을 건넸다.

"잘 좀 봐주십시오, 수문장 어른. 다음에 들릴 때 또 인사하리다."

동문을 관장하는 수문장으로 있으면서 몇 번 민가의 청을 들어주는 대가로 이익을 보기는 했으나 열 냥이라는 거금은 처음이었다. 수문장은 관군을 불러 내반원으로 서찰을 전달하도록 일렀다.

∞

상선내시 서승이 임금의 기침을 돕기 위해 내반원을 비운 사이에 신제창의 서찰이 정현일에게 닿았다. 그는 상문내시로부터 서찰을 넘겨받으며 심드렁한 표정으로 물었다.

"어디서 온 것이냐?"

"흥양의 신제창이라는 이가 보낸 것이라 합니다."

"신제창?"

정현일은 기억을 더듬었다.

"그 시골뜨기 졸부 말이로군."

서찰을 읽어 내려가는 정현일의 눈에 점점 힘이 모였다.

"이십 년 전 궁중 물건을 잔뜩 짊어진 채 흥양에 들어온 이용술이라는 자가 다시 나타났다?"

신제창의 서찰은 그 사내가 조정에 죄를 짓고 달아난 자가 아닌지 의심스럽다는 내용으로 끝을 맺고 있었다.

"이십 년 전이라……."

이십 년 전이면 신축년으로, 옥사가 일어난 해였다. 지금의 임금인 연잉군을 세제로 세우고 경종에게 대리청정을 요구했던 노론이 역풍을 맞아 거꾸러진 바로 그해였다. 정현일의 기억에는 없으나 당시 소론의 칼날을 피해 몸을 숨긴 자가 더러 있었을 것이다. 그런 자들 중 하나인 가……? 하지만 그렇다면 노론 세상이 된 지금까지 몸을 숨길 이유가 없지 않은가. 죄를 묻기도 어려워 보였다.

그때였다. 상선내시 서승이 내반원에 도착했음을 알리는 상제내시의 음성이 들려왔다.

"상선 대감 드시오."

원래 대감이라는 말은 정2품 이상의 고위직을 칭하는 칭호다. 서승은 상선내시로 품계가 종2품이었으나, 내반원에서 그는 '대감'으로 통했고 그 역시 그렇게 불리기를 원했다. 이 호칭에는 내반원의 으뜸이 되어보았자 종2품이 한계인 서승 자신의 처지에 대한 울분과 위로 더 올라서고 싶다는 상승 욕구가 담겨 있었다.

정현일은 얼른 서찰을 옷깃 속에 감추고 자리에서 일어섰다. 서승이 집무실로 들어서자 정현일은 자신도 모르게 어깨를 움츠렸다. 서슬 퍼런 서승 앞에만 서면 반사적으로 나타나는 몸짓이었다. 서승은 정현일을 슬쩍 훑어보고 자리에 앉으며 말했다.

"옷깃 속에 감춘 것이 무언가?"

"예? 아 예, 지방에서 올라온 것입니다. 별일 아니오니 대감께선 마음 쓰지 않으셔도 됩니다."

"상온이 지방 유지들과 줄이 닿아 있는가? 궁중의 환관이 사사로운 일에 관여해서야 되겠는가?"

아무도 모르는 남자

정현일은 잔뜩 쪼그라들었다. 지방 관리와 유지들이 서승에게 줄을 대고 싶어 안달이라는 사실쯤은 정현일도 잘 알고 있었다. 그래서 더 두려웠다. 말하자면, 정현일은 서승의 기준을 넘지 못하는 떨거지들을 상대로 사사로이 이익을 챙기고 있었던 셈이다. 서승에 비하자면 푼돈에 불과했으나, 딴 주머니를 차고 있다는 사실만으로도 불호령을 면치 못할 일이었다.

"그, 그게 아니옵고, 궁중과 관련된 일이라……."

"궁중과 관련된 일? 이리 줘보게."

정현일이 옷깃 속에 손을 넣어 꼬깃꼬깃해진 서찰을 서승에게 건넸다. 서찰을 들여다보는 서승의 눈이 매섭게 빛났다.

"신축년에 무슨 일이 있었는지 기억나는가?"

"옥사가 있었사옵니다."

"또?"

상선내시가 저렇게 묻는 까닭은 놓치고 있는 중요한 일이 있음을 뜻했다. 정현일은 재빠르게 머리를 굴렸다. 무슨 일이 있었던가? 무슨 일이 있었던가? 무슨 일이……! 머릿속에 번개가 치는 듯했다. 신축옥사가 있기 몇 달 전, 입춘의 연회에서 지금은 승하한 경종을 시해하려는 시도가 있었다.

"그해 봄에 선대 임금을 시해하려던 사건이 있었습니다. 가담자들 여럿이 참형을 당했습죠."

"또?"

거기까지는 용케 기억을 떠올렸으나, 더 이상은 생각나지 않았다. 정현일은 땀을 뻘뻘 흘리며 기억을 더듬었으나 그것이 전부였다. 서승이 말했다.

"그 일에 중금 하나가 관련되어 참형을 당했다. 그와 동시에 중금 하나가 궁에서 사라진 일이 있었다."

정현일은 그제야 그 일이 떠올랐다. 그리고 서승이 그 사라진 중금에 대해 유독 예민하게 반응했던 일도 떠올랐다.

"지금 당장 의금부 도사 김영직에게 가라. 속히 서찰을 가지고 온 이를 대동하여 군사를 이끌고 흥양의 독골이라는 곳에 가서 이용술을 추포하라 일러라. 시간을 다투는 일이다."

"예, 대감."

정현일이 자리를 뜨자, 서승은 자리에서 일어나 탁자 주변을 서성였다. 상선내시에 오른 뒤로 궁 안의 모든 것을 손아귀에 넣었다. 품지 못할 뜻이 없었고, 뜻대로 되지 않을 일이 없었다. 딱 한 가지, 오랫동안 보료 위의 모래알처럼 마음을 불편하게 했던 것이 바로 이십 년 전의 그 일이었다. 서승이 오랜 기억을 더듬다가 혼잣말을 했다.

"그때 참형을 당한 중금이 이재운, 사라진 자가 신효명이었던가……? 둘 중 하나다."

10. 바람에 흩날리는 꽃잎처럼

　어전 회의에서 임금으로부터 어영대장 관직을 제수 받은 박문수는 궁을 나와 육의전 대로를 지난 뒤 숭례문 쪽으로 걸음을 옮겼다. 관복이 거추장스러웠으나 당장은 갈아입을 장소가 마땅치 않았다. 박문수는 시정(市井)의 풍경을 하나하나 눈에 담았다. 민초들의 삶은 박문수에게 가장 큰 관심사였다.

　연잉군이 왕위에 오르면서 노론의 탄압으로 삭직되었던 박문수가 복권된 때가 경미년(1727년)이었다. 왕위에 오른 지 삼 년이 된 해에 왕은 점점 세력이 커지는 노론을 견제하기 위해 삭직되었던 소론 신료들을 대거 등용했다. 이른바 경미환국이었다. 낙향해 있던 박문수 역시 세자시강원의 사서(司書)로 복권되었다. 정5품 병조 정랑에서 삭직되었다가 종6품으로 품계가 떨어지기는 했으나 개의치 않았다. 박문수에게 관직이란 왕을 보좌하고 백성의 삶을 보살피는 역할과 수단에 지나지 않았다.

그처럼 강직한 품성을 지녔기에 왕도 박문수를 아꼈다. 박문수가 세자시강원의 설서로 관직에 입문했을 때부터 두 사람은 사제지간으로 인연을 쌓았다. 왕은 박문수를 복권시킨 뒤 어사로 파견하여 민심을 살피고 부정한 관리를 색출하도록 했다. 이 일로 박문수는 정적(政敵)을 얻었으나 그 역시 개의치 않았다. 옳은 일을 함에 있어 상하의 눈치를 보지 않는 것이 또한 그의 품성이었다.

이듬해(1728년)에 박문수는 이인좌, 정희량, 박팔현 등이 경미환국의 혜택을 입지 못한 소론 세력을 규합하여 난을 일으켰을 때, 이를 제압하는 데 큰 공을 세우기도 했다. 그 역시 소론이었으나, 역모를 제압하는 데는 당파가 있을 수 없었다. 이 일로 박문수는 경상도 관찰사에 제수되었고, 경술년(1730년)에는 정3품 벼슬인 중추원의 도승지까지 올랐다.

박문수는 관직을 맡는 데 있어 품계를 따지지 않았다. 자신이 있어야 할 자리에 있으면 그만이었다. 그래서 정사년(1737년)에 정2품 병조판서를 지내기도 했던 그가 신유년(1741년) 올해에 종2품 어영대장을 제수 받았을 때도 흔쾌히 받아들였다.

박문수가 숭례문에 거의 이르렀을 때였다. 뒤에서 지축을 울리는 말발굽 소리가 들려왔다. 관복을 보아하니 의금부 관원이었다. 의금부 도사가 나장 넷과 민간인 하나를 이끌고 있었다. 사람들이 밀집해 있는 시정에서부터 속도를 내는 것으로 보아 대단히 급한 공무가 있는 듯했다. 그들은 숭례문을 지키는 관원들과 몇 마디 주고받더니 다시 말에 채찍질을 가했다. 부연 흙먼지가 그들의 뒤를 따랐다.

박문수는 숭례문을 지키는 수문장에게 다가가 물었다.

"어영대장이다. 방금 문을 통과한 의금부 관원들의 행선지가 어디인가?"

박문수가 관복 차림이었기에 수문장이 머리를 조아리며 대답했다.

"흥양의 독골이라는 곳에 죄인을 추포하러 간다고 했습니다. 더 이상 자세한 이야기는 없었습니다."

"난리라도 난 건가? 그러기에는 군사가 적은데, 무슨 일로 의금부 도사와 나장들이 그 먼 곳까지 직접 간다는 건지······."

물론 박문수의 의문을 수문장은 풀어줄 수가 없었다.

"계속 고생하게나."

문을 돌아서던 박문수는 문득 생각나는 것이 있어 수문장에게 다시 물었다.

"방금 저들이 향하는 곳이 독골이라 했는가?"

"예, 그렇습니다요."

십수 년 전 칠장사에서 우연히 만났던 수수께끼의 사내가 떠올랐다. 선왕의 죽음에 관한 벽서의 진위를 알고 싶다며 남도의 벽지에서 경기도까지 걸어왔던 바로 그 사내! 불인지심을 노래로 지어 부르던 그 의문의 사내! 박문수는 의금부 관원들이 추포하고자 하는 죄인이 그때의 그 사내일지 모른다는 생각이 들었다.

춤꾼
암보르~이

    그때였다. 시정의 저쪽에서 다시 흙먼지를 일으키며 말 한 마리가 달려왔다. 흙먼지가 가라앉기도 전에 다시 빠른 속도로 말이 달려가자 육조 거리의 행인들이 눈살을 찌푸렸다. 말을 타고 달려오는 이는 관복이나 군복 차림이 아니었다.

    수문장과 관원들이 말을 막아섰다. 어영대장이 곁에 있어서인지 그들의 방어 태세가 한결 단단했다. 말이 속도를 늦추었다.

    "멈추시오! 말에서 내리고 신분을 밝히시오!"

    문을 지키는 관원 한 명이 소리쳤다. 말을 탄 이는 사십대 중후반으로 보였다. 몸집이 단단하고 표정이나 눈매가 매서웠으나 대체로 선하다는 인상을 주었다. 그는 말에서 내리지 않은 채 패를 내보였다.

    "내금위 교관 고경찬이라 하오. 지금 급한 공무로 가는 길이니, 그만 길을 열어주시게."

    자신을 고경찬이라고 밝힌 이가 박문수를 힐끔 돌아보았다. 짧은 순간 눈이 마주쳤다. 박문수가 물었다.

    "조금 전 의금부 관원들과 관련이 있으신가?"

    고경찬이 대답했다.

    "궁중의 일이라 밝힐 수 없습니다. 대감!"

    수문장이 박문수를 곁눈질했다. 각 도에 설치된 군부대의 최고 책임자인 어영대장의 의사를 묻는 것이었다. 박문수가 고개를 끄덕였다. 그러자 관원들이 비켜났다. 고경찬은 박문수에게 고개를 끄덕여 보이고는 말에 박차를 가했다.

의금부 관원들이 사라진 그 길로 내금위 교관 고경찬이 빠른 속도로 달려가고 있었다. 박문수는 십수 년 전 칠장사에서 우연히 만났던 그 사내에 대한 의문이 다시금 일어나서 생각에 잠겼다.

∞

같은 날 저녁, 벌교로 무사를 구하러 갔던 이방이 흥양 관아에 도착했다. 대동한 이가 넷으로, 하나같이 덩치가 우락부락하고 인상이 더러웠다. 현감 한칠웅이 만족스럽다는 표정을 지었다.

"관아의 무기고에서 마음에 드는 것을 골라라."

그렇게 말하고 나서 한칠웅은 돈 꾸러미가 든 자루를 던졌다. 왈짜 중 하나가 돈이 든 자루를 열어 보고는 흡족한 미소를 지었다.

"현감 나리, 다음에 또 일을 부탁하시면 조금 더 싸게 해드립죠."

"만만치 않은 자다. 행여 얕보다가 일을 그르치지 말라. 팔다리를 잘라도 좋으나 목숨과 혓바닥은 붙어 있게 하라. 반드시 문초해서 죄를 파내야 한다. 관군들이 마을 입구를 지키고 있으니, 어서 그들과 합류하라."

"염려 붙들어 매십시오."

다음 날 이방과 형방, 나졸 셋, 왈짜 넷, 관노 네 명으로 꾸려진 지원군이 출발했다. 관노들은 주방 기구와 활, 화살 등의 무기를 짊어졌다. 전날 저녁에 현감으로부터 받은 돈으로 왈짜들이 밤새도록 술을 퍼 마신 탓에 출발이 늦어졌다. 점심을 먹고 미시(未時, 오후 2시경)에 출발한 그들은 유시(酉時, 오후 6시경) 끝물이 되어서야 독골 초입의 고개에 다다랐다. 하지만 병방과 나졸들이 보이지 않았다. 왈짜 넷이 조심스럽게 마을로 접근했다. 그들은 마치 전쟁놀이하는 아이들처럼 신이 나 있었다. 그들이 마을 쪽으로 사라지자 장성이라는 나졸이 이방에게 말했다.

"저치들 믿을 수 있습니까?"

"벌교 근방에서는 악명이 높은 자들이야. 고흥 현령도 써먹을 데가 많아서 그런지 일부러 안 잡아들인다는군."

"솔직히 성질이 나는구먼요. 저런 것들이 관리들 마름 노릇을 하면서 어찌나 사람들을 괴롭히는지……."

이방은 더 할 말이 없어 입을 다물었다. 그때 왈짜들이 고갯마루에 올라 손짓을 했다. 관아의 병졸들이 다가갔다.

"그놈 사는 곳으로 올라가는 초입에서 대치하고 있소."

독골을 지키고 있던 관아의 나졸들은 산을 오르는 입구를 지키고 있었다. 그곳에는 나졸뿐만 아니라 마을 사람들도 다수가 모여 있었다. 마을 사람들이 소리쳤다.

"아이고, 용술이 이 사람아, 대체 왜 이러는가? 이러면 자네만 죄가 쌓일 뿐이야."

"관아에 가서 간단하게 취조만 받으면 될 것을 왜 이리 일을 키우는가, 용술이."

재운은 어깨에 대나무 지팡이를 걸고 가부좌를 튼 채 말이 없었다. 자리를 지키고 있던 병방과 나졸들은 의외로 표정이 나긋나긋했다. 긴장감도 없었다. 따지고 보면 산을 배경으로 공성전을 펼치는 셈인데, 이쪽이나 저쪽이나 크게 무력을 쓸 의사는 없어 보였다.

　"야 이 잡놈의 촌것아, 너 하나 때려잡으려고 우리가 넷이나 왔어야. 이 형님들한테 미안하지도 않냐?"

　벌교의 왈짜 중 하나가 소리치자, 그제야 재운이 고개를 들었다.

　"얼른 끝내고 흥양에 가서 질펀하게 계집질이나 합시다."

　왈짜 중 하나가 칼집에서 칼을 뽑으며 재운에게 다가갔다. 그 뒤를 나머지 셋이 히죽거리며 따랐다. 셋은 장검을 들고 있었으나 칼집에서 검을 뽑지도 않은 채였다.

　그들이 가까이 오도록 재운은 꼼짝도 하지 않았다. 제일 앞장선 이가 칼을 뻗어 재운의 목젖을 겨누었다. 바로 그 순간이었다. 전광석화처럼 몸을 일으킨 재운이 칼을 든 그의 손목을 잡아채 끌어당기는 동시에 대나무 끝으로 목젖을 쳤다. 컥 하는 소리와 함께 목젖을 얻어맞은 왈짜가 뒤로 나자빠졌다. 나머지 셋이 칼집에서 칼을 뽑으려 했다. 하지만 그들 중 하나는 재운이 내려친 대나무에 머리를 정통으로 맞고는 머리에서 피를 뿜었다. 나머지 둘 중 하나가 달려들어 재운의 옆구리 쪽으로 칼을 뻗었다. 살짝 피한 재운은 몸을 빙글 돌리면서 상체를 바짝 낮추고는 나머지 왈짜의 복사뼈를 대나무로 후려쳤다. 빠각, 무언가 부러지는 소리가 나면서 얻어맞은 이가 옆으로 쓰러졌다. 재운의 옆구리에 칼을 찔러 넣으려 했던 왈짜는 순식간에 일어난 일에 바짝 얼어붙었다. 함께 온 셋이 바닥을 뒹굴고 있었다. 그는 재운을 보며 부들부들 떨더니, 미친 듯이 소리를 지르며 재운의 머리를 향해 칼을 내리쳤다. 재운이 들고 있던 대나무로 칼을 막아냈다. 그러자 대나무 칼집이 부서지면서 안에 숨겨져 있던 칼날이 드러났다.

"뭐여? 칼이여?"

재운이 칼날을 앞으로 세우고 다가가자, 왈짜는 동료들을 버려둔 채 나졸들 쪽으로 부리나케 달아났다. 재운은 다시 원래 있던 자리로 가서 가부좌를 틀었다. 저녁의 기우는 석양빛이 칼날에 반짝였다.

놀란 이들은 관아의 무리만이 아니었다. 독골 사람들도 얼어붙었다. 이십 년 전 거지꼴을 하고 독골에 나타났던 사내의 진면목이 드러나는 순간이었다. 그저 싸움박질 잘하는 정도의 인물이 아니었다. 분명 제대로 훈련을 받은 무관이었다.

재운에게 당한 왈짜 셋이 바닥을 엉금엉금 기어 나졸들에게 다가가는 동안 달아났던 왈짜가 무리 뒤에서 악을 썼다.

"저거 뭐 하는 놈이여? 우리 동생들 다 죽게 생겼구먼!"

이방과 형방, 병방은 서로의 얼굴만 쳐다보았다.

"아무래도 고흥 현령께 일러야겠어. 우리로는 턱도 없구먼."

병방이 장성이라는 나졸을 보았다. 장성이 눈을 부라렸다.

"왜 또 나요? 이대로 갔다가는 현감한테 맞아 죽는당께."

누가 가도 마찬가지일 터였다. 가뜩이나 현령과 공을 나누고 싶어 하지 않는데, 빈손으로 돌아가서 현령에게 원군을 청하자고 했다가는 치도곤을 면치 못할 것이었다. 다시 멀쩡한 왈짜가 고래고래 소리쳤다.

"우리 동생들 어쩔 것이오? 의원을 불러야 하지 않겠소? 저렇게 됐다가는 병신 되겠구먼!"

모든 이의 눈길이 일제히 그에게로 향했다. 이방이 말했다.

"그럼 자네가 다녀오게나."

현감에게 돌아간 왈짜는 받은 돈을 토해내겠다고 약조했을 뿐만 아니라 곤장 세례를 받고 옥에 갇혔다. 죄명은 부녀자 희롱이었다. 고흥현령이 덮어주었던 죄를 물은 것이었다.

현감 한칠웅은 어쩔 수 없이 신제창의 집으로 향했다. 그의 식솔들을 동원할 요량이었다. 한칠웅이 사실을 말하면서 도움을 요청하자, 신제창은 자신의 수염을 만지며 거드름을 피웠다.

"현감, 한 사나흘만 기다려보시오. 내가 조정에 청을 넣었으니, 도성의 무관들이 곧 내려올 것이오."

한칠웅은 아연실색했다. 그동안 잠자코 있는 줄 알았더니 뒤에서 이런 일을 꾸미고 있었던 것이다. 조정이 알았다면 곧 현령의 귀에도 들어갈 것이다. 혼자서 어떻게 해보겠다던 계획은 수포로 돌아갔다. 공을 세우기는커녕 질책당할 일만 생겼다. 현감과는 반대로 신제창은 득의만만한 표정을 짓고 있었다.

"애당초 네놈 같은 작자와 엮이지 말았어야 했거늘……."

한칠웅의 얼굴빛이 붉으락푸르락 달아올랐다. 하지만 어쩔 수 없는 노릇이었다. 지금으로서는 뒷배가 좋은 신제창이 우위에 있었다. 한칠응은 눈에 핏발이 서도록 신제창을 노려보다가 물러났다.

∞

관원들과 재운이 대치한 지 닷새째 되는 날이었다. 흥양 관아로 의금부 도사 김영직과 나장들이 들이닥쳤다. 기껏해야 포도청의 관군들이 올 줄 알았던 한칠응은 깜짝 놀랐다. 독골의 사내가 거물일지 모른다는 의심이 확신으로 바뀌었다.

말에서 내리지도 않고 김영직이 물었다.

"현감, 상황이 어찌 되었소?"

품계로 치면 의금부 도사가 종5품으로 종6품인 현감보다는 두 끗 위였다. 품계로 위계를 따질 만한 격차가 아니었지만 중앙 관직, 그것도 국가의 중대 죄인을 다스리는 의금부 관원들 앞이라 현감 한칠응은 바짝 엎드릴 수밖에 없었다.

"우리 관원들이 죄인과 대치 중입니다. 한 발짝도 못 벗어나도록 단단히 진을 치고 있습니다."

"그 말이 맞기를 바라오. 한 치라도 어긋났다가는 단단히 경일 치를 것이오."

도성부터 예까지 쉬지 않고 먼 길을 달려오느라 피곤할 텐데도 의금부 관원들은 나졸을 앞세워 독골을 향해 말을 달렸다.

의금부 관원들이 독골에 도착했을 때는 점심이 막 지났을 때였다. 의금부 도사 김영직은 패잔병처럼 널브러져 있는 나졸들을 보고는 헛웃음을 지었다. 그들 맞은편, 산으로 향하는 길목에 이용술로 짐작되는 자가 검을 어깨에 건 채 가부좌를 틀고 있었다. 특이하게도 칼자루가 대나무였다.

"저자가 며칠째 저러고 있는 건가?"

김영직의 물음에 이방이 대답했다.

"독골 들어서는 고갯마루에서 하루를 대치했고, 그 이후로 줄곧 이곳에서 나흘째 대치하고 있는 중입니다."

"그러면 그동안 저자가 물이나 음식을 취한 적이 있는가?"

이방은 의금부 도사의 말뜻을 알아차리고는 기어드는 목소리로 대답했다.

"……없습니다요."

김영직이 호통을 쳤다.

"나흘이나 굶은 죄인 하나를 못 다스려 아직도 이러고 있단 말인가? 활은 모양으로 갖고 왔는가?"

"죄인의 목숨을 해하지 말라는 명이 있어……."

"팔이나 다리를 겨누면 되지 않는가?"

"그게…… 그럴 만한 재주가……."

김영직은 기가 찬다는 표정을 지었다. 곁의 나장들도 끌끌 혀를 찼다. 김영직은 말안장에 매달고 온 활에 화살을 걸고 재운을 겨누었다.

재운은 의금부 도사가 자신을 향해 화살을 겨누는 모습을 보고도 꼼짝하지 않았다. 쉬이이익! 날아간 화살이 재운의 왼쪽 어깨에 박혔다. 재운의 상체가 휘청했으나 그는 안간힘을 써서 자세를 바로잡고 허리를 세웠다.

김영직은 내심 사내의 기백에 놀랐다.

'화살이 날아오는데도 눈 하나 깜짝하지 않았다. 도대체 뭐 하던 작자인가?'

상선내시 서승의 암통(暗通)을 받고서 앞뒤 가리지 않고 달렸지만, 한양에서 남하하는 내내 죄인의 정체에 대한 궁금증이 머리를 떠나지 않았다. 궁중과 관련되었고 의금부 관원들을 파견할 정도라면 내금위나 겸사복 출신의 무관일 가능성이 높았다. 그런데 일개 무관이 어찌 상선내시 서승의 염려를 자아내고 이토록 서두르게 만들었는가 하는 점에 의문을 품지 않을 수 없었다. 이제 죄인을 붙잡아 문초한다면 그 궁금증이 풀릴 터였다.

재운은 의금부 도사와 나장들이 칼을 뽑아 들고 천천히 다가오는 것을 보면서 혼잣말을 했다.

"독골 훈장이 되기는 글렀구나."

그렇게 말해놓고 재운은 슬프게 웃었다. 지금쯤이면 지견이 진즉에 유주산을 벗어났을 것이고, 북쪽으로 가닥을 잡고 고흥 서쪽 해안을 따라 움직이고 있을 터였다. 이제 떠날 때가 온 것이다. 재운은 칼자루를 땅에 대고 칼끝을 자신의 목젖에 대었다.

'효명, 향안, 내가 너무 늦었네. 곧 봄세.'

의금부 관원들이 달려드는 것과 동시에 재운은 자신의 상체를 힘껏 앞으로 기울였다. 목으로 들어간 칼날이 관통하여 뒤통수를 뚫고 나왔다. 솟구친 피가 사방으로 튀었다. 그 모습을 지켜본 독골 사람들이 비명을 내질렀다. 며칠 동안 재운과 대치했던 관아의 관원들은 눈을 돌렸다. 김영직은 당황스럽고 허탈한 표정으로 멍하니 서 있었다. 분수처럼 솟구치던 핏줄기가 잦아들자 김영직이 곁의 나장들에게 말했다.

"관과 소금을 준비하라. 죄인의 시체를 소금에 절여 썩지 않도록 하라. 이대로 서울로 압송할 것이다."

독골 사람들의 울음소리가 산과 바다를 적셨다.

그날 밤 흥양 관아의 마당에 관이 하나 놓였다. 재운의 시신이 담긴 관이었다. 관은 소금으로 채워져 있었다. 관 주변에 횃불이 활활 타오르고 있었고, 나졸 세 명이 자리를 지켰다.

의금부 도사 김영직은 신제창에게 관을 옮길 수레를 마련하도록 일렀고, 한칠웅에게는 밤새 관을 지키도록 명했다. 김영직을 비롯한 의금부 관원들은 신제창이 준비한 잠자리에서 사흘 동안 쉬지 않고 말을 달리느라 녹초가 된 몸을 쉬고 있었다.

자시(子時, 오전 0시경)가 넘어서자 슬슬 졸음이 밀려왔다. 며칠 동안 재운과 대치하느라 녹초가 되기는 나졸들도 마찬가지였다.

"니기미! 젓갈을 만들 것도 아니고, 시신을 누가 훔쳐간다고 이리 고생을 시키누!"

장성이라는 나졸이 골이 나서 이죽거렸다.

"그나저나 큰일일세. 지금은 의금부 관원들 때문에 조용히 있지만, 이번 일로 현감이 단단히 꼬인 모양인데, 우리가 무사할 수 있을까?"

"아, 깜냥도 안 되면서 설친 현감이 잘못이지, 도대체 우리가 뭘 잘못이여?"

"그러게. 의금부 도사와 나장들이 내려올 정도면 저치가 물건은 물건인가 봐."

그때였다. 삿갓을 쓰고 회색 도포 차림의 한 남자가 관아 마당으로 들어섰다. 그는 물을 긷는 데 쓰는 양동이를 들고 있었다.

"누구요?"

나졸의 물음에 아랑곳없이 남자는 재운의 시신이 담긴 관에 다가가서 양동이를 내려놓았다. 그러고는 표주박으로 양동이 속의 액체를 길어다가 관에 뿌리기 시작했다. 무언가에 홀린 듯 사내의 행동을 지켜보던 나졸들이 그제야 창을 앞으로 내밀며 소리쳤다.

"멈춰라! 물러나지 않으면 목이 달아날 줄 알아라!"

하지만 사내는 동작을 멈추지 않았다. 그 와중에 나졸 하나가 코를 킁킁거리며 말했다.

"이거…… 기름 냄새 아닌가?"

아무도 모르는 남자

삿갓 쓴 사내가 관 주위에 세워놓은 횃불을 관 쪽으로 기울였다. 그러자 순식간에 불이 옮겨 붙었다. 어안이 벙벙하던 나졸들이 사내를 향해 창을 휘둘렀다. 삿갓 쓴 사내는 유려한 몸짓으로 창을 피하고는 장성의 뒷덜미를 손등으로 내리쳤다. 장성은 덩치가 좋은 편이었지만, 그 한 방에 고꾸라졌다. 나머지 둘 중 하나는 관아 밖으로 뛰어나가며 소리를 쳤다.

"자객이다! 자객이야!"

삿갓 쓴 사내는 남아 있는 나졸에게는 관심도 없다는 듯 타오르는 불길을 지켜보았다. 관을 채운 소금이 불길의 열기에 탁탁 소리를 내며 튀기 시작하더니 이내 관이 터졌다. 재운의 시신이 드러났다. 사내는 양동이에 남아 있는 기름을 시신 쪽으로 부었다. 곧 시신에도 불이 옮겨 붙었다. 사내는 재운의 시신을 향해 허리를 굽혀 예를 갖추고는 돌아섰다. 남아 있던 나졸은 어둠 속으로 사라져가는 사내의 뒷모습을 넋이 빠진 채 바라보고만 있을 뿐이었다. 그 사내는 의금부 관원들을 뒤쫓아 온 내금위 교관 고경찬이었다.

∞

아버지가 챙겨준 바랑 속의 육포와 말린 버섯 등을 씹으며 지견은 산 속에서 이틀을 버텼다. 마을을 향해 걸어 내려가면서 자신을 돌아보던 아버지의 처연한 눈길을 지견은 잊을 수가 없었다.

"내 아들 지견아, 너와 나의 인연은 여기까지다. 부디 살아다오."

아버지의 마지막 음성에 담겨 있던 그 짙은 슬픔을 되새길 때마다 지견의 어린 가슴도 무너져 내렸다. 지견의 작은 머리로는 아무것도 이해할 수 없었다. 하지만 다시는 아버지를 볼 수 없을 것이라는 사실만은 자명했다. 평생 어머니를 볼 수 없었던 것처럼.

지견에게 어머니는 얕은 봉분과 매일 바치던 꽃, 시냇물에 비추어 본 자신의 얼굴 그리고 아버지의 깊은 눈매 속에 숨겨져 있는 그리움으로만 느낄 수 있는 존재였다. 하지만 어머니를 생각할 때 가슴이 저리지는 않았다. 동네 아이들이 제 어머니의 치마폭에 싸여 있는 모습을 볼 때면 까닭 없이 서러워지고는 했지만, 그러한 감정은 며칠이 지나면 씻은 듯이 사라졌다. 그러니까 지견에게 어머니는 태생적으로 타고난 진한 추억 같은 것, 사람으로 태어나는 순간 누구나 짊어지게 되는 마음속의 어떤 씨앗이었다. 때때로 실재하지 않는 존재를 향한 그리움이 가슴에 차올랐지만, 그것은 그것대로 아름다운 순간이었다.

하지만 아버지를 다시는 볼 수 없는 채로 살아갈 수 있을까? 그런 생각을 하면 슬프다 못해 두렵고 아팠다. 시간이 아무리 흘러도 그 두려움과 아픔은 사라지거나 조금도 옅어지지 않을 듯했다. 한 번도 다정하게 대해준 적이 없지만, 지견은 아버지가 자신을 끔찍이 아낀다는 사실을 너무도 잘 알았다. 아버지의 무뚝뚝한 음성을 들을 때에도, 때로는 매몰차게 대하며 꾸짖을 때도 지견은 그 음성과 함께 실려오는 진한 애정을 느끼며 참으로 마음 든든했다. 마치 한여름의 무더위 속에 기적처럼 이마를 간질이는 실바람 같은……. 한 가지 애석한 것은 아버지가 너무나도 말이 없는 사람이었다는 점이다.

지견은 아버지가 이른 대로 딱 이틀을 기다렸다가 산에서 내려갔다. 유주산은 그다지 높지 않고 규모가 작은 편이지만 산세가 그리 평이하지는 않았다. 그래도 산에서 자란 아이답게 지견은 고라니처럼 바위와 바위를 폴짝폴짝 뛰어다니며 가뿐히 산을 타고 내려갔다. 산에서 내려온 뒤에는 아버지가 이른 대로 바닷가 길을 끼고 북쪽으로 방향을 잡았다. 평소 눈을 즐겁게 해주던 남도의 풍경이 스산하기만 했다.

지견은 지리에 어두워 자신이 지금 제대로 길을 가고 있는 줄 알 수 없었다.

"어르신, 궁에 가려면 어느 쪽으로 가야 합니까?"

길에서 만난 사람들에게 물으면 다들 의아해했다. 그들도 한양에 있다는 것만 알지 가본 적 없는 곳이었다. 그래도 남도 끝자락에서 한양까지 가려면 어른도 족히 보름이 걸린다는 건 알았다. 그래서 늘 같은 소리만 들었다.

"그만 집에 가거라."

하염없이 걷던 중에 지견은 등짐을 지고 천천히 앞서가는 한 노인네에게 다가가 물었다.

"어르신, 한양으로 가려면 이 길이 맞아요?"

등짐장수 노인은 지견을 아래위로 훑어보더니 되물었다.

"길을 잃었느냐?"

"아니요."

"집이 이 근처냐?"

"아닙니다."

"한양에는 왜 가려 하느냐?"

"궁에 볼일이 있습니다."

참으로 알 수 없는 소리를 하는 아이였다. 가난 때문에 버려졌거나 난리 통에 부모를 잃은 듯했다.

"네 이름이 무엇이냐?"

"이지견입니다."

"아버지 어머니는 어디 계시고?"

또박또박 대답 잘하던 아이가 갑자기 입을 다물었다.

"한양은 여기서 아주 멀다. 너 혼자서 갈 수 있는 길이 아니야."

"그래도 가야 합니다."

노인은 장돌뱅이 아비를 따라나서던 어린 날의 자신을 떠올렸다. 노인은 잠시 생각에 잠겼다가 말했다.

"갈 곳이 없다면 나를 따르겠느냐? 나도 한양에 가는 길이다. 네가 내 짐을 나누어 짊어진다면 너를 데리고 가마."

그러자 지견이 환하게 웃으며 말했다.

"어르신, 제가 방해되면 버리고 가셔도 좋습니다."

"그렇지 않아도 그럴 참이다."

그날 저녁 등짐장수는 주막에 짐을 풀었다. 지견은 국밥 한 그릇을

아무도 모르는 남자

뚝딱 해치웠다.

"네가 올해 몇 살이냐?"

"을묘년(1735년) 출생입니다."

"그럼 일곱 살이냐?"

지견이 고개를 끄덕였다.

노인은 도저히 종잡을 수 없었다. 말투나 쓰는 말이 여염집 아이의 것이 아니었다. 하지만 행색은 영락없이 거지꼴이었다. 궁금한 것이 많았으나 찬찬히 알아보기로 했다.

잠자리에 들기 전 지견이 어둠을 가리키며 물었다.

"어르신, 내일 저기 저 길로 곧바로 가지요?"

"그렇지."

다음 날 새벽 일찍 등짐장수는 눈을 떴다. 곁에서 잠들었던 지견이 보이지 않았다. 밖으로 나가 찾아보았으나 역시 보이지 않았다. 그때 주막 여자가 다가와 말했다.

"그 아이는 먼저 떠났어요. 자기 걸음이 늦을 테니 먼저 걸어가고 있겠다고 하더이다."

"어허, 참."

노인은 자신도 모르게 탄식했다. 주막 여자가 말했다.

"그렇지요? 제가 보기에도 보통 아이가 아니더구먼요."

노인은 조바심이 나서 아침도 챙겨 먹지 않고 길을 나섰다. 그는 평소보다 걸음을 재게 놀렸다.

3

구름 속에
숨은 달

11. 연잉군 이금과 세자 이선

세자 이선은 배내옷을 살며시 들추어 아기의 뽀얀 속살을 손가락으로 톡톡 건드렸다. 그러다가 코를 가까이 대고 킁킁 냄새를 맡았다. 그 모습을 지켜보는 세자빈 홍씨와 오 상궁이 미소를 지었다.

"어찌 이리 좋은 냄새가 날까? 사람이 나이가 들어서도 이처럼 좋은 향기를 간직한다면 얼마나 좋을까?"

그 말에 세자빈이 대답했다.

"아직 하늘과의 연이 떨어지지 않아서, 그처럼 좋은 향이 난다 하옵니다."

그 말을 곰곰이 되새기던 세자가 말했다.

"그 말이 참으로 옳소. 아직 이승의 때가 묻지 않아 이처럼 해맑고 고울 테지요."

그렇게 말하고 세자는 다소 침울한 표정으로 덧붙였다.

"그냥 이대로 자라지 않는다면 고통도 없을 텐데……."

세자의 말에 한순간 홍씨의 얼굴이 어두워졌다. 오 상궁이 홍씨의 표정을 살피고는 끼어들었다.

"원손께서는 무럭무럭 자라시어 훌륭한 제왕이 되실 겁니다, 저하."

세자는 시시때때로 넋두리를 내뱉고는 했다. 부왕(父王)과의 오랜 갈등으로 마음에 그늘이 드리워진 까닭이었다. 세자빈 홍씨는 그런 세자를 이해했지만, 태어난 지 삼칠일도 지나지 않은 친자 앞에서도 여전한 모습을 보이자 적이 실망하지 않을 수 없었다.

그런 이유에서 원손 이정은 하늘이 내린 선물이었다. 애지중지하던 셋째 옹주가 세상을 떠나고 삼년상을 치르는 동안, 왕은 단 한 번도 웃음을 보이지 않았다. 항상 수심과 노기가 서려 있는 부왕 앞에서 세자 이선은 점점 더 주눅이 들었다. 왕은 자신 앞에서 점점 더 움츠러드는 세자의 꼴이 보기 싫어 더욱 가혹하게 대했다. 신료들 앞에서 창피를 주는 것은 예사였다. 어전 회의에서 세자 책봉을 서둘렀다고 후회를 비친 일이 이미 여러 번이었다. 왕과 세자의 골이 점점 깊어갔고, 그럴수록 세자의 몸과 마음은 수렁으로 빠져들었다.

그러던 중 경오년(1750년) 가을에 세자와 세자빈 사이에서 원손 이정이 태어났다. 세자가 자신의 기대에 못 미치는 것에 대한 실망과 끔찍이 아꼈던 셋째 딸 화평 옹주의 죽음으로 수심에 잠겨 있던 왕의 얼굴에 모처럼 웃음꽃이 피었다. 게다가 원손은 서자였던 왕과 세자와는 달리 정실의 몸에서 태어난 적장자였다. 왕은 자신의 계보가 서자로 이어지는 것에 자격지심이 컸기에 이정의 탄생을 크게 기뻐하며 갓난아기를 원손에 책봉했다. 세자빈 홍씨는 원손으로 인해 왕과 세자의 관계가 회복되기를 기대했다.

"판의금부사께서 오시었습니다."

동궁전에 배속된 상전내시가 바깥에서 알렸다. 세자가 반색을 하며 말했다.

"들라 하라."

그러자 급히 오 상궁이 머리를 조아렸다.

"저하. 원손께서 계시옵니다."

세자는 뒤늦게 상황을 깨달았다. 삼칠일이 지나기 전에 외부 사람에게 갓난아기를 보이면 마가 낀다는 속설은 궁중에서도 그대로 적용되었다. 세자는 말을 바꾸었다.

"아니다. 내가 나가겠다."

세자 이선은 자신이 펼쳤던 원손의 배내옷을 조심스럽게 여미고 자리에서 일어섰다.

밖으로 나선 세자가 판의금부사에게 말했다.

"아바마마께서 대감을 원손의 사부로 지목하셨다는 말을 듣고 참으로 기뻤습니다. 어깨춤이 절로 나올 지경이었습니다."

세자 이선의 말에 판의금부사 박문수가 웃음을 지으며 말했다.

"저하께서 신을 그리 생각해주시니 몸 둘 바를 모르겠습니다. 충심을 다해 원손 아기씨를 보살피겠나이다."

"얼마나 좋습니까? 이렇게 대감과 내가 둘이서 두런두런 이야기를 나누는 걸 누가 본다면, 세자가 사사로이 신료와 독대한다고 노론 대신들이 핏대를 세우지 않겠습니까? 하지만 아비가 자식의 사부를 만나는데, 누가 트집을 잡을 수 있겠습니까? 원손은 하늘이 내린 선물이요, 대감은 원손이 내게 보낸 선물입니다."

박문수는 세자의 말에 아무런 대꾸를 할 수가 없었다.

왕은 박문수를 무척 신임했다. 현왕이 왕위에 오른 배경에는 노론의 힘이 크게 작용했으나, 왕은 소론을 조정의 주요직에 임명하면서 노론의 눈치를 보지 않았다. 그 대표적인 인물이 바로 박문수였다. 왕은 특히 소론 출신인 박문수를 아꼈다. 박문수가 당파를 초월하여 정사를 살피고 백성의 신망이 두텁다는 것이 가장 큰 이유였으나, 왕과 박문수의 인연 또한 그 이유 중 하나였다.

두 사람은 박문수가 세자시강원 설서로 있을 때 인연을 맺었다. 당시 연잉군이었던 왕과 박문수는 나이 차가 세 살밖에 나지 않아 서로 잘 통했다. 세자시강원에 있을 때 박문수는 품계가 종7품에 불과했으나, 연잉군은 품계에 상관없이 박문수에게 심적으로 많이 기대었다. 경종이 갑자기 승하하고 연잉군을 왕으로 추대한 노론이 득세하면서 삭직되었던 박문수를 경미환국 때 세자시강원으로 다시 불러들인 것이 왕이었고, 이후에 그를 어사로 파견한 이도 왕이었다. 임금이 박문수를 아끼고 신임하는 것을 두고 노론 대신들은 불만이 많았으나, 박문수가 딱히 책잡힐 일을 하지 않고 백성의 신망이 높았기에 두고 볼 수밖에 없었다.

동궁전 뜰을 지나 연못가에 이르렀을 때 세자가 박문수에게 다가가 물었다.

"대감, 연잉군은 어떤 사람이었습니까?"

부왕을 종친 시절의 명칭으로 부르다니, 분명한 불충이었다. 하지만 박문수는 세자가 그렇게 말한 이유를 알 수 있었다. 세자는 당시 권력의 암투 속에서 위태롭던 왕세제 연잉군과 지금의 자신을 같은 위치에 놓고서 동질감을 느끼고 싶어 하는 듯했다. 박문수가 대답했다.

"저하처럼 아주 영민한 분이셨습니다. 스승으로서 큰 보람을 느끼게 하는 제자였습니다. 세자시강원 강관들의 칭송이 자자했습니다."

"인품은 어떠하였습니까?"

"매우 다정하고 친절한 분이셨습니다. 관직의 높낮이를 따지지 않고 세자시강원의 관원들 모두를 소탈하게 대해주셨습니다."

"그랬습니까? 그런데 그런 분이 도대체 왜 이렇게 혹독하게 변하셨을까요?"

왕과 세자 사이의 갈등이 점점 깊어지고 있다는 사실을 박문수도 잘 알고 있었다. 왕을 알현하는 자리에서 그는 어떻게든 두 사람의 관계를 회복시키려 애썼다. 하지만 세자를 두둔하고 세자의 입장을 헤아려달라는 주청을 올릴 때마다 왕이 심하게 역정을 내어 분위기가 험악해졌다.

잠시 사이를 두고 박문수가 말했다.

"저하, 주상 전하께서는 왕세제 시절에 크나큰 어려움을 겪으셨습니다. 역모의 수괴로 몰리시어 목숨을 잃을 처지에 놓인 일이 한두 번이 아니셨습니다. 배다른 형님이신 선왕의 비호가 없으셨다면 일찍이 불행한 일을 당하셨을지도 모릅니다. 전하께옵선 이처럼 신료들의 암투에 수많은 고초를 당하시었고, 선왕께서 불미스럽게 승하하시면서 선정을 베푸시는 데 있어 처음부터 어려움을 겪으셨습니다. 하지만 저하, 보십시오. 사색당파의 혼란 속에서도 주상 전하께서는 굳건하지 않으십니까? 신이 바로 그 증거이옵니다. 소론 딱지가 붙은 신을 중용하시고, 당파에 연연치 않으시며 인재를 두루 쓰고 계십니다. 그만큼 강한 분이십니다. 주상 전하께서는 저하를 그런 제왕으로 만들고자 하십니다. 조정의 힘겨루기에 휩쓸리지 않고 백성을 돌보시는 어질고 강한 군주가 되기를 바라시기에 그토록 저하를 다그치시는 겁니다. 부디 주상 전하의 뜻을 헤아려주십시오."

세자가 씁쓸한 미소를 지었다. 그리고 하늘을 올려다보며 길게 한숨을 내쉬었다.

"대감, 엄격한 군주나 선생이 아니라 아들로서 다정한 아버지를 원한다면…… 그게 사치일까요?"

박문수는 세자의 뒷모습을 안타까운 눈길로 바라보았다. 어쩌다 일이 이렇게 되었는가! 세자가 어렸을 때 왕은 아들을 끔찍이 아꼈다. 군주의 체통도 잊고 어린 자식의 재롱에 넋을 놓기 일쑤였다. 문무백관 앞에서 세자의 영특함을 자랑하기 위해 어전 회의에 데려온 적도 있었다. 박문수는 그날을 선명하게 기억했다. 세자가 두 살 때였다. 수많은 신료들 앞에 세자를 앉혀놓고 왕은 직접 '왕(王)'이라는 글자를 써서 세자에게 보였다. 그러자 세자는 부왕을 가리켰다. 다시 '세자(世子)'라는 글씨를 써서 보이자 세자는 자신을 가리켰다. 그때 왕은 마치 어린아이처럼 즐거워했다. 어전이었으나 문무백관은 다 함께 큰 소리로 웃음을 터뜨렸다. 박문수도 그날만큼은 궁의 법도를 따르지 않았다. 더 크게 웃을수록 종사(宗社)에 길운이 깃들 것이라 믿었다. 박문수는 인정전이 떠나갈 듯 울리던 그날의 웃음소리가 아직도 귓가에 맴도는 듯했다. 하지만 그것은 너무나도 아득한 일이었다. 불과 십사 년 전의 일이었으나 왕과 세자 사이에는 수백 년 노를 저어도 건널 수 없을 대해(大海)가 놓여 있었다.

하지만 원손이 태어나면서 상황이 호전될 길이 열렸다. 세자빈 홍씨가 아들을 낳았다는 소식을 접한 왕이 크게 기뻐하더라는 사실을 정중금 최헌직이 귀띔해주었다. 자칫 이대로 왕과 세자의 관계가 굳어졌다면 돌아올 수 없는 강을 건널 뻔했다. 세자가 어릴 때는 부왕의 꾸지람을 듣고도 자신이 부족하다고 여겼으나, 나이가 들고 머리가 커지면서 세자의 마음속에 차츰 원망이 자라기 시작했음이 언행을 통해 드러나고 있었다. 참으로 원손 이정은 하늘이 이 땅의 종사를 축복하여 내린 선물이었다.

젊은 관리 한 명이 두 사람을 발견하고는 총총히 다가왔다. 관복 색깔로 보아 중금이었다. 다가오는 그를 발견한 세자의 표정이 밝아졌다.

"오, 송도겸 중금, 어인 일인가?"

"저하, 주상 전하께서 원손께서 어디 계시는지 제게 알아오라 하셨습니다. 원손께서 계신 곳으로 행차하신다고 하옵니다."

"아바마마가?"

"예, 저하."

순간, 세자의 표정이 굳어졌다. 부왕과 마주치기만 해도 세자는 얼음이 되어버렸다. 영민하고 진중한 평소의 모습은 온데간데없어지고 비루먹은 개처럼 잔뜩 쪼그라들었다. 박문수가 세자의 반응을 살피고는 조심스럽게 말했다.

"저하, 원손 아기씨를 뵙고 싶어 직접 발걸음을 하시는 것입니다. 좋은 일이지 않습니까?"

중금도 덧붙였다.

"그러하옵니다, 저하. 주상 전하께서 원손 아기씨가 눈앞에 아른거린다 하시며 제게 명하셨습니다."

"아바마마 기분이 어떠신가?"

"아주 좋으십니다."

"그래? 원손은 지금 세자빈과 함께 동궁전에 있네."

"저하, 그러면 그리 전하겠습니다. 저하께서도 채비를 하십시오."

"알겠네."

그렇게 말하고 나서 세자가 박문수에게 말했다.

"대감, 자주 찾아주시오. 나는 외로운 사람이오."

"예, 저하."

세자가 동궁전을 향해 걸어갔다.

세자가 떠난 뒤 박문수가 중금에게 말했다.

"송도겸이라 했는가?"

"예, 대감. 승전중금 송도겸이옵니다. 이렇게 뵙게 되어 참으로 기쁩니다."

"나를 아는가?"

"궁의 사람이 어찌 대감을 모르겠습니까? 사가에 있을 때부터 대감의 명성을 익히 들어왔습니다."

중금이 대부분 그랬지만, 유독 잘생기고 훤칠한 청년이었다. 박문수는 조금 전 세자가 보인 반응이 궁금하여 물었다.

"세자 저하께서 자네를 보고 표정이 아주 환해지시던데, 어떤 이유인가?"

송도겸은 멋쩍은 듯 웃음을 짓다가 대답했다.

"가끔 저하의 말벗이 되어드리고 저하께서 무예를 수련하실 때 상대가 되어드립니다."

"그랬군. 저하께서 자네를 의지하고 계셨구먼. 계속 그렇게 저하 곁을 지켜주시게."

송도겸이 박문수에게 고개를 숙여 보였다.

"대감, 그러면 또 뵙겠습니다."

박문수는 왔던 길을 되돌아가는 송도겸의 뒷모습을 바라보며 미소를 지었다.

∞

의금부로 돌아온 뒤 박문수는 앞에 놓인 문서들을 펼쳐보다가 한숨을 내쉬었다. 이인좌와 그의 일당들이 난을 일으킨 것이 무신년(1728년)이었으니, 이미 이십 년이 지난 일이었다. 그런데도 무신년의 난과 관련한 고변이 끊이지 않았다. 이미 죽은 이들까지 무덤에서 꺼내어 부관참시를 하고 관작을 삭탈해야 한다는 상소가 수시로 올라왔다. 살아 있는 자에게서 죄를 캐기 어려우면 죽은 자의 죄를 소환하여 살아 있는 자에게 덮어씌우는 일이 비일비재했다.

박문수는 신해년(1731년)에 임금으로부터 어사직을 제수 받고 영남 지방을 감찰했던 때를 떠올렸다. 영남 지방은 농토가 비옥하고 물산이 풍부한 곳이었으나 백성들의 삶은 처참하기 짝이 없었다. 밤낮없이 뼈 빠지게 일해서 수확해도 백성이 가져가는 몫은 채 3할이 못 되었다. 그마저도 향리들의 장난질에 많은 부분을 수탈당했다. 박문수는 눈이 뒤집히지 않을 수 없었다. 현청을 접수하고 옥사를 열었을 때 박문수는 생각만 해도 치가 떨리는 광경과 마주했다. 정신이 나간 한 아낙네가 참형을 기다리고 있었다. 죄목은 친자 살해였다. 자신의 어린 자식을 가마솥에 넣어 삶아 먹었다고 했다.

중앙 조정이 권력 다툼에 눈이 먼 사이 지방 관리들은 백성을 수탈하며 제 배를 불렸다. 뜻있는 이들이 참상을 보다 못해 탐관들을 탄핵하는 장계를 올려도 장계가 임금에게 닿지 않았다. 조정의 세도가와 그들의 가신들은 장계를 빌미로 지방의 탐관들과 거래했다. 탐관들은 자신의 죄를 덮기 위해 중앙에 재물을 바치느라 더욱 백성을 수탈했다. 왜 잘못을 바로잡지 않느냐고 따지는 이가 있으면 죄를 씌워 파직했다. 지금 그 앞에 놓여 있는 문서들이 죄다 그런 내용을 담고 있었다. 박문수는 자신의 한계와 무능을 실감하며 다시 한 번 긴 한숨을 내쉬었다.

의금부 경력이 집무실로 들어섰다.

"대감, 퇴청하실 시간이 지났습니다."

"먼저 하시게. 나는 아직 일이 남았네."

의금부 경력은 상전을 관사에 두고 떠나는 것이 마음에 걸린 듯 머뭇거리다가 화제를 돌렸다.

"세자 저하와 원손께서는 잘 계시더이까?"

박문수가 고개를 끄덕이고 말했다.

"원손 아기씨의 탄생으로 궁에 봄바람이 불 것이네."

"참으로 다행입니다, 대감. 저는 궁에서 살풀이라도 해야 하지 않나 걱정했습니다."

박문수의 눈에 힘이 들어갔다.

"방금 살풀이라고 했는가?"

박문수의 매서운 기운을 느끼고 경력이 꿀 먹은 벙어리가 되었다. 잠시 사이를 두고 박문수가 기운을 누그러뜨리며 말했다.

"저하를 향한 자네의 충정은 잘 아네만, 입조심하게."

경력이 머리를 조아렸다.

"예, 대감. 명심하겠습니다."

박문수도 관리들 사이에 나도는 괴소문을 알고 있었다. 세자의 처소를 저승전에 마련하고 희빈 장씨가 머물던 취선당을 동궁전의 소주방으로 삼아서 저주가 내린 탓에 왕과 세자의 관계가 틀어졌다는 소문이었다.

저승전은 경종 임금의 계비인 선의 왕후가 머물던 곳이었다. 선의 왕후는 생전에 노론과 작당한 연잉군이 경종 임금을 독살했다고 믿었다. 세간에는 무신년(1728년)에 이인좌가 난을 일으킨 배경에 선의 왕후의 입김이 있었다는 이야기가 떠돌았다. 선의 왕후는 연잉군이 왕세제에 책봉되었을 때부터 탐탁지 않아 해서 이를 번복시키기 위한 노력을 기울이던 중 경종 임금이 급사하는 바람에 뜻을 이루지 못했다.

결국 그녀는 경술년(1730년)에 일어난 역모 사건에 연루되었다는 혐의를 받고 경희궁의 어조당에 유폐되었다가 음식을 거부하며 스스로 굶어 죽었다. 취선당에 머물렀던 경종의 어머니 희빈 장씨 역시 신사년(1701년)에 역모죄로 사약을 받았다. 하필이면 세자 이선의 처소를 두 여인의 한이 서린 곳으로 해서 괴소문의 빌미를 제공한 것이었다.

박문수는 소문 따위 안중에도 없었다. 하지만 세자가 어릴 때 저승
전에서 자란 것이 악영향을 미쳤다는 점에는 동의했다. 저승전에서 선
의 왕후를 모셨던 상궁과 나인들은 선의 왕후를 통해 알게 모르게 '경
종 독살설'을 사실로 받아들였고, 이러한 인식이 세자에게도 안 좋은
영향을 미쳤다. 세자가 노론 대신들을 멀리하고 소론 신료들을 두둔하
는 것도 그 때문이었다.

　세자는 어릴 때 자신도 모르게 주입된 관념으로 인해 생리적으로 노
론을 '악(惡)'으로 규정하고 소론으로 하여금 노론을 견제하도록 했다.
그리고 어린 세자를 보살피던 저승전의 상궁 두 사람이 왕의 노여움을
받아 형벌을 받던 중 죽은 일은 세자에게 씻을 수 없는 상처와 두려움
을 심고 말았다.

　박문수는 세자를 동정했다. 자신이 소론이어서가 아니었다. 세자 이
선은 정이 많은 사람이었다. 정사를 돌보는 감각이 탁월했고, 시시비
비를 가리는 판단력도 뛰어났다. 한 해 전이었던 기사년(1749년)에 대
리청정을 하는 동안 세자는 신료들의 억지 상소와 주청을 가차 없이
자르는 기개를 보여주었다. 부당한 세제(稅制)로 고통받는 지역의 백성
들을 위해 제도를 개편하고 방납과 군포를 전면 금지하는 결단력을 보
이기도 했다.

　하지만 그것은 어디까지나 부왕이 없을 때였다. 등 뒤에 부왕이 앉
아 지켜보는 동안 세자는 바보가 되었다. 그럴 수밖에 없었다. 세자가
어떤 사안에 하명을 내릴 때마다 뒤에서 왕이 트집을 잡았다. 일부러

세자를 욕보이려 대리청정을 시킨 것이 아닌지 의심이 들 정도였다. 왕의 가학적인 처신 앞에서 세자는 점점 움츠러들었고 신료들 앞에서의 위신은 땅에 떨어졌다.

박문수는 탄식을 내뱉었다.

"주상께서는 진정 세자 저하를 허수아비로 만들려는 것인가."

왕과 군신의 연을 맺은 세월이 벌써 서른 해 가까워지고 있었다. 탕평(蕩平)을 기치로 내걸고 선정을 베푸는 왕의 이면에 숨겨진 모습을 볼 때마다 박문수는 괴로웠다. 훗날 세상은 주상을 어떤 왕으로 기억할까. 그는 그렇게 생각하고는 화들짝 놀랐다. 불충이었다. 그는 자신의 잘못을 뉘우치듯 자리에서 일어나 임금이 있는 방향을 향해 고개를 꺾었다.

'원손 아기씨가 부디 부자의 정을 되살려주시기를…….'

갑자기 어지럼증이 몰려왔다. 그는 쓰러지지 않으려 탁자의 양 귀퉁이를 잡았다. 내년이면 예순이었다. 종사를 향한 충정은 식을 줄 몰랐다. 허나 육체가 낡아감은 막을 수가 없었다.

12. 목소리가 말해주는 것들

　지견은 한양 시전의 종루에 등을 기댄 채 목에 걸린 삼베 장신구를 만지작거리면서 생각에 잠겼다. 한양에 터를 잡은 지도 벌써 석 달이 되어가건만 온종일 궁궐 대문을 쳐다보는 것 외에는 달리 한 일이 없었다. 하긴 이렇게 거지꼴을 하고서 어떻게 궁궐 대문을 넘을 수 있겠는가. 아버지는 임금이 계신 궁에 들어가야 한다고 했을 뿐 무엇을 하라는 말은 남기지 않았다. 나이가 들고 머리가 커지면서 아버지의 말을 되새김질하고는 했지만, 도저히 그 안에 숨겨진 속뜻을 알 수가 없었다. 정말로 치복 할아범 말씀대로 관리가 되라는 뜻이었을까? 아니면 밥이라도 굶지 않게 내시라도 되라는 말씀이었던가? 아버지의 비장한 음성에 감추어진 뜻을 알 수 없어 지견은 답답했다. 하지만 그보다는 지견의 처지로는 도저히 궁궐 문턱을 넘을 수 없다는 사실이 더욱 암담했다.

일곱 살 때 우연히 길에서 만난 소금 장수 강치복은 정말로 지견을 한양의 궁 앞까지 데려다주었다.

"여기가 주상 전하가 계신 궁이다. 네가 하도 원해서 예까지 오기는 했다만 너는 저 문을 넘을 수 없단다."

강치복의 말에도 아랑곳없이 지견은 수문장에게 다가갔다.

"좀 지나가도 될까요? 임금님을 뵈러 왔습니다."

수문장은 이런 일을 겪은 것이 한두 번이 아닌 듯 대수롭지 않게 받아넘겼다. 하지만 지견이 계속해서 들러붙자 수문장은 귀찮다는 듯이 버럭 화를 냈다.

"조그만 녀석이 예가 어디라고 얼쩡거리며 떼를 써? 썩 물러가지 않으면 혼구녕날 줄 알아라!"

몇 걸음 뒤에서 초조한 심정으로 그 모습을 지켜보던 강치복이 지견의 팔을 끌었다.

"얘야, 궁은 아무나 들어갈 수 없는 곳이다. 네가 아무리 떼를 쓴들 그럴 수 없어."

"내가 어려서 그런 거예요? 나중에 크면 들어갈 수 있어요?"

"아니다. 나도 어른이지만 궁에는 못 들어간다. 궁에 들어가려면 관리가 되거나 내시가 되어야 한다. 네가 무슨 이유로 이러는지 모르겠다만, 그만 포기하렴."

지견은 물러날 수밖에 없었다.

그때부터 지견은 강치복을 따라다녔다. 지견은 그를 '할아버지'라고 불렀다. 강치복은 지견이 정말 자신의 손자이기라도 한 것처럼 잘 대해 주었다. 강치복은 원래 충청도 변산의 염전에서 소금을 떼어다 한양의 시전에 내다 파는 소금 장수였다. 그때 전라도의 고흥까지 갔던 건 변산의 염전 주인이 삯을 넉넉히 쳐주며 심부름을 시켰기 때문이었다.

남도에 갈 일이 별로 없는 강치복이 그곳에서 지견을 만난 건 지견으로서도, 강치복으로서도 천운이었다. 강치복에게는 군식구가 달라붙은 셈이었지만, 먼 길을 오가는 동안 말동무가 생긴 것만으로도 좋았다. 게다가 지견은 어린 나이에도 밥값을 하겠다며 강치복의 짐을 나누어졌다. 게다가 지견이 조금 더 자란 뒤로는 일꾼 한 명 이상의 몫을 해내었다. 길 위의 고단한 삶이었으나 두 사람은 오순도순 잘 지냈다. 그렇게 만 칠 년을 함께 보내던 무렵에 일이 생겼다.

강치복이 처음 각혈을 한 때가 병인년(1746년)이었다. 한양 시전의 싸전에 소금을 넘기고 변산으로 가던 길이었다. 갑자기 강치복이 피를 토하고 쓰러졌다. 이미 예순을 한참 넘긴 나이였다. 더 이상 일을 하는 것은 무리였다. 지견은 그동안 둘이서 모은 돈을 탈탈 털어 변산 염전 부근에 초가집 하나를 구했다. 일꾼들이 소낙비를 피할 요량으로 어설프게 지은 집이었으나 강치복과 지견으로서는 바람을 피할 수 있다는 사실만으로도 감지덕지였다.

이제 지견 혼자 변산과 한양을 오갔다. 한양에 소금을 넘기고 나면 지견은 각혈하는 데 좋다는 약초를 구해다가 강치복에게 달여 먹였다. 지견은 조금씩 세간을 늘렸고, 정주(부엌)와 뒷간도 만들었다. 강치복

은 지견이 지극정성으로 보살핀 덕분에 어느 정도 차도를 보였다. 그랬
는데, 정묘년(1747년) 겨울을 넘기지 못하고 강치복은 결국 세상을 떠
났다. 한양에 다녀온 지견이 초가집에 도착했을 때 강치복은 싸늘한 주
검으로 변해 있었다. 다행히 표정이 편안했다.

지견은 장례를 치르고 나서 한동안 소금 장수 일을 쉬었다. 꼭 다녀와
야 할 곳이 있었다. 어릴 적 아버지와 함께 살던 흥양의 독골이었다.

도둑처럼 흥양과 독골에 숨어들어 이곳저곳을 둘러보고 나서, 지견
이 변산 염전 부근의 초가집에 돌아왔을 때였다. 마당에서 연기가 피어
오르고 있었다. 사내 한 명이 마당에 불을 피우고 솥을 걸어 밥을 짓는
중이었다. 지견이 마당으로 들어섰지만 사내는 지견을 쳐다보지도 않
았다. 지견 역시 크게 상관하지 않았다. 빈집인 줄 알고 잠시 쉬어 갈
요량으로 찾아온 객이라 여겼다. 굳이 내치고 싶지 않았다.

사내는 쉰을 넘어 보였다. 눈매가 부드럽고 표정이 온화했다. 체구
가 큰 편은 아니었지만 몸이 다부져 보였다. 굳이 따진다면 문반보다
는 무반에 가까웠다.

사내가 마루에 상을 차렸다. 어디서 구해왔는지 먹음직스러운 총각
김치와 굴비가 상 위에 놓였다. 밥을 두 그릇 푸고 수저도 두 사람 분
을 챙겼다.

"이리 와서 같이 먹지."

여러모로 이상한 사내였다. 집주인이 왔는데도 아랑곳하지 않는 것도 그랬고, 제집처럼 세간을 척척 챙기는 모습도 그랬다. 마치 그 집에 오랫동안 머물렀던 것처럼 행동했다. 지견은 사내가 어떻게 나오나 지켜볼 양으로 밥상을 사이에 두고 마주 앉았다. 두 사람은 말없이 그릇을 비웠다. 그러던 중에 사내가 말했다.

"정주간에 딸린 방이 비어 있는 듯한데, 거기를 내가 써도 되겠는가? 값은 넉넉히 지불하겠네."

지견은 사내의 낯을 유심히 살피면서 가늠해보았다. 호흡이 고르고 목소리에 떨림이 없었다. 나쁜 뜻을 품지는 않은 듯했다. 지견과 눈을 맞추지는 않았으나 그것은 속내를 내비치기 싫어서가 아니라 사람을 대하는 오랜 습관으로 보였다.

"무엇 하는 분이십니까?"

지견이 물었다. 사내가 대답했다.

"딱히 하는 일이 없어. 너만 괜찮다면 있고 싶을 때까지 이곳에 있고 싶으이."

"제가 언제까지 이 집에 머물지는 모르겠습니다."

"염전에 물어보니, 한양을 오가면서 소금을 판다던데, 그것 말고 다른 일이 있나?"

"오랫동안 생각해둔 바가 있어 그렇습니다."

사내는 생각에 잠겼다가 입을 열었다.

"그럼 이렇게 하지. 네가 이 집을 떠난다면 나도 내 갈 길을 가는 것으로, 나 때문에 이곳에 붙어 있지는 말고."

지견으로서는 손해 볼 것이 없는 거래였다. 아니, 오히려 득이었다. 어차피 머무는 시간보다는 비워두는 시간이 많은 집이었다. 사람이 머문다면 지견도 신경이 덜 쓰일 터였다. 행여 사내가 나쁜 마음을 먹는다 해도 훔쳐갈 것도 없는 살림이었다.

사내가 말했다.

"여기 머무는 대가로 내가 먹을 것을 조달하지. 그리고……."

사내는 거기서 잠시 말을 끊었다가 처음으로 지견과 눈을 맞추며 말을 이었다.

"너에게 틈틈이 무예를 가르쳐주겠다."

지견의 눈이 커졌다. 음식을 조달하는 것까지는 이해가 가지만, 무예를 가르쳐주겠다는 건 뭔가……? 지견이 미처 대꾸할 틈도 없이 사내가 말했다.

"그러면 거래가 성사된 것으로 알겠네."

그러고는 눈길을 거두고 밥을 한 숟갈 퍼서 입안에 넣었다. 그 모습을 지켜보고 있다가 지견이 말했다.

"저는 이지견이라고 합니다."

사내는 이름 따위에는 관심이 없다는 듯 가볍게 고개를 끄덕여 보일 뿐이었다.

그날 이후로 사내는 이지견과 기묘한 동거를 시작했다. 지견이 변산과 한양을 오가다가 집에 들르면 사내는 여염집에서 보기 드문 생선과 고기를 찬으로 내었다. 강치복과 함께 지낼 때는 구경하기 힘들었던 음식이었다. 그런데 또 이상한 것이 사내는 그런 음식들을 그다지 입에 대지 않는다는 사실이었다. 왜 찬을 들지 않느냐고 지견이 물으면 사내는 "네가 집을 비우는 동안에 나는 많이 먹었어."라고 답했다. 결국 상에 올라온 생선과 고기는 거의 지견의 차지였다. 하루는 미안한 생각이 들어 지견이 말했다.

"이렇게 차리려면 비용이 많이 들 텐데, 그냥 김치와 간장 정도면 충분하니 아끼십시오."

"나는 많이 먹었대도. 너나 많이 먹어."

그리고 틈틈이 사내는 지견에게 검술과 활쏘기를 가르쳤다. 활쏘기는 어릴 때 아버지로부터 제법 가르침을 받았기 때문에 지견에게도 비교적 익숙했다. 검을 휘두르는 것이 낯설었으나 시간이 지나면서 조금씩 몸에 익기 시작했다. 지견은 가르침을 받는 동안에 사내가 과거에 무관이었음을 직감했다. 사내의 절도 있고 예사롭지 않은 몸놀림은 쉰을 넘긴 나이를 무색하게 했다. 그렇게 육 개월 정도 가르침을 받았을 때 지견이 사내의 이름을 물었다.

"존함을 알고 싶습니다."

하지만 사내의 대답은 싱거웠다.

"우리 둘뿐인데, 굳이 호칭이 무어 필요하다고?"

지견은 궁리 끝에 사내를 '스승님'이라고 불렀다. 사내도 그 호칭이 싫지 않은 눈치였다. 사실 지견은 사내에게 큰 고마움을 느꼈다. 끼니 때마다 정성스럽게 찬을 챙겨주는 것과 세세한 가르침 등을 통해 지견은 사내가 자신을 진심으로 대하고 있음을 느꼈다. 그뿐만 아니라 사내가 먹을거리를 조달해준 덕분에 돈도 조금씩 모이고 있었다. 그때부터 지견은 스승의 정체에 대한 궁금증이 더욱 커졌다. 정말로 스승님과 내가 이렇게 만난 것이 우연이었을까? 하지만 스승은 자신에 대해서는 손톱만큼도 발설하지 않았다.

활쏘기와 검술에 능숙해지자 지견은 태껸을 비롯한 맨손 무예를 익히기 시작했다. 소금 장수 일을 계속해야 했기에 수련은 간헐적으로 이루어졌지만, 지견은 변산과 한양을 오가며 스승에게서 배운 동작을 꾸준히 연습해서 스승을 기쁘게 했다. 배우는 속도가 빨랐다.

"이제 말 타는 법만 익히면 무과에 도전해도 무방할 정도군."

함께 지낸 지 삼 년이 다가올 무렵 사내가 말했다.

경오년(1750년) 겨울, 몹시도 눈이 내리던 날이었다. 지견은 소금을 넘기러 한양에 가느라 며칠 집을 떠났다가 돌아왔다. 마당에 들어서자 집의 풍경이 어딘지 모르게 달라졌음을 느꼈다. 늘 있던 중요한 무엇인가가 빠져나간 듯한 그런 느낌이었다. 불안한 마음에 지견은 급하게 방문을 열었다. 밥상이 차려져 있고, 그 곁에 단검 한 자루가 놓여 있었다. 단검은 자루에 승천하는 용 문양이 새겨진 귀한 물건이었다.

지견은 방문을 열어놓고 눈이 휘날리는 바깥에 시선을 던졌다. 눈보라 속으로 홀연히 멀어져가는 스승의 뒷모습이 눈에 아른거렸다. 지견은 스승이 차려준 마지막 밥상 위의 음식을 먹으면서 눈물을 삼켰다. 다시 혼자가 되었다.

지견은 찬물에 설거지를 끝내고 정주의 세간을 가지런히 정리했다. 옷가지와 그동안 모은 돈을 잘 챙겨서 짐을 꾸렸다. 집을 나서기 전 지견은 스승이 남기고 간 단검을 뽑아보았다. 칼자루와 날이 이어지는 부분에 '고(高)'라는 글자가 새겨져 있었다.

지견은 점점 굵어지는 눈발 속으로 걸음을 옮겼다. 지견의 발걸음은 한양으로 향했다.

$$\infty$$

한양에 눌러앉은 지 석 달이 지났건만 궁에 들어가기는커녕 가지고 있던 돈도 다 떨어지고 지견은 거지꼴이 되어 온종일 궁궐 대문만 쳐다보며 지냈다.

'어디 가서 가짜 호패라도 만들어 무과나 볼까……. 에고, 아서라. 그럴 만한 돈도 없고, 행여 할 수 있다 쳐도 나중에 들통나면 뼈도 못 추릴 테니.'

그런 생각을 하고서 찌뿌드드한 몸을 쭉 펴며 늘어지게 하품을 할 때였다. 갑자기 지필묵을 취급하는 지전 주변이 소란스러워졌다. 사람들이 지전을 둘러싸고 있었고, 포도청의 하급 관원 두 사람이 모여든 사람들을 통제하고 있었다. 무슨 일인가 싶어 지견이 다가갔다.

"내가 누군 줄 알고 옴짝달싹 못하게 하는 것이야!"

연분홍의 때깔 고운 도포 차림의 사내가 소리쳤다. 손님으로 보이는 양반 행색의 남자 네 명이 지전 안에 있었고, 지전의 점원으로 보이는 이들이 그들에게 연신 고개를 조아렸다.

"대체 무엇 때문에 이러는 건가? 우리가 그렇게 한가해 보이는가? 무작정 사람을 잡아두다니, 이 무슨 일인가?"

"잠시만 기다려주십시오. 가게 안에 있던 귀한 물건이 사라져 그럽니다요."

"아니, 이놈들이 보자 보자 하니까 숫제 사람을 도둑 취급해? 나는 그런 일 없으니 나가겠네."

포도청 관원이 막아섰다.

"일단 신고가 있었으니, 시비를 가릴 때까지 잠시 계십시오. 안 그러면 나중에 귀찮은 일이 있을 것입니다."

"어허, 참!"

그곳은 육의전에서도 가장 큰 지전이었다. 청에서 들여온 고가의 종이와 벼루, 먹, 붓 외에 갖가지 장식품과 향, 부채 등을 취급했다. 찾는 손님들도 대부분 지체 높은 집안의 인물들이었다. 그런 이들을 물건이 사라졌다는 이유로 붙잡아두고 있으려니, 지전 주인은 괜한 일을 벌인 것 같아 뒤늦게 후회하는 중이었다. 그는 이러지도 못하고 저러지도 못한 채 지전 앞에 쪼그리고 앉아 한숨만 내쉬었다. 포도청 관원이 그에게 다가갔다.

"관아에서 시시비비를 가리는 편이 어떻겠소?"

"아니, 저분들을 어떻게 관아로 모시고 간답니까? 사라진 물건을 포기하는 쪽이 낫지 그리는 못하겠소. 그랬다가는 가게 문을 바로 닫게 될 거요."

지견이 두 사람의 대화에 끼어들었다.

"주인어른, 무슨 일입니까?"

지전 주인이 지견을 돌아보았다. 더벅머리에 꾀죄죄한 청년이 지저분한 보따리를 든 채 싱긋 웃고 있었다.

"저리 가거라."

하지만 지견은 그 자리에서 꼼짝하지 않았다. 여전히 미소를 지은 채 지전 주인을 바라보고 있었다. 지전 주인은 문득 이상한 생각이 들어 지견에게 물었다.

"그런데 너는 어찌하여 내가 이 집 주인임을 알았느냐?"

사실 지전 주인의 입성은 그리 좋은 편이 아니었다. 오히려 지전에서 손님을 맞는 점원들보다도 후줄근해 보였다. 얼굴 생김새가 전체적으로 쥐상인 데다 눈썹이 아래로 축 처져 있고 입술도 두꺼웠다. 한마디로 지체 높은 손님들을 맞기에 적당한 얼굴이 아니었다. 그도 그런 사실을 잘 알고 있어서 손님 응대하는 일은 점원들에게 맡겼다. 육의전에 가게 문을 연 지도 벌써 오 년이 넘었지만, 가까운 사람이 아니면 그가 지전 주인이라는 사실을 잘 알지 못했다.

"왜 모르겠습니까? 딱 보아도 주인어른인데요."

"내가 이 가게 주인이라는 사실을 아는 이가 많지 않거늘……. 나를 안다는 말이냐?"

"오늘 처음 뵙습니다."

"그런데 어찌 알았느냐?"

"목소리 때문입니다."

"목소리?"

"예. 『마의상법』에서 관상의 완성은 목소리라고 보지요. 다른 것을 다 갖추어도 목소리가 나쁘면 상스럽다고 합니다. 그런데 주인어른께서는 관상에서는 조금 모자란 듯하지만, 그 모자란 것을 상쇄시키는 목소리의 힘이 있습니다."

지전 주인은 다소 기분이 풀려서 가벼운 미소를 지었다.

"내 목소리가 그러하냐?"

"예. 아랫사람들을 호령하고 제압하는 목소리입니다."

"목소리로 사람을 평가한다? 네 말대로라면 너의 목소리 또한 예사롭지 않은 듯싶구나."

"그 점을 금세 파악하실 분이라는 것도 목소리를 듣고 알았습니다."

지전 주인의 입가에 걸린 미소가 보다 더 선명해졌다.

"그나저나 이를 어쩐다? 청에서 들여온 용연향이 사라졌는데, 섣불리 손님들의 몸수색을 할 수도 없고 어쩌면 좋단 말이냐?"

"어르신, 제가 만약 도둑을 찾아낸다면 말입니다. 제 청을 하나 들어주시겠습니까?"

지전 주인이 인상을 찌푸렸다. 청년의 차림새가 하찮았지만 말투와 행동거지가 꼿꼿하고 밝아서 기분 좋게 대하고 있었는데, 결국 꿍꿍이가 있어서 접근해온 것으로 여겨져 못마땅했다. 그래도 청년을 시험해보겠다는 생각에 대답했다.

　"무엇을 해줄까?"

　"3일 동안 음식을 베풀면서 저를 써보십시오. 그래서 마음에 드시면 저를 고용해주십시오."

　한순간 청년을 의심했던 자신이 부끄러웠다. 지전 주인은 다시 기분이 좋아져서 말했다.

　"그건 얼마든지. 그런데 어떻게 도둑을 가려내겠다는 것이냐?"

　"저 안에 있는 사람들의 목소리만 들으면 됩니다. 만약 저 안에 도둑이 있다면 말입니다. 없다면 없다고 말씀드리겠습니다."

　지전 주인은 고개를 갸우뚱했으나, 지푸라기라도 잡는 식으로 청년에게 맡기기로 했다.

　"그래, 한번 해보아라."

　지전 주인은 이미 잃어버린 용연향을 되찾지 못하더라도 상관없다는 마음이었다. 왠지 귀한 인연이 닿은 듯한 느낌이 들었다.

∞

　지견은 물을 적신 헝겊으로 얼굴과 목의 때를 닦아내고 지전 주인이 건넨 점원 옷으로 갈아입었다. 어설프게나마 그렇게 단장을 해놓고 보니 지견의 신수가 훤했다. 지전 주인은 그 모습을 보고 적잖이 놀랐다.

지견이 가게로 들어섰다.

'마음을 잔잔한 호수로 만들어야 한다. 다른 이의 목소리가 내 마음에 작은 돌을 던지도록 말이야. 작은 파장이 점점 큰 메아리로 퍼질 수 있도록 해야 그 사람을 읽을 수 있다.'

이것은 지견이 스스로 터득한 방법이었다. 지견은 지전의 손님 주변을 천천히 오가며 그들의 말소리에 귀 기울였다. 가게 안을 몇 번 오간 뒤에 그는 눈에 띄지 않게 밖으로 나갔다.

"용연향을 훔친 이는 저기 청색 옷을 입은 도령입니다."

지전 주인은 깜짝 놀랐다. 지금 가게 안에 있는 네 사람의 손님 모두가 유력 가문의 사람들이었으나, 청년이 지목한 이는 그중에서도 가장 세도가 센 집안의 자제였기 때문이다.

"어찌 저분을 지목하는가? 저분은 상선내시의 양자인 서무일 도령이란 말일세. 그런 집안의 자제가 무엇이 아쉬워 남의 물건을 탐하겠는가?"

지전 주인은 청년을 신뢰했지만 용연향을 훔친 당사자가 나는 새도 떨어뜨린다는 상선내시 서승의 양자라는 사실에는 선뜻 동의할 수 없었다.

"혹시 저분 몸에서 용연향 냄새가 나더냐?"

"냄새는 없었습니다."

지전 주인은 잠시 지견과 눈을 맞춘 뒤에 말했다.

"미안하구나. 내가 너를 시험했다. 용연향은 불에 태우지 않으면 향이 나지 않는다. 만약 네가 냄새를 맡았다고 말했다면, 바로 내쳤을 것이다."

지견은 아무 말도 하지 않았다.

"여전히 확신하느냐?"

"예."

"이유를 대보아라."

"목소리입니다."

"역시 목소리였군. 나쁜 짓을 하는 자의 목소리가 따로 있다는 말이냐?"

"제아무리 교활한 자라 할지라도 죄인의 목소리를 타고나는 것은 아닙니다."

"그렇다면?"

"다만 사악하기 짝이 없는 자라도 표정을 감출 수는 있지만 목소리까지 숨길 수는 없습니다."

지전 주인이 무릎을 쳤다.

"옳거니!"

"저 도령께서는 혹시나 자신의 소행이 들킬지 모른다는 불안감을 품고 있습니다. 표정은 근엄하게 가장하고 있지만 목소리에서는 어쩔 수 없이 긴장감이 묻어났습니다."

"허나 '목소리가 떨리니 당신이 범인이다'라고 할 수는 없지 않느냐? 그랬다가 발뺌이라도 하면 우리 지전은 문을 닫아야 할지도 모른다."

"예. 그렇게 하지 마시고 다만 가게에 들어가셔서 이렇게 말을 흘리십시오. 이번에 들여온 용연향은 여태껏 보지 못한 방법으로 만들었다, 그래서 향은 좋으나 다루는 방법을 잘 모르면 해를 입을 수 있다, 이렇게 슬쩍 흘리십시오."

전혀 손해날 일이 없는 방법이었다.

"알겠다. 그렇게 하지."

"예. 물건을 잃은 건 괜찮으나 가져가신 분에게 해가 될까 걱정이라고 하면서 한숨을 푹푹 쉬어보십시오. 반드시 물건이 되돌아올 것입니다."

지전 주인은 지견이 시키는 대로 했다. 그리고는 손님들께 폐가 많았다며 붓 한 자루씩을 선물해서 모두 돌려보냈다. 용연향을 훔쳤던 도령은 지전을 떠나기 전 지견을 힐끔 돌아보았다. 짧은 순간 시선이 마주쳤다. 지견은 정말 지전의 점원이라도 된 양 웃는 표정으로 고개를 숙여 보였으나, 도령이 자리를 뜬 뒤 얼굴이 굳어졌다.

'세도가 집안의 자식이 저리 탐욕스럽고 교활하니, 아랫사람들이 피곤하겠구나.'

모두가 돌아간 뒤 먹을 두는 자리에 용연향이 놓여 있었다. 지전 주인은 포도청 관원들에게 자초지종을 설명했다.

지전 주인이 지견에게 말했다.

"너의 재주가 참으로 뛰어나구나? 어디서 그런 것을 배웠느냐?"

"제 아버지입니다. 어릴 때부터 아버지께서는 사람의 음성에 관하여 많은 이야기를 해주셨습니다."

"자네의 부친도 예사롭지 않은 사람이로군. 한번 뵐 수 있겠느냐?"

"제가 어릴 때 돌아가셨습니다."

지전 주인은 쯧쯧 혀를 차고는 다시 물었다.

"너의 이름이 무엇이냐? 그리고 올해 몇인고?"

"이지견이라고 합니다. 나이는 열일곱입니다."

"가세. 좋은 음식으로 고마움을 표하겠네."

두 사람은 저잣거리의 인파에 파묻혔다.

주막에 마주 앉은 뒤 지견이 지전 주인에게 물었다.

"어떻습니까, 주인어른? 제가 시험에 통과했습니까?"

지전 주인은 잠시 생각에 잠겼다가 입을 열었다.

"통과했다마다. 그런데 자네에게는 다른 일을 좀 부탁했으면 하네. 지전에서 썩히기에는 아까운 인물이야."

"어떤 일을……?"

지전 주인은 몹시 어려운 이야기를 꺼내는 듯 한숨을 푹 내신 뒤 입을 열었다.

"먼저 내 이름을 알려주겠네. 나는……."

지전 주인의 이름은 도경술이었다. 원래 청과 조선을 오가는 역관 집안의 자식이었다. 역관은 나랏일을 하면서도 따로 녹봉을 받지 못했다. 대신 통역 업무를 하러 외국을 오가면서 개인적인 무역 활동을 통해 이익을 챙겼다. 도경술의 부친은 이재에 밝은 사람으로 그 일을 통해 많은 부를 쌓았다. 도경술은 부친이 남긴 재산, 청과 연결된 인맥을 바탕으로 각종 물건을 들여와 부친 때보다 더 많은 재력을 갖추게 되었다. 하지만 도경술은 탐욕스런 사람은 아니었다. 상도를 지켰고, 재주가 뛰어난 인물을 아꼈다. 이제 한양에서도 알아주는 부자였으니, 더 이상 누리고 싶은 것도 없었다. 남은 생을 아무 탈 없이 호의호식하다가 편안하게 눈을 감는 것이 마지막 바람이었다.

그런 도경술에게 딱 하나 걱정거리가 자식이었다. 도경술에게는 아들이 하나 있었다. 서른을 넘겨 얻은 귀한 자손이었다. 도경술은 아들이 학문으로 입신양명하기를 바랐다. 아들이 영민하지는 않으나 그래도 성실하게 잘 따라와주었다. 그런데 근래 들어 저잣거리에서 본 한 처녀를 마음에 품고 난 뒤부터는 식음을 전폐하며 바짝바짝 말라갔다. 입신양명은 고사하고 우선 몸이라도 성했으면 싶은 심정이었다.

"다행히 아들놈이 외탁을 한 덕분에 얼굴은 그런대로 봐줄 만하네. 나처럼 형편없지는 않아."

도경술의 그 말에 지견은 어떻게 반응해야 할지 몰라 잠시 침묵을 지켰다.

"충청도에서 토지 거간꾼을 해서 큰돈을 번 김일엽이라는 이가 얼마 전 한양 시전에 포목전을 열었네. 아들놈이 그 집 여식을 보고는 마음을 빼앗긴 모양이야. 상사병이 죽을병만큼이나 중병이라는 걸 이번에야 알았네."

"어른께서도 남부럽지 않을 만큼 재산을 모으셨으니 집안이 기우는 것도 아닌데, 중신어미를 넣어보시면 될 것 아닙니까?"

"나도 그러고 싶었네. 그래서 아들의 사정을 모른 체하며 포목전 여식이 참하더라고 이야기하고는 슬쩍 뜻을 밝혔더니 펄쩍 뛰지 않겠나?"

"마음에 없는 사람한테 억지로 장가들라고 떠미는 것도 아닌데, 도령께서 왜 그럴까요?"

"이유가 있지……."

잠시 말을 끊었던 도경술이 다시 입을 열었다.

"아들이 외탁을 했다고 하지 않았나? 처의 집안 남자들 대부분이 인물이 아주 훤하다네. 그런데 하늘은 전부 다 주지는 않는 모양일세. 하나같이 목소리들이 엉망이야."

지견이 물었다.

"목소리가 좀 안 좋기로서니, 그렇다고 마음에 품은 여인 앞에 나서지도 못한단 말입니까?"

도경술은 지견을 빤히 바라보고 있다가 또 한숨을 푹 내쉬었다.

"아닐세. 자네도 내 아들의 목소리를 들어보면 그런 소리는 못할 것이네."

"아니, 도대체 어떻기에……."

지견은 도경술의 무거운 표정을 보고 입을 다물었다.

주막을 나선 두 사람은 곧장 도경술의 집으로 향했다. 도경술의 집은 목멱산(남산) 아래에 위치했는데, 집 안에 연못이 꾸며져 있을 만큼 넓었으나 사치스럽다기보다는 단아하다는 인상을 주었다. 지견은 마치 절에 들어선 듯한 느낌을 받았다. 집의 분위기를 통해서 지견은 도경술의 됨됨이를 확인할 수 있었다.

안채로 다가가자 도경술의 부인이 나와 맞았다. 도경술이 물었다.

"윤이는 좀 어떻소?"

"똑같습니다."

부인의 시선이 지견에게로 향했다. 도경술이 말했다.

"한동안 우리 집에 머물 식객이오. 사랑방을 내어주고, 의복도 몇 벌 준비해주시오."

도경술이 걸음을 옮기자 지견이 뒤따랐다.

안채를 지나 안으로 더 들어가자 자그마한 별채가 나타났다. 그곳이 아들이 거처하는 곳인 듯했다.

"윤아, 들어가도 되겠느냐?"

문이 열리고 준수한 생김새의 도령이 마루에 나와 섰다. 도경술이 마루에 올라서며 지견에게 말했다.

"자네도 올라오게."

세 사람이 방에 앉았다. 그동안 거리에서 먹고 자느라 지견의 몸에서는 악취가 풍겼으나 도경술은 물론 그의 아들도 개의치 않았다. 부자(父子)를 보며 지견은 사람의 품위가 반드시 반상의 서열에 비례하지 않음을 다시 한 번 깨달았다.

"윤아, 당분간 우리 집에서 지낼 이지견 서생이다. 황구서생이 너보다 세 살 아래지만 하대는 피하거라. 어쩌면 너의 선생이 될지도 모른다."

그제야 도정윤은 내내 방바닥만 내려다보던 시선을 들어 지견을 힐끔 쳐다보고는 고개를 숙여 보였다.

"이지견이라 합니다."

지견은 일부러 큰 소리로 인사를 건넸다. 도정윤의 음성을 들어볼 요량이었다. 도정윤은 기어드는 목소리로 통성명을 했다.

"도정윤이라 합니다."

자신의 음성이 바깥으로 새어 나가는 것이 마치 큰 잘못이라도 된다는 듯한 태도였다. 그런데 그도 그럴 것이 소리에 민감한 지견은 저도 모르게 인상을 찌푸리고 말았다. 작은 소리가 문제는 아니었다. 사금파리로 기왓장을 긁어대듯 탁하면서도 날카로운 음성이 여간 불편하지 않았다. 소리에 관심이 많아 수많은 사람의 음성에 귀를 기울여온 지견으로서도 생전 처음 접하는 소리였다.

도경술이 걱정스러운 표정으로 지견에게 물었다.

"어떤가?"

지견은 선뜻 대답하지 못했다. 과연 고칠 수 있을 것인가? 자신할 수 없었다. 하지만 어떻게든 지견은 도령을 돕고 싶었다. 자신의 비천한 재주로 누군가를 도울 수 있다면, 그야말로 하늘이 내린 소임을 다하는 일이었다. 지견은 도경술을 돌아보며 고개를 끄덕였다.

13. 아름다운 날들

"저 소저입니까?"

"그렇다네."

지견의 물음에 도경술이 고개를 끄덕였다.

두 사람은 포목전 주변을 어슬렁거리며 도정윤이 점찍은 처녀가 나타나기를 기다리던 중이었다. 시전을 오가는 많은 사람 사이로 포목전의 딸이 몸종과 함께 나타나자 지견은 단박에 그녀를 알아보았다. 미색은 뛰어난 편이 아니었으나, 몸가짐이나 행동거지가 고아했다.

"도령께서 사람 보는 눈이 있으십니다."

"나도 그렇게 생각하네. 포목전의 김일엽에게는 자식이 저 아이밖에 없다네. 그래서 저 아이에게 장사를 가르치는 중이라 하더군. 아들놈 때문에 나도 눈여겨보는 중인데, 딱히 흠잡을 데가 없어 보이더군."

지견이 도경술에게 말했다.

"이제 주인어른께서는 일 보십시오. 제가 알아서 하겠습니다."

도경술은 무언가 말을 하려다가 입을 닫고는 고개를 끄덕였다. 행여 지견이 조심성 없이 나대다가 안 좋은 소문이라도 날까 저어되었으나, 일단 믿어보기로 했다.

"그럼 자네만 믿고 나는 가보겠네."

도경술이 지전 쪽으로 사라지자 지견은 포목전으로 다가갔다. 포목전 앞에 나와서 사람 구경을 하는 몸종 아이가 목표였다.

"그쪽 아씨는 어떻소이까? 댁한테 잘해주시오?"

몸종 아이가 지견을 돌아보았다. 아래위로 지견을 훑어보더니 싫지만은 않은 듯 자리를 피하지 않고 새침한 표정을 지었다.

"우리 아씨에 대해선 왜 물으시오?"

"우리 같은 것들이야 상전 잘 만나는 것이 최고의 복 아니겠소? 댁의 아씨가 기품 있어 보이기에 궁금하여 물은 것이오."

"우리 아씨야 세상에 둘도 없을 만큼 고운 분이시지. 그러는 댁은 상전이 고약하오?"

"우리 도련님 말이오? 에이, 무슨 말씀. 우리 도련님만큼 아랫것들 잘 챙기고 정의로운 분은 내 본 적이 없소."

지견과 뜬금없는 대화를 나누던 몸종 아이가 그제야 이상한 생각이 든 듯 물었다.

"그런데 그런 이야기를 왜 꺼내는 것이오?"

지견이 대답했다.

"우리 도련님도, 댁의 아씨도 혼기가 차지 않았소?"

"댁의 도령이야 모르지만, 우리 아씨는 그렇지."

"만약에 아주 고약한 사람이 아씨의 바깥양반이 된다면 댁이 피곤해지지 않겠소? 아씨가 혼인하면 댁도 시집으로 따라갈 가능성이 높은데, 그런 집안과 맺어지면 행복 끝 불행 시작이라 이 말이오."

몸종 아이는 그런 것은 생각해본 적 없었지만 일리가 있는 말이었다. 몸종 아이의 표정이 심각해졌다. 지견이 말을 이었다.

"나도 지금 좋은 상전 모시고 편히 잘살고 있는데, 아랫것들한테 함부로 하는 부인이 들어올까 걱정이오."

지견은 잠시 말을 끊었다가 몸종 아이를 돌아보며 말했다.

"오늘 우연히 댁의 아씨를 보고 저런 분이 우리 집의 안주인으로 들어오면 좋겠다는 생각이 들었소."

다시 잠시 사이를 두고 지견이 입을 열었다.

"어떻소? 우리 둘이 댁의 아씨와 우리 도령이 맺어지도록 해보지 않겠소?"

"우리 같은 것들이 어찌……?"

"나는 저기 지전을 운영하는 집안의 식솔로 있소. 우리 도정윤 도령의 인품이 참으로 훌륭하다는 소문이 저잣거리에 파다하다고 아씨에게 슬쩍 흘려주시오. 그러면 무언가 가능성이 조금 커지지 않겠소?"

몸종 아이가 고개를 끄덕였다.

"그나저나 아씨의 이름이 어떻게 되오?"

"김설영."

"아씨의 외모만큼이나 고운 이름입니다."

지견은 눈인사를 건네고 자리를 떴다.

∞

다음 날부터 도정윤은 소리 훈련을 시작했다.

"목은 소리가 지나가는 통로일 뿐입니다. 배에서 시작되어 흉부를 지나고 머리통을 울린 다음에 입의 천장 부분에서 어금니를 타고 바깥으로 퍼질 때 가장 좋은 소리가 나옵니다. 머리통을 울리지는 못하더라도 최소한 배에서 시작되기는 해야 소리와 호흡이 조화를 이루는데, 도령께서는 목을 긁듯이 발성을 하시니 소리가 그리 탁한 것입니다."

그러나 도정윤이 고개를 저었다.

"나도 소리하는 이들에게 들어서 알고 있소. 하지만 아무리 연습을 해도 안 되는 걸 어떡하오? 외조부를 비롯하여 외가의 남자들이 죄다 소리가 탁하니, 나도 외가의 내력에서 벗어나지 못하는 게요."

"도령께서 선천적으로 좋은 성대를 갖지 못한 것은 어쩔 수 없는 일이나 그럴수록 더 노력하셔야지요. 저의 재주가 일천하나 믿고 따라와 주시기를 당부합니다."

도정윤이 고개를 끄덕였다.

가장 먼저 아랫배의 힘을 기르는 훈련부터 시작했다. 누운 채로 단

전 부분에 돌을 올려놓고 허리를 올렸다 내렸다 하는 일을 반복했다. 한 식경 정도 하고 나면 도령의 몸은 땀으로 흥건해졌다. 그렇게 아침, 점심, 저녁에 세 차례에 걸쳐 반복하고, 사이사이에 소리를 가다듬는 훈련을 했다. 저음과 고음을 오가며 발성 연습을 하고, 발음을 교정하기 위해 붓을 입에 물고 서책을 소리 내어 읽는 훈련도 했다. 도경술의 집이 도성에서 거리가 있는 목멱산 아래에 있는 데다가 널찍하길망정이지 안 그랬다면 이웃의 호소 때문에 엄두도 못 낼 일이었다. 한 가지 다행스러운 일은 꽤 오랫동안 의기소침해 있었던 도정윤이 소리 훈련에 집중하면서 어느 정도 활기를 되찾았다는 점이다.

소리 훈련을 시작한 지 이레가 지났을 때였다. 잠시 쉬는 동안에 지견이 도정윤에게 말했다.

"이제 음성의 날카로운 부분이 살짝 무뎌진 듯합니다. 조금만 더 고생하시면 탁한 부분도 나아질 것입니다."

"이 서생 덕분이오. 더 노력할 테니, 많이 가르쳐주시오."

"혹시 설영 아씨께 전하고 싶은 말씀이 있습니까?"

"설영? 그게 누구요?"

"아니, 이름도 모르셨습니까? 도련님께서 마음에 두고 계신 분 말입니다."

"아, 소저의 이름이 설영이었소? 설영이라……."

도정윤은 마음속의 감정이 새록새록 되살아나는 듯 지그시 눈을 감은 채 음미했다. 그러다가 화들짝 놀라 지견에게 물었다.

"그런데 어찌 알았소? 내가 소저를 마음에 품은 걸 어찌 알았소?"

지견이 호탕하게 웃었다.

"하하하하! 이름만 듣고도 이리 취하시는데, 어느 누가 모르겠습니까? 하하하하!"

한참 동안 웃어젖힌 뒤 지견이 말했다.

"제가 어찌 도련님의 소리 선생이 되었겠습니까? 주인어른께서 도련님의 딱한 사정을 헤아리시고 저를 부르신 겁니다."

그 말에 도정윤은 고개를 꺾었다.

"이런 불효가 있나? 이런 불효가 있나? 못난 아들을 보며 얼마나 답답하셨을까?"

"불효라니요. 저는 어른과 도련님을 보면서 얼마나 부러운 줄 모르겠습니다. 겉으로 표현하지는 않으나 서로를 생각하는 마음이 깊다는 걸 잘 알겠습니다."

"서생도 부모님과 잘 지낼 듯싶은데요."

"그랬을 테죠. 하지만 그럴 기회가 별로 없었습니다. 어머니는 저를 낳고 오래지 않아 돌아가셨고, 아버님 또한 제가 어릴 때 돌아가셨습니다."

"그렇군요. 내가 괜한 말을 했소."

지견은 아버지와 헤어지던 순간을 한시도 잊은 적이 없었다. 왜 아버지가 그렇게 세상을 떠나야 했는지 자라면서 궁금증이 점점 커졌지만, 지견으로서는 그 비밀에 접근할 방법이 없었다.

소금 장수 강치복이 세상을 떠난 뒤 지견은 흥양에 간 적이 있었다.

패랭이를 푹 눌러 쓰고 흥양 장터를 돌아다니다가 어렴풋한 기억으로 남은 독골 어른들을 보았으나 아는 척을 할 수 없었다. 새카만 밤을 틈타 독골에 숨어들기도 했다. 아버지와 살던 산자락의 집에 가보았으나 오랫동안 비어 있었던 듯 쓰러지기 일보 직전이었다. 자신을 손자처럼 아껴주었던 남원댁 집을 담 너머로 살펴보기도 했다. 하지만 어쩐지 남원댁의 집 역시 오래전부터 사람의 손길이 닿지 않은 듯 쓸쓸하게 무너져 있었다. 어머니 무덤도 찾았다. 어머니 무덤 옆에 봉분이 하나 더 있기를 바랐지만, 아니었다. 아버지는 어디에 묻히셨을까? 지견은 어머니 무덤에 절을 하고는 그대로 독골을 떠났다.

"그런데 이 서생, 조금 전에 설영 낭자에게 전하고 싶은 말이 있냐는 건 무슨 말이오?"

상념에 젖어 있던 지견을 도정윤이 깨웠다. 도정윤에게는 둘도 없이 귀중한 질문을 던져놓고 지견이 입을 다물자 조바심을 내었다.

"아 참, 그랬지요."

지견이 웃음을 지으며 말했다.

"제가 설영 아씨의 몸종 아이에게 약을 좀 쳐놓았습니다."

"약을 치다니?"

"아, 죄송합니다. 소금 장수 시절의 못된 말투가 나왔습니다. 도련님의 이야기가 설영 아씨의 귀에 들어가도록 그 몸종 아이를 살짝 꼬드겨놓았다는 뜻입니다."

"무슨……?"

"거짓을 말한 것은 아닙니다. 도련님이나 주인어른 두 분 다 제가 보기에는 참 좋은 분들이십니다. 설영 아씨도 참 고운 분이더군요. 그래서 도련님과 설영 아씨가 맺어지기를 바라는 마음에 수를 좀 썼습니다. 이제 이레 정도 지났으니 설영 아씨에게 도련님 이야기가 들어갔을 것입니다. 이참에 도련님의 마음을 설영 아씨가 알도록 서신을 넣으면 어떨까 해서 여쭈었습니다."

도정윤의 표정이 환해졌다. 그러다 다시 풀이 죽었다. 자신의 목소리가 생각났기 때문이다. 지견은 그 찰나의 변화를 놓치지 않았다.

"도련님, 용기를 가지십시오. 사람의 목소리가 많은 것을 말해주나 그게 전부는 아닙니다. 도련님은 온화한 분이시니 분명 설영 아씨께서도 도련님의 마음을 받아들이실 겁니다. 그러니 진솔한 마음을 담은 서신을 써서 제게 주십시오. 제가 상황을 보아 설영 아씨께 서신이 전해지도록 하겠습니다."

그날 밤이었다. 도경술이 사랑방으로 지견을 찾아왔다.

"혹시 내가 깨웠는가?"

"아닙니다. 서책을 읽던 중이었습니다."

도경술은 의관을 갖추고 있었다. 늦도록 바깥에 있다가 이제야 돌아온 모양이었다. 지전과 집밖에 모르는 것처럼 보이던 도경술에게도 남모르는 취미가 있나 싶어 지견은 의아했다.

"밤이 깊었사온데, 어디 다녀오시는 길이십니까?"

"한 달에 한 번 열리는 모임이 있어 게 있다가 오는 길이네."

그렇게 말하고 나서 도경술은 어려운 말을 꺼내듯 망설이다가 입을 열었다.

"이보게 이 서생, 오늘 낮에 윤이가 마음에 둔 포목전 여식이 가게에 찾아왔네."

지견이 자세를 고쳐 앉았다.

"무슨 일로 왔습니까?"

"지전에 무슨 일로 왔겠는가? 지필묵을 보러 온 게지."

"주인어른, 그것뿐입니까? 다른 낌새는 없었습니까?"

"그래서 자네를 찾아온 거네. 자네 혹시 그 아이한테 윤이 얘기가 들어가게 했는가?"

"네, 그랬습니다. 다른 말은 하지 않고 설영 아씨의 몸종 아이를 통해 도련님이 아주 좋은 사람이라는 이야기가 들어가게 했습니다."

지견의 말에 도경술의 표정이 굳어졌다.

"허허, 그렇다면 이거 문제로군."

"무엇이 걱정입니까, 주인어른?"

"그 아이는 그런 낌새가 없었으나 따라온 몸종 아이가 가게 일꾼들의 얼굴을 하나하나 살피더군. 누군가를 찾는 눈치였어."

"도련님의 이야기가 들어갔나 봅니다."

지견은 반색을 했으나 도경술의 표정은 여전히 어두웠다.

"바로 그게 문제 아닌가. 자기 귀에 들어온 남자를 확인하겠다고 지전을 찾아왔으니, 당돌하기 짝이 없지 않은가."

"주인어른, 시대가 변하고 있습니다. 제가 어린 시절을 보낸 동네에서만 해도 남편을 휘어잡고 사는 부인들이 많았습니다. 어른들도 그런 형편을 그리 나쁘게 생각지 않았고, 다들 화목하게 잘살았습니다."

"어허, 아녀자의 몸가짐으로서는 옳지 않네."

"정말로 설영 아씨가 도련님을 보기 위해 지전에 온 것이라면…… 저는 오히려 설영 아씨가 더욱 좋아집니다. 부모가 정해준 사람과 혼례를 맺지 않고 자기 길을 가겠다는 의지이지 않겠습니까?"

"나도 여자가 무조건 죽어지내야 한다고는 생각지 않네. 하지만 다 큰 처녀가 그리 나오니 당황스럽지 않은가."

"도련님의 성격이 온화하나 진취적인 기상이 약한 편입니다. 그러니 그렇게 배짱 두둑한 분을 배필로 맞으시면 더욱 잘살 것입니다. 포목전의 어른도 설영 아씨의 그런 점을 알기에 장사를 맡기려 하는 거겠지요."

"어허, 참……."

도경술과 달리 지견은 기분이 좋았다. 저자에서 평이 좋은 도령을 직접 보기 위해 지전에 찾아가다니, 분방하고도 대담한 성품임에 틀림없었다. 도정윤의 배필로 손색이 없다는 확신이 들었다.

∞

소리 훈련을 시작한 지 열흘째 되던 날 오전, 도정윤이 지견에게 서신을 내밀었다. 나쁜 짓을 하다가 들키기라도 한 듯 얼굴이 붉게 상기되어 있었다.

"잘하는 짓인지 모르겠소, 이 서생."

"분명 잘하는 일입니다. 설영 아씨도 도련님의 기별을 기다리고 있을 것입니다."

"그럴까요?"

"네, 저만 믿으십시오."

그날 오후 지견은 시전으로 향했다. 포목전 주변을 서성거리다가 설영의 몸종 아이를 발견했다. 지견을 알아본 몸종 아이가 먼저 다가와서 말했다.

"우리 아씨가 그쪽 도령을 보려고 얼마 전에 지전에 갔더랬소."

"알고 있소."

"그날 가게에 그쪽 도령은 없었지요?"

"우리 도련님은 글공부에 매진하느라 두문불출하고 있소."

"기왕이면 외모가 수려한 분이면 좋을 텐데."

"걱정 붙들어 매시오. 훤칠한 미남이오."

지견은 소매에서 서신을 꺼내 내밀었다.

"우리 도련님이 설영 아씨께 드리는 서신이오. 잘 좀 전해주시오."

"어머."

몸종 아이는 마치 자신이 사랑놀이에 빠진 듯이 설레는 표정을 지었다.

"그럼 부탁하오."

지견이 돌아서려는데 몸종 아이가 불러 세웠다.

"이보시오."

"왜 그러시오?"

"우리 아씨가 그 집에 시집가면 나랑 그쪽이랑 같은 집 식솔이 되는 거요?"

지견은 몸종 아이의 말뜻을 몰라 잠시 어리둥절해 있다가 비로소 속뜻을 알아차리고는 화들짝 놀랐다. 도정윤 도령을 확인하기 위해 지전으로 직접 찾아온 설영 아씨를 두둔하기 위해 도경술 앞에서는 시대가 변했다는 둥 둘러댔으나, 여자의 당돌함을 직접 대하니 당황스럽지 않을 수 없었다. 몸종 아이는 열서너 살로 보였다. 자기 속마음을 드러내놓고도 전혀 부끄러워하는 기색이 없었다. 어쩌면 설영과 함께 다니면서 몸에 익은 태도인지도 몰랐다.

몸종 아이가 다시 말했다.

"내 이름은 경란이오."

그러고는 특유의 새침한 표정으로 지견을 흘겨보더니 그대로 돌아서서 포목전 안으로 쏙 들어가버렸다. 지견은 얼빠진 표정으로 경란이 사라진 곳을 바라보고 섰다가 천천히 돌아섰다.

다음 날 지견과 도정윤은 아침 일찍 집을 나서서, 서둘러 인왕산으로 향했다.

"예부터 소리꾼들은 폭포 아래서 소리 훈련을 했다고 합니다. 폭포의 세찬 물결 소리를 자신의 목소리로 거슬러 오르면서 득음을 했다고 하지요. 오늘 도련님과 저는 인왕산 꼭대기에 올라 한양 도성을 바라보며 실컷 소리를 지를 겁니다."

"사람들이 흉을 보지 않을까요? 점잖지 못한 행동인데……."

"누가 한가하게 인왕산 꼭대기까지 오르겠습니까? 그리고 흉 좀 본들 어때서요? 설영 아씨 앞에 당당하게 설 그날을 생각하며 부끄러움 따위는 잊으십시오."

인왕산 꼭대기에 거의 다다랐을 때는 해가 중천에 걸려 있었다. 지견과 도정윤은 주먹밥으로 끼니를 해결하고 꼭대기에 올랐다. 북쪽과 서쪽으로는 인가가 띄엄띄엄 앉아 있었다. 사대문 부근인 남쪽은 제법 번잡해 보였다. 높은 곳에 올라 한양 도성을 발아래 두니 감회가 새로웠다.

"저기가 궁이오. 임금이 계신 곳."

도정윤이 가리키는 쪽으로 눈을 돌리자 건물들이 반듯하게 앉아 있는 널찍한 궁이 멀리 보였다. 강치복을 따라 한양에 도착해서 궁의 수문장에게 떼를 쓰던 어린 시절이 떠올랐다. 왜 아버지는 나에게 궁에 가야 한다고 하셨을까?

'임금이 계신 궁으로 가거라. 어떤 어려움이 있더라도 끝내 궁으로 들어가야 한다.'

함께 보낸 마지막 날 밤, 아버지는 그렇게 말했다. 그로 인해 지견에게 궁궐은 일생의 숙제가 되었다. 어린 시절을 생각하면 모든 것이 비밀에 싸여 있었다. 언제쯤이면 그 비밀에 다가갈 수 있을까?

"아버지께선 내가 입궐하기를 바라고 있소."

도정윤이 말했다. 지견이 놀라서 도정윤을 돌아보았다. 도정윤이 말을 이었다.

"과거에 급제하여 입신양명하기를 바라시지요. 그러나 사실 나는 문재(文才)가 뛰어난 편이 아니오. 솔직히 나는 아버지를 이어 지전을 운영하고 싶소만, 그런 생각을 밝히지 못했소. 사실대로 말씀드리면 실망하실 테니까."

도정윤의 말을 들으며, 지견은 이런 생각을 했다. 모든 아버지는 아들이 궁에 들어가기를 바라는 것일까? 아버지도 내가 입신양명하기를 바라서 그런 말씀을 남기셨을까?

"제 아버지께서도 제가 궁에 가기를 바라셨습니다. 임금을 뵈어야 한다고 하셨지요."

"임금을 뵙는다고요?"

지견의 말에 도정윤은 의아하다는 표정을 지었다. 처음 도경술의 집에 찾아갔을 때만 해도 지견은 거지꼴을 면치 못했으니, 도령이 그런 반응을 보인 것도 이상하지 않았다. 하지만 도정윤은 자신의 속내를 드러낸 것이 무안하여 사과했다.

"내가 이지견 서생에게 모욕을 주었군요. 용서를 구합니다."

"아닙니다. 당연한 반응이십니다."

잠시 사이를 두고 지견이 말을 이었다.

"저는 남도의 오지에서 자랐습니다. 제 아버님은 산에서 약초를 캐는 심마니셨어요. 하지만 제가 어릴 때부터 글공부를 하도록 하셨고, 활쏘기를 비롯한 무예를 틈틈이 가르쳐주셨습니다."

"천민이 아니라면 과거의 기회는 누구에게나 열려 있습니다. 대부분의 상민이 생계에 시달리느라 기회를 잡지 못할 뿐이지요. 이지견 서생이라면 지금부터 시작해도 늦지 않을 듯합니다."

"제 아버님의 유언이 벼슬을 하라는 뜻이었을까요?"

"궁에 들어가는 방법이 몇 가지 있어요. 문과와 무과에 급제하여 문리(文吏)와 무관이 되는 것뿐만 아니라 내시나 궁녀 같은 나인으로 입궐할 수도 있지요. 잡과의 의과(醫科)를 통과하여 의원으로서 실력을 쌓는다면 궁내의 내의원에서 일할 수도 있습니다."

지견은 상념을 털어내기 위해 심호흡을 했다. 앞날을 알 수 없으니, 운명에 맡겨보는 수밖에 없었다.

"도련님, 이제 소리 훈련을 시작해볼까요? 저 한양 도성을 향해 있는 힘껏 소리를 지르는 겁니다. 아랫배에 단단히 힘을 주고 숨이 다할 때까지 몸속의 소리를 밖으로 발산하십시오."

도정윤이 목청을 가다듬고 나서 소리를 내질렀다.

"이야아아아아아아아!"

"소리가 작습니다. 더 크게!"

"이야아아아아아아아아아아!"

"더! 더!"

"이야아아아아아아아아아아아아아……!"

도정윤의 목청이 멀리 퍼져 나갔다. 그로서는 태어나서 처음 크게 질러보는 소리였다.

∞

인왕산에 다녀온 뒤로 도정윤은 목이 붓고 쉬어 소리를 낼 수 없었다. 도경술은 아들의 목이 영영 상해버린 것이 아닌가 하여 걱정이 태산이었으나, 지견은 태연했다. 그는 말린 모과를 중탕해서 도정윤에게 먹였다.

지견은 소리 훈련을 쉬는 틈을 이용해서 시전에 나갔다. 포목전에 다가가기도 전에 멀리서 지견을 발견한 경란이라는 아이가 달려왔다.

"우리 아씨가 그쪽 도령을 보고 싶다고 전해달라 했소."

기다리던 일이었으나 지견은 적잖이 당황했다. 하필 도정윤이 목이 부어 있는 때에 이런 일이 닥쳤기 때문이었다. 골똘히 생각에 잠겨 있던 지견은 이 상황이 오히려 도정윤 도령에게 이로울지도 모른다는 생각이 들었다.

"지금 우리 도련님께서 목이 부어 말씀하는 것이 부자유스러우나 아씨께서 이리 기별을 주셨으니 응하겠소. 언제 어디서 뵐까요?"

"홍인문(동대문) 부근에서 포목전 집이 어디냐고 물으면 다들 알 거요. 나흘 뒤 유시(酉時, 오후 6시경) 무렵에 그쪽 도령을 모시고 오시오."

"허나 남녀가 유별한데, 어떻게 자리를 같이한단 말이오?"

"우리 집 장독대가 높은데, 거기서 담 너머를 볼 수 있어요. 아씨께선 그곳에서 담을 사이에 두고 뵙자고 하오."

"알았소. 고맙소."

"근데……."

경란이 뜸을 들이자 지견이 그녀의 얼굴을 들여다보았다. 경란이 말을 이었다.

"그쪽 이름은 무엇이오?"

"아, 지견이라 하오. 이지견."

경란은 살짝 얼굴을 붉히며 '이지견'이라는 이름을 입안에서 굴렸다. 그 모습을 본체만체하고 지견은 황망히 돌아섰다.

지견은 쉬지 않고 도경술의 집으로 달려가 도정윤에게 소식을 전했다. 도정윤은 기쁨과 걱정이 교차하는 표정으로 안절부절못했다.

"걱정 마십시오, 도련님. 사람이 멀쩡한데 기대하던 목소리가 나오지 않으면 실망이 크겠으나, 지금 도련님께선 목이 상한 상태이니 설영 아씨께서도 감안하고 들으실 겁니다."

"하지만…… 그건…… 잠깐의…… 눈속임에…… 지나지 않소."

도정윤은 불편한 목 때문에 침을 꿀떡꿀떡 삼키며 말했다.

"아닙니다. 그동안 훈련한 것이 있으니 예전보다 훨씬 나을 것입니다. 대신 목이 아프더라도 아랫배의 힘을 기르는 일은 잠시라도 그르지 마십시오."

도정윤이 고개를 끄덕였다.

그로부터 사흘 뒤 아침이었다. 문안 인사를 여쭈러 도정윤이 안방에 들어 부모에게 절을 하고 난 뒤였다.

"아버님, 어머님, 밤새 편안히 주무셨습니까?"

그 순간, 도경술과 부인의 눈이 동그래졌다. 사금파리로 기왓장을 긁어대는 것 같은 쇳소리가 사라진 것이었다.

"밖에 누가 있느냐? 당장 이지견 서생을 이리로 불러라."

지견이 방문 앞에 당도했다. 도경술과 부인의 표정이 환한 것을 보고 지견은 무슨 일인가 싶어 물었다.

"주인어른, 무슨 좋은 일이 있으십니까?"

도경술은 대답 없이 흐뭇한 표정을 지은 채 아들 쪽으로 눈을 돌렸다. 그의 시선을 따라 지견도 도정윤을 보았다. 표정으로 보아 도정윤도 영문을 모르는 것 같았다. 도경술이 입을 열었다.

"그래, 우리는 아주 편히 잘 잤다. 이제 목은 좀 괜찮은 것이냐?"

"네, 아직 까끌까끌한 느낌이 있지만 많이 좋아졌습니다."

그 목소리를 듣고 지견의 얼굴도 환해졌다. 도경술은 거 보라는 표정으로 지견을 바라보았다. 지견이 말했다.

"도련님, 목소리가…… 목소리가 아주 좋아졌습니다."

"제가요?"

"예. 귀에 거슬리던 날카로운 소리가 잦아들었습니다. 아직 미성은 아니지만, 그만하면 음성 때문에 조심할 필요가 없을 듯합니다."

도정윤은 믿기지 않는다는 듯 고개를 갸웃거리다가 혼자 "음음." 하고 소리를 내보았다.

　"이지견 서생의 말이 맞다. 내가 들어본 너의 음성 중에 오늘이 제일 좋다."

　도경술이 말했다. 부인도 흐뭇한 표정으로 고개를 끄덕였다. 그제야 주변의 반응을 실감한 듯 도정윤의 표정도 밝아졌다.

　"지금이 가장 조심하셔야 할 때입니다. 모과를 꾸준히 드시고 목을 쓸 때는 항상 좋은 소리를 내겠다고 의식하고 또 의식하십시오."

　도정윤이 지긋한 눈길로 지견을 바라보며 고개를 끄덕였다.

∞

　지견의 발걸음이 가벼웠다. 그는 홍조를 띤 채 뒤따라오는 도정윤을 힐끔힐끔 돌아보며 웃음 지었다. 도정윤은 지견과 시선이 마주칠 때마다 부끄러운 듯 고개를 돌렸다. 그러다가 홍인문이 가까워지자 도정윤은 지견에게 바짝 붙어 걷기 시작했다. 마치 부모의 손을 놓칠까 봐 종종걸음을 치는 아이 같았다.

　"이 서생, 설영 소저가 나를 좋아할까요?"

　"제가 도련님을 좋아하는 만큼 설영 아씨도 도련님을 좋아하실 겁니다."

　그 말에 도정윤은 가볍게 미소를 짓고는 문득 걸음을 멈추고 지견의 손을 꼭 쥐었다.

"이지견 서생, 참으로 고맙소. 이런 때에 나를 찾아와주다니, 이지견 서생은 하늘이 보낸 사람이 아닌가 하는 생각이 듭니다."

"이게 다 도련님에게 덕이 있어 이루어진 일입니다. 만약 도련님의 인품이 훌륭하지 않았다면 저는 그날 그대로 돌아섰을 것입니다."

두 사람은 유시(酉時, 오후 6시경)에 맞추어 김일엽의 집 앞에 도착했다. 기다리던 경란이 쪼르르 달려 나와 지견의 팔을 끌었다. 경란은 지견의 어깨 너머로 도정윤을 훔쳐보고는 만족스럽다는 표정을 지었다.

"담을 따라서 대문 반대쪽으로 가면 거기가 장독대요. 아씨께서 그곳에서 기다리고 계실 것이오."

지견이 도정윤을 이끌었다. 도정윤은 연신 심호흡을 했다. 아닌 게 아니라 그의 얼굴은 걱정스러울 정도로 붉게 물들어 있었다. 대문 반대편에 이르자 담 너머에 장옷으로 얼굴을 가린 여인이 보였다. 집을 관통하여 장독대에 이른 경란이 귀엣말로 도정윤의 도착을 알렸다. 설영이 장옷을 내려 얼굴을 드러내고 담 너머로 시선을 던졌다. 도정윤은 얼빠진 표정으로 설영을 바라보았다. 지견이 옆구리를 찌르자 그제야 정신을 차리고 헛기침을 했다.

"도도, 도정윤이라고 합니다. 시전에서 지지지전을 하는 집의 자식입니다."

도정윤은 불쌍할 정도로 몸을 떨고 있었다. 지견이 걱정되어 낮은 소리로 "도련님, 심호흡을 하십시오."라고 말했다. 설영은 어리숙해 보이는 도정윤의 모습에 호감을 느낀 듯 살포시 미소를 짓고는 고개를 살짝 돌렸다.

"목이 상하셨다 들었는데, 이젠 괜찮으신가 봅니다."

"아, 아직 완전하지는 않으나 마마많이 좋아졌습니다."

"소녀가 뵙자 하여 놀라진 않으셨는지요?"

"기다리던 기별이라 아주 반가웠습니다. 그리고 조금 두렵기도 했습니다."

설영은 한쪽으로 틀었던 고개를 바로 하여 도정윤을 바라보았다.

"왜 두려우셨습니까?"

"낭자가 저를 보고 실망할까, 그게 두려웠습니다."

다시 설영이 미소를 지었다. 지견은 일이 잘 풀리고 있다는 느낌이 들었다. 흐뭇한 표정으로 도정윤과 설영을 번갈아 바라보던 그는 갑자기 뜨거운 시선을 느끼고 고개를 돌렸다. 경란이 지견을 뚫어져라 쳐다보고 있었다. 지견은 모른 척 고개를 돌렸다. 상전이고 몸종이고 남자에 대한 낯가림이 전혀 없는 여인들이었다.

"보는 눈이 많아 시간을 많이 내지 못하니 용서하십시오. 앞으로 종종 기별하여도 괜찮으신지요?"

설영이 말했다. 도정윤은 이제 많이 안정된 듯 차분히 대답했다.

"낭자에게서 소식이 온다면 열일을 제쳐두고 달려오겠습니다. 부디이 못난 사람을 잊지 말아주십시오."

설영은 가볍게 고개를 숙여 보이고는 장독대에서 물러났다. 경란이 설영을 따르며 지견을 돌아보았다. 지견은 일부러 뻣뻣하게 고개를 숙여 보였다.

집으로 돌아가는 길에 도정윤은 내내 말이 없었다. 마치 구름 위를 거니는 신선처럼 흐느적거렸다. 뒤에서 천천히 따르며 도정윤을 지켜보는 지견은 마음이 참으로 푸근했다. 도령의 성품이 고우니, 좋은 일이 있으리라 믿어 의심치 않았다.

걸음을 멈춘 도정윤이 뒤돌아섰다. 지견이 다가오기를 기다렸다가 입을 열었다.

"이지견 서생, 우리 의형제 맺읍시다."

"예?"

"살아가면서 내가 이지견 서생에게 어떤 도움을 줄 수 있을지는 모르나, 항상 생각해주는 형이 한 사람이 있다는 사실만으로도 든든하지 않겠소?"

함께 소리 훈련을 하고, 은애하는 이의 마음을 얻는 일을 겪으면서 도정윤은 부쩍 어른이 된 것 같았다. 의기소침하고 풀이 죽어 있던 샌님 도정윤은 오래전의 사람이었다. 이십 일 가까이 지견과 함께 지내는 동안 도정윤은 전혀 다른 사람이 되어 있었다.

"제가 왜 형님의 청을 마다하겠습니까? 도련님처럼 훌륭한 분을 형님으로 모시게 되어 한없이 기쁩니다."

도정윤이 미소를 지었다.

"그래, 견아. 우리 오래오래 우애 변치 말고, 좋은 형제로 함께하자꾸나."

　두 사람은 악수를 나누고 나란히 석양 속으로 걸어 들어갔다.

14. 괘서 사건

경복궁 맞은편에 육조 거리가 뻗어 있고, 왼편 첫 번째에 의정부가 자리 잡고 있다. 의정부는 비변사에 정책 결정의 권한이 넘어감으로써 유명무실한 기관으로 전락했으나, 여전히 국가 최고의결기구라는 상징성으로 인해 가장 넓은 터를 차지하고 있었다. 예조 관사는 의정부와 좁은 골목 하나를 사이에 두고 붙어 있었다.

이른 시각에 도착한 박문수는 예조 관사를 둘러보았다. 아직 관리들의 출사(出仕) 전이라 관청은 한산했다.

왕은 박문수에게 의금부에서 예조로 자리를 옮기라고 명했다. 박문수가 연로한데 업무 강도가 센 판의금부사로 재직하면서 몸을 해칠까 염려된다고 했다. 하지만 그에게도 귀가 있었다. 판의금부사가 제때 사건을 처리하지 않는다며 지방 관리들의 상소가 빗발쳤다고 했다. 누군가 그를 판의금부사에서 몰아내기 위해 지방 관리들을 동원한 정황이 역력했으나, 박문수는 저항하지 않았다. 사실 그는 판의금부사로 있는 동안 맞지 않는 옷을 입은 것처럼 불편했다. 이치에 맞지도 않는 고변에 일일이 대응하는 일이 버거웠고, 억울하게 누명을 쓴 죄인을 국문하는 일도 할 수 없었다. 그리고 외로웠다. 의금부 관리들은 그 앞에서는 굽실거리면서도 늑장을 부리거나 사사로운 규칙을 어기는 방식으로 박문수에게 반감을 드러냈다. 한번은 왕의 허가도 받지 않고 죄인을 국문한 나장을 엄벌에 처했는데, 그 일로 도사와 나장들은 더욱 노골적으로 박문수와 거리를 두었다. 노론이 장악한 의금부에서 소론 딱지가 붙은 판의금부사는 허수아비에 불과했다.

예조 관사의 뜰을 거닐며 생각에 잠겨 있는데, 참판이 다가와 인사를 건넸다.

"대감, 예조에 복귀하신 것을 환영합니다."

박문수는 계축년(1734년)에 참판으로 잠깐 예조에서 근무한 적이 있었다. 그때 이후 그는 주로 군병(軍兵)과 관련된 직책을 맡아 무관들과 함께했다. 군영과 병영을 지키던 젊은 날의 박문수는 이제 초로에 이르러 문반의 직책으로 돌아왔다. 그의 나이 올해로 딱 예순이었다. 수어사로, 관찰사로, 어영대장으로 전국을 떠돌며 국토를 살피던 세월이 꿈만 같았다. 나라를 위해 몸과 마음을 바쳤기에 후회는 없었다. 하지만 왕을 도와 백성이 살기 좋은 세상을 만들겠다던 젊은 날의 다짐을 이루었느냐고 스스로 물을 때면 부끄러웠다.

박문수가 참판에게 말했다.

"사시(巳時, 오전 10시경)에 종6품 이상의 관리를 한데 모아주게. 임관식은 그 자리에서 얼굴을 익히는 것으로 대신할 테니, 따로 준비를 했거든 철회하게."

참판은 입장이 난처하여 선뜻 대답을 못했다. 새로운 판서가 오면 유곽을 통째로 빌려서 질펀한 시간을 가지는 것이 관행이었다. 물론 따로 비용이 나오지는 않았다. 관사의 하급 관리부터 참판까지 품계별로 차등을 두어 십시일반 돈을 모아 자리를 마련했다. 사실 이 일은 형편이 그리 좋지 않은 관리들에게 적지 않은 부담이었다. 하지만 그렇게 거창하게 인사를 하지 않으면 관직 생활이 피곤해지니 어쩔 수 없었다.

"왜 대답이 없는가?"

박문수가 날카롭게 물었다. 참판은 신임 판서의 진의를 알 수 없어 머뭇거렸다. 박문수는 참판의 입장을 헤아리고 말했다.

"각 관청마다 수장이 바뀔 때마다 관리들 살림이 휘청거린다는 걸 잘 알고 있네. 그러면 그걸 충당하느라 관리들은 딴생각을 품기 마련이지. 이처럼 작은 것부터 바로잡지 않으면 그게 이어지고 불거져 나라가 통째로 흔들리는 법이네. 나 하나 곧게 행동한다고 나쁜 관행이 사라지지는 않겠지만, 최소한 내가 있는 동안 예조에서 법도에 어긋나는 일은 없을 것이네. 참판은 명심하시게."

백 년에 한 번 나올까 말까 하는 청백리라더니, 허명이 아니었다. 참판은 잠시나마 신임 판서의 뜻을 의심했던 자신을 질책하며 얼굴을 붉혔다. 그리고 힘찬 음성으로 답했다.

"명심하겠습니다, 대감."

박문수가 고개를 끄덕여 보이고는 멀어졌다. 참판의 입가에 미소가 번졌다.

∞

빈궁전 주변은 무거운 침묵에 싸여 있었다. 어의와 내의원 의원들이 들어간 뒤로 빈궁전 주변은 금줄이 쳐지고, 마치 역병을 창칼로 막아내기라도 하겠다는 듯 금군들이 사방을 에워쌌다. 아직 왕이 내왕하지는 않았으나, 한 식경이 멀다 하고 승전중금을 보내 원손의 상태를 알아오게 했다.

원손의 몸에 부스럼이 생긴 것이 4월 말이었다. 세자빈도 상궁들도 처음에는 대수롭지 않게 여겼으나, 갈수록 증상이 심해졌다. 돌도 지나지 않은 원손의 눈에는 눈물이 마르지 않았다. 젖도 제대로 빨지 못했다. 세자빈 홍씨는 원손이 병이 났다는 사실이 알려지면 왕이 노여워하고, 그로 인해 왕과 세자의 관계가 또다시 틀어질까 봐 내의원에 알리지 못했다. 하지만 보름 사이에 부스럼이 원손의 온몸을 뒤덮었다. 내의원에 알리지 않을 수 없었다.

어의가 원손을 살피는 동안 빈궁전에 딸린 상궁과 나인들의 얼굴에 수심이 가득했다. 혹시 원손이 잘못되기라도 한다면 벌을 면할 수 없을 터였다.

구름 속에 숨은 달

상선내시 서승이 빈궁전에 도착했다. 상전내시와 상궁, 나인들이 그에게 다가가 머리를 조아렸다. 서승은 그들을 매섭게 노려보며 말했다.

"원손께 탈이 생기면 너희는 반드시 목숨으로 그 대가를 치러야 할 것이다."

나인 하나가 기어드는 목소리로 대꾸했다.

"세자빈 마마께서 말리시어 내의원에 알리지 못했습니다."

"닥쳐라. 누군가는 반드시 죗값을 치러야 한다."

서승도 심장이 벌렁거리기는 마찬가지였다. 상궁과 나인들은 내반원의 수장인 자신의 책임이었다. 아무리 세자빈이 쉬쉬했다고는 하나 원손이 아픈데도 내의원에 알리지 않은 것은 분명히 처벌받을 행동이었다.

"세자 저하 납시오."

맑고 청량한 음성이 빈궁전 주위를 감쌌다. 승전중금 송도겸을 앞세우고 세자가 다가오고 있었다. 빈궁전에서 의원이 뛰어나오고, 상선내시 서승을 비롯한 내시와 상궁, 나인들이 세자 옆에 서서 머리를 조아렸다. 세자 이선이 의원에게 물었다.

"원손의 상태는 어떠한가?"

의원이 대답했다.

"지금 어의께서 살피고 계십니다. 아직은 경중을 알 수 없나이다."

세자가 오 상궁을 발견하고는 말했다.

"일전에 내가 원손의 몸에 부스럼이 난 것을 발견하고 내의원에 알리라고 그대에게 말했다. 그런데 어의가 어찌 지금에야 온 것인가?"

오 상궁이 앞으로 나서서 말했다.

"세자빈 마마께서 조금 더 상태를 보자 하시며 말리셔서……."

"빈이?"

세자는 세자빈 홍씨가 왜 그런 결정을 내렸는지 충분히 이해했다. 원손의 탄생으로 모처럼 부자간에 형성된 봄기운을 망치고 싶지 않았으리라. 그렇다 하더라도 그것은 옳은 처사가 아니었다. 그동안 원손이 얼마나 고통받았을까 생각하니 분노가 끓어올랐다. 세자는 상선내시 서승을 노려보며 말했다.

"절대로 그냥 넘어가지 않을 것이니 그리 아시오."

세자가 빈궁전으로 들어가자, 서승은 굽혔던 허리를 폈다. 그는 빈궁전 문을 바라보다가 문 옆에 버티고 선 승전중금 송도겸에게로 눈길을 돌렸다. 정중금 최헌직이 동궁전에 배속한 중금으로, 그는 경주의 병마절제사를 지낸 송익의 장남이었다. 송익은 특별히 어디에 속한다 할 수는 없으나 노론보다는 소론과 가까이 지내는 것으로 알려진 인물이었다. 서승은 종3품 무관을 지낸 이의 아들이 중금 취재에 나선다는 소식을 접했을 때부터 내내 찜찜했다. 가문까지 받쳐주는 이가 나중에 정중금에 오른다면 중금의 위상이 더욱 높아질 터였다. 이래저래 갑자기 신경 쓸 일이 많아져서 서승은 머리가 아팠다.

서승이 상전내시에게 말했다.

"난 내반원에 있을 터이니, 한 식경에 한 번씩은 내게 상황을 보고 하라."

서승은 내반원으로 발걸음을 옮겼다. 조금 전 세자가 자신에게 한 말이 머릿속에서 떠나지 않았다. 그는 가소롭다는 듯 쓴웃음을 지으며 이죽거렸다.

"한낱 무수리의 자식 주제에……."

세자 이선의 어머니인 영빈 이씨는 궁에서 잡일을 하던 무수리였다. 흔히 궁녀라 하면 왕과 내명부 종친 여인들의 시중을 드는 상궁과 나인 이외에 궁에서 잡일을 하는 무수리, 궁내의 서신을 전달하는 비자, 내의원에 속한 의녀를 포함했다. 하지만 상궁과 나인은 무수리와 비자, 의녀를 천한 것이라 여기며 한데 묶이는 것을 질색했다. 영빈 이씨는 궁내에서도 가장 천한 계급에 속하는 무수리 출신이었다.

그런데 얄궂게도 현왕의 어미인 숙빈 최씨 역시 무수리 출신이었다. 왕은 자신의 어미가 무수리였다는 사실을 감추기 위해 무던히도 애를 썼다. 그만큼 자신의 출신에 대한 자격지심이 컸다. 왕이 세자와 세자 빈 사이에 태어난 원손을 특히 반긴 것도 자신의 손자 대에 이르러 드디어 적장자를 얻었기 때문이었다.

모든 상황이 서승에게 이롭지 않은 방향으로 흘러갔다. 하지만 그는 숙종과 경종 그리고 지금의 왕까지 세 명의 왕을 보필하는 동안에도 상선내시로 살아남은 끈질긴 생명력의 소유자였다. 위태로운 상황이 한두 번이 아니었으나, 그때마다 그는 위기를 넘겼고 더욱 강해졌다. 이번에도 달라질 것은 없었다. 상황이 자신에게 불리하게 돌아갈 때는 물줄기를 바꾸면 그만이었다. 항상 그랬듯이.

∞

어의 차익서는 퇴궐하는 발걸음이 무거웠다. 원손의 병세가 완화되지 않는다면, 당분간 숙직을 피할 수 없었다. 행여 더 악화되기라도 한다면……. 거기까지 생각하고 차익서는 질끈 눈을 감아버렸다. 상상하고 싶지도 않았다.

정문을 통해 궁을 나서서 한참 동안 걸음을 옮겼다. 어둠이 내리기 시작한 육조 거리가 휑했다. 집 쪽으로 걸음을 옮기는데 한 사내가 바짝 따라붙었다. 차익서가 놀란 눈으로 돌아보았다. 상선내시의 마름 노릇을 하는 계목이라는 사내가 기분 나쁜 웃음을 짓고 있었다.

"어의 나리, 상선 어른께서 바로 뵙기를 원하십니다. 저랑 함께 가시지요."

"상선께서?"

사내는 성큼성큼 앞서 걸어갔다. 내키지 않았으나, 어의는 따라갈 수밖에 없었다. 상선내시 서승의 청을 거절했다가는 뒷일이 개운치 않을 것이었다.

계목을 따라간 곳은 궁에서 멀지 않은 여염집이었다. 차익서가 전에 가본 서승의 집이 아니었다. 그리 크지 않은 기와집 앞에 이르러 사내가 멈추었다.

"안으로 드시지요."

사내의 말투는 공손했으나 표정이나 태도는 위협적이었다. 차익서는 기가 죽지 않으려 일부러 헛기침을 하며 안으로 들어섰다.

집 안은 쥐 죽은 듯 고요했다. 등잔불 하나 켜져 있지 않았다. 대청마루의 어둠 속에서 음산한 목소리가 흘러나왔다. 서승이었다.

"오느라 고생하시었소."

차익서는 어둠을 짚으며 주춤주춤 목소리가 들려온 쪽으로 다가갔다. 눈대중으로 짐작하기에 서승은 마루 안쪽에 자리 잡은 듯했다. 차익서는 이상한 낌새를 차리고 걸음을 멈추었다. 마루 안쪽의 어둠 속에는 서승 혼자가 아니었다. 적어도 서너 사람의 숨소리가 섞여 있었다. 그는 앉을 곳을 찾지 못한 채 엉거주춤 서 있었다.

"상선 어른, 어찌 저를 부르셨습니까?"

"궁금한 것이 있소."

"말씀하시지요."

"원손께선 어떠하오? 차도가 있으시오?"

"그게……."

어의 차익서는 서승 앞에서는 고양이 앞의 쥐 신세였다. 그는 내의원에 들여오는 탕약의 약재 가격을 높여서 청구하고 약재상에는 제값을 지불하는 방식으로 그 차액을 착복하여 적지 않은 재물을 쌓았다. 그런데 약재상을 소개해준 이가 바로 상선내시 서승이었다. 어의에 제수되고 오래지 않아 서승을 따라간 유곽에서 궁중에 약재를 대는 이를 만났는데, 이후로 그는 서승과 한통속이 되어야만 했다.

"어찌 어의의 대답이 그리 뜨뜻미지근합니까?"

서승의 재촉에 차익서가 대답했다.

"원인을 알 수 없는 괴질입니다. 원손 아기씨의 회복을 장담할 수 없습니다."

"어허, 이거 큰일이로구먼. 원손께서 차도를 보이지 않으면 어의께서 화를 입을 텐데 말이오."

차익서는 아무런 말도 할 수 없었다. 상선내시가 원하는 바도 뚜렷이 알 수 없었고, 어둠 속에서 숨죽이고 있는 무리가 누구인지도 짐작할 수 없었다. 원손의 안녕이 걱정되어 자신을 이곳으로 부른 것이 아님은 분명했다. 어의가 복잡한 머리를 가누는 사이 서승의 날카로운 음성이 날아들었다.

"어의, 분명하게 말하게. 원손이 살 수 있는가, 없는가?"

차익서는 기어드는 목소리로 대답했다.

"하늘에 달렸습니다……."

그리고 나서 한참 동안 서승에게서는 아무런 말이 없었다. 여러 사람의 거친 숨소리와 질식할 것 같은 압박감이 차익서의 몸과 마음을 짓눌렀다. 얼마나 시간이 지났는지 몰랐다. 어쩌면 그리 오래지 않았는지도 모른다. 하지만 차익서는 다리에 힘이 풀려 주저앉고만 싶었다.

"알았소, 어의. 그만 돌아가시오."

차익서는 긴 안도의 한숨을 내쉬었다. 무사히 풀려났다는 사실만이 감사할 따름이었다. 그는 어둠을 향해 허리를 굽혀 보이고 돌아섰다.

어의 차익서가 떠나고 난 뒤 마루에 등잔불이 켜졌다. 상선내시 서승과 이조판서 김한로, 우참찬 김상구, 비변사 제조 정기량, 판의금부사 유경현의 모습이 나타났다. 판의금부사 유경현이 재미있다는 듯 말했다.

"잔뜩 꼬리를 내린 모습이 처량하기 짝이 없군."

서승이 말했다.

"원손의 상태를 장담할 수 없으니, 걱정입니다."

우참찬 김상구가 서승에게 물었다.

"상선, 원손의 상태를 알리자고 우리를 부른 것은 아닐 테지요?"

사람들의 눈이 서승의 입에 몰렸다. 서승이 말했다.

"예판 박문수 대감이 원손의 사부입니다. 이참에 내의원 제조까지 맡겨 원손의 건강을 책임지도록 함이 어떻겠습니까?"

그 말에 이조판서 김한로가 대꾸했다.

"그렇지 않아도 박문수 그자와 주상 전하 일가의 친밀함이 정도를 넘어섰는데 내의원 제조까지 맡겨 원손의 건강을 책임지게 하다니요. 상선께서는 도대체 무슨 생각입니까?"

"여기 계신 분들은 박문수 대감이 눈엣가시 아닙니까?"

서승의 노골적인 물음에 아무도 대답하지 않았으나, 부정하지도 않았다. 대청마루에 앉은 이들은 모두 노론으로, 조정을 장악하는 데 박문수가 항상 걸림돌이었다. 서승의 말이 이어졌다.

"어의의 말대로 원손의 건강은 하늘에 달렸습니다. 어떻습니까? 하늘의 뜻을 믿어보지 않으시렵니까?"

일종의 도박이었다. 박문수에게 내의원 제조를 맡겼는데 원손이 건강을 회복한다면, 그에게 날개를 달아주는 격이었다. 반대로 원손이 잘못된다면, 파직을 면치 못할 것이다. 비변사 제조 정기량이 서승에게 물었다.

"상선, 하늘의 뜻을 움직일 수 있습니까?"

서승이 의중을 파악하기 힘든 웃음을 지으며 대답했다.

"하늘은 늘 힘 있는 자의 편이지요."

대청마루에 모인 이들 모두가 고개를 끄덕였다.

∞

박문수는 왕의 명을 거역할 수 없었다. 노론 신료들이 너나없이 박문수를 내의원 제조로 추천하는 저의는 뻔했다. 만약 원손의 상태가 악화되거나 최악의 상황에 이른다면 박문수의 경력은 거기에서 멈출 것이다. 하지만 소론 신료들은 반박하거나 저항할 수 없었다. 원손의 회복을 위해 행정 능력이 탁월한 이를 내의원 제조로 추천하는 일에 반대하는 것은 불충의 죄를 짓는 것이었다. 원손이 병중에 있는 동안 내의원 제조를 맡는다는 것은 그만큼 왕이 신뢰한다는 뜻이었으나, 그것은 독이 든 술잔이었다.

어전 회의가 끝난 뒤에 좌찬성 배제학과 호조판서 윤찬종 등 소론의 지도자들이 어두운 표정으로 박문수에게 다가갔다. 하지만 박문수는 눈짓으로 그들을 물리치고 조용히 물러 나왔다. 관사로 가기 위해 궁궐의 남문으로 향하는데 동지경연사 홍봉한이 따라붙었다. 홍봉한은 세자의 장인으로, 원손의 외할아버지였다. 홍봉한이 말했다.

"대감께서 내의원 제조를 맡으시어 원손의 외조부로서 마음이 놓입니다."

홍봉한은 냉철한 인물이었다. 세자의 외척 세력을 흡수하려는 노론이 그를 포섭하려 애썼으나 그는 어느 쪽에도 치우치지 않는 태도를 견지했다. 사실 홍봉한이 세자의 장인이 된 것은 왕의 뜻이었다. 노론을 등에 업고 왕위에 오른 왕은 세자가 외척에 휘둘릴 것을 염려하여 정9품 하급 관리로 있던 홍봉한의 딸을 세자빈으로 세웠다. 당시에 그는 세자의 호위를 담당하는 세자익위사(世子翊衛司)의 세마로 근무했는데, 왕은 비변사에서 올린 여러 대갓집의 규수들을 물리치고 후보에도 없던 홍봉한의 딸을 세자빈으로 간택했다. 딸이 세자빈이 된 계해년(1743년) 이듬해에 정시문과에 급제하고 이후로 출세가도를 달린 것이 세자의 장인이라는 사실과 무관하지는 않았으나, 그는 왕의 의도를 정확히 파악했기에 권력과 거리를 두려 노력했다.

홍봉한의 말에 박문수가 대꾸했다.

"나는 주어진 책무에 충실할 뿐이외다. 원손 사부로서 원손이 병을 이기는 데 도움이 된다면 그것으로 족합니다."

홍봉한은 박문수를 오래전부터 존경했다. 박문수 역시 세자가 장인에게 의지하는 바가 컸기에 심적으로 홍봉한을 가깝게 여겼다. 홍봉한이 말했다.

"부디 원손께서 하루빨리 회복하시기를 바랄 뿐입니다."

박문수가 미소를 지으며 고개를 끄덕였다.

"그리될 겁니다."

두 사람은 궁궐의 남문 앞에서 헤어졌다. 박문수는 궁 밖의 예조 관사로 향하고, 홍봉한은 궁 안의 경연청으로 향했다.

그로부터 한 달여가 지난 6월에 궁문과 궁궐 내의 건물 벽에 왕의 부덕을 비판하는 괘서가 나붙는 사건이 발생하여 궁궐이 발칵 뒤집혔다. 시시때때로 왕과 조정의 실정(失政)을 꾸짖고 역성혁명을 부추기는 벽서가 시중에 나돌기는 했으나, 궁내에서 이런 일이 벌어진 것은 처음이었다. 당장 의금부가 수사에 착수했다. 다시 그로부터 며칠 뒤 범인이 붙잡혔다는 소식이 예조판서 박문수의 귀에 흘러들었다.

이른 아침에 출사한 박문수가 관청의 집무실에 있을 때였다. 참판이 들어서서 소식을 전했다.

"지난밤에 궁내에 괘서를 붙인 범인이 적발되었다 합니다."

"그래? 범인이 누구인가?"

"송도겸이라는 자입니다. 승전중금이라 하더이다."

"뭣이라?"

박문수의 눈이 커졌다. 이 무슨 해괴한 일인가. 범인이 송도겸이라 니! 그럴 리 없다. 무언가 잘못되어도 크게 잘못되었다. 박문수는 자리 를 박차고 일어섰다. 관아를 나서서 육조 거리 끄트머리에 있는 의금 부로 향했다. 의금부의 일에 예조판서가 나서는 일은 분명 월권행위였 다. 하지만 진범 여부를 가릴 확실한 방법이 있었다.

의금부에 이르렀으나 판의금부사 유경현을 만날 수 없었다. 판의금 부사와 대면하기를 재차 촉구하는 박문수에게 의금부 경력이 말했다.

"대감, 역모 사건입니다. 대감께 불똥이 튈까 염려되오니, 이만 돌 아가십시오."

죄인을 두둔하다가 한패로 몰릴 수 있으니 괜히 나서지 말고 잠자 코 있으라는 뜻이었다. 그렇게 말하는 경력은 얼마 전까지만 해도 박 문수의 수하로 있던 자였다. 경력이 한때 자신의 부하였다 하여 함부 로 대할 생각은 없었다. 박문수는 한 가지 분명하게 짚고 싶은 것이 있 을 뿐이었다.

"압송되어 온 중금의 필체는 확인했는가? 필체를 보면 괘서의 진범 인지 아닌지 알 수 있을 것이네. 글씨를 써보라 하게. 필체는 지문과 같아서 남이 내 것을 흉내 낼 수도 없고, 내가 남의 것을 베낄 수도 없 지 않는가."

경력이 난처한 표정을 짓고는 말했다.

"잠시 기다리십시오, 대감. 판의금부사께 말씀드리겠습니다."

박문수는 의금부 관사 안으로 들어서지도 못하고 문 밖에 서서 기다렸다. 동행한 참판이 연로한 박문수를 생각하여 안에서 기다리게 해달라고 청했으나, 도사들은 국문이 진행 중일 때는 엄격하게 출입을 통제한다는 대답만 되풀이했다. 한 식경이 조금 안 되어 조금 전의 그 경력이 나타났다.

"이 일을 어쩝니까, 대감? 죄인의 손가락이 모조리 부러져 글씨를 쓸수 없다 합니다. 우리 나장들이 좀 거칠어서 말입니다."

박문수는 피가 거꾸로 솟구치는 듯한 분노를 느꼈다.

"괘서와 벽서의 용의자를 추포했을 때는 필체를 확인하는 것이 기본 중의 기본이거늘, 그것도 하지 않고 송도겸의 손가락을 작살냈단말인가!"

박문수의 서슬에 압도된 의금부 경력이 꼬리를 내리고 머리를 조아렸다. 여기서 실랑이를 벌여보았자 아무 소용이 없었다. 박문수는 돌아서서 궁으로 향했다.

"내반원으로 갈 것이네. 자네는 이쯤에서 빠지게."

동행한 참판이 대답했다.

"대감, 괜찮으시겠습니까? 느낌이 좋지 않습니다."

박문수의 생각도 마찬가지였다. 분명하지는 않으나 괘서의 용의자송도겸 중금이 동궁전에 배속되어 있다는 사실이 마음에 걸렸다.

박문수는 입궐하여 내반원으로 향했다. 중금의 처소는 의금부 관원들이 수색을 하는 통에 쑥대밭이 되어 있었다. 박문수는 자리를 지키고 있는 중금에게 물었다.

"정중금께서는 어디 있는가?"

"의금부에서 소환하여 그리로 가셨습니다."

"괘서는 어디서 발견하였는가?"

"얼마 전 궁문 등에 괘서가 붙고 오래지 않아 의금부 관원들이 내반원의 집무실과 장번들의 숙소를 수색하던 중에 평소 송도겸 중금이 쓰는 이부자리 틈에서 발견되었다고 합니다."

"괘서를 발견할 때 중금들은 어디 있었는가?"

"의금부 관원들이 수색에 방해가 된다며 몰아내어 저희들은 죄다 밖에 있었습니다."

괘서가 금구에서 발견되었다는 사실부터 석연치 않았다. 역적질을 하면서 누가 그토록 중요한 것을 이불 따위에 숨겨둔단 말인가. 박문수는 문득 생각나는 것이 있어 중금에게 물었다.

"송도겸 중금이 입궐한 때가 언제인가?"

"무진년(1748년)입니다. 그해에 중금 취재가 있었습니다."

박문수는 예조로 향했다. 자신이 취재와 과거를 담당하는 예조의 수장인 것이 하늘의 뜻인 것만 같았다. 송도겸 중금이 중금 취재 때 제출한 시제의 답안을 보면 필체를 확인할 수 있을 것이었다.

"무진년의 중금 취재 때 송도겸이 제출한 답안을 찾아서 가져오게."

오래지 않아 참판이 박문수가 원하는 것을 찾아왔다. 서체가 유려했다. 박문수가 참판에게 일렀다.

"이것을 지금 당장 의금부로 가지고 가서 용의자가 죄인임을 증명하는 결정적 증거일 수 있다고 전달하게. 내가 내일 의금부로 가서 사실 여부를 확인할 것이네."

"네, 대감."

참판이 떠나자 박문수는 의자에 등을 기대었다. 피로가 밀려왔다.

∞

다음 날 오전에 박문수는 예조 관청으로 출사했다가 곧장 의금부로 향했다. 판의금부사를 만나기를 청했으나, 뜻을 이루지 못했다. 박문수를 피하는 기색이 역력했다. 하는 수 없이 전날 실랑이를 벌였던 경력을 붙들고 말했다.

"어제 예조참판이 죄인의 취재 답안을 증거로 제출했는데, 필체는 대조해보았는가?"

"예, 대감."

"어떻던가?"

"면밀히 검토해보아야겠습니다. 사안이 중대하니 시간이 좀 걸릴 것입니다."

"알겠네. 송도겸의 취재 답안은 국가 문서이니 나중에 꼭 돌려주시게."

곧바로 박문수는 궁으로 향했다. 내의원에 가서 어의를 만나 원손의 상태를 확인했다. 더 악화되지는 않았으나 좀처럼 부스럼이 줄지 않는다고 했다. 이어서 그의 발길은 동궁전으로 향했다.

걸음을 옮기는 내내 의문이 끊이지 않았다. 명백한 모함이었다. 중요한 문제는 왜 하필 동궁전에 배속된 승전중금을 제물로 삼았느냐 하는 것이었다. 노론에 적대적인 세자의 입지를 무너뜨리기 위해서일까? 일을 꾸민 자들은 왕으로 하여금 괘서 사건의 배후에 세자가 있을지도 모른다는 의심을 갖게 만드는 것만으로도 성공일 것이다. 아니, 어쩌면 딱 거기까지가 그들의 목적인지도 모른다. 원손의 탄생으로 화해 분위기를 탄 왕과 세자의 사이를 벌려놓는 것, 그것이 이 괘서 사건의 목적이다!

동궁전에 도착했다. 승전중금이 부재하기에 내시가 박문수의 도착을 알렸다.

"들라 하라."

세자의 표정이 무척 어두웠다.

"저하, 내의원에 다녀오는 길입니다. 아직 원손 아기씨의 병환에 차도가 없으나 어의들이 백방으로 애를 쓰고 있으니, 곧 회복하실 것입니다."

세자는 대꾸하지 않았다. 둘 사이에 침묵이 흘렀다. 박문수가 다시 입을 열었다.

"송도겸 중금이 취재 때 작성한 답안을 어제 의금부에 제출하였나이다."

그제야 세자가 눈길을 주었다.

"괘서의 필체가 다른 것이 확인되면, 역모의 혐의를 벗을 수 있을 것입니다."

하지만 세자는 고개를 저었다.

"대감은 참으로 순진하오. 지금 송도겸 중금이 죄가 있어서 의금부에 있는 것이라 생각하오?"

박문수는 말문이 막혔다. 세자의 말이 이어졌다.

"나와 가까이 지내서 그들의 미움을 산 탓이오. 아울러 나를 겁주려는 것이겠지. 세자야, 보아라. 너랑 친하게 지내는 사람들이 어떻게 되는지 똑똑히 보아라……."

반박할 수 없었다. 세자는 이번 괘서 사건의 내막을 제대로 파악하고 있었다. 박문수가 참담한 심정으로 말했다.

"저하, 그럴수록 더욱 분명히 저하의 뜻을 드러내셔야 합니다. 송도겸 중금의 억울함을 주상 전하께 고하고 송도겸 중금을 살리십시오. 그래야 그들이 세자 저하를 얕보지 않을 것입니다."

"대감, 내가 청한다고 아바마마께서 들어주실까? 아바마마가 그들과 한통속이 아니라고 누가 장담할 수 있겠소."

"그렇지 않습니다, 저하. 주상 전하께옵선 사리를 분명히 판단하고 시비를 가려주실 것입니다. 부디 용기를 내십시오."

"나는 더 이상 아바마마와 맞서고 싶지 않소. 이제 더는 그러고 싶지 않아."

"저하, 이대로 송도겸 중금을 죽이시렵니까?"

세자는 대답하지 못했다. 그는 고개를 숙이고 눈물을 흘렸다. 박문수가 강한 어조로 말했다.

"세자 저하, 고개를 드십시오. 저하께옵선 이 나라의 제왕에 오르실 분입니다. 만백성이 저하의 선정을 기다리고 있습니다. 부디 이겨내십시오. 괘서 사건의 시비를 가리시어 일을 꾸민 자들에게 본때를 보이십시오."

세자가 고개를 저었다.

"나는 못하오. 아바마마께서 역정을 내시고 크게 야단을 치실 것이야."

세자의 목소리가 기어들었고, 흐느낌이 더욱 거세졌다. 박문수는 맥이 빠졌다. 더 이상 할 수 있는 것이 없었다. 그는 세자의 울음소리가 잦아들기를 기다렸다가 절을 올렸다.

"세자 저하, 편히 쉬십시오."

뒷걸음질로 물러나 문을 여는데, 세자가 말했다.

"이 일로 대감의 마음이 나를 떠나는 것이오?"

박문수가 대답했다.

"신은 언제까지나 저하의 신하로 살 것입니다."

동궁전을 떠나는 박문수의 마음이 참담했다. 조정과 지방에 탐관과 간관이 가득한데, 정의가 점점 빛을 잃어가는데, 도무지 희망이 보이지 않았다. 박문수는 세자에게서 그 희망을 찾고자 했다. 지금은 비록 주상 전하의 눈 밖에 나 있으나 언젠가 찬연히 떨치고 일어나리라고 기대했다. 하지만 박문수는 차츰 자신감을 잃어갔다.

송도겸 중금은 그 이틀 뒤 국문을 받던 중에 죽음을 맞았다. 나장들의 강도 높은 고문을 견디지 못했다. 예조에서 의금부에 제출했던 송도겸의 취재 답안은 필체 감정을 하던 중에 등잔불이 옮겨붙어 재로 변했다. 판의금부사는 사건의 전말을 이렇게 고했다.

'중금 송도겸은 평소 왕실에 대한 반감을 키우던 중에 이를 괘서에 담아 궁의 서문과 북문, 나인들의 숙소 등에 붙였다. 죄인의 자백을 받지는 못했으나, 괘서가 죄인의 소지품에서 발견된 점을 미루어 역모를 꾀했음이 명백하다. 이에 죄인의 혈족 중에 부모에게는 사약을 내리고 형제는 관노와 관기로 삼는다. 아울러 중금부의 수장인 정중금 최헌직의 죄 역시 크나 그동안의 충절을 참작하여 파직은 하지 않고 스무 대의 장형에 처한다.'

15. 왕의 입을 대신하는 자

"이보게 지견이, 안에 있는가?"

도경술이 사랑으로 지견을 찾아왔다. 지견은 읽던 서책을 옆으로 치우고 방문 밖으로 나섰다.

"주인어른, 무슨 일이십니까?"

"오늘 오후에 지전에 나올 수 있는가? 자네와 긴히 상의할 일이 있네. 그리고 너무 집에만 틀어박혀 있지 말고 이참에 도성 구경도 좀 하고 그러게나."

"알겠습니다, 어르신."

지견이 도경술의 집에 머문 지도 벌써 석 달이 지나갔다. 하루에 한 시진 정도 도정윤이 목청 가다듬는 일을 돕고, 설영에게서 기별이 오면 도정윤과 동행하는 것 외에는 딱히 할 일이 없었다. 그래서 도정윤에게 부탁하여 서책을 잔뜩 얻어다가 글공부하는 것으로 소일했다.

지견은 그 무렵 이제 슬슬 떠날 때가 되었다고 생각하던 중이었다. 갈 곳이 있는 것은 아니었으나 이렇게 무작정 도경술의 집에 눌러 앉아 있을 수만은 없는 노릇이었다. 하루는 그런 생각을 도정윤에게 전했다. 그때 도정윤에게서 돌아온 답은 이랬다.

　"견아, 이제 너는 내 아우다. 네가 원할 때까지 이 집에 있어도 괜찮아. 아버님이나 어머님도 네가 이 집에 머무는 것을 좋아하신다."

　하지만 지견은 조금씩 마음이 급해졌다. 어떤 수를 써서든 궁에 들어가야 하는데, 도저히 방법을 찾을 수가 없었다. 도경술의 집이 편하기는 하나, 그럴수록 자꾸만 궁궐과 멀어지고 있다는 걱정이 앞섰다.

　그날 오후 지전에 도착하자, 도경술은 가까운 주막으로 향했다. 임금이 금주령을 내린 뒤에도 한동안 성문 안팎의 술집에서는 버젓이 술이 올랐으나, 최근 들어 밀주를 유통하던 무리들이 싹 사라진 덕분에 도성에서는 술이 자취를 감추었다. 도경술은 수육과 곡차를 시켜 지견과 주거니받거니 하다가 비로소 입을 열었다.

　"자네에게 상을 내려야 하는데, 어떤 상을 내려야 할지 결정을 못했네."

　"당치 않습니다, 주인어른. 상이라니요?"

　"아닐세. 우리 집이 자네에게 큰 은혜를 입었네. 윤이가 어릴 때부터 내성적이고 소심해서 걱정이 많았어. 목소리까지 그랬으니, 내 걱정이 어떠했겠는가? 그런데 자네를 만나고 윤이가 부쩍 어른스러워진 것은 물론이고 대장부다운 기질까지 갖추게 되었으니, 이 은혜를 어찌 모른

척하겠는가? 그러니 나의 청을 물리지 말게."

도경술의 뜻이 하도 완강하여 지견은 물리칠 수 없었다. 그래서 당장은 답을 하지 못하고 생각한 뒤에 알려드리겠노라고 말했다.

도경술과 헤어진 지견은 목멱산의 숙소로 돌아가기 전에 궁으로 향했다. 의정부 등의 관청이 있는 육조 거리 한가운데 서서 대궐의 문을 바라보았다. 수많은 사람이 분주히 오가는 가운데 수문장과 문지기 무사들이 정물처럼 꼿꼿이 서 있었다. 비록 연이은 난리에 의해 파괴되고 소실된 탓에 경복궁은 정궁으로서의 지위를 잃었으나, 그래도 조선 창업의 순간을 함께한 궁으로서 위용을 갖추고 있었다. 저기는 어떤 곳인가? 저곳에는 어떤 사람들이 머물고 있는가? 임금은 어떤 분인가? 딴 세상 같은 궁궐의 일상을 상상하며 지견은 눈을 감은 채 생각에 잠겼다.

그때였다. 무언가 둔중하고 무거운 것이 오른쪽 어깨를 치며 밀고 들어오는 바람에 지견은 그만 바닥에 나동그라지고 말았다.

"비키라는 소리를 듣지 못했느냐? 대작들이 오가는 대로 한가운데를 차지하고 있다니, 정신이 나간 것이냐?"

말을 탄 무관 하나가 고래고래 소리를 질러댔다. 그 뒤로 가마가 뒤따르고, 칼을 찬 무관들이 가마를 호위하고 있었다. 지견을 친 것은 말이었다. 지견은 무참한 기분으로 일어서서 옷의 먼지를 털었다.

"잠깐 멈춰라."

가마 안에서 목소리가 흘러나왔다. 가마가 땅에 내려지고 가마에서 붉은색 관복을 입은 노쇠한 관리가 모습을 드러냈다.

"예판 대감이시다. 머리를 숙여……."

말 탄 무관이 소리치는 것을 관리가 손짓으로 저지했다. 박문수는 지견을 눈대중으로 훑어보고 말했다.

"어디 상한 데는 없느냐?"

지견이 대답했다.

"괜찮습니다."

"말을 갑자기 세우는 것이 그리 만만치 않은 일일세. 그리하여 자네를 친 것이네. 하지만 무관을 대신하여 내가 사과함세."

박문수는 가마 쪽으로 향하려다가 무슨 생각이 난 듯 지견 쪽으로 돌아섰다. 그러고는 엉거주춤 서 있는 지견의 얼굴을 뚫어져라 쳐다보았다. 지견은 눈을 들었다가 예조판서와 눈길이 마주치자 얼른 시선을 내렸다.

"혹시 우리가 만난 적이 있더냐?"

지견은 눈을 들어 예조판서의 얼굴을 잠깐 훑었다. 처음 보는 얼굴이었다.

"오늘 처음 뵙습니다, 대감."

"그런가?"

박문수는 고개를 갸우뚱했다. 그러고는 지견을 한 번 더 일별하고 나서 가마 안으로 들어섰다.

가마가 떠난 뒤 주위 사람들이 수군거렸다.

"예판 박문수 대감이시구먼."

"여기서 저분을 뵙게 되는군 그려."

지견도 '박문수'라는 이름이 낯설지 않았다. 소금 장수로 변산과 한양을 오가던 시절 주막에서 관리들을 저주하는 장사치들을 여러 번 접했다. 그런데도 유독 박문수라는 관리에 대해서는 찬사를 아끼지 않았다. 임금의 특명을 받아 어사로 활동하면서 부패한 관리들을 여럿 적발하고 질서를 바로잡았다는 그 인물이었다. 만약 박문수 대감이 가마에서 내려 안위를 묻지 않았다면 지견은 몇 날 며칠 우울했을 것 같았다. 역시 듣던 대로 백성들의 신망이 두터운 명관이라는 생각이 들었다.

∞

그날 박문수는 사직단 부근을 정비하는 사업을 둘러보고 장악원에 들렀다가 입궐했다. 평소에는 가마를 이용하기 꺼렸으나, 최근 들어 몸이 약해진 탓에 어쩔 수 없었다. 가마를 탈 때는 무관을 앞세워야 했다.

왕은 두 해 전인 기사년(1749년)에 이어 세자에게 대리청정을 시켰다. 후계자의 제왕 수업을 명분으로 내세웠으나, 때가 좋지 않았다. 원손이 병환 중에 있고 동궁전에 배속되었던 승전중금 송도겸이 역모에 몰려 죽음을 맞은 것이 불과 보름 전이었다. 세자가 평소에 소론을 비호했다는 점을 내세워 노론 신료들은 노골적으로 세자를 공격했다. 이를 임금이 모를 리 없었다. 그런데도 왕은 세자를 노론 대신들의 표적으로 만들고 말았다.

임금은 탕평을 국가 운영의 주요 정책으로 표방했으나, 노론은 공공연히 발목을 잡았고 임금 역시 노론 쪽으로 기우는 결정을 내리고는 했다. 여기에는 임금이 노론을 등에 업고 왕위에 올랐다는 태생적인 굴레가 적잖이 작용했다. 이러한 구도를 타개하기 위해 임금이 애쓰고 있다는 사실을 박문수도 알았으나, 한편으로는 서운한 생각이 들지 않을 수 없었다. 그렇지 않아도 부왕 앞에서 잔뜩 주눅이 들어 날이 갈수록 수심이 깊어가는 세자에게 대리청정을 맡겨 노론 신료들 앞에 발가벗긴 채 세워놓은 꼴이었으니 말이다.

신료들과 함께 세자를 알현한 자리에서 박문수는 문벌 중심의 인사 정책을 개선할 것과 사색(四色)의 인재를 두루 등용할 것을 다시 한 번 주청했다. 사색이란 노론과 소론, 남인, 북인을 이르는 말로, 이들은 각각의 이해관계와 추구하는 학문에 따라 당파를 형성하고 있었다.

조선 붕당은 훈구와 사림에서 출발했다. 훈구가 저물고 사림이 서인과 동인으로 갈라졌다. 다시 서인에서 파생한 것이 노론과 소론이고, 동인에서 갈라진 것이 남인과 북인이다. 박문수는 소론 출신이나 각 당파가 힘의 균형을 이룰 때 조선의 정치가 발전하리라 믿었다. 박문수의 이러한 생각은 왕이 추구해온 탕평책과 일부분 맞아떨어지는 지점이 있었으나, 왕은 신료들이 형성한 세력이 강했기에 문벌을 무시할 수 없었고, 인재를 고루 등용하는 데에도 성공을 거두지 못하고 있었다. 따라서 사실 박문수의 주청은 하나마나한 소리였다. 그도 그러한 사실을 잘 알고 있었지만, 조금이나마 세자에게 힘을 보태기 위해 굳이 입을 열었다.

퇴궐하는 길에 박문수는 가마를 물리치고 천천히 걸음을 옮겼다. 육조 거리로 나서자, 입궐하기 전 무관의 말에 부딪혀 넘어졌던 청년이 떠올랐다. 왠지 모르게 낯익은 청년이었다. 분명 어디서 본 듯하였다. 하지만 아무리 기억 속을 헤매도 딱히 떠오르지 않았다. 그때 궁에서 출발한 파발마가 육조 거리를 내달렸다. 방향으로 짐작하건대 숭례문을 통해 도성 밖으로 빠져나갈 모양이었다.

박문수는 문관으로 관리직을 시작했으나, 이후에 무관 관직을 맡은 일이 더 많았다. 무신년(1728년)에 일어난 이인좌의 난 때 공을 세운 일이 그 출발점이었다. 그때 이후 주로 군정(軍政)과 관련된 직책이 소임으로 주어졌다. 정사년(1737년)에 병조판서를 다시 맡은 것도, 신유년(1741년)에 어영대장이 되었던 것도 무관을 자주 역임했던 경력의 연장선상에 있었던 일이다.

파발마가 달려가며 일으킨 흙먼지를 보면서 문득 생각나는 일이 있었다. 십 년 전이었다. 어영대장에 제수된 박문수는 그날 임금으로부터 관직을 하사받고 오늘처럼 천천히 육의전을 거닐었다. 의금부 도사와 나장들이 숭례문을 지나 급히 도성을 빠져나가고, 뒤이어 내금위 교관이 그들을 추적하듯 뒤따르던 그날의 장면이 떠올랐다. 그때 의금부 관원들의 행선지가 흥양 독골이라는 말을 듣고 괴이한 인연에 궁금증이 크게 일지 않았던가.

홍양 독골……. 현왕이 등극한 뒤 소론이 철퇴를 맞아 관직을 잃고 낙향하던 길에 칠장사에서 만났던, '불인지심'을 노래하던 그 수수께끼의 사내. 그가 살던 곳이 홍양 독골이라 했고, 그로부터 십수 년이 지나 의금부 관원들이 죄인을 추포하러 간다며 달려간 곳 또한 홍양 독골이었다. 남도의 그 머나먼 오지가, 그 일이 아니었다면 이 조선 땅에 그런 곳이 있는지도 모르고 살았을 마을이 두 번씩이나 자신의 인생에 끼어든 것이 과연 우연이었을까?

당시 박문수는 의문을 캐고자 그때 숭례문을 통과했던 내금위 교관 고경찬을 수소문했더랬다. 하지만 그날 그렇게 숭례문을 빠져나간 고경찬은 다시 나타나지 않았고, 무단 탈영으로 수배 중이라는 이야기만 돌아왔다. 박문수는 작년인 경오년(1750년)에 의금부의 수장인 판의금부사가 되었을 때 그 오랜 의문을 풀 기회가 있었다. 홍양 독골로 죄인을 추포하러 간다던 의금부 도사의 얼굴을 똑똑히 기억하고 있었기 때문이다. 허나 그사이 그때의 의금부도사 김영직은 정3품 병마첨절제사로 영전하여 지방 병참을 통솔하고 있었다. 의문을 풀겠다고 사사로이 접근할 위치가 아니었다. 구 년 만에 도사에서 병마첨절제사로 품계가 다섯 단계가 올랐다는 것은 든든한 뒷배가 있다는 사실을 의미했다. 괜히 궁금증을 풀겠다고 들쑤셨다가는 일을 키울 위험이 있었다. 게다가 내금위 교관 고경찬이 그 일 이후로 모습을 감춘 것으로 보아 박문수 자신으로서는 접근할 수 없는 어떤 일이 벌어진 것이 틀림없었다. 조정과 궁의 암투가 어제오늘 일이었던가. 흥양 독골에서 왔다던 그 의문의 사내에 대한 궁금증은 거기서 멈출 수밖에 없었다.

그랬는데, 오늘 육조 거리에서 마주친 청년이 그때의 기억을 되살렸다. 그 청년이 칠장사에서 만났던 흥양 독골의 사내를 떠올리게 했던 것이다. 벌써 이십칠 년 전의 일이었다. 같은 사람일 리 만무했다. 하지만 그냥 넘기기에는 음성과 분위기가 너무도 흡사했다. 박문수는 생각에 잠겨 있다가 고개를 흔들며 혼잣말을 했다.

"어허, 예순이 되어서도 호기심은 늙지를 않는구나."

그러고는 천천히 육의전 쪽으로 걸음을 옮겼다.

∞

도경술과 김일엽의 집에 중신어미가 들락거리기 시작한 것은 8월 중순부터였다. 오래지 않아 도성의 저잣거리에는 시전의 대상(大商)인 두 집안이 합친다는 소문이 파다했다. 혼례를 앞두고 혼수로 어떤 물건들이 오갈지를 두고 호사가들이 화제로 삼았다. 하지만 정작 도경술과 김일엽은 혼례를 소박하게 치르는 대신 잔치 음식을 넉넉히 해서 베풀자고 약조한 터였다.

무더운 나날이 이어졌다. 도정윤은 그 더운 날에도 소리 훈련을 그르지 않았다. 하루가 다르게 목소리에 힘이 붙는 것을 깨닫고는 재미를 들인 까닭이었다. 이제는 지견이 일일이 참견하지 않아도 되었기에 지견은 나무 그늘에서 책을 읽거나 집안 식솔들의 일을 거들면서 하루 하루를 보냈다.

8월 말일이었다. 아침나절에 시원하게 비가 퍼부어 기온이 조금 내려간 틈을 타 지견과 도정윤은 나귀에 몸을 싣고 길을 나섰다. 설영의 집을 방문하기로 한 것이었다.

"형님, 어른께서는 아직 뜻을 굽히지 않으셨습니까?"

지견의 물음에 도정윤이 답했다.

"어떤 부모가 아들이 입신양명하기를 바라지 않겠느냐? 역관으로 살았던 조부의 설움을 알기에 관직에 더욱 집착을 버리지 못하시는 게지."

얼마 전 도정윤은 아버지 도경술에게 자신은 문재가 부족해 학문에 뜻이 없으니 대를 이어 지전을 운영하겠노라고 의사를 밝혔다. 이전에는 목소리 때문에 사람 만나는 것이 두려워 엄두를 내지 못했으나, 이제는 사람들 앞에서 당당할 수 있어 오래전부터 품어온 생각을 전한 것이었다. 그 일로 부자는 실랑이를 벌이는 중이었다.

"설영 아씨께서는 형님의 뜻을 어떻게 생각하십니까?"

"내 뜻을 존중한다고 하더군."

"부군의 출세가 모든 아녀자의 바람일 텐데, 설영 아씨는 참 대범하십니다."

"그래, 나도 그리 생각한다. 나에게는 벅찬 여자다."

"복으로 아시고 귀하게 여기십시오."

"암, 그래야지."

설영의 집에 도착하자, 안주인과 설영이 두 사람을 반갑게 맞았다. 이제 열아홉인 설영은 꽃봉오리가 꽃잎을 열듯 하루가 다르게 미색에 빛을 더했다. 비록 상인 집안의 여식이기는 하나 고아한 자태는 여느 대가의 규수에게 뒤지지 않았다.

김일엽의 집은 도성 안에 위치하고 있어 도경술의 집만큼 넓지는 않았지만, 장독대 주변으로 작은 뜰이 있어 시간을 보내기에 적적하지 않았다. 설영과 도정윤이 뜰을 거닐며 도란도란 이야기꽃을 피우고 경란과 지견이 거리를 두고 뒤따랐다.

장독대에 이르자 설영과 도정윤이 자리를 잡고 앉았다. 설영이 지견을 돌아보며 말했다.

"이 도령께서도 함께 자리하시지요. 의형제지간이라면서 어찌 그리 뒤만 졸졸 따르시오?"

그러고는 경란을 향해 말했다.

"너도 이리 와서 앉거라."

네 사람이 장독대에 편한 대로 자리를 잡았다. 경란은 조금 전 설영의 말을 되새기다가 입을 열었다.

"아씨, 도련님이랑 지견 오라버니가 의형제지간이면, 나중에 지견 오라버니가 내 상전이 되는 거예요?"

그 말에 설영과 도정윤이 웃음을 지었다. 설영이 말했다.

"왜 이 도령께서 네 상전이 되면 안 되는 것이냐?"

경란은 새침한 표정으로 말이 없었다.

"그러면 너하고 나도 의자매를 맺으면 되지 않느냐?"

그제야 경란의 표정이 풀렸다.

"그럴까요, 아씨?"

경란의 반응에 설영과 도정윤이 다시 한 번 웃음을 터뜨렸다.

도정윤이 말했다.

"소저, 사실 지금 이 자리가 만들어지기까지 참 많은 일이 있었소이다."

그러고 나서 도정윤은 지견을 지긋이 바라보았다. 설영도 지견 쪽으로 시선을 던졌다.

"그 '일'이라는 것에 이지견 도령의 역할이 컸겠지요? 저도 이 도령께서 예사 사람이 아니라고 생각하던 중입니다. 뭐라고 할까…… 함께 있으면 마음이 푸근해져서 참 좋습니다만, 이 만남이 길지 않을 듯하여 늘 조바심이 납니다."

설영의 말에 도정윤이 고개를 끄덕였다. 그리고 말했다.

"지견이는 궁에 들어가고 싶어 합니다. 돌아가신 아버님의 유지라는군요."

자신을 두고 이야기가 오가는 것이 그리 편하지는 않았지만, 지견은 자리를 지킨 채 어정쩡한 웃음을 머금었다. 도정윤과 설영의 대화를 들으며 머리를 굴리던 경란이 끼어들었다.

"궁에서 남자라고는 임금과 그 자손 말고는 내시뿐이라던데……. 오라버니, 불알을 깔 참이야?"

경란의 원색적인 표현에 세 사람은 당황한 기색을 감추지 못했다. 도정윤이 헛기침을 몇 번 하고 나서 말했다.

"궁에 남자가 꼭 내시만 있는 것은 아니란다. 궁을 지키는 무관들도 있고 내의원의 의원도 있지 않느냐? 그리고 지견이가 나중에 벼슬을 하지 말란 법도 없지."

속내를 감출 줄 모르는 경란이 다시 입을 열었다.

"지견 오라버니, 그냥 도련님이랑 아씨랑 이렇게 함께 살면 안 돼?"

그 말에 도정윤과 설영의 눈길이 지견에게로 향했다. 지견은 심정이 착잡했다. 여염에 머물며 가까운 사람들과 정을 나누며 사는 것이 큰 행복이라는 사실을 지견도 깨달아가는 중이었다. 그래서 하루 속히 도경술의 집에서 나올 생각을 했었다. 더 지체했다가는 행복과 안위함에 그대로 눌러앉을 것만 같았기 때문이다. 지견은 목에 걸려 있는 장신구를 만지작거렸다. 아버지가 남겨준 물건이었다.

∞

9월로 접어들자 거짓말처럼 더위가 가셨다. 햇볕이 아직 따가웠으나 그늘로 숨을 만큼은 아니었다. 그동안 어디 숨어 있었는지 모를 고추잠자리가 나타나 눈앞에 아른거렸다. 지견은 점심을 먹은 뒤 노곤함을 이기기 위해 연못가에서 스승에게서 배운 태껸 동작을 취하며 땀을 흘렸다.

"이보게 지견!"

청지기 할아범이 다가왔다.

"무슨 일이십니까?"

"지전에서 일꾼이 자네를 데리러 왔네. 주인어른께서 급히 찾으신다 하네."

지견은 서둘러 채비를 하고 시전으로 향했다. 지견이 지전에 도착하자 도경술이 뛰어나왔다.

"사돈의 포목전에 중한 일이 있어 자네의 도움이 필요하네. 자네의 비범한 재능을 좀 빌렸으면 해."

도경술과 지견은 포목전으로 급히 향했다. 그러다가 포목전 앞에 이르러 도경술이 걸음을 멈추었다.

"지금 사돈이 큰 거래를 하기 위해 포목 도매상을 만나는 중이네. 자네가 모른 척 두 사람의 대화를 엿들으며 그가 믿을 만한 사람인가 아닌가 판별을 좀 해주게."

지견이 고개를 끄덕이고 포목전으로 들어섰다. 김일엽이 잘 차려입은 한 남자와 이야기를 나누는 중이었다. 지견은 벽면에 걸어놓은 비단을 살피는 척하면서 그들에게 다가갔다. 티 나지 않게 두 사람의 대화를 엿들으며 잠시 그들 곁에 머물렀다. 도경술도 손님을 가장하여 가게에 들어서서는 귀를 세웠다.

도매상이 가게를 떠나자 기다렸다는 듯이 도경술과 김일엽이 지견에게 다가왔다. 김일엽이 물었다.

"어떤가? 믿을 만한가? 청에서 들여오는 비단과 모시를 독점으로 공급해주겠다는데, 거래선이 안정적이라면 조금 값을 높이 불러도 거래를 할 참이네."

지견은 조금도 망설이지 않고 단호하게 말했다.

"저 사람과 일을 하지 않는 편이 좋겠습니다."

도경술이 물었다.

"왜 그런가? 선무당이 사람 잡는다고는 하지만, 내가 관찰한 바로는 이렇다네. 목소리가 작지 않고 호탕한 것이 작은 이윤 때문에 남을 속일 사람은 아니라는 판단이야."

지견이 대꾸했다.

"제대로 보셨습니다."

이번에는 김일엽이 물었다.

"그런데 왜 거래하지 말라는 건가?"

"저희 주인어른의 판단이 옳습니다. 하지만 그는 이제 곧 죽을 사람입니다."

"뭣이!"

도정윤과 김일엽이 동시에 소리를 질렀다. 지견은 두 사람을 번갈아 보고는 입을 열었다.

"안색과 입술의 빛깔이 창백함으로 보아 병세가 완연한 것이 첫 번째 이유입니다. 그리고 강하고 성량이 풍부한 좋은 목소리를 가졌지만, 어느 때에 자신도 모르게 쇳소리를 내고 흐름이 고르지 않은 것이 두 번째 이유입니다. 음성이 그리 변하는 것은 병 때문이기도 하고, 무언가를 숨기고 있기 때문이기도 합니다. 무엇을 숨기는 것일까요? 바로 자신의 죽음입니다. 그는 자신이 곧 죽음을 맞을 것이라는 사실을 알고 있습니다. 그래서 가지고 있던 포목을 몽땅 처분해서 돈으로 바꾸려는 것입니다. 주인께서는 안정적인 거래선을 원하시나, 그는 그 바람을 충족시켜줄 수 없는 처지입니다."

김일엽이 놀란 눈으로 도경술을 쳐다보았다. 도경술은 다소 빼기는 눈빛으로 고개를 끄덕였다. 도경술의 눈길이 지견에게로 향했다. 지견을 바라보는 그의 표정에 조금씩 쓸쓸한 기운이 스며들었다.

다음 날, 아침을 먹은 뒤에 도경술이 안방으로 도정윤과 지견을 불렀다. 부인은 자리를 피하고 세 사람이 마주 앉았다.

"지견이 자네, 어떤 상을 받을지는 생각해보았는가?"

"그동안 먹여주시고 재워주시고 보살펴주신 것만으로도 충분합니다, 주인어른."

도정윤이 대화에 끼어들었다.

"견아, 그게 무슨 소리냐? 아버님께서 너에게 보답하기 위해 마음을 쓰시는데, 어른의 마음을 물리치는 것도 도리가 아니다."

지견은 아무런 대꾸 없이 입을 다물었다. 잠시의 침묵이 흐른 뒤에 도경술이 말했다.

"윤이에게 듣자 하니, 궁에 들어가고 싶어 한다고?"

"예, 주인어른."

"왜 궁에 들고 싶은 것이냐?"

"저도 모릅니다. 제 아버님께서 그리 유언하셨습니다."

"그 유언은 꼭 지켜야 하는 것이냐?"

지견은 왜 아버지가 벽지의 심마니로 살아야 했는지 몰랐다. 어떻게 죽었는지도 몰랐다. 어디에 묻혔는지도 몰랐다. 아버지가 왜 그리 죽어야 했는지도 알 수 없었다. 그 모든 비밀을 알기 위해서라도 궁으로 가야 한다는 강한 직감이 들었다. 궁으로 향하는 지견의 마음이 아버지의 유언 때문만은 아니었다.

침묵이 길어지자 도정윤이 다시 끼어들었다.

"그래, 견아, 궁에 가렴. 하지만 내시가 될 것이 아니라면 무과든 문과든 의과든 시험에 통과해서 자격을 갖추어야 하지 않느냐? 그때까지 이 집에 머물면서 준비를 하거라. 그러면 좋지 않느냐?"

도정윤의 말이 옳았다. 자격을 갖추어야 한다면 좋은 환경에서 공부를 하며 준비하는 것이 최상의 방법이었다. 하지만 지견은 두려웠다. 더 머물렀다가는 이 집의 아늑함에 젖어 길을 잃을 것만 같았다. 이유를 알 수는 없으나, 지견은 자신의 삶이 이리 평탄하게 흘러가서는 안 된다는 생각이 들었다.

"그 길만 있는 것이 아니다."

도경술이었다.

"다른 길도 있다."

지견이 고개를 들어 도경술을 바라보았다.

"어쩌면 그 길이 너에게 가장 어울릴지도 모르겠구나."

"어떤……?"

"왕의 입을 대신하는 자, 중금이다."

지견의 눈이 커졌다. 아버지와 헤어지기 며칠 전 아버지가 고사를 빌려 들려준 가르침 속의 효명과 재운이라는 인물들이 바로 중금이었다. 지견은 뿌옇게 가려져 있던 자신의 앞날이 비로소 조금씩 선명해지는 느낌을 받았다.

$$\infty$$

도경술 부자와 지견은 후원의 별채로 자리를 옮겼다. 일부러 식솔들의 왕래가 뜸한 곳으로 옮겼다는 것은 이후 주고받을 대화가 은밀하다는 뜻이었다.

도경술이 입을 열었다.

"임금을 가장 가까운 거리에서 보필하는 직책으로 내시가 있고 중금이 있다. 중금은 어성을 대신하는 직책으로, 말하자면 '왕의 목소리'라 할 수 있지. 먼 곳에 왕의 뜻을 전할 때는 왕명을 문서로 만들고 옥새를 찍어 보내지만, 어전 회의 때 왕의 뜻이 각 신료에게 분명하게 전달되도록 하고 굳이 문서로 남길 필요가 없거나 문서로 남겨서는 안 되는 왕의 의중을 전할 때는 중금이 왕의 입이 된다네. 중금은 조직 체계상으로는 내시가 총괄하는 내반원 소속이지만, 사실상 독립적인 기관이라 할 수 있어. 중금이 되기 위해서는 먼저 좋은 음성을 타고나야 하고, 외모가 준수해야 하며, 학문 성취가 있어야 해. 왕을 근거리에서 보필하는 만큼 무예도 뛰어나야 하고, 출신도 분명해야 하지."

지견은 도경술의 이야기를 들으며 자신이 중금의 조건에 부합하는지 하나하나 따져보았다. 좋은 음성, 준수한 외모, 학문, 무예…… 여기까지는 그렇게 빠지지 않았다. 그러나 마지막이 문제였다. 출신! 지견은 호패도 없는 무적자(無籍者)였다.

도경술의 말이 이어졌다.

"중금이 궁 안에서 갖는 위치가 미비하나 분명 그들은 뛰어난 인재들임에 틀림없어. 대개의 관리와 양반은 문(文) 아니면 무(武) 둘 중 하나에 전념하지만, 중금은 문무를 겸비해야 할 뿐만 아니라 신체적 조건도 타고나야 하니 말이야. 그런데……."

여기까지 말하고 도경술은 지견과 눈을 맞추었다.

"윤이에게 듣기로 지견 자네의 학문적 성취가 높다고?"

지견이 대답했다.

"여기저기서 주워들었을 뿐입니다."

"그뿐만 아니라 청지기로부터 듣기로는 자네가 무예를 익히는 것 같다고 하던데……?"

지견은 아무런 대답을 하지 않았다. 도경술은 지견의 침묵을 수긍으로 받아들이고 고개를 끄덕였다.

"게다가 자네는 탁월한 음성을 지녔을 뿐 아니라 사람의 음성으로 상황을 판단하는 뛰어난 재능까지 갖추고 있지. 이 모든 것을 고려하건대 지견 자네는 중금이 될 수 있는 조건을 완벽하게 갖추고 있네."

지견은 짧게 한숨을 내쉬고 말했다.

"허나 주인어른, 저는 호패도 없는 신세입니다. 중금이 되기 위해서는 출신이 분명해야 한다고 하셨는데, 저는 그 조건을 갖추지 못했습니다."

"그래서 자네에게 묻겠네."

도경술의 음성에 힘이 들어갔다. 지견도, 도정윤도 긴장한 채 도경술의 다음 말을 기다렸다.

"자네의 아버지는 어떤 사람이었는가?"

드디어 올 것이 왔다. 지견은 눈을 감았다. 어디서부터 설명을 해야 할까? 거짓을 말할 수는 없었다. 도경술은 지견에 대해서 모종의 계획을 가진 듯했다. 과거를 거짓으로 꾸몄다가 나중에 일을 그르치면 도경술이 화를 입을 수 있었다. 고민 끝에 지견은 입을 열었다.

"제가 태어났을 때부터 제 나이 일곱에 헤어질 때까지 제 아버지는 심마니였습니다. 어느 날 아버지는 장에서 마을 유지와 시비가 붙었고, 그 며칠 뒤 저를 홀로 피신시키셨습니다. 저는 어린 나이에 산을 넘어 마을을 빠져나왔습니다. 이후로 아버지가 어떻게 되었는지는 모릅니다. 나중에 나이가 들어 어릴 때 아버지와 함께 살던 집에 찾아가보았으나, 아버지의 흔적을 찾을 수 없었습니다."

도정윤이 끼어들었다.

"그러면 견아, 너는 일곱 살 때부터 지금껏 혼자 살았던 것이냐?"

지견이 고개를 젓고 대답했다.

"마을에서 벗어난 지 며칠 지났을 때 우연히 소금 장사를 하는 어른을 만나 그분의 일꾼으로 따라다니며 자랐습니다. 그분 덕분에 지금의 제가 이곳까지 올 수 있었던 겁니다. 저는 그분을 할아버지라고 불렀습니다. 할아버지께서는 사 년 전, 그러니까 정묘년(1747년)에 세상을 떠나셨습니다."

이번에는 도경술이 물었다.

"자네 아버지가 심마니 일을 하기 전의 행적에 대해서는 아는 것이 없느냐?"

"없습니다. 아버지께서 일절 말씀이 없으셨고, 동네 어른들도 아버지에 대해서는 아는 것이 없는 것 같았습니다."

"어허, 기묘한 일이로다."

도경술이 난감하다는 표정을 지었다. 그러다가 다시 입을 열었다.

"그러면 글공부와 무예는 어떻게 익힌 것이냐?"

지견이 답했다.

"세 살 무렵부터 아버지는 저에게 한문과 언문(한글)을 가르치셨고 활쏘기와 검 다루는 법도 가르쳐주셨습니다. 그리고 아버지께서는 사람마다 음성의 결이 다르며, 어쩔 수 없이 목소리를 통해 의중이 드러난다는 사실도 알려주셨습니다. 혼자가 된 이후로 할아버지를 따라다니면서도 서책을 사서 틈틈이 글을 익혔고 소금 장수 일을 하며 만나는 사람들의 음성에 대해서도 생각을 많이 했습니다. 그리고…….”

여기서 지견은 잠시 말을 끊었다. 자신에게 무술을 가르치고 홀연히 사라진 스승이 떠올랐다. 한양으로 들어오기 전 나무 관을 짜서 땅에 묻어둔 스승의 단검도 떠올랐다. 그때도 그런 생각이 들었지만, 과연 자신과 스승이 단순히 우연으로 맺어진 인연인지 또다시 의구심이 고개를 들었다. 지견의 말이 이어졌다.

“……스승님이 한 분 계셨습니다. 할아버지가 돌아가시고 오래지 않아 제가 머물던 집으로 찾아와 활쏘기와 검술, 태껸을 가르치시고는 홀연히 사라지셨습니다.”

도경술 부자가 서로를 마주 보았다. 지견의 삶에는 지견 자신도 알지 못하는 강한 운명이 드리워져 있는 것만 같았다. 도정윤이 말했다.

“지견아, 너의 이야기를 듣고 보니 이런 생각이 드는구나. 지견이 네가 어떤 알 수 없는 힘에 이끌려 오늘에 이르렀다는 생각 말이다. 너의 아버님께서는 심마니 일을 하면서도 너를 훈련시켰다. 그리고 너의 스승이라는 분과의 인연도 예사롭지가 않다.”

지견의 생각도 다르지 않았다. 이전에는 생각지 못했으나, 자신이 쌓아온 모든 것이 중금이라는 역할을 수행하는 데 딱 들어맞는다는 사실을 깨닫고 난 뒤로는 지나간 시간과 인연이 누군가의 계획에 의해 이루어진 일인 것 같다는 생각이 들었다.

도경술이 물었다.

"어릴 때 자랐던 고향은 기억하느냐?"

"네, 주인어른. 남도 끝자락의 흥양이라는 고을에서 두 시진 들어가야 하는 독골이라는 바닷가 마을이었습니다."

"흥양 독골이라……."

수염을 만지작거리며 골똘히 생각에 잠겨 있던 도경술이 어떤 결단을 내린 듯 눈에 힘을 주고 말했다.

"지견 자네가 괜찮다면 믿을 만한 사람을 자네의 고향에 보내서 자네 아버님이 어떻게 되었는지 알아볼까 하네. 어떤가, 그래도 괜찮겠는가?"

지견은 도경술과 눈을 맞추고는 고개를 숙였다. 지견에게서는 아무런 답도 나오지 않았다. 잠시 뒤에 지견의 어깨가 들썩이기 시작했다. 소리를 안으로 삼키며 울먹이는 듯했다. 도정윤이 그 모습을 보고 지견의 등을 두드렸다.

"지견아, 그동안 맺힌 한이 얼마나 많았더냐……? 그래, 울거라. 실컷 울거라."

지견의 눈에서 떨어진 눈물이 방바닥에 후드득 떨어졌다.

16. 그날의 일

도경술의 별채에서 은밀한 대화를 나눈 이틀 뒤였다. 점심이 지났을 무렵 도경술이 중인 행색의 사내 한 명을 데리고 나타났다. 서른 중반에 몸이 다부지고 눈매가 날카로웠다. 지견은 그가 흥양 독골에 다녀올 사람임을 직감했다. 사내가 지견과 눈을 맞추고 말했다.

"방종현이라고 하오."

곁에 있던 도경술이 덧붙였다.

"벌써 오 년 넘게 우리 지전 일을 봐주고 있네. 청을 오가면서 물건을 들여오는 일을 하고 있지. 믿어도 되네."

방종현이 말했다.

"어른한테 신세를 진 일이 있어 충복이 되기로 했으니, 도령이 어른을 믿는 만큼 나를 믿어주시오."

그렇게 말해놓고 방종현이 미소를 지었다. 날카롭게 올라갔던 눈꼬리가 살짝 처지면서 금세 표정이 부드러워졌다.

"어떻소, 도령? 내 음성이 믿을 만한 사람의 것이오?"

방종현의 물음에 지견이 웃음을 지었다.

"의심과 조심성이 많고 쉽게 마음을 주지 않는 분이시라는 걸 알겠습니다. 그리고 목공 일을 좋아하신다는 것도요."

방종현이 깜짝 놀랐다.

"목소리로 사람의 취미도 알 수 있소?"

지견이 답했다.

"아닙니다. 옷에 톱밥이 묻어 있어 넘겨짚은 것입니다."

방종현이 자신의 옷매무새를 살폈다. 아닌 게 아니라 저고리 끝자락에 톱밥 몇 개가 붙어 있었다. 도경술과 방종현이 웃음을 터뜨렸다.

방종현이 말했다.

"오늘 당장 도령의 고향으로 갈 참이오. 도령의 아버님 성함이 어찌되오? 그리고 내가 주의할 것이 있소?"

"아버지는 이자, 용자, 술자를 쓰셨습니다. 이유는 알 수 없지만, 제 아버지께서는 저에게 다시는 고향으로 돌아오지 말라 이르셨습니다. 그러니까 저는 이 세상에 없는 존재여야 합니다."

방종현이 말없이 고개를 끄덕였다. 그러고는 도경술을 향해 힘주어 말했다.

"어른, 서둘러 다녀오겠습니다. 보름쯤 걸릴 겁니다."

"그럼 고생해주게."

방종현이 도경술과 지견에게 고개를 숙여 보이고는 자리를 뜨려 했다. 지견이 급히 그에게 말했다.

　"혹시…… 제 아버지의 묘소가 어디인지도 알아봐주실 수 있겠습니까?"

　방종현이 지견을 향해 미소를 지으며 고개를 끄덕였다. 지견이 허리를 굽혀 예를 올렸다.

　방종현이 사라진 뒤 지견이 도경술에게 말했다.

　"주인어른, 이리 마음을 써주셔서 고맙습니다. 이 은혜를 어찌 갚아야 할지요."

　"윤이와 의형제를 맺었다지?"

　"네, 어른."

　"윤이한테 자네 같은 동생이 생겨서 나도 기쁘네. 그러니 이런 일로 은혜 운운하지 말게나. 그리고……."

　도경술은 잠시 말을 끊었다가 다시 입을 열었다.

　"자네의 호적을 만들 참이야. 자네처럼 어려서 부모를 잃고 떠돌이 신세가 된 이들을 위한 제도가 있다고 들었네. 그런데 본관을 어디로 해야 할까? 혹시 마음에 둔 곳이 있는가?"

　지견이 답했다.

　"변산이 좋을 듯합니다. 어려서 만난 할아버지와 적을 두었던 곳입니다. 그곳이라면 저의 행적을 증명해줄 사람이 제법 있습니다."

　"잘됐군. 호적 문제는 어렵지 않게 해결할 수 있을 것 같아. 그리고 자네 오늘 저녁에 나랑 같이 어디 좀 가세."

지견이 고개를 들고 도경술을 바라보았다.

"어디……?"

"자네도 알다시피 나는 지전 꾸리는 것 말고는 별다른 취미가 없네. 그런데 딱 한 가지 빠지지 않는 모임이 있네."

"한 달에 한 번씩 다녀오시는 그곳 말씀입니까?"

"그렇지. 자네도 알고 있겠군."

지견은 어느 날 밤늦게 자신이 머무는 사랑으로 도경술이 찾아왔던 때를 떠올렸다. 이후로 한 달에 한 번 꼴로 도경술의 귀가가 늦어진다는 것을 눈치 채고 있었다. 그렇지 않아도 그 연유가 궁금하던 터였다.

"그리 숨길 일은 아니네만 그렇다고 드러내기도 좀 그런 모임일세. 나처럼 벼슬길이 막힌 사람들끼리 모여 지적 유희를 즐긴다고나 할까……. 전기수가 책을 낭독하고, 때로는 회원들이 자신이 아끼는 이야기를 들려주기도 하지. 이렇게 별일 아닌 모임이지만 회원들은 정체가 드러나는 것을 숨기려 얼굴을 가린다네."

지견이 궁금하여 끼어들었다.

"어찌하여 그러합니까?"

"책이라는 것이 때로는 위험한 물건이 되기도 하기 때문일세. 재미를 위해 이야기를 주고받지만, 그 이야기가 빌미가 되어 화를 입을지도 모르지 않는가."

어느 시대에나 필화(筆禍) 사건이 있었다. 조선 최초의 필화 사건을 만든 『설공찬전』이 대표적인 경우였다. 채수가 지은 『설공찬전』에는 '주전충 같은 사람은 지옥에 떨어진다'는 대목이 있는데, 주전충은 중국의 당을 무너뜨리고 후량을 건국한 장수였다. 그는 왕과 신하들을 죽이고 스스로 왕위에 올랐다. 그런데 당시의 조선 왕인 중종은 연산군을 폐위한 반정을 통해 왕위에 오른 인물이었다. 주전충을 욕하는 대목이 묘하게도 중종을 비판하는 모양새였다. 이후 『설공찬전』은 금서로 지정되어 모두 불태워졌다. 책쾌들 사이에 필사본이 돌고는 있으나 그 내용이 원전을 그대로 전하고 있는지는 의문이었다. 아무튼 『설공찬전』은 중종 당시에도, 그리고 이백여 년이 지난 지금도 여전히 위험한 책이었다.

지견이 고개를 끄덕인 뒤에 물었다.

"그런데 어찌하여 저를 그 자리에 부르시는 겁니까?"

"그 모임에 오는 이 중에 자네에게 도움이 될 만한 사람이 있는 것 같아서일세."

도경술이 지견을 돌아보며 말을 이었다.

"확실하지는 않으나, 그곳에 오는 이 중에 중금이 있지 않나 싶네. 중금은 과거 시험처럼 공개적으로 선발하는 직책이 아니기 때문에 연줄이 필요할지도 몰라서 자네를 모임에 데리고 가 인연을 만들어볼 셈이네."

지견은 도경술의 마음 씀씀이에 다시 한 번 탄복했다. 생각해보니, 도경술과 인연을 맺도록 해준 지전의 소동은 지견에게는 천운이나 다름없었다.

"주인어른, 이 은혜를 어찌 갚아야 할지 모르겠습니다."

"어허, 그런 소리 말래도."

도경술은 대수롭지 않다는 듯 헛기침을 하고는 멀어져갔다. 지견은 그의 뒷모습을 향해 허리를 굽혔다.

∞

하루가 다르게 해가 짧아지고 있었다. 경시(庚時, 오후 5시경) 전에 도경술의 집에서 출발하여 지전에 도착한 것이 유시(酉時, 오후 6시경)였는데, 벌써 해가 기울기 시작했다. 게다가 날이 저물면서 급격히 기온이 떨어지고 바람까지 심해졌다. 안주인이 솜옷을 챙겨주지 않았다면 고뿔에 걸려도 단단히 걸렸을 것이라고 지견은 생각했다.

한낮 동안 사람들로 북적였을 육의전은 가게들이 철시를 하면서 한산해졌다. 사람의 발길이 끊긴 장터는 을씨년스럽기까지 했다. 지전의 점원들도 가게 문을 닫을 준비를 하고 있었다.

"왔는가? 뜨거운 차 한 잔 하고 움직임세."

도경술이 지전에 도착한 지견을 맞았다. 점원이 내온 차를 들이켜자 금세 몸이 훈훈해졌다.

점원들이 가게를 떠나고 도경술과 지견도 거리로 나섰다. 두 사람은 개천(청계천) 쪽으로 방향을 잡았다. 개천을 따라 도성의 동쪽으로 향하다가 흥인문을 지났다. 오래지 않아 인가가 뜸해졌다. 인가가 끊긴 길을 걷다 보니 멀리 홍등이 보였다. 마치 길 잃은 객을 인도하는 것만 같았다.

"이 외진 곳에 저런 집이 있으리라고는 생각지도 못했습니다, 어른."

"저곳 이름이 '화원(花園)'일세. 꽃밭이란 뜻이지. 기생이 있는 집이기는 하나 일반 유곽과는 느낌이 조금 다를 것이네."

홍등 앞에 이르자 도경술이 걸음을 멈추었다. 그러고는 도포 자락에서 무언가를 꺼내 지견에게 내밀었다. 지견이 받아들었다.

"그것을 내가 하는 대로 착용하게."

도경술은 자기 것을 꺼내 지견에게 시범을 보였다. 그것은 얼굴을 가릴 크기 정도의 네모난 검정색 천이었는데, 두 귀퉁이에 작은 갈고리가 달려 있었다. 도경술은 갈고리를 갓의 챙에 걸었다. 그러자 갈고리로 이어진 부분이 아래로 처지면서 눈만 드러나고 하관이 가려졌다. 일종의 복면이었다. 지견은 도경술이 하는 대로 천에 달린 갈고리를 패랭이의 챙에 걸었다. 도경술이 말했다.

"이 복면에는 나의 얼굴을 드러내지 않겠다는 뜻과 다른 사람의 얼굴을 굳이 알려고 하지 않겠다는 뜻이 담겨 있네. 저 안에서는 아는 사람을 만난다 하더라도 아는 체하지 않는 것이 불문율이야. 자네도 명심하게."

"알겠습니다, 어른."

도경술이 크게 헛기침을 하자 홍등 걸린 집의 대문이 열리고 청지기인 듯한 사내가 고개를 내밀었다. 청지기는 도경술을 확인하고는 가볍게 목례를 했다. 복면을 했어도 얼굴을 알아보았다는 뜻이었다. '서로를 알아보고도 아는 체하지 않는다.' 지견은 이 모든 것이 광대놀음 같았다. 청지기가 지견에게 눈길을 주었다. 도경술이 말했다.

"내가 데려온 아이일세. 전기수의 재목이 있어 모임에 참석시킬 참이네. 행수에게 미리 기별했는데, 듣지 못했는가?"

그제야 청지기가 문을 활짝 열어젖혔다. 도경술이 먼저 안으로 들어서고 지견이 뒤를 따랐다. 청지기는 문을 지나는 동안에도 지견을 매서운 눈길로 쏘아보았다.

화원은 마당을 중심으로 모두 네 채의 별채가 서 있었다. 세 채의 별채에 호롱불이 밝혀져 있었다. 간간이 기생의 웃음소리가 흘러나와 귀를 간질였다. 흥청망청한다는 느낌은 없었다. 조곤조곤 이야기 나누는 소리가 들려올 뿐이었다.

마당을 지나 후원 깊숙이 들어가자 커다란 누각이 나타났다. 누각은 사방을 흰 천으로 둘러쌌는데, 바람에 날리지 않도록 천을 단단히 고정해둔 듯했다.

도경술과 지견이 누각으로 들어섰다. 누각 안에는 네 명의 남자가 앉아 있었다. 그들은 도경술과 지견이 들어서도 아무런 반응을 보이지 않았다. 그 자리에 있으나 존재하지 않는 것처럼 행동했다. 도경술과 지견 역시 그들에게는 투명인간이나 마찬가지였다.

누각 안은 조도가 무척 낮았다. 점점 단단해져가는 어둠 속에 호롱불 두 개만이 가늘게 흔들리고 있었다. 물 흐르는 소리와 바람에 천이 펄럭이는 소리뿐이었다. 누각 안의 사람들은 숨소리조차 내지 않았다. 이어서 몇 사람이 누각 안으로 들어왔으나 역시 어느 누구도 반응하지 않았다. 호롱불만이 사람이 들어설 때 따라 들어온 바람에 몸을 흔들 뿐이었다. 지견은 흔들리는 호롱불에 눈을 두었다. 그렇게 시간이 조금 지나자 묘하게도 마음이 가라앉고 머리가 텅 비는 느낌이었다.

호롱불이 다시 세차게 흔들렸다. 새로운 객이 온 모양이었다. 그때 지견은 도경술이 미약하게 동요하는 것을 느꼈다. 지견이 돌아보자 도경술이 이제 막 누각 안으로 들어선 이를 눈짓으로 가리켰다. 조심스럽게 도경술의 눈길을 따라갔다. 도경술이 말한 그 사내인 듯했다. 어쩌면 중금일지도 모른다는…….

지견은 곁눈질로 그를 훔쳐보았다. 정좌하고 앉은 그는 미동도 않은 채 허리를 세우고 눈을 감았다. 조도가 낮고 복면을 한 탓에 생김새를 알 수는 없으나 취하고 있는 자세만으로도 그가 남다른 인물임을 알 수 있었다.

침묵 속에 일각 정도의 시간이 흐르고 난 뒤에 중년으로 보이는 여인 한 명이 누각 안으로 들어섰다. 아마도 행수기생인 듯했다. 자태가 곱고 표정이 온화하며 동작이 기품 있었다. 정물처럼 꼼짝 않던 누각 안의 사내들은 그제야 자세를 고쳐 앉으며 반응을 보이기 시작했다. 그녀는 누각 안의 사내들을 둘러보고는 입을 열었다.

"벌써 또 한 달이 지났습니다. 이 월천도 세월을 피할 수는 없는지

시간이 쏜살같이 지나갑니다. 어릴 때는 하루가 그리도 길더니 요즘에는 눈 깜짝할 사이입니다. 하루보다 한 달이 더 짧고, 한 달보다 한 해가 더 짧습니다."

누각 안의 사내들이 고개를 끄덕였다. 그 와중에도 지견은 곁눈질로 중금으로 의심되는 사내를 훔쳐보았다. 다른 사내들과는 달리 그는 고개를 숙인 채 눈을 감고 있었다. 월천이라는 행수기생의 말이 이어졌다.

"곰곰이 생각해보았습니다. 왜 나이가 들면 하루가 짧아질까요? 그건 아마도 세상에 대한 궁금증이 희미해져서가 아닐는지요. 어릴 때는 세상 모든 것에 의문을 품고 간섭을 합니다. 그렇게 하루를 지내고 돌이켜보면 기억할 것들이 참으로 많습니다. 하지만 나이가 들면 어떤가요? 삶이 단조로워지고 기억할 일도 그리 많지 않습니다. 시간이 빠르게 지나간 것처럼 느껴질 밖에요. 사람이 늙어서 호기심이 약해지는 것이 아니라, 호기심이 약해져서 늙는 것은 아닐는지요. 이 자리에 모이신 분들은 참으로 멋지십니다. 여기 청독회에 모이신 분들의 진리를 향한 열정은 시간의 장벽을 뛰어넘게 할 것입니다."

월천은 잠시 숨을 고르며 자신을 둘러싸고 있는 사내들의 얼굴을 하나하나 일별했다. 지견의 예상과는 달리 술상이 들어오지 않았고 기생도 없었다. 도대체 무엇 하는 이들이기에 이렇게 맹탕 같은 자리에 모여들었을까? 지견은 자리를 함께한 이들의 면면이 참으로 궁금했다.

"책비와 전기수 음 선생께서 도착했습니다. 좋은 시간 보내십시오."

월천이 천을 들치자 댕기머리를 한 처녀 한 명이 장구를 들고 들어섰고, 뒤를 이어 백발의 노인이 들어섰다. 월천은 누각 밖으로 사라졌다.

　책비는 누각 안의 사내들과 마찬가지로 검은 천으로 하관을 가렸으나 음 선생이라는 노인은 얼굴을 드러낸 채였다. 노인은 백발일지언정 허리가 꼿꼿하고 키가 컸으며 어깨가 넓었다. 젊은 시절에는 기골이 장대했을 것 같았다. 그리고 지견은 책비가 댕기머리를 한 것이나 똘망똘망한 눈매로 보아 제 또래일 것이라고 짐작했다.

　음 선생이라고 불리는 전기수가 말했다.

　"지난번 이 자리에서 낭독해드린 『천주실의』는 아시다시피 청에 선교사로 온 서양 사람이 믿는 종교의 교리와 사상을 담은 것이었습니다. 그 내용이 우리의 실정과 맞지 않아 눈살을 찌푸리는 분이 더러 계시더니, 오늘 이 자리가 듬성듬성하군요. 청독회가 지(知)를 추구함에 있어 가림이 없다 하여 그 책을 택하였으나, 아무래도 이 천한 사람의 판단이 잘못되었나 봅니다."

　음 선생은 거기서 말을 끊고 시선을 아래로 내렸다. 그의 그런 행동에는 화원 누각에 모인 회원들의 처분을 기다린다는 뜻이 담겨 있는 듯했다. 음 선생의 말과 회원들의 반응으로 보아 지난번 모임에서 읽은 책의 내용이 조선의 풍속이나 질서에 반하는 것이었음을 짐작할 수 있었다.

　무거운 침묵이 흐르는 동안 지견은 회원들의 반응을 살피고 호롱불도 바라보다가 책비 처녀 쪽으로 시선을 던졌다. 마침 지견과 책비 처녀의 눈길이 마주쳤다. 지견은 눈웃음을 지어 보였다. 책비 처녀는 무안한 듯 시선을 피했다가 다시 지견을 바라보며 눈에 힘을 주었다. 오히려 무안해진 쪽은 지견이었으나 지견 역시 시선을 피하지 않았다. 어둠과 침묵 속에서 지견과 책비 처녀의 때 아닌 기 싸움이 시작되었다. 눈을 먼저 피하는 쪽이 지는 싸움이었다.

"우리는 책을 통해 넓은 세상을 경험하는 것뿐, 그 이상도 그 이하도 아닙니다."

오른쪽에서 목소리가 흘러나왔다. 지견은 자신도 모르게 목소리가 들려온 쪽으로 고개를 돌렸다. 도경술이 중금일지도 모른다던 바로 그 사내였다. 사내의 말이 이어졌다.

"최소한 이 자리에 모인 이들은 지난번 책에 거부감이 없는 듯하니, 음 선생께서는 편하게 생각하셔도 되겠습니다."

사내는 회원들의 동의를 구하는 듯 주변으로 시선을 던졌다. 누각에 모인 이들이 하나같이 고개를 끄덕여 동감을 표했다.

지견은 생각했다. 만약 중금이라는 자리가 사람의 음성에 등급을 매겨 선발하는 자리라면, 저이는 분명 중금일 수밖에 없다! 지견은 조금 전 자신의 가슴을 두드리고 지나간 사내의 목소리를 다시금 떠올리며 음미했다. 잔잔한 바람을 타고 하늘거리며 떨어진 가을 단풍이 호수에 떨어지는 장면이 연상되었다. 그 깃털처럼 가벼운 무게가 물결에 홈을 내어 파문을 일으키고, 동심원의 물결이 멀리멀리 퍼져 나가는 그런 모습이 떠올랐다. 있는 듯 없는 듯 자신을 드러내지 않으면서도 주변을 움직이는 그런 음성이었다. 지견은 눈을 뜨고 사내를 돌아보았다. 사내는 언제 그랬냐는 듯 다시금 눈을 감고 자신의 세계에 빠져 있었다. 그리고 지견이 시선을 다시 앞으로 향했을 때 책비 처녀와 눈길이 마주쳤다. 복면 위로 빼꼼 드러난 눈이 이렇게 말하고 있었다.

'내가 이겼다.'

∞

그날 전기수 음 선생이 골라 온 책은 『통감절요』였다. 지견으로서는 처음 접한 책이었다. 음 선생은 『통감절요』가 북송 시대의 사학자이자 정치인이었던 사마광이 지은 『자치통감』을 축약한 것이라고 소개했다. 『자치통감』은 중국 제왕의 연대기를 기록한 책으로 294권 분량의 방대한 역사서라 했다. 그것을 50권 정도로 줄인 것이 『통감절요』이다.

음 선생은 『통감절요』 3권에서 몇 대목을 택하여 낭독했다. 지견은 당 태종의 일화를 다룬 부분이 특히 인상적이었다. 수 문제의 치적과 정치인으로서의 성실함을 찬양하는 신하들 앞에서 당 태종은 이렇게 지적한다. 제왕(수 문제)이 모든 일에 간섭하여 결정하고 군신들에게 맡기지 않았다, 군신들은 오로지 제왕의 결정을 수행할 뿐이었다, 이런 식으로 정치를 해서는 군신이 제왕의 허물을 비판하는 간쟁이 있을 수 없다, 수가 딱 두 명의 왕을 배출하고 망한 것은 그 때문이다…… 사실 당 태종은 수 문제의 위상을 깎아내리면서 자화자찬을 하고 있다.

하지만 그의 말 자체가 틀린 것은 아니었다. 인재를 고루 등용하고 적재적소에 배치하며 공과에 따라 상벌을 내리면, 정치는 자연스럽게 옳은 방향으로 나아간다고 당 태종은 강조하고 있었다. 스스로를 무지렁이라고 평가하는 지견도 작금의 조선 정치가 어떻게 흘러왔고 흘러가고 있는지 모르지 않았다. 당쟁의 가장 큰 폐해는 인재가 큰일에 나서지 못하고, 왕과 신료들이 정치적 셈법에 따라 국사를 판단하게 된다는 것이었다.

하지만 사실 지견에게 가장 인상 깊었던 것은 『통감절요』가 아니라 책비 처녀였다. 음 선생이 낭독할 때 장구를 치며 추임새를 넣는 그 처녀를 보며 지견은 묘한 감정에 사로잡혔다. 음 선생이 소리 내어 읽은 책의 내용을 지견이 다 기억하지 못하는 것도 그 때문이었다. 지견은 모임 내내 책비 처녀에게서 시선을 떼지 못했다.

화원을 떠나 길을 되짚어 걸어오다가 종루를 지날 때쯤 도경술이 물었다.

"어떻더냐, 그 사내는?"

내내 책비 처녀에 대한 생각에 흠뻑 빠져 있던 지견이 화들짝 놀라 답했다.

"아 네, 주인어른의 생각이 틀리지 않다고 생각합니다. 목소리뿐만 아니라 몸가짐이나 뿜어내는 기운이 예사롭지 않았습니다."

"처음 그 사람의 음성을 들었을 때, 그 기운이나 음색에 무척 놀랐다. 지금까지 살아오면서 그런 종류의 목소리를 딱 두 번 들었다."

"나머지 한 사람은 누구입니까?"

"너다."

지견은 조금 전 중금으로 의심되는 사내와 자신의 목소리를 비교해 보았다. 타고난 부분은 자신이 우위에 있을 줄 모르나 절제되고 한결같은 발성은 그를 따를 수 없다고 판단했다. 좋은 음색을 타고났을 뿐만 아니라 오랜 훈련을 거친 것이 분명했다.

지견이 물었다.

"그런데 주인어른, 어른께서는 왜 그 사람이 중금일 거라 생각하셨습니까? 음성 때문이었습니까?"

"그것 때문만은 아니다. 원래 전기수 음 선생은 사내를 제자로 데리고 다녔다. 제자 역시 사람을 홀릴 만큼 목소리가 좋았지. 그런데 한 삼년 전 어느 날부터 더 이상 제자는 보이지 않고 음 선생 혼자 나타나더군. 궁금해서 금기를 깨고 음 선생에게 제자는 어떻게 되었느냐고 물어보았다. 그랬더니, 좋은 인연이 닿아 궁에 들어갔다고 했어. 목소리 좋은 사내를 일부러 내시를 만들 이유는 없지 않겠느냐? 그래서 청독회 회원 중에 음 선생 제자의 목소리를 탐낸 이가 있을 것이라고 짐작했다. 그리고 바로 그이의 음성을 듣고는 그가 중금일지 모른다고 생각했던 거지."

지견이 고개를 끄덕이다가 입을 열었다.

"그런데 주인어른, 『천주실의』는 어떤 책이었습니까?"

도경술이 걸음을 멈추었다. 그러고는 주변을 살폈다. 어둠에 잠긴 거리에 인적이라고는 자신과 지견 둘뿐이었건만 그는 목소리를 낮추었다.

"천주님이라는 신을 믿는 서양 선교사가 전도를 목적으로 쓴 책이다. 그런데 그 내용이 대단히 혁명적이었다."

거기서 잠시 말을 끊은 도경술은 다시 걸음을 옮기며 입을 열었다.

"세상의 모든 사람이 평등하며, 애(愛)를 실천하는 자만이 천국이라는 사후의 세상에 이를 수 있다는 내용이었다. 반상(班常)을 따지는 조선의 질서에 반하는 이야기가 실려 있어서 그날 청독회에 참석했던 이들 중에 불편해하는 사람이 많았다."

"조정이 알면 화를 입을 것입니다, 주인어른."

"그래서 나도 걱정이다. 오늘 보니, 절반 가까운 사람이 나오지 않았더군. 위험을 감지한 게지."

"어른께서는 『천주실의』의 내용을 어떻게 생각하십니까?"

도경술은 곧바로 답하지 않고 밤하늘의 달을 바라보았다. 그렇게 천천히 걸음을 옮기다가 말했다.

"사람이 바르게 산다는 것이 무엇일까? 벼슬을 얻고 재물을 얻어 명망을 얻으면 바르게 사는 것일까? 세상을 등지고 혼자 수양을 쌓으면 그게 바르게 사는 걸까? 지견이 자네, 내가 가장 기분 좋을 때가 언제인지 아느냐?"

지견은 도경술의 다음 말을 기다렸다.

"지전의 일꾼들과 집의 하인들에게 새경을 줄 때 그들이 기뻐하는 것을 보는 즐거움이 가장 크다. 그들이 기뻐하는 이유가 약간의 재물이 생겨서이겠지만, 길을 가다가 돈을 줍는 횡재를 한 사람은 그런 표정을 짓지 못할 것이야. 그들이 기뻐하는 진정한 이유는 정당한 대가를 받기 때문이지. 열심히 일하고 그에 합당한 대가를 받고 그것으로 살림을 꾸리는 것이 사람답게 사는 모습이고 바르게 사는 태도이지. 그런데……."

다시 도경술의 말이 끊겼다. 그는 말을 하며 생각이 점점 많아지는 듯했다.

"이 세상에는 사람답게 살지 못하는 이가 너무도 많아. 『천주실의』의 내용을 어떻게 생각하느냐고? 온전히 그들의 생각이 옳다고 보지는 않지만, 나는 그런 세상을 꿈꾸고 있다."

지견은 도경술이 범상치 않은 사람이라고 생각해왔지만, 그를 다시 보지 않을 수 없었다. 하지만 세상은 도경술과 같은 생각을 가진 사람을 위험한 존재로 여겼다. 그러고 보니 지난번에 『천주실의』를 접하고도 오늘 청독회에 다시 나온 사람들도 마찬가지 부류들이었다. 임금의 사람인 중금이 그런 자리에 나온다는 것은 더더욱 위험한 일이었다. 지견은 중금 사내가 더욱 궁금해졌다.

∞

방종현이 흥양으로 떠난 뒤로 시간이 더디 흘렀다. 이제 겨우 나흘이 지났을 뿐인데, 지견은 벌써부터 조바심이 났다.

도정윤은 매일 아침 아버지 도경술과 함께 지전으로 향했다. 본격적인 경영 수업이 시작된 것이었다. 지견은 오전에 글공부를 하고 오후에는 무예 수련을 했다. 도경술의 집이 넓어서 활쏘기 훈련을 하기에도 넉넉했다.

　이틀 뒤 지견은 아침 일찍 집을 나섰다. 도성으로 들어오기 전에 한강변의 수풀에 감추어둔 단검을 찾아오기 위해서였다. 성문을 지나며 검문에 걸릴지 몰라서 일부러 두툼한 솜을 넣은 괴나리봇짐을 준비했다.

　그사이 한강변의 풍광이 변해 있었다. 산하(山河)는 나날이 모습을 달리하는데 지견 자신은 같은 모습으로 머물러 있는 듯하여 마음이 급해졌다. 수풀을 헤치며 오래지 않아 단검을 넣어둔 상자를 묻은 곳을 찾아냈다. 손으로 모래를 파내었다. 나무 상자는 많이 삭았으나 안의 단검은 그대로였다. 지견은 주변을 둘러본 뒤 칼집에서 단검을 뽑았다. 시퍼런 날이 처음 모습 그대로 살아 있었다.

　한강의 물결을 바라보았다. 변산을 떠나 도성에 자리 잡은 때가 지난해 겨울이었다. 곧 일 년이 다가왔다. 그 시간 동안 참 많은 일이 있었다.

　'주인어른과 형님을 만나지 못했다면 나는 지금 어떻게 되었을까?'

　어쩌면 부랑자로 이곳저곳 떠돌고 있을지도 몰랐다. 그 생각을 하면 아찔했다. 도경술과의 인연이 참으로 고마웠다. 그리고 보면 지견은 소중한 인연으로 여기까지 올 수 있었다. 독골을 떠나 천애고아가 되었을 때 강치복을 만나지 못했다면, 굶어 죽었거나 노략질을 일삼는 무리에게 붙잡혀 노비로 팔렸을지도 몰랐다. 스승님은 어떠했던가? 강치복이 떠난 빈자리를 채워주었을 뿐만 아니라 살림을 보살피고 무예까지 전수해주었다. 지견은 갑자기 스승이 그리워져 다시금 단검을 뽑아보았다. '고(高)'라는 글자가 참으로 살갑게 다가왔다.

지견은 괴나리봇짐의 솜 사이에 단검을 숨기고 일어섰다. 지견의 등 뒤로 물결에 부서진 햇빛이 금가루처럼 반짝였다.

그로부터 아흐레 뒤 방종현이 돌아왔다. 방종현이 약속한 보름이 다가오자 지견은 대문이 삐걱거리는 소리만 들려도 부리나케 출입문 쪽으로 내달리고는 했다. 보름째가 된 날은 아침부터 안절부절못했다. 글이 눈에 들어오지 않았고, 검을 휘둘러도 감흥이 없었다. 시위를 떠난 화살은 자꾸만 과녁을 빗나갔다. 저녁이 다 되어서도 방종현이 나타나지 않자 지견은 침울해지기까지 했다. 그런데 해가 기울고 나서 도경술 부자와 함께 방종현이 집으로 들어섰다. 방종현은 상경하자마자 지전으로 먼저 향했던 것이었다.

세 사람이 대문을 지나기 무섭게 지견이 달려오는 것을 보고 도경술이 방종현에게 말했다.

"벌써 며칠 전부터 저러고 있네. 바람에 대문이 흔들리기만 해도 부리나케 달려가더군."

그 말에 방종현이 웃음을 지었다. 지견이 다가가 넙죽 절을 했다.

"고생 많으셨습니다. 그간 몸을 상하지는 않으셨는지요?"

"고생은 무슨. 도령 덕분에 조선 팔도 유랑 잘하고 왔소이다."

이어서 네 사람은 지견이 기거하는 사랑에 자리를 잡았다. 도경술이 방종현에게 말했다.

"자, 이제 지견이 궁금해할 이야기를 풀어놓거나."

"예, 어른."

방종현은 물 한 사발을 들이켜고는 이야기를 시작했다.

"표면적인 사건은 장터에서 남사당패의 공연 도중에 지견 도령의 아버지가 흥양 지주인 신제창과 시비가 붙으면서 시작되었습니다. 신제창이 여성 역할을 맡은 예인(藝人)을 희롱하자 지견 도령이 따졌고, 신제창이 지견 도령에게 폭력을 가하려는 찰나에 아버지인 이용술이 그를 저지하면서 신제창은 많은 사람 앞에서 큰 창피를 당했습니다. 신제창은 아주 돼먹지 않은 인간으로, 관아에 고변하여 지견 도령의 아버지에게 벌을 내리려 했습니다. 신제창과 한통속인 현감 한칠응은 지견 도령이 사는 독골 마을로 포졸과 병방 등을 파견했습니다……."

지견은 그때의 일이 바로 어제의 일처럼 생생하게 떠올랐다.

"……그런데 지견 도령 아버지의 무예가 워낙 뛰어나 포박에 실패했습니다. 제 생각에는 그 무렵에 지견 도령의 아버지가 지견 도령을 피신시킨 것으로 보입니다. 나중에는 현감이 고용한 무사들까지 동원되었으나 그 역시 통하지 않았다고 합니다."

도경술이 끼어들었다.

"어허, 죄를 키운 게로군. 관아에 가서 시시비비를 가리면 될 것을 너무 과하지 않았는가. 좀 억울한 일이 있더라도 어린 자식을 생각해서 참았어야지, 쯧쯧."

방종현이 말했다.

"그게 꼭 그렇지만은 않습니다, 어른. 포졸들과 대치하기를 몇 날 며칠이 지났을 때, 의금부 도사와 나장들이 지견 도령의 아버지를 잡겠다고 도착했다고 합니다."

"의금부? 아니, 의금부가 왜?"

"이 일이 벌어지기 오래전이었습니다. 하루는 갓 약관이 지난 것 같은 부상 하나가 신제창을 찾아가 귀한 물건들을 넘겼다고 합니다. 신제창이 보기에도 예사롭지 않은 물건들이어서 등짐 통째로 사들였지요. 나중에 그 물건들이 민가의 것이 아니라 궁에서 나온 것이라는 사실을 알게 되었습니다. 하지만 그 부상은 이후로 나타나지 않았습니다. 그런데 그로부터 이십 년이 지나 그 부상이 모습을 드러낸 것입니다. 바로 지견 도령의 아버지입니다."

도경술과 도정윤의 눈이 커졌다. 지견도 놀란 눈으로 방종현을 쳐다보았다. 무거운 침묵을 깨고 도정윤이 혼잣말을 하듯 입을 열었다.

"이십 년 전 궁에서 만든 물건들을 통째로 팔아넘긴 사람이 있었다. 그런데 궁궐과 관련이 있는 그 사람이 이십 년 동안이나 자신의 신분을 감추고 외진 마을에서 심마니로 살았다……. 신제창이나 흥양 현감으로서는 큰 공을 세울 기회가 생긴 거로군요."

"그렇습니다, 도련님. 현감은 현감대로 공을 세울 요량으로 포졸들을 파견했고, 신제창은 도성의 힘 있는 아무개에게 연락을 취한 것이었습니다."

이번에는 도경술이 방종현의 말을 받았다.

"그랬더니, 의금부 도사와 나장들이 득달같이 달려왔다?"

방종현이 지견을 향해 말했다.

"지견 도령, 도령 아버지의 원래 이름은 이용술이 아니었을 것이오. 흥양 독골로 스며들기 전 엄청난 사연을 가진 것이 분명하오. 하지만 흥양과 독골의 어느 누구도 도령 아버지의 과거에 대해서는 알지 못했소. 딱 한 사람, 도령의 어머니가 처음 독골에 찾아왔을 때 받아준 남원댁이라는 여인이 있었으나, 이 세상 사람이 아니었소."

지견이 어두운 음성으로 말했다.

"제가 이모님으로 따르던 분입니다. 남원댁 이모님께서는 어떻게 돌아가셨는지요?"

"도령의 아버지가 변을 당한 직후 의금부 도사들이 독골 주민들을 취조한 끝에 남원댁의 집으로 들이닥쳤다 하더군. 하지만 집은 텅 비어 있었다고 하오. 그 다음 날 물에 퉁퉁 불은 남원댁의 시신이 바닷가에서 발견되었소. 독골 주민들 말로는 절벽에서 바다로 뛰어내린 것 같다고 하더군요."

방종현의 말을 도경술이 받았다.

"절대 밝혀져서는 안 될 비밀을 지키기 위해서 스스로 목숨을 버린 것일까……?"

지견은 아찔했다. 왜 남원댁 이모님은 스스로 목숨을 버리셨을까?

피붙이도 아닌 이의 무엇을 지키겠다고 그런 선택을 하셨을까? 지견의 눈시울이 붉어졌다. 지견이 물었다.

"제 아버님께서는 어떻게 돌아가셨습니까?"

방종현이 답했다.

"자결하셨소. 몇 날 며칠 동안 물 한 모금 마시지 않고 포졸들과 대치하던 도령의 아버지는 의금부 도사와 나장들이 나타나자 스스로 목젖에 검을 겨누었다고 하오."

지견의 음성에 울음이 섞여들기 시작했다.

"아버님의 묘소가 있습니까?"

"의금부 도사들이 도령 아버지의 시신을 소금에 절여 도성으로 옮기려 했으나, 그날 밤 한 무사가 관아에 나타나 포졸들을 때려눕히고는 도령 아버지의 시신에 불을 붙였다 하오. 아마도 얼굴을 알아보지 못하도록 손을 쓴 것이겠지. 당시를 목격한 나졸의 증언에 의하면 그 무사는 도령 아버지의 시신에 예를 표하고 떠났다고 하오. 내 생각에 그 무사는 도령 아버지의 편에 선 사람으로 여겨지오. 의금부 관원들이 떠나고 난 뒤에 그을린 시신이 관아 마당에 방치되어 있었으나 독골 주민들이 시신을 내달라고 사정사정하여 현감이 결국 내주었다고 하오. 이후 독골 주민들은 제대로 장사를 지내고 화장을 하여 도령 어머니의 무덤가에 재를 흩뿌렸다고 합디다."

"크흑!"

지견은 참고 참던 울음을 터뜨리고 말았다. 들썩이는 지견의 어깨를 도정윤이 포근히 감싸주었다. 지견의 울음이 잦아들자 도경술이 말했다.

"이 일은 무덤까지 가지고 가야 한다."

그러고 나서 방종현에게 말했다.

"뒤를 잡힐 일은 없겠지?"

"어른을 뵙기 전에 개성 제일의 사기꾼으로 이름을 날리던 저이지 않습니까? 염려 놓으십시오."

방종현의 말에 도경술이 고개를 끄덕이고는 지견에게 말했다.

"지견이는 좀 쉬어라. 내일 다시 이야기하자."

도경술 부자와 방종현이 일어섰다. 지견은 앞으로 고개가 꺾인 채 미동도 하지 않았다.

밖으로 나와 후원 쪽으로 걸음을 옮기던 도경술이 입을 열었다.

"역모죄를 쓴 이의 소생일까?"

도정윤과 방종현은 함부로 대답하지 못했다.

"이 세상에 이 일을 아는 사람은 지견과 우리 세 사람뿐…… 그것으로 되었다."

달을 올려다보는 도경술과 도정윤, 방종현의 표정이 무거웠다.

17. 정중금 최헌직

신미년(1751년) 가을의 막바지였던 11월에 지견은 도경술을 따라 청독회에 세 번째 참석했다. 음 선생이 『천주실의』를 낭독한 이후로 열네 명이었던 회원이 절반으로 줄었다고 했다. 11월에는 두 사람이 더 이탈했다. 공을 세우겠다고 청독회를 고변하는 이가 나올지도 모른다는 두려움 때문이었다. 남은 이는 도경술과 중금 사내, 중인 행색의 남자 둘, 늘 삿갓을 눌러쓰고 나타나는 승려 차림의 남자 그리고 지견뿐이었다. 승려 차림의 남자는 항상 대나무 막대를 들고 다녔는데, 행색이 그러할 뿐 도저히 승려로 보이지는 않았다.

그날 모임의 말미에 음 선생이 제안을 했다.

"올겨울은 유난히 추위가 심할 듯합니다. 그리고 우리 청독회의 사정이 그리 좋지 않으니 겨울 동안은 모임을 쉬는 것이 어떨까 합니다. 내년 3월 보름에 다시 만나는 것이 어떻겠습니까?"

특별히 반대하는 사람이 없었다. 12월부터 이듬해 2월까지 삼 개월 동안 임시 휴업이었다. 지견은 그런 상황이 아쉬웠다. 가슴이 텅 비는 것 같았다. 도대체 무슨 까닭일까? 그새 이 모임에 정이 들어버렸나? 모임이 끝나고 책비 처녀가 장구를 들고 누각 밖으로 사라지는 것을 보면서 그제야 지견은 깨달았다. 저 여인을 볼 수 없기 때문이구나! 지견은 자신의 마음을 깨닫고는 화들짝 놀랐다.

집으로 돌아가는 길에 지견이 도경술에게 조심스럽게 물었다.

"음 선생이 기거하는 곳을 아십니까?"

도경술이 지견의 얼굴을 일별하고는 말했다.

"도성 밖 무악재 너머에 산다는 이야기는 들었으나, 정확한 거처는 모른다. 음 선생은 도성에서 알아주는 전기수여서 찾는 사람이 많지. 육의전의 책방에 기별하면 음 선생에게 전달된다고 들었다. 그런데……."

잠시 말을 끊었던 도경술이 지견 쪽으로 고개를 돌리고 말했다.

"음 선생이 궁금한 것이냐, 책비가 궁금한 것이냐?"

"예?"

"네가 책비를 유심히 쳐다보는 것을 알고 있었다."

지견은 너무나 부끄러워서 쥐구멍에라도 숨고 싶은 심정이었다. 어쩔 줄 몰라 하는 지견을 보면서 도경술은 너털웃음을 터뜨렸다.

"허허허허, 총각이 처녀 좋아하는 것이 무어 부끄러운 일이더냐. 하지만……."

다시 말을 끊었다가 도경술이 입을 열었다. 조금 전과는 달리 음색이 처져 있었다.

"그 마음을 묻어두는 것이 좋을 것이다."

지견이 달빛 아래에 드러난 도경술의 얼굴을 살폈다.

"음 선생이 책비를 데리고 나타난 것이 네가 처음 청독회에 참가한 그날이었다. 궁금해서 화원의 행수인 월천에게 물었더니, 관기라 하더군. 관아에 소속된 기생 말이다. 그런데 어쩐 일로 관리들이 음 선생에게 그 아이를 책비로 키우라며 맡겼다 한다. 그 나이에 관기인 것을 보면, 필시 역모죄를 쓴 가문의 여식일 것이다. 가까이하지 않는 것이 상책이다."

지견의 가슴이 무너졌다. 아무도 입 밖으로 꺼내지 않지만, 궁과 관련된 인물이었던 아버지가 신분을 감추고 살았던 이유는 큰 죄를 지었거나 누명을 썼기 때문이었을 것이다. 또 신분이 드러날 위험에 처했을 때 어린 자식을 피신시킨 것은 그 죄가 대물림되는 것임을 뜻했다. 지견은 자신이 역적의 자식일지도 모른다는 원죄 의식에 사로잡혀 지냈다. 그런데 마음에 둔 책비 처녀가 비슷한 운명에 처해 있었다. 지견은 가슴에 돌덩이가 앉은 듯 마음이 무거웠다.

지견의 고뇌를 알아차린 듯 도경술은 아무 말이 없었다. 집이 있는 목멱산에 이르기까지 내내 침묵 속에 걸음을 옮겼다. 지견은 달을 올려다보았다. 달무리가 져 있었다. 마지막 가을비가 내릴 모양이었다.

∞

음 선생의 말대로 신미년(1751년)의 겨울은 참으로 혹독했다. 삼남(三南)에 때 아닌 폭설이 내려 많은 사람이 죽고 유민이 발생했다는 어두운 소식이 들려왔다. 원래 눈이 많은 영동도 예외는 아니었다. 한양도 허리까지 찰 정도로 눈이 많이 내렸다. 지견은 지붕과 뜰과 집 주변의 눈을 치우느라 하루를 다 보낸 것이 여러 날이었다.

해가 바뀌어도 추위가 여전했다. 영원히 끝나지 않을 것 같은 긴 겨울이 이어졌다. 사람의 왕래가 끊긴 탓에 육의전의 많은 가게가 문을 열지 않았다. 빙판이 된 길거리에서는 철없는 아이들이 얼음을 지치며 놀았다. 한강이 꽁꽁 얼어붙은 덕분에 빙고(氷庫)의 관리들이 분주해졌다. 2월이 중순에 이르도록 개나리가 꽃을 피우지 않았다. 매화도 감감 무소식이었다.

겨우내 지견은 도정윤의 도움을 받아 『논어』와 『맹자』, 『중용』, 『대학』을 독파했다. 학문을 흡수하는 지견의 능력이 높은 것을 보고 도정윤은 혀를 내둘렀다.

"지견아, 너는 중금 시험이 아니라 과거를 보아야 할 것 같다. 너 정도의 문재라면 급제는 물론이고 당상(堂上)도 어렵지 않을 것이다."

도정윤은 지견의 뛰어남을 확인하고는 마음이 아팠다. 평범한 집에서 태어나 굴곡 없이 자랐더라면 분명 큰 인물이 되었을 것을……

지견은 글공부를 하는 틈틈이 신체를 단련하는 일도 게을리 하지 않았다. 눈발이 휘날리고 바람이 심한 날에도 시위를 당겼다. 스승의 가르침을 떠올리며 태견과 검술의 초식을 다듬는 수련도 열심이었다. 그 사이 지견의 신체는 더욱 단단해졌고, 키도 훌쩍 자랐다. 처음 거지꼴을 하고 나타났을 때만 해도 지견의 정수리가 도정윤의 턱에 닿았으나 이제는 두 사람의 신장이 거의 맞먹었다. 지견의 나이 열여덟이었다.

캄캄한 새벽, 지견은 새소리가 귀를 간질이는 바람에 잠을 깼다. 반수 상태에서 창호에 눈을 두었다. 얼마나 시간이 지났을까, 파란빛이 창호를 물들이기 시작했다. 지견은 일어나 앉아 새소리에 귀를 기울였다.

'봄이로구나.'

지견은 솜옷을 챙겨 입고 밖으로 나섰다. 차가운 공기가 목덜미를 훑고 지나갔다. 지견은 팔을 벌려 심호흡을 하고 기지개를 켰다. 그리고 새소리가 들려오는 쪽으로 걸음을 옮겼다. 도정윤이 머무는 별채를 지나 후원으로 향했다. 목멱산 자락의 숲 쪽에서 새들이 떼를 지어 노래를 부르고 있었다. 지견은 새소리를 흉내 내었다.

"휘익휘익휘이이이익!"

지견의 음성에 갑자기 사위가 고요에 잠겼다. 새들이 약속이나 한 듯 울음을 멈추었다. 지견이 다시 소리를 흉내 내었다.

"휘익휘익휘이이이익!"

그 소리에 어떤 뜻이 담겨 있었던 걸까? 작은 새들이 일제히 하늘로 날아올라 지견이 있는 쪽으로 날아왔다. 그러고는 후원 담장에 앉아 시끄럽게 떠들어댔다. 지견의 입가에 미소가 걸렸다. 이런 일이 처음은 아니었다. 강치복과 함께 변산과 한양을 오가던 중에 지견이 새소리를 흉내 내면 새카맣게 참새들이 몰려들고는 했다. 그 모습을 보고 강치복이 말했더랬다.

"너는 새의 소리를 알아듣지 못하지만, 새들은 너의 음성을 알아듣나 보구나."

처음에는 미물이 자신의 음성에 응답하는 일이 재미있었으나 차츰 삼가게 되었다. 하찮은 미물일망정 자신으로 인해 수고로이 움직이는 것이 마음 쓰였기 때문이다. 하지만 그날은 봄소식을 물고 온 것이 반가워 오랜만에 새들과 노닥거렸다. 지견이 음의 높낮이를 달리하여 소리를 흉내 낼 때마다 새들은 훈장 앞의 어린 학생처럼 소리를 높였다.

"새들과도 통하는 것이냐?"

새소리에 잠을 깬 도정윤이 여명 속에서 다가왔다.

"형님, 기침하셨습니까?"

"네 친구들이 이리도 보채는데 어찌 이불 속에 있겠느냐?"

"죄송합니다, 형님."

도정윤은 대답 대신 웃음을 지어 보였다. 도정윤이 말했다.

"나도 한번 해볼까?"

그러고는 지견이 한 것처럼 새소리를 흉내 내었다. 하지만 후원 담장에 앉아 있던 새들은 도정윤의 음성을 듣고는 일제히 숲으로 달아났다. 도정윤이 서운한 표정을 지으며 말했다.

"저놈들이 사람 차별하는구나."

"형님, 새들한테 가라고 하셔놓고선 왜 저 아이들 탓을 하십니까?"

"응? 아, 내 음성이 그런 뜻이었더냐?"

두 사람은 소리 내어 웃었다. 웃음이 잦아들고 나서 지견이 말했다.

"봄이 저만치 왔습니다, 형님. 이제 5월이면 드디어 형수님을 맞으시겠군요."

도정윤이 가볍게 미소를 짓고 답했다.

"그 생각을 하면 가슴이 벅차다. 설영이 나의 사람이 된다니, 그 어여쁜 여인이 말이다."

도정윤의 그 말을 들으며 지견은 책비 처녀를 떠올렸다.

∞

3월 보름이 되자 아침부터 지견은 마음이 살짝 들떴다.

"오늘 저녁에 청독회가 있으니, 늦지 않게 지전으로 오거라."

도경술이 도정윤과 함께 집을 나서며 지견에게 말했다. 그 말을 들으며 지견은 들뜬 마음을 도경술에게 들키지 않으려 무던히도 애를 썼다. 하지만 허사였다. 도정윤이 지견에게 말했다.

"오늘은 견이 네가 조금 달라 보이는구나. 무슨 일이 있느냐?"

정말로 몰라서 묻는 것이었다. 지견은 자신의 속내가 도경술에게도 훤히 비쳤을 것을 생각하니 부끄러웠다. 도경술은 모른 체하며 대문

밖을 나섰다.

도경술 부자에게 마음을 들키고 나서 지견은 책비 처녀에 대해서 다시금 생각해보았다.

'딱 세 번 보았을 뿐이다. 눈싸움한 것 말고는 이야기를 나눈 적도 없다. 목소리조차 듣지 못했다. 그런데 왜 나는 그 처녀를 마음에 품었는가?'

도저히 알 길이 없었다. 이성에 마음이 흔들린 일이 처음이었다. 지견으로서는 자신의 몸과 마음이 자라 이성에 눈을 뜨게 되었고, 하필 그 순간에 책비 처녀가 눈에 들어온 것뿐이라고 결론 내릴 수밖에 없었다. 그렇게 생각하는 것 말고는 달리 길이 없었다.

'그래, 꼭 그 처녀가 아니었어도 내 마음이 흔들렸을 것이다.'

그렇게 생각하자 마음이 좀 놓였다.

저녁에 지전에 도착했으나, 도경술과 도정윤이 보이지 않았다. 지전에서 잔심부름을 하는 아이가 지견을 발견하고는 다가와 말을 전했다.

"어른께서는 급한 일이 생겨 호조 관청에 가셨습니다. 오늘 모임에 참석하지 못하니, 지견 도령께서는 알아서 하라 이르셨습니다."

"좋은 일이냐, 나쁜 일이냐?"

"주인어른과 도련님의 표정이 그리 좋지는 않으셨습니다."

호조는 재정을 관할하는 기관이다. 장사하는 사람이 호조에 불려갔다는 것은 그리 반가운 일이 아니었다. 지견은 지전에서 도경술과 도정윤이 오기를 기다리다가 점원들이 가게를 정리하는 것을 보고 밖으로 나왔다. 그러고 나서도 지전과 육조 거리를 오가며 두 사람이 나타나기를 기다렸다. 조금 전 지견에게 말을 전했던 일꾼 아이가 자리를 뜨지 못하는 지견을 지켜보고 있다가 다가왔다.

"가끔 이런 일이 있습니다. 관청에 가시면 귀가가 꽤 늦습니다."

"그러하냐? 그래, 고맙구나."

지견은 아이의 머리를 쓰다듬어주었다.

지견은 잠시 망설이다가 화원으로 향했다. 날이 어둑어둑해지기 시작했다. 그래도 개천가를 점령한 개나리의 노란색은 빛을 잃지 않았다. 올해는 봄이 늦어 매화도 개나리도 지각을 했다. 그걸 만회라도 하려는 듯 개나리가 개천가를 온통 노랗게 물들이고 있었다.

흥인문을 지날 무렵에는 사위가 캄캄해지고 인적이 끊겼다. 보름이었건만 달빛이 그리 좋지 않았다. 청독회가 파하고 집에 돌아갈 때는 횃불이라도 하나 들어야겠다고 생각했다.

인가가 끊긴 길을 따라 걸음을 재게 놀리는데, 검은 형체 두 개가 앞서가는 것이 보였다. 지견은 그들을 지나칠 요량으로 속도를 높였다. 그런데 어둠 속에서도 좌우로 흔들리는 연두색 댕기가 선명하게 눈에 들어왔다. 그것을 보고 지견은 흠칫 놀라서 걸음을 멈추고 말았다.

어둠 속에서 음성이 들려왔다.

"청독회에 나오는 장정(壯丁)이구먼. 어째 오늘은 혼자이신가?"

전기수 음 선생의 목소리였다. 지견의 예상대로 댕기의 주인은 책비 처녀였다. 지견이 우물쭈물하자 음 선생이 다시 말했다.

"우리랑 같이 감세. 가끔 화원에서 나온 취객을 노리는 놈들이 죽치고 있어서 나도 조심스러운 참이었네."

지견이 다가갔다. 책비 처녀가 서두르는 품이 어둠 속에서 얼핏 보였다. 지견이 곁눈으로 훔쳐보니 책비 처녀의 얼굴이 복면에 가려져 있었다. 어차피 어둠 속이라 잘 보이지도 않을 텐데 그걸 가리다니……. 지견은 서운한 생각이 들어 눈을 돌렸다. 하지만 마음이 끌리는 대로 다시 책비 처녀의 얼굴로 시선을 던졌다가 그만 눈길이 마주치고 말았다. 책비 처녀는 지견을 힐난하는 눈빛을 쏘았다. 지견은 크게 잘못한 것도 없이 그런 눈길을 받자 억울한 마음이 치솟았다. 둘이 그러는 동안 음 선생은 콧노래를 흥얼거리며 걸음을 옮겼다.

화원 앞에 이르러 음 선생이 대문에 대고 소리쳤다.

"전기수와 책비가 왔수다."

청지기가 문을 열었다. 청지기는 음 선생에게 고개를 숙여 보이고 나서 같이 온 지견을 쳐다보았다. 지견은 화원의 대문을 지날 때마다 참으로 불편했다. 무슨 불만이 있는 건지 청지기의 표정이나 몸짓에 지견을 경계하는 빛이 역력했다.

화원으로 들어서자, 행수기생 월천이 다가왔다.

"오셨습니까? 오늘은 밤이 유난히 어둡습니다."

"밤하늘의 달이 왜 빛을 잃었나 했더니 자네의 용모에 기가 죽어 그랬군."

음 선생의 공치사에 월천은 가볍게 웃음을 흘렸다.

"동동주가 아주 맛있게 익었습니다. 목이라도 축이시고 모임에 드시지요."

그리고 나서 월천은 책비 처녀에게 말했다.

"재인이 너도 선생과 함께 요기라도 하여라."

월천은 지견에게 고개를 숙여 보이고는 두 사람을 데리고 화원의 별채로 향했다. 홀로 남겨진 지견은 세 사람을 물끄러미 바라보다가 모임이 열리는 후원의 누각으로 향했다.

'이름이 재인이었구나.'

지견은 자신도 모르게 '재인'이라는 두 글자를 입안에 굴리며 걸음을 옮겼다.

∞

누각 안에는 중금으로 의심되는 사내와 승려 차림의 남자, 중인 두 사람에 짙은 남색 도포 차림에 갓을 쓴, 양반으로 보이는 이가 앉아 있었다. 남색 도포 차림의 남자는 전에 본 적이 없는 것으로 보아『천주실의』이후로 잠시 이탈했다가 돌아온 회원인 듯했다.

오래지 않아 음 선생과 재인, 월천이 누각 안으로 들어섰다. 전과 달리 이번에는 월천도 누각 안의 자리 하나를 차지하고 앉았다. 조금 지나자 기생 세 사람이 더 들어와서 쭈뼛거리다가 월천 옆에 자리를 잡았다. 전에 없이 누각 안이 훈훈해지는 느낌이었다.

음 선생이 입을 열었다.

"더 오실 분이 없는 듯하니, 이제 시작하겠습니다. 오늘은『춘향전』을 읽을까 합니다. 저자에서는 이 이야기의 일부분을 두고 춘화(春畵)에 비교하고는 하나, 제가 보기에는 청순함과 요염함, 열녀와 요부, 지조와 영달, 육체와 정신이라는 모순된 관념이 절묘하게 하나로 어우러진 뛰어난 작품으로 여겨집니다. 여기 계신 분들은 이미 이 이야기를 알고 계실 터이나 조금 전 제가 말씀드린 점에 유념하며 새롭게 감상하시기를 바랍니다."

거기까지 말하고 나서 음 선생은 기생들에게 눈길을 주었다. 아마도 별채에서 음 선생이 동동주로 목을 축이는 동안 오늘은『춘향전』을 다룰 것이라는 이야기가 퍼져 기생들도 자리를 한 모양이었다. 음 선생의 말이 이어졌다.

"세간에『춘향전』의 판본이 수십 가지가 넘습니다. 아마도 구전되어 온 이야기를 글로 옮기는 과정에서 여러 가지 형태로 윤색된 것이 아닌가 하는 생각이 듭니다. 오늘 이곳에서 읽을『춘향전』은 제가 여러 개의 판본을 읽으며 좋은 부분만 추려서 따로 만든 것입니다. 그럼 시작하겠습니다."

지견은 조금 전 책비가 보인 행동이 괘씸하여 일부러 그녀에게 눈길을 주지 않고 음 선생의 음성에 귀를 기울였다. 그러고 보니 음 선생의 음성은 소리꾼처럼 걸쭉하면서도 청아한 음색이 묘하게 뒤섞여 있었다. 저음으로 시작했다가도 어느새 고음으로 치달아 긴장을 유도하고 다시 편안한 저음으로 돌아가 듣는 이의 마음을 가라앉히는 능력이 탁월했다. 그런 음성은 특히 감정을 전달하는 데 강점을 지녔다. 음 선생이 도성에서 알아주는 전기수라던 도경술의 말이 새삼 떠올랐다.

음 선생의 『춘향전』은 숙종 임금이 즉위한 초기를 태평천국으로 묘사하면서 시작했다. 이어서 남원에 이름난 기생 월매가 기생을 그만두고 성씨 성을 가진 양반과 살림을 차렸으나 아이를 얻지 못해 안달하는 장면으로 넘어갔다.

지견에게도 낯익은 이야기였다. 어린 시절에 흥양의 장터를 찾아온 남사당패는 곧잘 춘향전을 공연했다. 생각이 거기에 이르자 지견은 우울해졌다. 아버지가 흥양 지주 신제창과 시비가 붙은 것이 바로 흥양 장터에서 남사당패가 춘향전을 공연하던 때였다. 그때 자신이 나서지만 않았다면 아버지와 함께 독골 산자락의 집에서 오순도순 살았을 거라는 진한 아쉬움이 가슴에 파고들었다.

지견이 생각에 빠져 있는 사이에 이야기는 어느새 성춘향과 이몽룡이 만나는 장면에 이르러 있었다. 춘향이 그네를 타고, 멀리서 그녀를 이몽룡이 지켜보고, 향단과 방자가 거래를 하고…… 드디어 성춘향과 이몽룡이 합일(合一)하는 순간에 이르렀다.

갑자기 음 선생이 말을 끊었다. 한창 달아오르던 차에 음 선생이 낭독을 멈추자 기생들은 자기도 모르게 한숨을 푹 내쉬었다. 잠시 사이를 두고 음 선생이 입을 열었다.

"한 가지 제안을 할까 합니다. 춘향과 몽룡이 초야(初夜)를 치르는 장면은 저의 걸걸한 음색보다는 싱싱한 음성이 나을 듯하여 책비와 저기 도령이 나누어 낭독했으면 하는데, 어떨는지요?"

음 선생이 턱짓으로 가리킨 '도령'이란 바로 지견이었다. 지견은 당황하여 주위를 두리번거렸다. 눈만 드러낸 회원들이 눈웃음을 짓고서 고개를 끄덕였다. 지견은 황급히 책비 재인을 바라보았다. 재인은 자기 앞의 장구만 내려다보며 꼼짝하지 않았다.

"이리 나오시오, 도령."

음 선생이 채근하여 지견은 하는 수 없이 앞으로 나갔다.

"너도 이리 오너라."

당차고 날카로운 성격이면서도 음 선생에게는 고분고분한지 재인은 두말 않고 음 선생 곁으로 다가갔다. 음 선생이 말했다.

"여기 내가 먹으로 표시한 부분을 서로 한 대목씩 두 사람이 돌아가며 읽으시게. 책비는 외우고 있을 터이니 서책은 도령만 보시면 되오. 도령부터 시작하시오."

지견은 이어지는 이야기가 어떻게 전개될지도 모른 채 목청을 가다듬었다. 도경술이 중금으로 지목한 사내에게 자신의 음성을 선보일 좋은 기회였다. 지견이 읽기 시작했다.

춘향과 몽룡이 마주 앉았으니 그 일이 어찌 되겠는가? 내리쬐는 해를 받으면서 삼각산 제일봉이 춤을 추듯 두 팔을 뻗어 춘향의 섬섬옥수

를 낚아채어 주무르더니 어느새 몽룡의 팔이 춘향의 허리를 휘어잡는
구나.

"치마와 저고리를 벗어라."

끝자락을 소리 내어 읽고 지견은 화들짝 놀라 재인을 쳐다보았다.
민망함에 얼굴이 달아오른 지견과 달리 재인은 지견을 똑바로 쳐다보
며 다음 대목을 낭독했다.

춘향이가 부끄러워 고개를 숙여 몸을 트니 이리곰슬 저리곰슬 푸른 물
에 붉은 연꽃 미풍을 만나 흐르듯, 동해 청룡이 굽이를 치는 듯하다.
"아이, 놓아요. 좀 놓아요."

또랑또랑한 음색으로 교태를 부리듯 콧소리를 내면서도 재인의 눈
빛은 흔들림이 없었다. 그 모습에 지견은 바짝 약이 올랐다. 불현듯 저
처녀를 누르고 싶다는 욕구가 타올랐다. 지견은 저도 모르게 목소리
에 힘이 들어갔다.

"에라 안 될 말이로다!"
몽룡이 옷끈을 풀고 발가락으로 지그시 눌러 끌어당기니 치마가 발길
아래로 툭 떨어진다. 옷이 활짝 벗겨지니……

그 대목에서 지견은 그만 책비 처녀의 알몸을 상상하고 말았다. 스스로 화들짝 놀라 눈빛이 흐려지고 말이 끊겼다. 재인은 그 찰나를 놓치지 않았다. 상대가 불순한 생각을 품었다는 사실을 간파했다. 책비로 일하는 동안 사내들 앞에서 세간에 떠도는 음담을 읽은 것이 한두 번이 아니었다. 음담을 즐기면서 눈길로 자신의 몸을 훑는 사내들을 대한 것도 여러 번이었다. 하지만 그때마다 재인은 흔들리지 않았다. 나는 글을 읽을 뿐! 오히려 그런 남정네들을 보며 가소롭다는 생각이 들었다.

그런데 지금 재인은 몹시도 부끄러웠다. 눈길이 마주칠 때마다 네깟게 무엇이냐는 듯 무섭게 쏘아보며 은근히 누렸던 승리의 쾌감이 무색해지는 것 같았고, 자신이 처한 신분의 굴레가 더 무겁게 다가오는 것같았다. 그때 잠시 끊겼던 상대의 음성이 이어졌다.

……옷이 활짝 벗겨지니 백옥이 이에 비할쏘냐. 춘향은 도련님 거동을 살피다가 금침 속으로 달려든다.

재인 차례였다. 그녀는 여전히 상대에게서 눈을 떼지 않았으나 음성이 심하게 떨렸다.

몽룡이 쫓아들어 누워서는 저고리를 벗겨내어 옷을 한데 돌돌 뭉쳐 구석에 던져놓고 마주 누웠는데, 그대로 잘 리가 있겠는가. 이불이 춤을 추고, 챙그랑 쟁쟁 요강이 장단을 맞추고, 달랑달랑 문고리가 덜컹거리고,

등잔불은 가물가물…….

춘향과 몽룡의 성교를 묘사하는 그 대목에 이르러 재인의 눈에서 한 줄기 눈물이 흘러내렸다. 여전히 눈길을 거두지 않은 채 재인은 상대를 똑바로 바라보며 눈물을 흘렸다. 지견은 책비 처녀의 처지가 안타까워 고개를 숙였다. 기생들은 두 사람 사이에 오가는 복잡한 심경을 모른 채 침을 꿀꺽 삼키고 가느다란 한숨을 내쉬며 누각 안을 뜨겁게 달구었다. 회원들도 마찬가지였다. 괜히 헛기침을 해대고 자세를 고쳐 앉았다.

하지만 누각 안에서 단 두 사람만은 표정이 갈수록 굳어졌다. 음 선생과 중금으로 의심되는 그 사내였다. 특히 중금 사내는 커진 눈으로 지견을 노려보았다.

∞

모임이 끝난 뒤 지견은 다른 사람들이 눈치 채지 못하게 서둘러 누각 밖으로 나왔지만, 책비 처녀와 음 선생을 찾을 수 없었다. 급한 몸짓으로 사방을 두리번거리는 지견에게 월천이 다가와 물었다.

"찾는 사람이 있으십니까?"

지견이 답했다.

"음 선생과 책비가 이곳을 떠났습니까?"

"두 사람은 오늘 밤 예서 지내고 내일 아침 일찍 떠날 것입니다."

지견이 우물쭈물하자 월천이 다시 물었다.

"두 사람에게 볼일이 있으신지요?"

지견은 딱히 무어라 대꾸할 말이 없어 뒷덜미를 긁적이다가 간신히 말했다.

"그냥 책비가 걱정되었습니다. 조금 진 저와 함께 『춘향전』을 읽다가……."

"저도 조금 놀랐습니다."

월천이 지견의 말을 잘랐다.

"그 아이가 눈물을 흘리리라고는 음 선생도 미처 생각지 못했을 것입니다."

"보셨습니까?"

지견의 물음에 월천은 고개를 끄덕이고 말했다.

"책비를 하다 보면 별의별 일을 다 겪습니다. 책비를 찾는 이들이 항상 점잖은 것은 아니니까요. 대체로 양반가의 아녀자들이 책비를 부르지만, 때로는 책비를 불러다가 음탕한 이야기를 읽게 하는 돼먹지 못한 부류들도 있지요. 하지만 책비가 되기 위해서는 이겨내야 하는 일입니다. 그런데 오늘 읽은 대목이 질펀하기는 하나 그런 정도는 아니었습니다. 게다가 굴욕을 느낄 만한 상황도 아니었고요. 그래서 저도 그 아이가 눈물을 흘리는 걸 보고 당황했습니다. 음 선생도 저와 같을 것입니다."

지견은 재인이 음탕한 사내 앞에서 속되고 야한 내용의 책을 읽는 장면을 떠올리자 분노가 치밀었다. 하지만 곧 그는 자신 역시 조금 전에 재인의 알몸을 상상했던 일이 떠올라 몹시 부끄러웠다.

"그런데 오늘 지전 주인께서는 왜 안 오셨는지요?"

월천이 물었다.

"어른께선 관아에 볼일이 있어 오늘 오시지 못했습니다."

"나쁜 일입니까?"

"저도 아직은 모릅니다."

잠시 사이를 두고 월천이 말했다.

"어른께 화원의 행수가 안부 여쭙더라고 전해주십시오."

그렇게 말하고 월천은 지견을 떠났다. 지견은 이곳 어딘가에 있을 재인을 생각하며 걸음을 옮겼다. 대문으로 다가가자 늘 그렇듯 청지기가 매서운 눈길로 쳐다보았다. 그러거나 말거나 지견은 청지기에게 고개를 숙여 보이고 대문을 지나쳤다.

화원을 나와 홍등에서 멀어지자 어둠이 왈칵 달려들었다. 유난히 어둠이 짙었다. 왈패들이 활개 치기 딱 좋은 밤이었다. 지견은 화원에서 조금 멀어지고 나서야 횃불 얻는 걸 잊었다는 사실을 깨달았다. 하지만 화원으로 돌아가지니 청지기의 매서운 눈매가 떠올라 내키지 않았다.

하는 수 없이 어둠을 짚으며 길을 걸었다. 달이라도 있으면 벗 삼을 텐데, 짙은 구름에 숨어버린 달빛은 조금 전 누각 안의 호롱불만도 못했다. 길가의 나무와 먼 곳의 산도 검은 형체로만 존재할 뿐이었다.

조심스럽게 길을 더듬으며 걸음을 옮기던 지견의 눈에 불빛이 들어왔다. 멀리서 횃불 하나가 앞서가는 중이었다. 지견은 반가운 마음에 걸음을 재게 옮겼다. 그러면서도 소리가 크게 나지 않도록 조심했다. 혹시라도 금품이나 인신을 노리는 패거리일지도 몰라서였다. 조금 가까워지자 횃불 든 사람의 윤곽이 드러났다. 삿갓을 눌러 쓴 승려 차림의 그 남자였다. 그리고 그 곁에 도포 차림의 남자가 동행하고 있었다.

"이보십시오! 이보십시오!"

지견이 소리치자 승려 차림의 남자가 횃불을 높이 들어 앞으로 내밀고는 자신들에게로 다가오는 지견을 확인했다. 나머지 도포 차림의 남자는 조금 거리를 둔 채 어둠 속에 그대로 있었다. 지견이 다가가 말했다.

"어둠이 짙어 집으로 돌아가는 길에 애를 먹고 있었습니다. 도성까지만 동행해주실 수 있으신지요?"

횃불 든 남자가 어둠 속에 있는 이의 의견을 구하는 듯 그쪽으로 시선을 주었다. 무슨 신호를 받았는지 삿갓에 승려 차림의 남자가 지견에게 횃불을 건네며 말했다.

"이것을 들고 앞장서시게."

지견이 횃불을 받아들었다. 그러고는 제일 앞서 걷기 시작했다. 지견 뒤를 삿갓 쓴 사내가 따랐고, 정체가 불분명한 나머지 남자가 제일 뒤에서 따랐다.

지견은 삿갓 쓴 승려 차림의 사내가 내내 궁금했지만, 이 우연한 만남으로 궁금증이 더욱 커졌다. 그는 늘 끼고 다니는 대나무 막대를 땅을 짚는 데 쓰지 않고 마치 검을 들듯 들고 있었다. 그리고 어둠 속의 남자에게 하는 행동은 상전을 모시는 그것이었다. 어둠 속의 저 사람은 누구일까? 조금 전 청독회의 누각 안에 있던 이들 중 한 명일까?

그때 어둠 속에서 음성이 들려왔다.

"목소리가 예사롭지 않던데, 소리를 배운 것이냐?"

지견은 목소리의 주인을 금세 알아차렸다. 도경술과 지견이 중금으로 여기고 있는 바로 그 사내였다. 지견은 어떻게 답해야 할지 몰라 잠시 머리를 굴렸다. 과거가 드러나서 좋을 것은 없다는 생각이 들었다.

"아닙니다. 가르침을 받은 적은 없습니다."

그리고 무거운 침묵이 이어졌다.

곧 흥인문이 나타났다. 문을 지키고 있는 문지기 군사들이 세 사람을 슬쩍 훑어보고는 눈길을 돌렸다.

지견이 돌아서서 삿갓 남자에게 횃불을 건넸다.

"이제부터는 길이 익어 혼자 갈 수 있습니다. 불을 나누어주셔서 고마웠습니다."

지견은 삿갓에게 허리를 굽혔다. 거리를 둔 채 어둠 속에 있는 이에게도 허리를 굽혀 보였다. 그러고 나서 지견은 종루 쪽으로 걸음을 옮겼다. 지견이 어둠 속에 묻히자 그제야 삿갓 쓴 남자가 입을 열었다.

"곧장 궁으로 가시겠습니까?"

어둠 속에 있던 남자가 다가와 말했다.

"그래야지."

걸음을 옮기면서 도포 차림의 남자는 지견이 사라진 쪽을 한동안 바라보았다.

'어쩜 저리도 소리가 닮았단 말인가. 음성 하나만큼은 이재운 중금에게 뒤지지 않는구나.'

옛사람의 이름을 떠올리자 그는 절로 입가에 미소가 잡혔다. 이재운과 신효명, 자신이 이제 갓 스물을 넘겼던 풋풋한 시절의 일이 새록새록 되살아났다. 벌써 삼십 년도 넘은 오래전의 일이었다.

하지만 곧 그의 얼굴은 수심에 싸였다. 스승인 훈도중금 장경과 함께 새남터에서 신효명 중금의 머리와 몸을 수습하여 땅에 묻던 그날의 기억 때문이었다. 참형에 처해졌어야 할 이재운 중금이 온데간데없이 사라지고, 대신 신효명 중금이 형장의 이슬이 되어야 했던 사연에 대해서는 아무것도 알아낸 것이 없었다. 비밀에 가장 근접해 있을 것으로 여겨지던 당시의 정중금 홍정택이 오래지 않아 세상을 떠남으로써 그 일의 전말은 완전히 묻히고 말았다. 그렇게 삼십 년 넘는 세월이 흘렀다.

깊은 생각에 잠겨 있는데 삿갓 쓴 이가 말했다.

"어른, 제 짧은 소견으로는 조금 전 그 아이가 뛰어난 재목으로 보입니다만……."

'어른'이라 불린 남자가 보일 듯 말 듯 고개를 끄덕이며 말했다.

"나도 그렇게 생각한다."

"그러하오면…….."

"지전 주인과 같이 다니더군. 김밀희 중금 자네가 고생을 좀 해주시게."

"네, 어른."

두 사람은 정중금 최헌직과 훈도중금 김밀희였다. 그들이 궁궐 대문으로 다가가자 최헌직을 알아본 수문장이 예를 갖추었다. 두 사람은 열린 문을 통해 궁궐 안으로 사라졌다.

18. 해마 밀수 사건

"이보게, 아직도 해마 건을 형조에 넘기지 못했는가? 어찌 일이 그리 더딘가?"

호조 참의 이정균이 정랑 정홍순을 꾸짖었다. 정홍순이 대답했다.

"이상하지 않으십니까? 해마를 숨겨 들어오면서 그리 허술하게 처리하다니요? 게다가 관원들 앞에서 죄인이 직접 그 물건을 집어 들었다지 않습니까?"

"그런 건 형조 관리들이 알아서 캘 일이고, 우리는 우리 일만 제대로 하면 되는 거네."

"해마는 웬만한 게 집 한 채 가격이라고 합니다. 그런데 이번에 적발한 것은 해마 중에서도 최상품입니다. 청에서도 황실만이 취급하는 물건이란 말입니다. 그처럼 귀한 물건을 몰래 들여오면서 달랑 수레에 얹어서 옮기다니요. 이건 말이 안 됩니다."

"어허, 이 사람이 도무지 말귀를 못 알아듣는구먼. 생각해보게. 자네 말대로 최상품 해마는 거액을 주고도 구하기 힘든 물건이네. 그런 물건을 취급하는 이가 이 도성 안에 몇이나 있겠는가?"

"고관대작이나 대상(大商)이겠지요."

"내 말이 그 말일세. 만약 해마의 주인이 고위직 관리라면 일이 어찌되겠는가? 그렇다면 우리로서는 감당하기 힘들 것이네. 그러니 얼른 형조에 사건을 넘기고 우리는 손을 터는 것이 상책이지 않겠나?"

"이대로 사건을 형조에 넘기면 꼼짝없이 지전 주인인 도경술이 주모자로 찍힐 것입니다."

참의 이정균이 버럭 화를 냈다.

"그게 우리랑 무슨 상관인가! 괜한 일에 엮이기 전에 오늘 중으로 형조로 넘기게!"

이정균이 자리를 뜨자, 정홍순은 고개를 절레절레 흔들고는 의자에 털썩 앉았다. 정홍순은 도경술과 일면식도 없었다. 지전에서 직접 물건을 고르고 구매하기는 했지만, 점원만 상대했을 뿐 주인과 마주한 기억은 없었다. 설령 도경술과 우애를 나눈 관계라 한들 인정에 이끌려 일을 처리할 그가 아니었다. 정홍순은 원리원칙을 철저히 지키는 사람이었고, 호조 내에서도 보수적이고 융통성이 없기로 평판이 자자했다. 그의 그러한 성정은 국가의 재정을 다루는 직책인 호조 정랑에 적격이었다.

정홍순은 고조부 정태화가 영의정을 지내고, 부친인 정석삼이 예조

참판을 지낸 유력 가문에서 태어났으나, 그는 가문의 후광을 입지 않았다. 을축년(1745년)의 정시 문과에서 셋째 등급인 병과(丙科)로 통과하여 최하위직에 속하는 정9품으로 관리 생활을 시작했다. 그때 그의 나이 스물여섯이었다. 그로부터 칠 년이 지난 지금 그는 서른두 살에 정5품 정랑을 지내고 있었다. 공직에서 닳고 닳아 유들유들해질 만도 했다. 하지만 그는 여전히 원리원칙을 고수해서 상전들의 화를 돋우고는 했다. 호조의 고위 관리들은 그런 정홍순을 껄끄러워했으나, 일 처리 하나만큼은 타의 추종을 불허했기에 곁에 둘 수밖에 없었다. 물론 정홍순의 깔끔한 일 처리로 인한 열매는 고스란히 호조의 고위 관리들 몫이었다.

이레 전 청에서 물건을 옮겨 들어오는 수레를 관리들이 검문하다가 수입금지 물품인 해마를 적발했다. 수레를 옮기던 책임자는 방종현이라는 자로, 도성 육의전의 지전에 소속되어 청과의 거래를 담당하는 인물이었다. 검문하던 관리들은 방종현과 낯이 익은 처지였고 신뢰가 있었기에 요식 행위로 수레를 덮은 가죽을 들치고 눈대중으로만 살필 요량이었다. 그런데 가죽을 들추자 문방구와는 어울리지 않는 물건이 눈에 띄었다. 하지만 관리들은 그 차이를 알지 못하고 통과시키려 했다. 그런데 오히려 방종현이 나서서 이건 자기네 물건이 아니라며 집어 들었다. 그제야 관리들이 자세히 살펴보니 말린 해마였다. 그 자리에서 방종현과 일꾼들을 체포하였고 수레를 압수했다. 누가 보아도 밀수꾼의 행적이 아니었다. 하지만 물건을 적발한 이상 방종현을 현행범으로 체포하지 않을 수 없었고, 무역과 관련한 사건이었기에 호조에 접수되었다. 그리고 그 일을 맡은 실무자가 호조 정랑 정홍순이었다.

'방종현이나 도경술의 소행이 아니다.'

하지만 호조 정랑의 직책으로 수사를 할 수는 없었다. 더 끌었다가는 아예 사건에서 손을 떼야 할지도 몰랐다. 정홍순은 형조에 사건을 이첩하는 공문을 작성하면서 견해를 달았다.

사건의 정황으로 보아 방종현은 모함을 당했거나 동행한 다른 이가 검문을 쉽게 통과할 목적으로 금지된 물품을 그의 수레에 실은 것으로 보입니다. 부디 진위를 잘 가리시어 억울한 이가 없도록 조처 바랍니다.

붓을 놓고 정홍순은 생각에 잠겼다. 과연 형조 관리들이 사건을 제대로 조사할까 염려되었다. 참의 말대로 이 일에 고위직 관료가 엮여 있을 가능성이 컸다. 형조 관리들도 그러한 정황을 포착할 것이다. 그렇다면 육의전의 대상인 도경술을 교사범으로 지목하고 사건을 종결할 가능성이 컸다. 칠 년째 관리로 지내면서 숱하게 보아온 장면이었다. 고위직 관료나 권력가가 관련 있는 것으로 의심되는 사건이 발생하면 하급 관리나 무관한 자를 죄인으로 만들어 꼬리를 자르는 것은 어제오늘의 일이 아니었다.

∞

이틀 뒤 저녁에 방종현을 면회한 도경술이 집에 도착했다. 방종현은 도성의 포도청 옥사에 구금 중이었고, 지전은 임시 휴업 상태였다. 도정윤과 지견이 도경술을 맞았다. 세 사람은 안채에 마주 앉았다. 도경술이 말했다.

"상황이 그리 좋지 않구나. 종현이 개성에서 살던 시절에 사기 행각을 벌이다 적발된 적이 있는데, 형조 관리 중에 종현의 얼굴을 기억하는 이가 있어 의심을 거두지 않고 있다. 꼼짝없이 밀수꾼으로 몰릴 판이다."

"도대체 누가 그런 짓을 했을까요?"

도정윤이 물었고, 도경술이 대답했다.

"종현의 말로는 우리 일꾼 중에는 그런 일을 할 사람이 없다 한다. 청에 있는 동안에도 늘 함께 움직였기에 다른 이와 밀통할 짬이 없었다고 하는구나."

지견이 물었다.

"종현 형님께서 다른 의심 가는 이에 대해서는 더 말씀이 없으셨습니까?"

도경술이 답했다.

"딱히 떠오르는 사람이 없다고 하더군. 청에 물건을 구하러 갈 때는 비용을 줄이기 위해 여러 상인이 돈을 갹출해서 상선을 빌리는데, 이번에도 늘 같이 움직이는 열네 명과 함께였다고 한다. 제물포에 내려 관원에게 물품을 신고할 때는 아무런 이상이 없었다고 했다.”

도경술은 방종현이 이 일과 관련이 없다고 철석같이 믿었다. 지견이나 도정윤도 도경술의 생각과 같았다. 지견이 궁금증이 일어 다시 물었다.

“그런데 주인어른, 그 해마라는 것이 어디에 쓰는 물건입니까?”

도경술이 답했다.

“남성의 양기(陽氣)를 강하게 해준다고 알려져 있다. 찌거나 말려서 약재처럼 복용하는데, 남성의 정기를 보양해주고 노화를 방지하는 데 효과가 커서 젊은이보다는 늙은이들이 선호한다. 하지만 가격이 워낙 비싸서 일반 약재상에서는 구할 수 없고, 알음알음으로 은밀하게 유통되는 것으로 알고 있다. 제주도에서도 생산을 하는데, 청에서 들여온 것에는 중국 황실의 환관들 사이에 전하는 비법이 가미되어서 특히 약효가 뛰어나다고 한다.”

도정윤이 물었다.

“혹시 방 거사께서 밀수범으로 결론 난다면, 앞으로 어떻게 되는 것입니까?”

그 물음에 도경술은 한숨을 쉬었다.

“장형(杖刑)이나 도형(徒刑)이 내려질 것이다.”

그렇게 말하고 나서 도경술은 표정이 더욱 어두워지며 말을 이었다.

“종현의 상전인 나에게도 교사범으로 죄가 씌워질 것이다.”

도정윤은 걱정으로 얼굴이 일그러졌고, 지견은 눈이 커졌다. 이럴 수는 없었다. 은인이나 다름없는 도경술과 방종현이 죄인이 되도록 내버려둘 수는 없었다. 진범을 찾아야 한다!

하지만 무슨 수로 도경술과 방종현의 억울함을 풀 수 있단 말인가. 지견은 골똘히 생각하다가 원점에서 시작해보기로 마음먹었다.

"주인어른, 처음 이 사건을 맡았던 관리를 아십니까?"

"호조의 정랑인 정홍순이라는 사람이다. 종현의 억울함을 알아주는 듯 보였으나, 사건이 형조로 넘어가서 이제는 소용없을 것이다."

지견은 '정홍순'이라는 이름을 머릿속으로 굴렸다.

다음 날 이른 아침이었다. 포도청의 관군들이 도경술의 집에 들이닥쳤다.

"밀수꾼 방종현을 교사한 죄로 압송한다! 죄인 도경술은 포박을 받아라!"

집의 하인들과 도정윤 모자가 관군들의 앞을 가로막았으나, 도경술은 그들을 물러나게 했다. 그리고 순순히 관군들에게 몸을 맡겼다. 하인들이 울고불고 난리를 치는 가운데 도경술은 포승줄에 결박당했다. 집을 떠나기 전 도경술은 도정윤과 지견 쪽으로 고개를 돌리고 말했다.

"다녀오마. 어머니 잘 보살피고 있거라."

도정윤의 눈에서 굵은 눈물이 흘렀다. 지견은 멀어지는 도경술과 눈을 부릅뜬 채 아버지의 뒷모습을 바라보고 있는 도정윤 사이에서 어쩔 줄을 몰라 몹시 허둥거렸다. 그러다가 작정을 한 듯 관군의 뒤를 밟았다. 관군 하나가 지견이 따라붙은 것을 보고 소리쳤다.

"무슨 일이냐?"

지견이 대답했다.

"시전에 볼일이 있어 가는 길이니, 괘념치 마십시오."

지견은 길에 서 있는 도정윤을 향해 눈길로 말했다.

'형님, 염려 마십시오. 제가 꼭 진범을 찾아 어른을 모시고 오겠습니다.'

뚜렷한 계획이 있지는 않았다. 반드시 도경술을 무사히 집으로 데리고 가겠다는 열의만이 불타올랐다. 도경술이 죄를 쓰고 끌려가는 판에 글이 눈에 들어오고, 검이 손에 잡히겠는가. 무엇이든 자신이 해야만할 일을 떠올리며, 막연히 관군들의 뒤를 따르는 것이었다.

지견이 거리를 두고 따라오는 것을 보고 도경술이 말했다.

"지견아, 그만 집으로 가거라."

하지만 지견은 묵묵부답 일정한 거리를 유지한 채 관군 일행의 뒤를 따랐다.

∞

삿갓을 눌러쓴 승려 차림의 훈도중금 김밀희가 지전 앞에 이르러 고개를 갸우뚱했다. 어제도 문을 열지 않았는데, 오늘도 마찬가지였다.

그런 김밀희를 가게 앞에서 아이 하나가 살펴보다가 말을 걸었다.

"지전에 오셨습니까?"

3월 보름 저녁에 도경술과 도정윤이 호조 관아에 간 것을 지견에게 알려주었던 심부름꾼 아이였다. 김밀희는 아이의 물음에 대꾸를 할까 말까 망설이다가 답했다.

"그래, 붓 한 자루 살까 했다만……."

아이가 말했다.

"저쪽 종루에서 왼쪽 길로 가시면 지전이 또 있습니다. 거기로 가십시오."

"왜? 이곳은 가게 문을 닫았느냐?"

"가게에 안 좋은 일이 있어 당분간 문을 열지 않습니다. 덕분에 저도 일이 없어져서 걱정입니다."

"안 좋은 일이라니?"

아이는 방종현이 밀수꾼으로 몰린 일과 도경술이 교사범으로 체포된 일을 미주알고주알 일러바쳤다. 그리고 이야기 끝에 이렇게 덧붙였다.

"우리 주인어른은 절대 그럴 분이 아닙니다. 무언가 잘못되어도 크게 잘못되었습니다."

그렇게 말하며 아이는 울먹였다. 단순히 지전이 문을 열지 않아 벌이를 못하게 된 것 때문만은 아닌 듯했다. 김밀희는 울먹이는 아이를 뒤로하고 걸음을 옮기려다가 다시 돌아섰다.

"하나 물어보자꾸나."

아이가 눈물 맺힌 눈으로 김밀희를 올려다보았다.

"혹시 여기 일꾼들 가운데 나이 열일고여덟에 목소리가 아주 좋고……."

"이지견 도령입니다."

아이가 자르고 들어왔다.

"여기 일꾼은 아니고 주인어른 댁에 기거하는 서생입니다."

"그럼 여기 주인과 그 서생은 무슨 관계냐?"

"그건 저도 잘 모릅니다. 다만 작은 주인님과 서로 호형호제하는 사이로만 알고 있습니다. 아주 좋은 분입니다."

김밀희는 아이에게 엽전 하나를 쥐어주고 궁으로 복귀했다. 그날 저녁 김밀희는 정중금 최헌직을 만나 이야기를 전했다. 이야기를 다 듣고 난 최헌직이 생각에 잠겼다. 그 모습을 보고 김밀희가 말했다.

"어른, 지전의 사건과 관련하여 제가 내막을 조금 더 알아봐도 되겠습니까?"

최헌직이 고개를 저었다.

"아니네. 궁에 속한 이가 사사로이 움직이다가 전하와 저하께 누를 끼칠지도 모르니, 관여하지 마시게."

"그 아이는 어떻게 해야겠습니까?"

"아직 시간이 있으니 조금 더 지켜보시게."

"예, 알겠습니다, 어른."

김밀희가 회의실을 떠나자 최헌직은 내일 세자를 대신하여 읽을 영지(令旨)를 펼쳤다. 지난겨울 동안 혹한과 폭설의 피해가 심했던 삼남의 유민을 구휼하는 내용이 담겨 있었다. 하지만 영지의 글귀가 눈에 들어오지 않았다.

중금을 선발하는 시험이 6월 중에 있을 예정이었다. 중금 선발은 정시에 행하는 것이 아니라 결원이 생기면 인원을 보충하기 위해 예비 중금이라 할 수 있는 소중금을 선발하고, 다시 소금중 일부를 정식 중금으로 임명했다. 임금의 지근거리에서 임무를 수행하는 직책인 만큼 공개적인 시험을 통하지 않는 것이었다. 인재를 검증하는 과정도 까다로웠다. 게다가 과거를 예조가 담당하는 것과는 달리 중금 선발은 중금군에게 재량권이 많이 주어졌다. 예조를 완전히 배제하지는 않으나 중금의 입김이 셌다. 그 때문에 미리 재목을 발굴하는 중금의 활동이 묵인되고 있었다.

그런데 며칠 전 우연히 마주친 자리에서 상선내시 서승이 최헌직에게 말했다.

"이번에 중금을 선발하는 자리에 본인의 양자가 나서겠다고 하오. 문관으로 성장하기를 원했으나, 자식 이기는 부모 없다 않소이까. 자식의 뜻이 그러하니 내가 어쩌겠소, 허허. 잘 부탁드리오."

서승은 숙종 임금 때부터 경종을 거쳐 현재의 임금에 이르기까지 3대에 걸쳐 상선내시를 지내는 중이었다. 왕이 바뀌고 조정에 피바람이 불어서 대신들이 숙청되어 사라지는 동안 그 홀로 그 자리에 그대로 남아 있었다. 혹자는 서승을 일러 '궁궐 귀신'이라 불렀다. 오랜 세월 임금 곁에서 궁을 지킨 탓에 삼정승을 비롯한 1품 대신들도 그를 함부로 대하지 못했다. 아니, 정치적 셈법에 따를 수밖에 없는 대신들 대부분이 서승의 눈치를 살피는 편이었다. 그들은 서승을 통해 왕의 심기와 의중을 파악하려 했고, 서승은 또 그러한 상황을 적절히 이용하면서 자신의 존재감을 높였다.

중금이 속해 있는 내반원의 수장이 상선내시이기는 하나, 대대로 중금군은 독립적으로 움직였다. 왕의 목소리를 대신한다는 상징성이 중금들에게 품계로 따지기 힘든 위엄을 심어준 까닭이었다. 그런데 상선내시의 양자가 중금이 되려 한다. 최헌직은 서승이 모종의 계략을 품고 자신의 양자를 중금군에 넣으려는 것이 아닌지 적잖이 걱정되었다.

최헌직은 상념을 털어내려는 듯 머리를 흔들고 탁자 위의 영지를 읽기 시작했다.

∞

"웬 청년이 정랑 나리를 뵙고 싶어 합니다요."

참봉이 다가와 말했다. 일에 몰두하고 있던 호조 정랑 정홍순은 눈살을 찌푸렸다. 그 모습을 보고 참봉이 고개를 조아렸다.

"나리께서는 바쁘시니 뵐 수 없다고 엄하게 꾸짖었는데도 벌써 한 시진이 넘도록 관아 앞을 지키며 귀찮게 하는 통에……."

"나를 보려는 것인가, 아니면 호조에 볼일이 있는 건가?"

"정랑 나리를 콕 집어 떼를 씁니다요."

"무슨 일로?"

"지전의 일로 여쭐 게 있다고 합니다."

"지전?"

그렇지 않아도 지전 주인 도경술이 방종현의 밀수를 교사했다는 죄목으로 포도청에 압송되었다는 소식을 듣고 마음이 불편하던 참이었다. 하지만 이미 자신의 손을 떠난 일이었다. 일일이 민원에 응대하다가는 몸이 열 개라도 모자랄 판이었다.

"나는 바쁘니 적당히 돌려보내게."

참봉은 이러지도 못하고 저러지도 못한 채 정홍순의 눈치를 살피다가 자리를 떴다.

정홍순은 참봉이 떠나고 나서야 등받이에 등을 기댔다. 공문에 자신의 견해를 적었건만, 형조의 관리들은 어쩌면 그것을 월권행위로 받아들였을 것이다. 엽전이나 세는 호조의 정랑 따위가 수사에 영향을 미치려 했으니 말이다. 그게 아니라면 정홍순 자신과 도경술 일당 사이에 은밀한 거래가 있는 것으로 의심했을지도 모른다. 정홍순은 괜한 일을 해서 도경술과 방종현에게 오히려 피해를 주지 않았는지 걱정했다. 하지만 더 이상 관여하는 것은 이치에 맞지 않았다. 그것은 자신의 일이 아니었다. 호조의 관리가 할 일이 있고 형조의 관리가 할 일이 따로 있었다. 정리에 이끌릴 때면 정홍순은 항상 그런 식으로 원리원칙을 따져 생각했다. 그편이 남한테 피해를 덜 주는 길이었고, 자신으로서도 편한 길이었다.

그날 정홍순은 업무를 마치고 다른 이들보다 늦게 관아를 나섰다. 이미 날이 기울어 있었다. 출입문을 나서는데, 웬 청년 하나가 앞을 가로막고는 넙죽 절을 했다.

"죄송합니다만, 혹시 정홍순 정랑 나리이십니까?"

"그렇다. 그런데 무슨 일이냐?"

"정랑 나리, 온종일 여기서 나오시기를 기다렸습니다. 저는 지전 주인 도경술의 집에서 기숙하는 이지견이라고 합니다."

낮에 참봉의 일이 떠올랐다. 그때가 사시(巳時, 오전 10시경)였다. 지금은 못해도 술시(戌時, 오후 8시경)를 넘었을 것이다. 정홍순은 놀란 눈으로 청년을 바라보았다.

"나리의 존함은 주인어른으로부터 들었습니다."

"나를 전에 본 적이 있느냐?"

"아닙니다. 오늘 이곳을 지키면서 관아를 드나드는 분 모두에게 절을 하면서 존함을 여쭈었습니다. 이리 뵙게 되어 참으로 다행입니다, 나리."

진즉에 안으로 들일 것을 그랬다는 미안함이 몰려왔지만, 정홍순은 짐짓 냉정을 과장하고 말했다.

"너희 주인 때문에 이러는 것이냐? 하지만 나는 어떤 것도 도울 수 없다. 따지려거든 형조로 가거라."

"그게 아니옵고⋯⋯. 사건이 있던 날 저희 지전 일꾼들과 함께 청에서 들어온 이들의 명부 같은 것이 있을까 해서 찾아왔습니다."

정홍순은 지견의 얼굴을 빤히 쳐다보았다. 잘생기고 음성도 좋았다. 행색으로 보아 그 집 자식은 아닌 듯싶었다. 하인도 아닌 듯했다. 이들의 관계에 궁금증이 일었으나, 괜한 관심을 보이는 것으로 비칠 것 같아 호기심을 거두었다. 그래도 아침나절부터 밤까지 고생한 것에 대한 보상은 해주고 싶었다.

"조선에서 외국으로 나갈 때는 국경을 면한 지역이나 항구가 있는 관아에 신고하게 되어 있다. 들어올 때도 마찬가지다. 방종현 무리가 탄 상선이 제물포를 통해 들어왔으니, 제물포의 수군 진영에 알아보면 함께 들어온 이들에 관한 기록이나 흔적이 있을 것이다. 도성에는 대량의 물품을 들여오거나 공무로 외국에 나갔다가 돌아왔을 때 우리 관아에 신고하게 되어 있다."

"그러면 청에 갔다가 그날 도성에 들어온 이들의 기록도 보관하고 있습니까?"

정홍순은 생각에 잠겼다. 공문서를 사인(私人)이 열람하는 것이 국법에 어긋나는가를 따져보았다. 그리고 말했다.

"도경술의 친인척이라면 열람이 가능하다. 너는 도경술과 어떤 관계이냐?"

"저는 지전 주인의 배려로 그 집에 머물며 공부하는 서생입니다. 하면 주인의 혈육이라면 열람이 가능합니까?"

"가능하다."

"감사합니다, 나리. 내일 일찍 주인의 자식과 함께 관아를 방문하겠
습니다. 감사합니다."

지견이 넙죽 절을 하고 물러났다. 정홍순은 지견이 사라진 쪽을 바라
보고 있다가 다시 호조 관청으로 돌아갔다. 그는 도성 출입 장부를 꺼
내 사건이 있던 날의 기록을 훑어보았다. 사건이 자신의 손에 있던 당
시에 이미 여러 번 살펴본 기록이었다.

기록에는 방종현을 비롯한 지전 무리와 수레 일곱 차, 포목전의 수
레 다섯 차와 일꾼들의 이름, 사신을 접대하는 모화관의 요청으로 청
에서 들여온 주류를 담은 수레 세 차와 일꾼들, 장신구를 실은 등짐 두
개와 부상의 이름이 적혀 있었다. 모두 같은 상선을 타고 청에서 제물
포로 입국한 이들이었다. 그 외에 역관 한 사람의 이름이 있었고, 제물
포에서 올라온 건어물을 실어 나른 수레 두 차와 수레꾼 세 사람의 이
름이 있었다. 수레가 모두 열일곱 차에 등짐이 두 개, 사람이 스물한
명이었다. 그리고 수레를 끌고 온 나귀가 스무 마리였다. 다른 날에 비
해 유난히 출입 명부에 기록할 사항이 많은 날이었다. 그것도 모두 같
은 시각에 성문에 몰렸다. 이 혼잡을 틈타 누군가 해마의 밀반입을 시
도한 것이다. 그 '누구'가 결코 방종현일 수는 없다고, 정홍순은 여전
히 확신하고 있었다.

∞

다음 날 아침 일찍 도정윤이 호조 관아를 찾았다. 정홍순은 일부러 다른 관리들의 눈에 띄는 곳에서 도정윤을 맞았다. 공무의 원칙에 거리낌 없는 일이었다. 사인을 사사로이 돕는다는 인상을 남기고 싶지 않았다. 도정윤은 장부에 적힌 기록을 종이에 옮겨 적고는 일어섰다.

"도움을 주셔서 감사합니다, 정랑 나리."

"할 일을 했을 뿐이오."

도정윤이 인사를 하고 돌아서려는데 정홍순이 별것 아니라는 식으로 물었다.

"함께 온다던 그 청년은 왜 동행하지 않았소?"

"아, 그 아이는 저희 집 물건이 들어오던 날에 함께 들어온 물건과 사람을 확인하겠다고 새벽에 제물포로 떠났습니다."

정홍순이 말했다.

"사인이 열람하기가 쉽지 않을 터인데……. 하긴 그 정도 열성이면 해낼 듯싶구면. 그런데 둘이 어떤 관계요?"

"저의 의제(義弟)입니다."

정홍순은 궁금한 것이 더 있었으나, 특별히 관심을 기울인다는 인상을 주기 싫어 거기서 그만두었다. 정홍순이 등을 보이자 도정윤은 한 번 더 고개를 숙여 보이고 자리를 떴다.

그 다음 날, 방종현은 이 년의 도형에 처해져 장 서른 대를 맞은 뒤

양주의 노역장으로 이송되었다. 방종현이 끝내 무고함을 주장했기에 도경술에 대한 처분은 미루어졌다. 그는 옥사에 갇힌 채 계속 취조에 시달렸다. 증거 없이 자백만 강요하는 강압적인 취조에 도경술은 만신창이가 되었다.

제물포로 떠났던 닷새 뒤 지견이 도착했다. 도정윤과 지견은 제물포의 수군 진영에서 알아온 입국 명단과 호조의 장부에 적혀 있던 명단을 비교했다. 세심히 살펴본 지견이 말했다.

"종현 형님께서 들어오시던 날, 수군 진영의 기록에는 수레 열다섯 차와 등짐 열여덟 개가 있습니다. 문방구와 포목, 주류를 담은 수레는 모두 도성으로 향했으니, 제물포와 한양의 숫자가 일치합니다. 따로 제물포에서 출발한 건어물 수레 두 개가 수입품을 실은 수레들과 같은 날 도성에 들어왔습니다. 함께 청에서 들어온 등짐 열여덟 개는 정확한 행방을 알 수 없습니다. 그런데 형님, 보십시오. 같은 날에 청에서 상선을 타고 입국한 사람이 모두 열일곱 명입니다. 도성에 들어온 명단과 비교했을 때 네 사람이 빠집니다. 그 네 사람 중에는 제물포에서 출발한 건어물 수레꾼이 세 사람이고, 나머지 한 사람이 역관 주윤봉입니다."

도정윤이 물었다.

"그래서?"

"주윤봉은 종현 형님보다 며칠 앞서 조선으로 들어왔다가, 종현 형님이 도성에 들어오시던 날 같이 성문을 통과했습니다. 공무로 청에 다녀온 역관이 사신이 아니라 장사치들과 동행하다니, 이상하지 않습니까?"

"다른 볼일이 있어 사신을 먼저 보내고 뒤늦게 입성했을지도 모르지 않느냐? 물증도 없이 그 역관을 고변했다가는 도리어 우리가 당할 수 있어."

"네, 형님 말씀이 맞습니다. 일단은 종현 형님과 같은 시각에 도성에 입성한 모든 사람에게 혐의가 있습니다. 종현 형님과 함께 청에 갔다가 돌아온 이들과 내어물전의 일꾼들 모두 시전의 상인들과 관련이 있을 것이니, 형님과 지전 식구들은 그들에 대해서 은밀히 조사해주십시오. 저는 역관 주윤봉을 알아보겠습니다."

"지전 일꾼들을 어떻게 불러 모은다? 그들 집을 모르는데."

지견이 생각에 잠겼다가 말했다.

"지전에서 잔심부름하는 아이가 일꾼들의 집을 알지 않을까요? 그 아이를 통하면 될 듯싶습니다."

"아, 효동이 말이구나. 그래, 그러면 되겠다."

다음 날 아침 일찍 지견이 시전으로 나갔다. 효동이라는 아이를 어렵지 않게 만날 수 있었다. 지전 바로 앞에 죽치고 앉아 있었기 때문이다. 다행히 효동은 지전 일꾼들 중 몇 사람의 집을 알고 있었다. 그들을 통해 소식을 전하면 지전 일꾼들을 모을 수 있을 것 같았다.

"내일 정오에 지전에서 모일 수 있도록 부탁한다."

효동은 간만에 일이 생긴 것이 반가워 함박미소를 짓고는 냅다 달려갔다.

다음 날 정오에 지전에 모인 일꾼이 모두 열둘이었다. 원래 지전 일꾼이 열일곱이나 방종현을 비롯하여 해마 밀수에 연루된 다섯 사람은 도형에 처해져 노역 중이었다. 일꾼 열두 사람 외에 효동도 자리를 하나 차지하고 앉았다.

도정윤이 말했다.

"이번에 아버님과 종현 형님 그리고 청에 다녀온 네 사람이 사건에 연루되었소. 그래서 옥살이를 하고 형에 처해진 것은 다들 알고 있을 것이오. 하지만 아버님이나 종현 형님이 절대 그럴 사람이 아님을 또한 모두 잘 알고 있을 것이오."

일꾼들이 모두 목에 힘을 주어 고개를 끄덕였다.

"하여 진위를 가리기 위해 자체적으로 조사를 할까 합니다."

일꾼 중 하나가 물었다.

"저희가 무슨 일을 해야 합니까? 무엇이든 시켜만 주십시오."

지견이 그 말을 받았다.

"그날 지전의 물품을 담은 수레와 함께 도성을 통과한 수레가 있습니다. 모두 열일곱 차로 우리 것 일곱 차를 빼면 열 차가 남습니다. 그중 다섯 차가 포목전, 세 차가 주류 중개인, 나머지 두 차가 건어물전의 것입니다. 그런데 이들 가운데 포목전과 주류 중개인의 일꾼들은 종현 형님과 함께 청에 다녀왔습니다. 그러니 여러분께서 종현 형님과 함께 청에 다녀온 분들을 대상으로 청에서나 조선에 도착한 뒤로 기억할 만한 일이 없는지 알아봐주십시오. 그리고 내어물전의 수레를 몰고 온 일꾼들에 대해서도 탐문을 부탁드립니다. 그럼 곧장 일들 보시고, 내일 이 시간에 다시 뵙겠습니다."

지전 일꾼들은 서로의 인맥을 공유하며 담당할 몫을 저희끼리 정했다. 그러고는 모두 흩어졌다. 혼자 남겨진 효동이 지견에게 물었다.

"저는 무얼 할까요?"

지견이 웃음을 짓고 말했다.

"너는 어제의 고생으로 충분하다."

효동은 자기만 역할이 없어서 서운한 듯 입술을 쑥 내밀었다. 그 모습을 보고 지견이 말했다.

"그러면 혹시 역관 주윤봉의 집이 어디인지 알 수 있겠느냐?"

효동이 놀란 눈으로 되물었다.

"그 빌어먹을 인간 말이에요?"

지견과 도정윤이 서로의 얼굴을 쳐다보고는 효동에게로 시선을 모았다. 도정윤이 물었다.

"네가 주윤봉의 집을 아느냐?"

"알다마다요. 저희 동네 사는데요? 어찌나 돼먹지 못한 인간인지, 그놈 이름만 나와도 동네 어른들이 혀를 끌끌 찹니다요. 그런데 어디 가서 또 못된 짓을 했는지, 흠씬 두들겨 맞고는 벌써 삼칠일이 넘도록 누워만 지내고 있습니다."

"두들겨 맞았다고? 누구한테?"

"그건 저도 모릅니다."

“지금 곧장 주윤봉의 집으로 안내해줄 수 있느냐?”

“그럼요.”

지견이 일어서서 도정윤에게 말했다.

“무언가 짚이는 게 있습니다. 형님, 다녀오겠습니다.”

“무엇이냐?”

“다녀와서 말씀드리겠습니다.”

그러고는 효동에게 말했다.

“가자꾸나.”

“예!”

효동은 할 일이 생겨서 신이 난 듯 우렁찬 목소리로 대답했다.

∞

지견은 주윤봉의 집으로 향하기 전에 곶감 한 줄을 샀다. 그리고 효동이 이끄는 대로 따라 걸었다. 돈의문을 지나자 오른쪽으로 인왕산이 보였다. 전에 도정윤과 함께 소리 훈련을 하느라 인왕산에 오른 기억이 떠올랐다.

“저희 집은 저 재 너머에 있습니다.”

효동이 무악재를 가리켰다.

무악재를 넘어서자 마을이 나타났다. 길에서 뛰놀던 아이들이 효동을 알아보고는 우르르 모여들었다. 그러고는 동행한 지견을 올려다보았다. 효동은 자랑스러운 듯 말했다.

"우리 지전의 이지견 도련님이셔."

효동의 음성에서 상전을 모시고 다닌다는 자부심이 느껴졌다. 하지만 지견은 이렇게 아이들에게 둘러싸여 있다가는 원하는 바를 이룰 수 없을 듯하여 효동에게 일렀다.

"역관의 집이 어딘지 가르쳐다오. 나 혼자 다녀올 테니, 너는 내가 올 때까지 아이들과 놀고 있거라."

"이 길을 쭉 따라가다가 길이 갈라지는 곳에서 오른쪽으로 틀어서 첫 번째 집입니다."

지견은 효동이 일러준 대로 걸음을 옮겼다. 길이 갈라지는 곳에 이르러 일부러 패랭이를 삐딱하게 쓰고 비굴한 표정을 지었다. 그러고는 주윤봉의 집으로 짐작되는 집의 마당으로 들어섰다. 약 달이는 냄새가 코를 찔렀다. 지견은 소금 장수 시절에 주막에서 본 적이 있는 노름꾼들의 음성을 흉내 내었다.

"역관 나리 계십니까요? 역관 나리?"

정주간에서 아낙 한 명이 나왔다.

"뉘시오?"

"역관 나리께 볼일이 있어 찾아왔습니다요."

그러면서 아낙에게 곶감을 내밀었다.

"맨손으로 올 수 없어, 뭐라도 하나 들고 왔습니다요."

이런 일이 익숙한 듯 아낙은 곶감을 받아들고는 방문을 가리켰다.

"병신이 되어서 어디 쓸모가 있으려나, 쯧쯧."

그러고서 아낙은 정주간으로 쏙 들어가버렸다.

지견은 방문을 조심스럽게 열었다.

"역관 나리 계십니까?"

방 안에 주윤봉으로 짐작되는 이가 누워 있었다. 시선이 천장에 고정되어 있었다. 지견이 들어서도 반응을 보이지 않았다.

"역관 나리이십니까?"

주윤봉이 눈알을 굴려 지견을 보았다. 효동의 말대로 주윤봉의 얼굴이 엉망이었다. 벌써 스무하루가 지났다고 했는데도, 상처가 깊은 것을 보면 당해도 아주 크게 당한 모양이었다.

"어디 편찮으십니까?"

"보면 모르느냐?"

대뜸 반말이었다. 효동의 말대로 돼먹지 못한 인간이었다.

"어쩌다가······?"

지견이 조심스럽게 물었으나, 주윤봉은 대답 없이 다시 눈길을 천장에 두었다. 지견은 하는 수 없다는 듯 말을 꺼냈다.

"저희 어른께서 큰 건을 청한다고 하셨는데, 다른 사람을 알아보아야겠습니다요."

지견은 자리에서 일어나 방을 나서려 했다. 그러자 주윤봉이 지견의 뒤통수에다 대고 말했다.

"그 어른이 누구신가?"

지견이 엉거주춤한 자세로 대답했다.

"이 일에 닳고 닳은 줄 알았는데, 영 아니시구먼. 이런 거래를 하면서 누가 자기를 밝힌다 말이오."

주윤봉은 힘겹게 일어나 벽에 등을 기대어 앉았다. 이불 속에 감추어져 있던 왼손이 드러났는데, 천이 감겨 있었다.

"내 꼴이 이래서 직접 나서지는 못하나 사람을 연결해줄 수는 있다. 단, 내 몫도 챙겨주어야 한다."

"아이고, 그래 주신다면야 역관 나리 몫도 넉넉히 챙깁지요."

"원하는 물건이 무엇이냐?"

지견은 잠깐 뜸을 들인 다음 말했다.

"해마입니다요."

주윤봉의 눈이 커졌다. 그는 지견의 눈길을 피하고 이를 악물었다. 곧 그의 눈은 공포에 질렸다. 그 순간, 지견은 주윤봉의 반응을 놓치지 않았다. 주윤봉이 떨리는 음성으로 말했다.

"그만 돌아가라. 난 관여치 않으련다."

지견이 밀어붙였다.

"값이 큰 물건이니, 역관 나리께 떨어지는 몫도 많을 겁니다요."

"그만 가래도!"

주윤봉이 버럭 소리를 질렀다.

"아니, 왜 이러십니까요, 역관 나리?"

주윤봉은 성한 손으로 베개를 집어 던지며 지견에게 고래고래 소리

첬다.

"가! 가!"

지견은 하는 수 없이 방에서 물러나왔다. 정주간에 있던 주윤봉의 아내가 마당으로 달려 나왔다. 그러고는 주윤봉이 있는 방을 노려보며 말했다.

"으이그, 병신이 되어서도 성질머리는 그대로구먼!"

지견은 겁에 질린 표정으로 주윤봉의 집을 나왔다. 골목으로 나서자 곧 그는 표정을 싹 바꾸고, 주윤봉의 집을 돌아보았다.

'무언가 있다.'

지견은 효동이 있는 곳으로 향했다. 동네에 들어설 때만 해도 아이들 노는 소리로 왁자하더니 조용했다. 아닌 게 아니라 조금 전 효동과 헤어졌던 곳에 아이들이 빙 둘러앉아 있었다. 그리고 그 가운데에서 웬 처녀가 서책을 읽고 있었다.

'저 처녀가 들려주는 이야기에 다들 넋이 빠졌구나.'

지견이 웃음을 지으며 다가갔다. 그러다가 우뚝 걸음을 멈추었다. 서책을 소리 내어 읽고 있는 처녀의 옆모습이 낯익었다. 화원의 청독회에서 만난 책비 처녀 재인이었다. 복면을 하지 않은 모습은 처음이었다. 화원 누각의 어두운 호롱불이 아니라 밝은 햇빛 아래서 재인과 마주하니, 지견의 심장이 요동치기 시작했다. 지견은 무엇에라도 홀린 듯 우두커니 서서 재인을 바라보았다. 누군가 자신을 쳐다보고 있다는 낌새를 차린 재인이 입을 다물고 지견 쪽을 보았다. 언젠가 화원의 누각에서처럼 두 사람의 눈길이 마주쳤다. 하지만 그때와 달리 재인은 얼른 눈길을 거두고는 자리를 피했다. 아이들이 재인의 뒤를 따르며 졸라댔다.

"왜 읽다 말아? 응? 응?"

아이들이 떼거지로 따라붙자 재인은 아이들을 달랬다.

"내일 다시 읽어줄게. 내일."

재인은 지견을 잠깐 쳐다보고는 다시 총총히 걸음을 옮겼다. 지견은 저도 모르게 재인의 뒤를 쫓았다. 그러다가 무엇에 놀란 듯 소스라치며 걸음을 멈추었다.

'이럴 때가 아니다. 주인어른의 누명을 벗기는 일이 먼저다.'

지견은 떨어지지 않는 발걸음을 애써 옮겼다. 효동이 지견의 뒤를 따랐다.

19. 탐정 이지견

　다음 날 지전에 일꾼들이 다시 모였다. 포목전과 주류 도매상의 수레꾼들한테서는 별다른 점을 찾지 못했다고 했다. 그러나 제물포에서 건어물을 실어왔던 내어물전의 수레꾼 한 명은 반병신이 다 되었다고 하는데, 노상에서 왈패들에게 봉변을 당해 그리되었다는 소식이었다. 일꾼들이 물고 온 정보를 머릿속에 굴리던 지견이 자리에서 일어섰다.

　"저는 잠시 포목전에 다녀오겠습니다."

　그 말에 도정윤이 말했다.

　"무슨 일이냐? 나도 같이 가련?"

　예정대로 5월에 설영과 예를 올릴 수 있다면, 포목전의 주인 김일엽은 도정윤의 장인어른이 될 사람이었다.

　"아닙니다, 형님. 저 혼자 다녀오겠습니다. 모두 예서 기다려주십시오."

　지견이 지전 밖으로 나서자 효동이 쪼르르 뒤를 따랐다. 전날부터 효동은 지견의 충복 노릇을 자처했다.

지견이 포목전으로 가서 김일엽을 만났다.

"자네 왔는가? 사돈께서 몸을 상하지는 않으셨는가?"

지견은 도경술이 밀수 교사범으로 몰린 상황에서도 '사돈'이라는 호칭을 잊지 않는 김일엽이 고마웠다. 사실 이 일로 혼사가 깨질까 봐 도정윤은 걱정이 많았다.

"형님으로부터 잘 버티고 계시다는 말씀을 들었습니다."

"그래, 그래야지. 곧 억울함에서 벗어나실 테니, 자네도 너무 걱정하지 말게."

"예, 어른."

"그런데 무슨 일로 찾아왔는가?"

"지난번 사건 때 우리 지전 일꾼들과 함께 청에 다녀왔던 수레꾼을 만나고 싶어 찾아왔습니다."

"안에서 조금만 기다리게."

잠시 뒤 김일엽이 수더분하게 생긴 중년 사내를 데리고 나타났다. 무슨 일을 하다가 급히 불려왔는지, 그의 손에는 돌돌 말은 두툼한 가죽이 들려 있었다.

"잠시 여쭐 게 있습니다."

포목전의 수레꾼은 꺼림칙한 일에 자신이 소환된 것이 불안한 듯 계속 눈을 껌벅였다.

"혹시 역관 주윤봉을 아십니까?"

지견의 물음에 수레꾼은 고개를 갸웃거리다가 대답했다.

"주윤봉이라는 사람은 모르나, 이번에 역관 한 명이 상경하는 길에 동행했지요."

"그 역관이 제물포에서부터 동행했습니까?"

"아니요. 하루 전, 그러니까 도성에 들어오기 전날에 금천의 주막에 여장을 풀었는데, 그때 그 역관도 같은 주막에 들었소."

"그 사람이 역관인 줄 어떻게 아셨습니까?"

"제 입으로 말하고 다녔소. 역관이 무슨 벼슬이라고, 우리 일꾼들 앞에서 상전 노릇을 하려고 드는 거요. 참 기분 나쁜 작자였소."

"그 사람과 관련하여 특별히 기억나는 일이 없습니까?"

"뭐 그런 것은 없었소. 굳이 따지자면, 다음 날 새벽 일찍 주막을 떠나려는데 그 작자가 우리보다 먼저 준비하고 있었다는 것 정도. 끼워주겠다고 하지도 않았는데 천연덕스럽게 우리를 따라붙었소."

"혹시 그날 함께 움직인 수레꾼이나 다른 일행과 아는 사람이 있어 보이지는 않았습니까?"

"별로 관심이 없어서 그 작자가 뭘 하며 도성까지 왔는지는 모르겠소. 도성으로 오는 동안 우리 포목전 수레가 제일 앞장섰는데, 그 인간에 대해서 별 기억이 없는 걸 보면 제일 뒤쪽에서 따라왔나 보오."

"제일 뒤쪽에는 어느 수레가 있었습니까?"

"내어물전의 수레였소. 건어물이 실려 있었지요."

"혹시 내어물전 수레꾼들한테서 이상한 낌새는 없었습니까?"

"그건 모르겠소. 그치들하고는 알고 지내는 사이가 아니어서 별다른 기억이 없소."

"큰 도움을 주어서 고맙습니다."

수레꾼 사내는 김일엽에게 고개를 숙여 보이고 자리에서 일어섰다. 지견은 수레꾼이 들고 있는 가죽을 생각하며 말했다.

"어른, 포목전에서 가죽도 취급합니까?"

김일엽이 대답했다.

"응? 아, 저것은 파는 물건이 아니라 수레에 물건을 싣고 옮길 때 그 위를 덮는 데 쓰는 걸세. 저래 봬도 꽤 비싼 물건이라 간수 잘하고 관리 잘하는 것도 수레꾼의 일이지."

"큰 가게에는 저런 물건이 다 있겠습니다?"

"그렇지. 가게마다 가죽의 질이 조금 다르네. 지전은 지류를 취급하기 때문에 방수 기능이 좋은 물소 가죽을 쓰고, 우리는 황소 가죽을 쓴다네."

고개를 끄덕이던 지견은 불현듯 머릿속에서 번개가 치는 듯싶었다. 그는 자리에서 벌떡 일어났다. 그 모습을 보고 김일엽이 놀라 물었다.

"무슨 일인가?"

지견은 정말 벼락이라도 맞은 것처럼 눈을 부릅뜨고 꼼짝 않고 서 있다가 서두르기 시작했다.

"어른, 나중에 다시 뵙겠습니다."

부리나케 달려 나가는 지견의 뒷모습을 김일엽이 눈으로 좇으며 놀란 표정을 지었다. 포목전 밖에서 기다리고 있던 효동도 지견을 따라 냅다 뛰기 시작했다.

∞

지전으로 돌아가자마자 지견이 말했다.

"혹시 내어물전에서 일하는 이를 아는 분이 있으십니까?"

효동이 번쩍 손을 들었다.

"내어물전에서 심부름하는 아이를 알고 있습니다."

지견은 효동을 보며 미소를 지었다. 그리고 도정윤을 돌아보며 말했다.

"형님, 이번에 주인어른께서 누명을 벗으신다면, 이 아이의 공이 큽니다. 꼭 상을 내려주십시오."

도정윤은 앞뒤 사정을 몰랐지만, 크게 고개를 끄덕였다. 약속한다는 뜻이었다. 효동도 영문을 모르기는 마찬가지였지만, 지견과 도정윤의 행동을 보고 신이 난 표정이었다.

지견이 효동에게 말했다.

"내어물전에서 물건을 옮길 때 쓰는 수레가 있고, 그 수레로 물건을 옮길 때 그 위를 덮는 가죽이 있다. 가서 내어물전에서 어떤 가죽을 쓰는지 알아올 수 있겠느냐?"

효동이 힘차게 고개를 끄덕였다. 그러고는 지전 밖으로 달려 나갔다.

효동이 사라진 뒤 잠시 사이를 두고 도정윤이 물었다.

"무슨 일인지 말해줄 수 있느냐?"

지견이 생각을 정리하는 듯 잠시 멈추어 있다가 입을 열었다.

"제 짐작이 틀리지 않다면, 내어물전의 수레를 덮는 가죽은 물소 가죽일 것입니다."

도정윤이 참지 못하고 다시 물었다.

"어째서 그런 것이냐?"

지전 일꾼들의 눈이 일제히 지견에게로 모였다.

"이번 해마 밀수 사건의 진범은 역관 주윤봉입니다. 그리고 내어물전의 수레꾼이 그와 내통을 했습니다. 사신과 함께 청에 갔던 주윤봉이 해마를 들여왔고, 그것을 금천의 주막에서 합류한 내어물전의 수레에 숨겨서 도성을 통과하려 한 것입니다."

지전 일꾼이 물었다.

"그런데 어찌 그 물건이 우리 수레에서 나온 것이오?"

"주윤봉이 실수를 했습니다. 당일 새벽에 건어물이 실린 수레에 해마를 숨겼어야 하는데, 실수로 지전의 수레에 실은 것입니다. 왜냐하면, 내어물전의 수레를 덮는 가죽이 우리 지전과 같은 종류였기 때문입니다. 어스름한 새벽, 마당에 나온 주윤봉은 물건을 지키는 불침번의 눈을 피해 급히 해마를 수레에 옮겼습니다. 그런데 그만 같은 물소 가죽을 쓰는 지전의 수레에 물건을 넣은 것이지요. 해마는 크기가 작고 눈여겨보지 않으면 다른 건어물과 구별하기 힘듭니다. 그 점을 이용하여 주윤봉은 내어물전의 수레를 밀수의 도구로 활용한 것입니다."

도정윤이 말했다.

"네 말대로 내어물전 수레꾼과 주윤봉이라는 자가 내통을 했다면, 진즉에 그 수레에 해마를 옮겨놓는 편이 더 낫지 않았겠느냐? 그랬다면, 그렇게 급히 일을 처리하다가 실수도 하지 않았을 테고."

"청에서 들여온 해마는 온갖 약재와 함께 쪄서 말린 엄청난 고가의 물건입니다. 그런 물건을 며칠 동안 건어물과 뒤섞어놓으면 냄새가 배고 겉이 상해서 값이 떨어지지 않겠습니까? 가격이 높은 물건인 만큼 값이 낮아지면 손해도 클 것입니다. 그래서 내내 품에 지니고 있다가 도성에 들어오는 날에야 수레에 숨기려 했을 것입니다."

도정윤과 지전의 일꾼들이 모두 고개를 끄덕였다. 지견의 말이 이어졌다.

"하지만 주윤봉과 내어물전의 수레꾼도 누군가의 하수인에 불과합니다."

다시 도정윤과 일꾼들의 시선이 지견에게로 쏠렸다.

"두 사람은 누군가의 지시를 받고 해마를 들여왔습니다. 그러나 일을 제대로 처리하지 못해 해마가 관아에 적발되자, 그 둘은 벌로 봉변을 당했습니다."

도정윤이 말했다.

"지견이 네 말이 옳다. 같은 날 도성에 입성한 자들 중 두 사람이 같은 시기에 변을 당한 것은 우연치고는 괴이하다."

그때 내어물전에 갔던 효동이 지전으로 뛰어들었다. 도정윤이 급히 물었다.

"알아보았느냐? 내어물전의 수레를 덮는 가죽이 진짜 물소 가죽이더냐?"

효동이 놀란 눈으로 되물었다.

"어, 어떻게 아셨습니까, 작은 어른? 맞습니다. 내어물전에서는 안남(安南, 베트남)에서 들여온 물소 가죽을 쓴다 했습니다."

지전의 일꾼들이 모두 지견을 힐끔거리며 고개를 끄덕였다. 도정윤이 지견에게 말했다.

"지견이 네 말이 딱딱 맞아떨어지는구나. 하지만 이 일을 어떻게 밝혀서 아버님과 우리 일꾼들의 억울함을 풀단 말이냐? 두 사람을 족치는 수밖에 없는데, 증거도 없이 관아에 고변할 수는 없으니 말이다."

지견이 말했다.

"형님, 당장 전에 찾아뵈었던 호조의 정랑을 좀 만나야겠습니다."

"어쩐 일로?"

"가서 정랑에게 긴히 드릴 말씀이 있습니다. 형님께서 동행해주십시오."

"오냐, 알았다. 당장 가자."

효동도 따라 일어섰지만 지견이 말렸다.

"효동아, 오늘 고생이 많았다. 이제부터는 도련님과 내가 처리할 터이니, 너는 그만 집에 가거라."

도정윤이 덧붙였다.

"모두들 고생 많았소. 내일 같은 시각에 이 자리에서 다시 만나기로 하고, 오늘은 이만 돌아들 가십시오."

도정윤과 지견은 곧장 육조 거리로 향했다.

∞

호조 정랑 정홍순은 도정윤과 지견을 보자마자 대뜸 꾸짖었다.

"왜 이리 귀찮게 하는가!"

지견이 머리를 조아렸다.

"긴히 드릴 말씀이 있어 뵙기를 청했습니다. 잠시만 시간을 내어주십시오, 나리."

정홍순은 관리로서 사사로이 움직인다는 인상을 주고 싶지 않았다. 하지만 그 역시 해마 밀수 사건이 석연치 않은 터여서 궁금한 점이 많았다. 그래서 선심을 베풀듯 말했다.

"어서, 말해보아라."

지견이 물었다.

"저희 지전 수레에 있던 해마는 지금 어디에 있습니까?"

"우리 관아 창고에 다른 장물들과 함께 보관 중이다."

"해마를 노리는 자들이 있을지도 모릅니다, 나리."

"어느 간 큰 작자가 나라의 창고를 감히 건드리겠느냐?"

"지전에 누명을 씌운 자들이 있습니다. 그치들이 그토록 구하기 힘들고 값비싼 해마를 포기하지는 않을 듯합니다."

"어허, 이놈이 호조 관아를 우습게 보는 것이냐?"

도정윤이 끼어들었다.

"어떻게든 아버님의 살길을 찾아보려는 마음뿐입니다. 나리께서 해마가 창고에 그대로 있는지만 확인해주십시오. 간곡히 부탁드립니다, 나리."

"너희들이 나라의 녹을 먹는 관리를 종 부리듯 하겠다는 것이냐? 썩 물러가라!"

지견이 매달렸다.

"나리, 사람의 목숨이 달린 일입니다. 부디 도와주십시오."

"가라! 나는 공사가 바쁘니 다시는 찾지 말라."

정홍순은 매몰차게 돌아섰다.

덩그러니 남겨진 뒤 도정윤이 지견에게 물었다.

"견아, 왜 그것을 확인하고 싶어 하느냐?"

금세 표정을 바꾼 지견이 대답했다.

"제가 확인하고 싶은 것이 아니라, 저 나리가 확인하도록 한 것입니다."

"그게 무슨 말이냐?"

"신념이 강해서 남과 잘 어울리지 못하고 주변에 평이 좋지 않으나, 참 강직하고 올곧은 사람의 음성입니다. 불의를 참지 못하나 일일이 따질 처지가 아니어서 울분이 차 있기도 합니다. 지금 우리가 기댈 곳은 저 정랑 나리밖에 없습니다. 앞으로 일이 어찌될지 알 수 없지만, 호조 관아에 아는 얼굴 하나 정도는 있어야겠지요. 그렇게 조금씩 힘을 모아야지요."

"저 정랑의 음성에서 강직함을 느꼈다면 그나마 다행이다. 저이는 아버님과 종현 형님의 무고함을 알지도 모르겠다."

"네, 그럴지도 모릅니다. 하지만 자기 일이 아니니 오래지 않아 잊을 것입니다. 그래서 기억이 흐려지지 않도록 계속 귀찮게 만들려고 합니다. 그리고……."

잠시 말을 끊었던 지견이 목소리를 낮추었다.

"어쩌면 정말로 해마가 사라질지도 모릅니다. 주윤봉과 내어물전 수레꾼을 교사한 자들은 절대 해마를 포기하지 않을 것입니다. 그런 일이 벌어지면 주인어른과 종현 형님에 대한 재심의 기회가 생길지도 모릅니다."

"아무리 겁이 없는 놈들이라 해도 어찌 모든 관청이 모여 있는 육조 거리 관아의 창고를 털 생각을 하겠느냐? 주변에 깔린 군사가 얼마인데?"

도정윤의 물음에 지견은 딱히 대꾸하지 않았다. 두 사람은 말없이 지전 쪽으로 걸어갔다.

정홍순은 자기 자리로 돌아가서 문서 하나를 집어 들고는 참의에게로 갔다.

"창고에 가서 확인할 것이 있습니다. 열쇠를 내어주십시오."

참의는 자신의 뒤편 벽에 걸려 있는 열쇠를 집어다가 심드렁한 표정으로 내밀었다. 정홍순은 곧장 창고로 가서 문을 열었다. 창고 안에는 갖가지 장물들이 쌓여 있었다. 그는 전에 압수한 해마를 둔 곳을 살펴보았다. 그 자리에 그대로 있었다. 정홍순은 해마를 집어 이리저리 살펴보았다.

"이따위 것이 집 몇 채 값이라니, 쯧쯧."

그는 해마를 자리에 내려놓고 창고의 문을 걸어 잠갔다.

자정이 넘은 시각이었다. 밤이 깊도록 빈궁전의 불이 꺼지지 않았다. 세자의 아들인 왕세손의 병이 깊은 까닭이었다. 어의와 의원들이 몇 날 며칠째 바짝 붙어서 보살폈으나, 차도를 보이지 않고 오히려 점점 악화되었다. 내의원 제조인 예조판서 박문수도 왕의 명을 따라 궁을 떠나지 못했다. 굳이 왕의 명이 없었다 해도 그는 세손의 곁을 떠나지 않았을 것이다. 빈궁전과 내의원뿐 아니라 궁궐 전체가 침울한 분위기에 잠겨 있었다.

자정이 넘도록 빈궁전 앞을 지키고 있던 최헌직은 젊은 승전중금 둘이 다가오자 문 앞에서 나직이 말했다.

"저하, 정중금 최헌직은 이만 물러가겠습니다."

안에서는 대답이 없었다. 최헌직은 그대로 잠시 있다가 젊은 중금들에게 눈짓을 하고는 물러났다.

최헌직이 걸음을 내딛자, 거리를 두고 있던 훈도중금 김밀희가 뒤를 따랐다. 하루의 공무를 마치고 숙소로 돌아갈 때면 늘 마음이 허허로웠다. 고단한 하루를 보내고 몸을 쉴 시간이었으나, 그때부터 오히려 마음이 바빠지기 시작했다.

그토록 영민하던 세자는 부왕의 계속된 압박에 눈빛이 흐려지고 말았다. 게다가 대리청정을 하면서 하루 종일 신료들의 교활한 술수에 시달리느라 완전히 녹초가 된 것 같았다. 그런데 왕세손이 사경을 헤매는 불우한 일까지 겹쳤다. 그뿐만 아니라 그나마 마음이 통했던 승전중금 송도겸도 역모에 몰려 세상을 떠났다. 최헌직은 세자의 말벗이라도 되어주고 싶었건만 타고난 성정이 살갑지 못하여 그럴 수도 없었다.

최헌직은 아주 오래전의 일을 떠올렸다.

'경종 임금께 상을 달라 그랬다지…….'

벌써 삼십 년도 지난 일이었다. 이재운 중금이 경종 임금의 문안을 여쭈며 '재미난 이야기를 들려드리면 무슨 상을 내려주실 거냐고 물었다'는 이야기는 최헌직 또래의 중금들을 시시때때로 미소 짓게 만든 일화였다. 그처럼 담대하고 쾌활한 이가 중금들 중에 있었다면, 세자 저하의 마음도 조금은 밝아졌을 터인데…….

"정중금, 이제야 숙소로 가시는 겁니까?"

최헌직은 어둠 속에서 다가오는 이의 음성만 듣고도 그가 박문수 대감임을 알아차렸다. 궁궐이나 조정에서 거의 유일하게 마음을 놓을 수 있는 이였다. 사석을 가진 바도 없고 사담을 나눈 적도 없으나, 외모와 음성에서 훌륭한 인품이 그대로 묻어났다. 매사에 공명정대하여 백성들의 신망 또한 높은 몇 안 되는 신료 가운데 한 사람이었다.

최헌직이 말했다.

"대감, 걱정이 크시겠습니다."

박문수는 얼굴에 수심이 가득했으나, 음성이 잔잔했다.

"인력(人力)으로 어찌할 수 있는 일이 아닙니다. 그저 하늘에 맡겨야지요."

"허나 세손께서 승하하시면……."

"그 또한 하늘의 뜻 아니겠습니까? 다만 세자 저하의 안위가 걱정될 뿐입니다."

어의가 내의원 소속 의원들의 우두머리였으나 행정적 책임자는 제조인 박문수였다. 만약 이대로 왕세손이 불행한 운명을 맞는다면, 그 역시 운명의 칼날을 피할 수 없었다. 예순을 넘긴 노신(老臣)에게는 참으로 버거운 일이었다.

"왕세손께서 이겨내실 겁니다, 대감."

최헌직의 말에 박문수는 씁쓸한 미소를 지었다.

"그럼 또 뵙겠소이다."

두 사람은 맞절을 했다. 박문수는 빈궁전으로 향하고, 최헌직은 내반원으로 향했다. 동그랗게 차오르고 있는 달이 구름 사이에서 노닐고 있었다.

∞

도정윤과 이지견이 호조 정랑 정홍순을 마지막 만난 이틀 뒤였다. 지전에서 일꾼들과 머리를 맞대고 있는데, 효동이 뛰어 들어왔다.

"육조 거리가 시끌시끌합니다. 무슨 일이 났나 봅니다."

가게를 지킬 일꾼 둘만 남고 모두 육조 거리로 향했다. 사람들이 몰려 있었고, 관군들이 사람들의 접근을 막고 있었다. 도정윤과 지견, 지전의 일꾼들도 고개를 쳐들고 무슨 일인가 쳐다보았다. 그때 일꾼 하나가 소리쳤다.

"저기, 호조 관아 아닙니까?"

그랬다. 사달이 난 곳은 호조 관아였다. 관아 출입문에 금줄이 쳐지고, 안에서는 관군들과 관리들이 분주하게 오갔다. 지견이 같이 구경을 하는 사람들에게 무슨 일이냐고 물었지만, 사연을 아는 사람은 없는 듯했다.

지견과 도정윤은 사람들을 밀치고 제일 앞으로 나갔다. 관군이 저지하여 더는 나아갈 수 없었다. 그때 호조 정랑 정홍순이 관아 밖으로 뛰쳐나왔다. 그는 관아를 둘러싼 사람들의 얼굴을 살피다가 지견과 도정윤을 발견하고는 눈을 부릅뜬 채 다가갔다. 그는 무슨 말인가 하려다가 스스로 입을 다물고는 지견과 도정윤에게 나직이 말했다.

"자네들 가게로 가자."

정홍순이 먼저 움직였다. 도경술의 지전에서 여러 번 물건을 구입한 적이 있는 정홍순이 성큼성큼 걸어갔다. 지견과 도정윤이 그의 뒤를 따랐다. 지전의 일꾼들도 지견과 도정윤이 움직이자 두 사람의 뒤를 따랐다.

지전 앞에 이르러 정홍순은 멈추었다. 도정윤이 그에게 말했다.

"안으로 드십시오."

정홍순이 지전에 들어서고, 지견과 도정윤, 일꾼들이 차례로 가게로 들어갔다. 그리고 그들은 손님들이 종이를 펼쳐볼 수 있도록 하기 위해 만든 커다란 탁자를 둘러쌌다.

정홍순이 지견과 도정윤을 노려보다가 말했다.

"너희들 짓이냐?"

지견이 대꾸했다.

"저희가 아닌 줄 잘 아시면서 정랑 나리께선 왜 그런 말씀을 하십니까?"

지견의 말에 정홍순은 할 말을 잃은 듯 멍하니 있다가 다시 입을 열었다.

"그럼 너희는 호조의 창고에서 해마가 털릴 줄 어찌 알았느냐?"

도정윤과 일꾼들의 눈이 커졌다. 특히 도정윤의 놀라움이 컸다. 지견은 어떻게 이 일을 예견했을까? 도정윤은 호조의 창고가 털린 것보다 지견이 사태를 예견한 일이 더 놀라웠다. 도대체 저 아이는 누구란 말인가……?

정홍순은 지전 안의 사람들 얼굴을 하나하나 살피다가, 담담한 표정을 짓고 있는 지견에게 물었다.

"창고를 덮친 자가 누군 줄 아느냐?"

지견이 고개를 저었다.

정홍순의 물음이 이어졌다.

"그러면 해마를 들여온 진범은 알고 있느냐?"

지견이 말없이 고개를 끄덕였다. 정홍순은 갑작스레 몰려오는 열패감에 사지의 힘이 빠졌다. 그는 아찔한 기운이 들어 탁자에 손을 짚었다. 지견이 말했다.

"정랑 나리, 어찌 된 일인지 말씀해주십시오."

정홍순은 마치 적에게 투항한 장수처럼 순순히 말했다.

"간밤에 호조 관아의 창고가 털렸다. 해마와 보잘것없는 장물 몇 개가 사라졌다."

"불침번을 선 관군이 없었습니까?"

"있었다. 창고 쪽에서 무언가 우지끈 부서지는 소리가 나서 달려갔더니, 창고의 자물통이 깨져 있었다고 한다."

"도둑을 목격하지는 못했고요?"

"그렇다. 나중에 급보를 받고 나를 비롯한 호조 관리들이 관아에 도착했다. 창고를 살펴보니, 해마와 몇 가지 장물이 보이지 않았다."

정홍순은 마지막 힘을 쥐어짜내듯 몸을 떨며 지견을 노려보면서 말을 이었다.

"말해보아라. 너는 어찌하여 창고가 털릴 것을 예견했더냐?"

지견은 생각에 잠긴 듯 침묵을 지키고 있다가 입을 열었다.

"해마 외에 장물 몇 개가 없어졌다고 하셨지요? 아마도 그 장물들은 가벼이 몸에 숨길 수 있는 크기가 작은 물건이었을 것입니다."

놀란 듯 정홍순의 눈이 커졌다. 지견의 말이 이어졌다.

"해마와 그 장물들은 간밤에 사라진 것이 아니라 이미 낮에, 그러니까 호조 관아의 관리들이 일하던 때에 누군가 빼돌린 것입니다. 간밤에 창고의 자물통을 부수고 달아난 자는 호조 관아의 창고에 누군가 침입했다는 흔적을 만들었을 뿐입니다."

정홍순이 말했다.

"더 해보아라."

"창고 쪽에서 무언가 부서지는 소리가 나고 관군들이 그쪽으로 달려간 시간이 얼마나 걸렸겠습니까? 그 짧은 시간에 도둑이 캄캄한 어둠 속에서 해마가 있는 위치를 정확히 파악하고 훔쳐가는 것이 가능한 일이겠습니까? 아닙니다. 어제 호조에 침입한 자는 도둑 흉내를 낸 것뿐입니다. 해마는 낮에 누군가 빼돌렸고, 그것을 빼돌린 자는 호조의 관리입니다."

정홍순은 지견의 말을 반박할 수 없었다. 그는 다리에 힘이 풀린 듯 비틀거렸다. 효동이 재빨리 의자를 가져와 정홍순의 몸을 받쳐주었다.

수심이 가득한 얼굴로 의자에 축 처져 있던 정홍순이 힘없이 말했다.

"해마를 들여온 범인이 누군지 아는 대로 알려주시게."

"역관 주윤봉과 내어물전의 수레꾼입니다……."

지견은 그간 조사했던 일들을 정홍순에게 상세하게 이야기했다.

"……하지만 그들은 하수인에 불과합니다. 그들을 교사한 자는 따로 있습니다. 여기까지가 저희가 알아낸 전부입니다."

정홍순은 탁자 주위에 서 있는 일꾼들의 얼굴을 하나하나 짚어보았다. 평소 그가 무지렁이 잡것들이라 여겼던 볼품없는 인간들이었다. 정홍순은 갑자기 심한 부끄러움이 밀려와 눈물이 쏟아질 것만 같았다.

"창고 열쇠는 참의가 관리한다. 그렇다면 참의가 그들을 교사했단 말이냐?"

"그것은 알 수 없습니다. 이제부터는 정랑 나리께서 직접 밝혀주십시오."

지견의 말에 정홍순이 고개를 끄덕였다.

"오늘 당장 형조와 포도청에 이 사실을 알리고, 그 역관이라는 자와 수레꾼을 잡아들일 것이다."

그렇게 말한 뒤 정홍순의 눈길이 지견에게로 향했다.

"네가 우리를 도와야겠다."

지견이 힘차게 고개를 끄덕였다.

정홍순이 자리에서 일어나 터벅터벅 출구 쪽으로 향했다. 지전을 나서기 전 그가 고개를 약간 돌리고 말했다.

"나 역시 도경술과 방종현이 범인이 아님을 알았으나, 내가 다칠 것이 두려워 나서지 못했다. 오늘의 이 부끄러움을 거울삼을 것이다."

구름 속에 숨은 달

정홍순이 지전을 떠난 뒤 한동안 지전은 침묵에 싸여 있었다. 모두 가슴이 화끈거리고 감정이 북받쳤으나, 아무도 밖으로 표현하지 않았다. 입 밖에 내버리면 온몸을 감싸고 있는 뜨거운 기운이 사그라질 것만 같아서였다.

"이제 주인어른께서 돌아오시는 겁니까?"

효동이었다. 그 말에 도정윤이 효동을 돌아보며 고개를 끄덕였다. 그제야 일꾼들은 약속이나 한 듯 안도의 한숨을 내쉬었다.

"나는 아버님을 뵈러 가겠다. 지견이 너는 식구들과 함께 주막에 가서 배라도 채우거라."

도정윤이 지견에게 엽전 꾸러미를 건넸다. 도정윤과 눈길이 마주치자 지견은 지난 한 달여의 긴장이 일시에 풀리며 눈시울이 뜨거워졌다. 도정윤이 말없이 지견의 어깨를 두드렸다.

역관 주윤봉과 내어물전 수레꾼 이길연은 곧장 포도청에 압송되어 취조를 받았다. 그들의 입을 통해 호조 참의 이정균이 교사범으로 지목되었다. 이 사실을 알아낸 포도청 관군들이 이정균의 집에 들이닥쳤으나, 이정균은 자결한 뒤였다. 단도로 제 목을 찌른 것 같다는 것이 포도청의 소견이었다. 이정균의 집 안을 샅샅이 뒤졌으나, 해마는 찾을 수 없었다.

그동안 주윤봉은 이정균의 지시로 여러 차례 해마를 들여왔고, 해마를 구입하는 비용은 이정균으로부터 직접 받았노라고 자백했다. 의문이 꼬리에 꼬리를 무는 사건이었다. 참의 이정균은 거금을 들여 해마를 구입할 만큼 부자가 아니었다. 그렇다면 그 돈은 다른 이에게서 나왔다고 생각할 수밖에 없었다. 정3품 참의를 하수인으로 움직일 수 있는 자가 도대체 누구란 말인가? 의문이 태산처럼 쌓였으나 이정균이 스스로 목숨을 끊음으로써 사건은 미궁에 빠질 수밖에 없었다.

　이러한 사실은 정홍순이 지전에 찾아와 알려주었다.

　"관청에서는 이쯤에서 사건을 마무리할 것으로 보이네. 정3품 고위 관리를 움직였다면 그 윗선이란 말인데, 섣불리 건드렸다가 역풍을 맞을지도 몰라서 다들 조심스러워하는 눈치야."

　정홍순은 그렇게 말하고 나서 잠시 생각에 잠겼다가 말을 이었다.

　"내가 아는 참의 이정균은 스스로 목숨을 끊을 정도로 독한 사람이 아니었네. 그런 사람이 목숨을 버리면서 스스로 입막음을 할 만큼 무서운 세력이 숨어 있는 걸까? 그게 아니라면 누군가 그의 목숨을 거두었을지도. 솔직히 그의 자결에 대해서 나는 의문이 많아. 하지만 정랑 따위가 무엇을 할 수 있겠는가. 여기서 멈출 수밖에. 하지만 이 사건은 언젠가 다시 수면 위로 떠오를 것이라 믿네. 해마를 필요로 하는 자들은 어떻게든 다시 일을 벌일 것이고, 꼬리가 길면 잡히는 법이니까."

　도정윤이 정홍순의 말을 받았다.

　"정랑 나리께서 고생이 많으셨습니다. 고맙습니다, 나리."

그 말에 정홍순은 쓴웃음을 지었다. 그의 자조(自嘲)에는 많은 뜻이 담겨 있었다.

방종현과 도경술은 정홍순의 고발이 있은 나흘 뒤에 풀려났다. 도경술은 옥사에만 있어서 크게 몸을 상하지 않았으나, 장을 서른 대나 맞고 성치 않은 몸으로 노역장에 끌려갔던 방종현은 회복하는 데 오랜 시간이 필요할 듯했다. 도경술은 방종현의 거처를 자기 집에 마련하고 도성 최고의 의원을 붙여주었다.

도경술과 방종현이 풀려난 바로 그날 궁에서 비보가 흘러나왔다. 임금이 애지중지하던 왕세손이 결국 유명을 달리하였다. 이 일로 내의원 제조였던 예조판서 박문수가 귀양길에 올랐다. 평생 왕실과 백성의 편에서 서서 충신이자 청백리로 살아온 박문수에게는 참으로 어울리지 않는 결말이었다.

∞

관아에 압수되었던 수레를 돌려받았지만, 보관을 잘못한 탓에 종이는 쓸모가 없었다. 물건을 구비할 때까지 지전은 휴업 상태를 유지해야 했다. 하지만 도경술은 일꾼들에게 새경을 그대로 지급했다. 일꾼들이 감동한 것은 당연한 일이었다.

지견은 아침 일찍 방종현의 숙소에 들러 병문안을 하고 나서 지전으로 향했다. 지전에 설영과 경란이 와 있었다. 이제 곧 5월이었다. 도정윤과 설영은 백년가약을 앞두고 있었다. 경란은 지견을 보고도 데면데면하게 굴었다. 처음 만났을 때만 해도 계집아이 같더니 못 본 새에 처녀가 다 되어 있었다. 괜히 새침하게 구는 것이 이상해서 지견이 물었다.

"무슨 일이 있느냐?"

경란은 대답 대신 지견을 흘겨보고는 자리를 피해버렸다. 어리둥절한 지견에게 설영이 다가와 말했다.

"요즘 저 아이가 부쩍 토라지는 일이 잦고 때때로 우울해합니다. 나도 저런 때가 있었지요. 경란이는 지금 여자가 되어가는 중입니다, 지견 도령."

"아씨, 경란이는 원래 여자 아니었습니까?"

그 말에 설영이 가볍게 웃음을 지었다.

"이제 아이 티를 벗고 어른이 된다는 뜻입니다. 그런데 유독 지견 도령을 거칠게 대하는 듯합니다."

그렇게 말하고 나서 설영은 알 듯 모를 듯한 미소를 지었다. 설영이 말을 이었다.

"그리고 아씨라니요? 앞으로는 형수라고 부르세요."

지견이 뒷머리를 긁적였다. 형님의 부인이니, 형수라고 불러야 당연한 일인데도 '형수'라는 단어가 참 낯설었다. 우물쭈물하는 지견을 바라보며, 다시 살짝 미소를 짓고 설영이 멀어졌다.

일꾼들은 물건을 정리하고 먼지를 털어내고 바닥을 물걸레로 닦아내는 등 분주하게 움직였다. 지견은 효동이 보이지 않아 일꾼 한 사람에게 물었다.

"효동이 심부름을 갔습니까?"

"아니네. 어제부터 보이지 않아. 지전에 일이 없으니 나오지 않은 게지."

그럴 리 없었다. 지전이 문을 닫고 사람이 없을 때도 제자리를 지키던 아이였다. 지견은 걱정이 되어 도정윤을 찾아가 말했다.

"형님, 효동이 집에 좀 다녀오겠습니다."

"집을 아느냐?"

"사는 동네를 압니다. 가서 물어보면 알 수 있을 겁니다."

"아 참, 지견아."

지견이 돌아서려는데 도정윤이 불러 세웠다.

"효동이를 만나거든 내 말을 전해다오. 앞으로 지전의 점원으로 채용할 거라고 말이다. 효동이도 이제는 정식으로 우리 식구다."

지견의 표정이 환해졌다.

"형님, 고맙습니다. 고맙습니다."

"그 인사는 내가 너와 효동에게 해야 한다. 지견아, 정말 고맙다. 효동에게도 내가 무척 고마워하고 있다고 전해다오."

"예, 형님!"

지견은 좋은 소식을 전할 생각에 마음이 들떴다. 돈의문을 지나 무악재로 향했다. 가파른 고갯길이 하나도 힘들지 않았다. 고개를 넘어

서자 마을이 보였다. 전에 왔을 때와 마찬가지로 아이들의 노는 소리
가 들려왔다. 아이들을 살펴보았으나, 효동은 보이지 않았다. 지견이
아이 하나를 잡고 물었다.

"혹시 효동이 집을 아느냐?"

그 말에 아이들이 우르르 몰려들었다. 마치 한 몸이라도 되는 것처럼
아이들이 지견을 이끌었다. 어떤 아이는 쪼르르 먼저 달려갔다. 아마도
지견이 찾아왔다는 사실을 알리려는 모양이었다. 아닌 게 아니라 골목
으로 들어서자 조금 전 그 아이와 함께 효동이 달려왔다. 그 뒤를 코흘
리개 어린아이 둘이 따라왔다. 효동의 동생들인 모양이었다.

"도련님, 여기 웬일이세요?"

그러고는 코흘리개 아이들에게 말했다.

"인사드려라. 지전의 이지견 도련님이시다."

어린아이 둘이 지견을 향해 넙죽 절을 했다.

"지전에 갔는데, 네가 보이지 않아 찾아왔다. 무슨 일이 있느냐?"

효동은 지견의 얼굴을 빤히 올려다보고 있다가 말했다.

"어머님이 성벽 보수하는 일터에서 돌을 나르다가 허리를 다쳐 몸져
누우셨습니다. 미음도 챙겨드리고 간호도 하느라 어제부터 도성에 나
가지 못했습니다."

"그랬구나. 네가 보이지 않아 걱정했다. 그래, 어머님은 차도가 좀
있으시냐?"

"며칠 쉬면 나을 듯싶다고 걱정하지 말라 하셨습니다."

"그나마 다행이다."

잠시 사이를 두고 효동이 물었다.

"정말 저 때문에 예까지 오셨습니까?"

"응? 그럼. 너는 나의 동지가 아니더냐."

그 말에 효동의 표정이 일그러졌다. 금세 눈물을 쏟을 것만 같았다. 지견이 효동의 머리를 쓰다듬어주었다.

"집에 아버지는 계시냐? 잠깐 뵙고 가도 되겠느냐?"

그러자 다른 아이가 효동 대신 말했다.

"효동이 형 아버지 없어요. 돌아가셨어요."

지견은 순간, 가슴이 뜨끔했다. 그랬구나. 그래서 그렇게 시전을 헤매며 일거리를 찾아다녔구나. 동생들을 먹이려고 그렇게 부지런을 떨었구나⋯⋯. 지견은 무릎을 굽혀 효동과 눈을 맞추었다.

"효동아, 지전의 작은 어른께서 너에게 고맙다고, 참으로 고맙다고 전해달라고 하셨다. 그리고 앞으로는 지전의 정식 일꾼으로 일해달라고도 하셨어."

효동은 지견의 말뜻을 헤아리느라 잠시 어리둥절해 있다가 서서히 입이 벌어지고 눈이 커졌다.

"도련님, 정말입니까? 제가 지전의 일꾼이 되는 것입니까?"

지견이 고개를 끄덕이고 말했다.

"사정은 내가 설명할 테니, 너는 어머님 잘 보살펴드리다가 천천히 나오너라. 그럼 나는 가보마."

효동은 꾹꾹 참았던 울음을 기어이 터뜨리고 말았다. 지견이 효동과 동생들의 머리를 다시 한 번 쓰다듬어주고 돌아섰다. 기쁨에 겨워 눈물을 멈추지 못하는 효동을 아이들이 에워싸고 있었다.

지견은 왔던 길을 되짚어 걸음을 옮겼다. 재로 들어서기 전의 실개천 가에서 무언가 반짝이며 지견의 시선을 붙잡았다. 연두색 댕기였다. 자신도 모르게 그쪽으로 다가가다가 일정한 거리를 두고 걸음을 멈추었다.

재인은 짚풀 더미로 놋그릇을 씻고 있었다. 4월 말이었지만, 아직 물이 차서 손끝이 시렸다. 물 묻은 손을 털어내고 그릇들을 광주리에 담아 돌아서다가 재인은 깜짝 놀랐다. 자신을 지켜보고 있는 사내가 누군지 알아차리고서야 재인은 그제야 마음을 놓았다. 재인이 길가에 올라서서 지나칠 때까지도 사내는 움직일 줄 몰랐다. 재인이 걸음을 멈추고 사내를 돌아보았다.

"지난번 모임에는 안 나왔더이다?"

무슨 말이라도 해야 이 순간을 붙잡아둘 수 있을 텐데, 지견은 입이 떨어지지 않았다. 다행히 재인 쪽에서 말을 이었다.

"무슨 일이 있었소?"

그제야 지견은 평정심을 되찾고 말했다.

"지전에 큰일이 생겨 갈 수가 없었소."

"그 일은 잘 해결되었소?"

지견이 고개를 끄덕이고 말했다.

"재인……. 어쩌다 낭자의 이름을 듣게 되었소. 성은 무엇이오? 내 이름은 이지견이라 하오."

"이, 지, 견."

재인은 마치 그 이름을 혀에 붙여두려는 듯, 한 자 한 자 또박또박 발음했다. 그러고 나서 말했다.

"나는 송재인이오."

거기까지였다. 재인은 더 머물렀다가는 계속 그곳에 붙들려 있을까 봐 갑자기 돌아서 걷기 시작했다. 마을 쪽으로 향하는 재인의 뒷모습이 사라진 뒤에도 지견은 떠날 줄 몰랐다. 재인이 걸음을 옮길 때마다 좌우로 흔들리던 연두색 댕기가 눈앞에 아른거렸다.

〈2권에 계속〉

1판 1쇄 발행	2019년 12월 19일
2판 1쇄 발행	2022년 10월 10일

지은이	임정원
발행인	전형진, 김성룡

편집	이양훈
교정	윤희원
디자인	이인선
캘리	김기연

펴낸곳	비욘드오리진
주소	서울시 마포구 월드컵 북로 4길 77, 3층(동교동 ANT 빌딩)
전화	02-858-2217
팩스	02-858-2219
이메일	2001nov@naver.com

ISBN	978-89-6897-112-9 04810
	978-89-6897-111-2 (세트)